LE TABLEAU DU MAÎTRE FLAMAND

Né à Carthagène en 1951, Arturo Pérez-Reverte appartient aussi bien au monde journalistique que littéraire. Il a suivi, en qualité de journaliste de presse, de radio et de télévision, un grand nombre de conflits internationaux depuis ces dix-huit dernières années.
Sa carrière littéraire, débutée avec El Maestro *(1988) et* El Husar *(1990), marque ensuite une étape importante avec* Le Tableau du Maître flamand *qui a obtenu le Grand Prix de littérature policière 1993.*

ARTURO PÉREZ-REVERTE

Le Tableau du maître flamand

TRADUIT DE L'ESPAGNOL
PAR JEAN-PIERRE QUIJANO

J.-C. LATTÈS

Titre original :
LA TABLA DE FLANDES
1990 Alfaguara, S. A.

À Julio et Rosa, avocats du diable.

I

LES SECRETS DE MAÎTRE VAN HUYS

«Dieu déplace le joueur, et celui-ci la pièce. Quel Dieu derrière Dieu commence donc la trame?»

J. L. Borges

Une enveloppe cachetée est une énigme qui en renferme d'autres. Celle-ci, une grande et grosse enveloppe de papier kraft, était marquée du sigle du laboratoire en son angle inférieur gauche. Et tandis qu'elle s'apprêtait à l'ouvrir, qu'elle la soupesait tout en cherchant un coupe-papier parmi les pinceaux, les flacons de peinture et de vernis, Julia n'imaginait nullement à quel point ce geste allait changer sa vie.

En fait, elle savait déjà ce que contenait l'enveloppe. Ou du moins, comme elle allait le découvrir plus tard, elle croyait le savoir. Et c'est sans doute pourquoi elle ne sentit aucune émotion particulière jusqu'à ce qu'elle sorte les épreuves photographiques de l'enveloppe, qu'elle les étale sur la table et qu'elle commence à les regarder, vaguement étonnée, retenant son souffle. Elle comprit alors que *La Partie d'échecs* allait être autre chose qu'un simple travail de routine. Dans son métier, il n'était pas rare de faire des trouvailles imprévues en restaurant des tableaux, des meubles ou des reliures anciennes. Depuis six ans qu'elle était restauratrice, elle avait vu d'innombrables esquisses abandonnées, corrections d'originaux, retouches, repentirs d'artiste; et même des falsifications. Mais jamais encore une inscription masquée sous la peinture d'un tableau: trois mots que révélait la photo aux rayons X.

Elle s'empara de son paquet froissé de cigarettes sans filtre et en alluma une, incapable de détourner les yeux des clichés. Aucun doute possible, puisque tout était là sur les positifs des plaques radiographiques 30 x 40. L'esquisse originale de la peinture, un tableau flamand du XVe siècle, nettement visible dans le dessin minutieux au *verdaccio*, les veines du bois et les joints collés des trois panneaux de chêne qui formaient le fond, support des tracés successifs, des coups de pinceau, des glacis de couleur que l'artiste avait appliqués pour créer son œuvre. Et, dans la partie inférieure, cette phrase cachée que la radiographie mettait au jour cinq siècles plus tard, avec ses caractères gothiques qui se détachaient nettement sur le cliché noir et blanc :

QUIS NECAVIT EQUITEM.

Julia savait suffisamment de latin pour la traduire sans dictionnaire : *Quis,* pronom interrogatif, qui. *Necavit*, de *neco*, tuer. *Equitem*, accusatif singulier de *eques*, cavalier ou chevalier. Qui a tué le chevalier. Au mode interrogatif, que l'emploi de *quis* rendait évident, donnant un air un peu mystérieux à la phrase :

QUI A TUÉ LE CHEVALIER?

C'était pour le moins déconcertant. Elle avala une bonne bouffée de sa cigarette qu'elle tenait de la main droite, tout en remettant en ordre de l'autre main les radiographies étalées sur la table. Quelqu'un, peut-être le peintre lui-même, avait posé dans ce tableau une sorte de devinette qu'il avait ensuite recouverte d'une couche de peinture. Ou quelqu'un d'autre l'avait fait, plus tard. La date pouvait se situer dans un créneau d'à peu près cinq cents ans. L'idée la fit sourire intérieurement. Elle parviendrait à résoudre l'inconnue sans trop de difficulté. Après tout, c'était son travail.

Elle prit les radiographies et se leva. La lumière grisâtre qui pénétrait par la grande verrière du toit tombait directement sur le tableau posé sur un chevalet. *La Partie d'échecs*, huile sur bois de Pieter Van Huys,

1471... Elle s'arrêta devant la peinture, l'observa longuement. C'était une scène domestique, peinte avec le réalisme minutieux des Quattrocentistes ; une scène d'intérieur, de celles avec lesquelles les grands maîtres flamands avaient jeté les bases de la peinture moderne, grâce à l'innovation qu'avait constituée à l'époque la peinture à l'huile. Deux chevaliers dans la fleur de l'âge, de noble aspect, assis de part et d'autre d'un échiquier sur lequel se déroulait une partie, constituaient le sujet principal. Au deuxième plan, à droite, à côté d'une fenêtre en ogive qui s'ouvrait sur un paysage, une dame vêtue de noir lisait un livre qu'elle tenait posé sur ses genoux. Des détails minutieux, bien caractéristiques de l'école flamande, enregistrés avec une perfection presque maniaque, complétaient la scène : meubles et ornements, dallage noir et blanc, motifs du tapis, et même une petite lézarde dans le mur, ou l'ombre d'un clou minuscule fiché dans une poutre du plafond. L'échiquier et les pièces étaient rendus avec une précision semblable, de même que les traits, les mains et les vêtements des personnages dont le réalisme contribuait avec la clarté des couleurs à la qualité du travail de l'artiste, évidente malgré le noircissement du tableau dû à l'oxydation du vernis original.

Qui a tué le cavalier ? Julia regarda la radiographie qu'elle tenait à la main, puis le tableau, sans pouvoir y déceler à l'œil nu la moindre trace de l'inscription secrète. Un examen plus attentif, avec une loupe binoculaire de grossissement sept, n'apporta rien de neuf. Elle ferma alors le grand rideau de la verrière pour faire le noir dans son atelier, puis approcha du chevalet une lampe ultraviolette Wood sur trépied. Sous cet éclairage, les matières, peintures et vernis les plus anciens devenaient fluorescents, alors que les modernes disparaissaient dans l'obscurité, ce qui permettait de découvrir les retouches et reprises *postérieures* à la création de l'œuvre. Mais la lumière noire ne révéla qu'une seule surface fluorescente qui englobait la partie du tableau où se trouvait l'inscription secrète. Ce qui voulait dire qu'elle avait été recouverte par l'artiste lui-même, ou très peu de temps après l'exécution du tableau.

Elle éteignit la lampe, ouvrit le rideau de la verrière et la lumière plombée de ce matin d'automne vint se répandre à nouveau sur le chevalet et le tableau, envahissant l'atelier encombré de livres, d'étagères couvertes de peintures et de pinceaux, de vernis et de solvants, d'instruments d'ébénisterie, de cadres et d'outils de précision, de sculptures anciennes et de bronzes, de châssis, de tableaux tournés contre le mur, posés par terre sur un précieux tapis persan maculé de peinture. Dans un coin, sur une commode Louis XV, une chaîne haute-fidélité disparaissait au milieu de piles de disques : Dom Cherry, Mozart, Miles Davis, Satie, Lester Bowie, Michael Edges, Vivaldi... Sur le mur, un miroir vénitien monté dans un cadre doré renvoya à Julia son image légèrement floue : cheveux coupés à hauteur des épaules, légers cernes de sommeil sous des yeux grands et sombres, pas encore maquillés. Belle comme un modèle de Leonardo, avait coutume de dire César quand le miroir encadrait son visage de reflets d'or, *ma piu bella*. Et si l'on pouvait croire César plus connaisseur en éphèbes qu'en *madonnas*, Julia n'en savait pas moins que cette affirmation était rigoureusement exacte. Elle aimait d'ailleurs se regarder dans ce miroir au cadre doré, car il lui donnait l'impression de se trouver de l'autre côté d'une porte magique qui, au-delà du temps et de l'espace, lui renvoyait l'image de son visage en lui donnant le teint velouté d'une beauté de la Renaissance italienne.

Elle sourit en pensant à César. Elle souriait toujours quand elle pensait à lui, depuis qu'elle était toute petite. Un sourire tendre ; souvent complice. Puis elle posa les radiographies sur la table, écrasa sa cigarette dans un lourd cendrier de bronze signé Benlliure et alla s'asseoir devant sa machine à écrire :

« La Partie d'échecs » :
Huile sur bois. École flamande. Datée de 1471.
Auteur : Pieter Van Huys (1415-1481).
Support : Trois panneaux fixes de chêne, assemblés à fausse languette.
Dimensions : 60 x *87 cm. (Trois panneaux identiques de 20* x *87).*

Épaisseur du panneau: 4 cm.
État de conservation du support:
Aucun gauchissement du panneau. Aucune trace de détérioration par les insectes xylophages.
État de conservation de la couche picturale:
Bonne adhérence et bonne cohésion du complexe stratigraphique. Aucune altération de couleur. Craquelures de vieillissement; pas de boursouflement ni de desquamation.
État de conservation de la couche superficielle:
Pas de marques d'exsudation de sels ni de taches d'humidité. Noircissement excessif du vernis, dû à l'oxydation; il faudra remplacer la couche.

La cafetière sifflait dans la cuisine. Julia se leva pour aller se servir une grande tasse de café noir, sans sucre. Puis elle revint, la tasse dans une main, s'essuyant l'autre sur le pull-over d'homme informe qu'elle avait enfilé pardessus son pyjama. Une légère pression de l'index, et les notes du *Concerto pour luth et viole d'amour* de Vivaldi s'élevèrent dans l'atelier, glissant paresseusement dans la lumière grise du matin. Elle but une gorgée de café, très fort et amer, qui lui brûla le bout de la langue. Puis elle alla s'asseoir, pieds nus sur le tapis, pour continuer à taper son rapport:

Examen aux rayons ultraviolets et aux rayons X:
On ne décèle aucun repentir important, retouche ou correction postérieure. Les rayons X révèlent une inscription en caractères gothiques, masquée à l'époque, visible sur les épreuves photographiques ci-jointes. L'inscription n'apparaît pas à l'examen classique. Elle pourrait être dévoilée sans endommager le reste du tableau en décapant la peinture qui la recouvre.

Elle sortit la feuille de papier de la machine et la glissa dans une enveloppe, avec deux radiographies. Puis elle but ce qui restait de son café, encore chaud, et prit une autre cigarette. En face d'elle, sur le chevalet, devant la dame absorbée par sa lecture près de la fenêtre, les deux joueurs poursuivaient une partie d'échecs qui durait depuis cinq siècles, représentée par Pieter Van Huys avec tant de rigueur et de maîtrise que les pièces paraissaient sortir du panneau, prendre un relief propre, comme les autres objets du tableau. L'impression de réalisme était si intense qu'elle réussissait pleinement à produire l'effet recherché par les vieux maîtres flamands: intégrer le spectateur dans le complexe pictural, le persuader que l'espace d'où il contemple la peinture est le même que celui qu'elle renferme; comme si le tableau était un fragment de la réalité, ou la réalité un fragment du tableau. Deux éléments contribuaient à cet effet: la fenêtre peinte du côté droit de la composition, qui s'ouvrait sur un paysage situé *au-delà* de la scène, et un miroir rond et convexe peint du côté gauche, sur le mur, qui reflétait le buste des joueurs et le jeu d'échecs, déformés par la perspective du point de vue du spectateur situé *en deçà* de la scène, ce qui avait pour résultat étonnant d'intégrer les trois plans – fenêtre, salle, miroir – en un tout. Comme si le spectateur, pensa Julia, se reflétait entre les deux joueurs, à l'intérieur du tableau.

Elle se leva pour s'approcher du chevalet, croisa les bras, puis observa longuement la peinture, parfaitement immobile, aspirant de longues bouffées de sa cigarette dont la fumée lui faisait cligner les yeux. L'un des joueurs, celui de gauche, devait avoir environ trente-cinq ans. Ses cheveux châtains étaient tonsurés jusqu'aux oreilles, comme c'était la mode au Moyen Âge; un nez fort, aquilin; sur son visage, une expression de concentration grave. L'homme était vêtu d'un pourpoint dont le vermillon avait admirablement bien résisté au passage du temps et à l'oxydation du vernis. Il portait au cou le collier de la Toison d'Or et sur son épaule droite brillait une broche finement ouvrée dont le filigrane était défini dans ses moindres détails, jusqu'à un minuscule éclat de lumière qui jouait sur les pierres précieuses. Son coude gauche et sa main droite étaient posés sur la table, de part et d'autre de l'échiquier. Il tenait dans ses doigts une pièce du jeu: un cavalier blanc. À côté de sa tête, en caractères gothiques, une inscription l'identifiait: *FERDINANDUS OST. D.*

L'autre joueur, plus mince, frisait la quarantaine. Il avait le front dégarni et des cheveux presque noirs parmi lesquels on devinait des coups de pinceau extrêmement fins au blanc de plomb qui lui éclaircissaient un peu les tempes. Ses cheveux, son expression et sa posture lui donnaient un air de maturité prématurée. Son profil était serein et digne. Au lieu des luxueux vêtements de cour de l'autre, il était habillé d'un simple corselet de cuir et d'un gorgerin d'acier bruni qui lui couvrait le cou et les épaules en lui donnant une allure résolument militaire. Plus penché sur l'échiquier que son adversaire, il semblait étudier fixement le jeu, apparemment étranger à tout ce qui l'entourait, les bras croisés sur le bord de la table. Sa concentration se lisait dans les légères rides verticales qui lui barraient le front. Il observait les pièces comme si elles lui posaient un problème difficile dont la solution réclamait toute sa puissance de réflexion. Une inscription l'identifiait lui aussi : *RUTGIER AR. PREUX*.

La dame se trouvait à côté de la fenêtre, lointaine dans l'espace intérieur du tableau par rapport aux joueurs, dans une perspective linéaire accentuée qui la situait sur un horizon plus élevé. Le velours noir de sa robe, dont un savant dosage de glacis blanc et gris étoffait les plis, paraissait avancer vers le premier plan. Son réalisme rivalisait avec le dessin consciencieux du fil du tapis, avec la méticulosité du rendu des moindres nœuds, joints et veines des poutres du plafond, avec l'impeccable netteté du dallage. Penchée sur le tableau pour mieux en apprécier les effets, Julia se sentit parcourue d'un frisson d'admiration professionnelle. Seul un maître comme Van Huys pouvait tirer ce parti du noir d'un vêtement : couleur fondée sur l'absence de couleur avec laquelle bien peu auraient osé jouer à ce point, et pourtant si réelle qu'on aurait cru entendre le doux frottement de l'étoffe sur l'escabelle rembourrée de cuir repoussé.

Elle regarda le visage de la femme. Belle, très pâle selon le goût de l'époque, coiffée d'une toque de gaze blanche qui retenait son abondante chevelure blonde, tirée en arrière aux tempes. Les manches pendantes de la robe laissaient voir deux bras couverts de damas gris clair, des mains longues et fines qui tenaient un livre d'heures. Le jour de la fenêtre arrachait, dans une même ligne de clarté, un éclat métallique identique au fermoir ouvert du livre et à l'anneau d'or qui était le seul ornement de ses mains. Elle baissait ses yeux que l'on devinait bleus, empreints d'un air de vertu modeste et sereine, expression caractéristique des portraits féminins du temps. La lumière émanait de deux points, la fenêtre et le miroir, enveloppant la femme dans la même atmosphère que celle des deux joueurs d'échecs, tout en la maintenant discrètement à l'écart, accentuant chez elle les raccourcis et les ombres. L'inscription qui lui correspondait se lisait ainsi: *BEATRIX BURG. OST. D.*

Julia fit deux pas en arrière pour admirer l'ensemble. Un chef-d'œuvre, sans aucun doute, parfaitement authentifié par les experts. Ce qui lui donnerait un prix élevé quand le tableau serait mis en vente chez Claymore, en janvier. L'inscription masquée, avec la documentation historique voulue, ferait peut-être monter encore les enchères. Dix pour cent pour Claymore, cinq pour Menchu Roch, le reste pour le propriétaire. Moins un pour cent pour l'assurance, moins les honoraires de restauration et de nettoyage.

Elle se déshabilla et se mit sous la douche en laissant la porte ouverte, accompagnée dans un brouillard de vapeur d'eau par la musique de Vivaldi. La restauration de *La Partie d'échecs* pour sa vente aux enchères pouvait lui rapporter un bénéfice appréciable. Diplômée depuis quelques années seulement, Julia s'était déjà acquis une solide réputation dans le milieu des restaurateurs les plus sollicités par les musées et les antiquaires. Méthodique et disciplinée, peintre de quelque talent à ses heures, elle avait la réputation de s'attaquer à chaque œuvre avec un très grand respect de l'original, attitude que ne partageait pas toujours ses collègues. Dans cette relation spirituelle délicate et souvent malaisée qui s'établit entre tout restaurateur et son œuvre, dans l'âpre combat que se livrent conservation et rénovation, la jeune femme avait la qualité de ne jamais perdre de vue un principe fondamental: une œuvre d'art n'est jamais remise sans graves dommages en son état originel. Julia était d'avis que le vieillissement, la patine, et même certaines altérations des couleurs et vernis, certaines imperfections, retouches, reprises, se transforment avec le passage du temps en un élément aussi important de l'œuvre d'art que l'œuvre proprement dite. Peut-être était-ce pour cette raison que les tableaux qui passaient entre ses mains en revenaient non pas revêtus de couleurs nouvelles et de lumières insolites, prétendument originales – *courtisanes maquillées*, disait César de ces restaurations –, mais nuancés avec une délicatesse qui intégrait à l'ensemble les marques du temps.

Elle sortit de la salle de bains enveloppée dans un peignoir, ses cheveux mouillés ruisselant sur ses épaules, et alluma sa cinquième cigarette de la journée en s'habillant devant le tableau: chaussures à talons bas, blouson de peau, jupe plissée marron. Puis elle jeta un regard satisfait à son image dans le miroir vénitien et, de retour devant les deux sévères joueurs d'échecs, leur fit un clin d'œil provocant sans que les deux hommes paraissent s'en émouvoir, ni perdent la gravité de leur expression. *Qui a tué le chevalier*? Comme une devinette, la phrase lui trottait dans la tête quand elle glissa dans son sac son rapport d'expertise et les photographies. Puis elle brancha l'alarme électronique et ferma à double tour la serrure de sûreté. *Quis necavit equitem*. La phrase voulait certainement dire quelque chose. Mais quoi ? Elle répétait les trois mots à voix basse quand elle descendit l'escalier en faisant courir ses doigts sur la rampe de laiton. Ce tableau et l'inscription secrète l'intriguaient vraiment; mais il ne s'agissait pas simplement de cela. Elle ressentait aussi une étrange et déconcertante appréhension. Comme du temps qu'elle était petite et qu'arrivée en haut de l'escalier, elle rassemblait tout son courage avant de sortir la tête dans la noirceur du grenier.

– Avoue que c'est une beauté. Pur *Quattrocento*.

Menchu Roch ne parlait pas d'une toile exposée dans la galerie qui portait son nom. Ses yeux clairs, excessivement maquillés, regardaient les larges épaules de Max qui bavardait avec un ami, debout au bar du café. Max, un mètre quatre-vingt-cinq, épaules de maître nageur sous le tissu de sa veste bien coupée, avait des cheveux longs qu'un ruban de soie foncé ramenait en une courte queue de cheval sous la nuque. L'homme se déplaçait avec des gestes lents et souples. Menchu coula sur lui un regard connaisseur avant d'humecter ses lèvres au bord embué de son verre de dry, avec la satisfaction de la propriétaire d'un bel étalon. Max était son dernier amant.

– Pur *Quattrocento*, répéta-t-elle en savourant les mots en même temps que l'alcool. Il ne te fait pas penser à ces merveilleux bronzes italiens ?

Julia acquiesça avec ennui. Elles étaient de vieilles amies, mais Julia s'étonnait encore de la facilité avec laquelle Menchu parvenait à donner des allures équivoques à la moindre référence vaguement artistique.

– N'importe lequel de ces bronzes, je parle d'un original, te coûterait quand même moins cher.

Menchu laissa fuser un petit rire cynique.

– Moins cher que Max ?... Sans aucun doute, soupira-t-elle avec emphase en mordillant l'olive de son dry. Au moins, Michel-Ange les sculptait tout nus. Il n'avait pas besoin de les habiller à coups de carte American Express.

– Personne ne t'oblige à payer ses factures.

– C'est bien le drame, ma chère – Menchu battit des paupières, languide et théâtrale. Effectivement, personne ne m'y oblige. Pour ainsi dire.

Et elle vida son verre, en prenant bien soin – elle le faisait exprès, par pure provocation – de lever ostensiblement le petit doigt. Plus proche de la cinquantaine que de la quarantaine, Menchu était de ceux qui pensent que le sexe palpite toujours et partout, y compris dans les plus subtiles nuances d'une œuvre d'art. Peut-être était-ce pour cette raison qu'elle était capable d'avoir avec les hommes cette attitude calculatrice et rapace qu'elle adoptait au moment d'évaluer le potentiel commercial d'un tableau. Parmi ceux qui la connaissaient, la propriétaire de la galerie Roch avait la réputation de n'avoir jamais laissé passer une occasion de faire main basse sur ce qui éveillait sa convoitise – tableau, homme ou dose de cocaïne. On pouvait encore la trouver séduisante, même s'il était difficile d'ignorer ce que, vu son âge, César appelait avec acidité ses *anachronismes esthétiques*. Menchu ne se résignait pas à vieillir, cette perspective lui étant insupportable. Et peut-être par une sorte de défi qu'elle se lançait à elle-même, elle contre-attaquait en affichant une vulgarité appuyée et calculée dans le choix de son maquillage, de ses vêtements et de ses amants. Pour le reste, bien décidée à croire que les marchands de tableaux et les antiquaires ne sont que des chiffonniers de luxe, elle étalait une inculture en grande partie feinte, jouant à s'embrouiller dans les citations, et se moquait ouvertement du milieu plus ou moins choisi dans lequel se déroulait sa vie professionnelle. Elle s'en vantait avec le même naturel qu'elle prétendait avoir eu le plus intense orgasme de sa vie en se masturbant devant une reproduction cataloguée et numérotée du David de Donatello ; épisode que César, avec sa cruauté raffinée et presque féminine, citait comme la seule marque d'*authentique* bon goût que Menchu Roch eût donnée de toute sa vie.

Que fait-on avec le Van Huys ? demanda Julia.

Menchu regarda de nouveau les radiographies posées sur la table, entre son verre et la tasse de café de son amie. Ses yeux outrageusement maquillés de bleu étaient assortis à la couleur de sa robe, trop courte. Sans méchanceté aucune, Julia pensa qu'elle avait dû être vraiment très aguichante vingt ans plus tôt. En bleu.

– Je ne sais pas encore, répondit Menchu, Claymore s'est engagé à mettre le tableau en vente tel quel... Il faudrait voir si cette inscription lui donne de la valeur.

– Tu te rends compte ?

– Et comment ! Tu as décroché le gros lot, ma petite.

– Tu devrais en parler au propriétaire.

Menchu remit les radiographies dans l'enveloppe et croisa les jambes. Deux jeunes gens qui prenaient l'apéritif à la table voisine lancèrent des regards furtifs et intéressés dans la direction de ses cuisses bronzées. Julia s'agita sur sa chaise, vaguement agacée. D'ordinaire, elle s'amusait du panache avec lequel Menchu préparait ses effets spéciaux destinés au public masculin, mais il arrivait que ces exhibitions lui paraissent excessives. Ce n'était pas l'heure – elle consulta l'Omega carrée qu'elle portait sur le côté intérieur de son poignet gauche – d'exposer sa lingerie fine.

– Le propriétaire ne fera pas de difficultés, expliqua

Menchu. C'est un charmant petit vieux qui se promène en fauteuil roulant. Et si la découverte de l'inscription fait augmenter son bénéfice, il sera ravi... Il a des neveux, deux vraies sangsues.

Au bar, Max bavardait toujours ; mais, conscient de ses devoirs, il se retournait de temps en temps pour leur adresser un splendide sourire. Quand on parle de sangsues..., se dit Julia qui parvint cependant à ne pas exprimer tout haut ce qu'elle pensait tout bas. Non pas que Menchu s'en fût vraiment offusquée, car elle professait un admirable cynisme dès qu'il s'agissait de questions masculines ; mais Julia avait un sens aigu des convenances qui l'empêchait d'aller trop loin.

– Il ne reste que deux mois avant la vente, dit-elle sans prêter attention à Max. C'est un peu juste si je dois décaper le vernis, nettoyer l'inscription et revernir... – elle réfléchit quelques instants. Et puis, il va me falloir du temps pour réunir de la documentation sur le tableau et les personnages. Il faudrait avoir rapidement l'autorisation du propriétaire.

Menchu était d'accord. Sa frivolité ne s'étendait pas au domaine professionnel dans lequel elle évoluait avec l'astuce d'une vieille renarde. Elle faisait office d'intermédiaire dans cette affaire, car le propriétaire du Van Huys ignorait tout des mécanismes du marché. C'était elle qui négociait la vente avec l'agence madrilène de la maison Claymore.

– Je vais lui téléphoner aujourd'hui même. Il s'appelle don Manuel. Il a soixante-dix ans et il est ravi de traiter avec une jolie fille, comme il dit, si compétente en affaires.

Julia ajouta qu'il y avait encore autre chose. Si l'inscription avait un rapport avec l'histoire des personnages du tableau, Claymore allait en profiter pour augmenter la mise à prix. Menchu pourrait peut-être trouver de la documentation.

– Non, pratiquement rien, répondit Menchu en faisant la moue, cherchant dans sa mémoire. Je t'ai tout donné avec le tableau. À toi de te débrouiller, ma fille. Fais ce que tu veux.

Julia ouvrit son sac et y chercha plus longtemps

qu'il n'était nécessaire son paquet de cigarettes. Elle en sortit une en prenant tout son temps, puis regarda son amie.

– Nous pourrions consulter Álvaro.

Menchu haussa les sourcils. Pétrifiée, elle était littéralement pétrifiée, annonça-t-elle aussitôt, comme la femme de Noé, ou de Lot, ou de cet imbécile qui s'ennuyait ferme à Sodome. Ou faut-il dire plutôt : salifiée ?

– Tu m'en diras tant – l'excitation lui donnait la voix rauque ; elle flairait des émotions fortes. Parce que, Álvaro et toi...

Menchu laissa sa phrase en suspens, avec une expression de chagrin aussi exagéré qu'instantané, comme chaque fois qu'elle faisait allusion aux problèmes des autres qu'il lui plaisait de croire sans défense en matière sentimentale. Julia soutint son regard, imperturbable.

– C'est le meilleur historien de l'art que nous connaissons, répondit-elle seulement. Et je n'ai rien à voir làdedans. Il s'agit du tableau.

Menchu fit mine de réfléchir gravement, puis elle hocha la tête. Bien sûr, c'était l'affaire de Julia. Une affaire intime, du type « cher journal », et tout le bataclan. Mais à sa place, elle s'abstiendrait. *In dubio pro reo,* comme dirait ce pédant de César, la vieille baderne. Où était-ce plutôt *in pluvio ?*

– Je t'assure que je suis guérie d'Álvaro.

– Il y a des maladies, ma petite, qui ne guérissent jamais. Une année n'est qu'un souffle qui passe. Fin de citation.

Julia ne put s'empêcher de s'adresser une grimace moqueuse. Il y avait un an qu'Álvaro et elle avaient mis fin à une longue liaison. Menchu était au courant. C'était d'ailleurs elle qui, sans le vouloir, avait un jour prononcé la sentence finale qui expliquait le fond de l'affaire. « Au bout du compte, ma petite, un homme marié finit toujours par retourner à sa légitime. Parce que les dizaines d'années passées à laver les caleçons et à faire des bébés décident de l'issue de la bataille. Ils sont comme ça, avait conclu Menchu, le nez collé sur la petite ligne de poudre blanche, entre deux reniflements, dégueulassement loyaux, au fond. Snif. Les fils de putes. »

Julia expulsa un gros nuage de fumée et s'occupa à avaler lentement ce qu'il lui restait de café, en essayant de ne pas faire tomber de goutte. La fin avait été très amère, avec ces dernières paroles échangées, le bruit d'une porte qui se referme. Et elle avait continué à l'être plus tard, quand elle repensait à lui. Ou ces trois ou quatre fois qu'Álvaro et elle s'étaient revus par hasard, à l'occasion d'une conférence, dans un musée, se comportant tous deux avec une dignité exemplaire. – « Tu as l'air en pleine forme, ne fais pas de bêtises » et autres choses du genre. – Au fond, elle et lui se targuaient d'être des gens civilisés qui, à part un fragment de passé, avaient l'art en commun comme matière objective de travail. Des gens du monde. Des adultes, en deux mots.

Elle sentit que Menchu l'observait, curieuse et malicieuse, qu'elle se pourléchait les babines à la pensée de jouer les conseillères dans de nouvelles tractations amoureuses. Depuis que Julia avait rompu avec Álvaro, Menchu se plaignait abondamment que les sporadiques liaisons amoureuses de son amie ne méritassent pratiquement pas de commentaires : « Tu deviens puritaine, ma chérie, répétait-elle constamment, ce qui est des plus ennuyeux. Ce qu'il te faut, c'est le retour de la passion, du feu, de la flamme »... Sous cet angle, le seul nom d'Álvaro semblait offrir d'intéressantes possibilités.

Julia se rendait compte de tout cela, sans irritation. Menchu était Menchu et elle avait toujours été ainsi. Les amis ne se choisissent pas. Ce sont eux qui vous choisissent. Ou on les repousse, ou on les accepte sans réserve. C'était encore une chose qu'elle avait apprise de César.

Sa cigarette brûlait toute seule et elle l'écrasa dans le cendrier. Puis elle sourit à contrecœur à Menchu.

– Je me moque d'Álvaro. Ce qui m'intéresse, c'est le Van Huys – elle hésita un instant, cherchant ses mots, tandis qu'elle essayait de préciser sa pensée. Il y a quelque chose de pas ordinaire dans ce tableau.

Menchu haussa les épaules d'un air distrait, comme si elle avait la tête ailleurs.

– Ne t'énerve pas, ma petite. Un tableau n'est qu'une

toile ou du bois, de la peinture et du vernis... L'important, c'est ce qu'il te laisse dans le porte-monnaie quand il change de mains – elle regarda les larges épaules de Max et battit des paupières d'un air satisfait. Le reste, ce sont des histoires.

Pendant toutes ces journées qu'elle avait passées à ses côtés, Julia avait cru qu'Álvaro répondait en tous points au stéréotype de sa profession. Jusque dans son allure et son habillement: physique agréable, frisant la quarantaine, vestons de tweed anglais, cravates de tricot. Et il fumait la pipe, un comble, au point que, lorsqu'elle l'avait vu entrer pour la première fois dans l'amphi – *L'art et l'homme* était le thème de son cours ce jour-là –, il lui avait fallu un bon quart d'heure avant de prêter attention à ce qu'il disait, refusant d'admettre qu'un type à ce point « jeune universitaire » puisse effectivement en être un. Ensuite, quand Álvaro avait pris congé jusqu'à la semaine suivante et que les étudiants étaient sortis dans le couloir, elle s'était approchée le plus naturellement du monde, pleinement consciente de ce qui allait se passer: l'éternelle répétition d'une histoire bien peu originale, la classique liaison professeur-étudiante, acceptant tout cela avant même qu'Álvaro ne pivote sur ses talons, déjà près de la porte, et ne lui sourie pour la première fois. Il y avait dans tout cela quelque chose – ou du moins, c'est ce que décida la jeune fille lorsqu'elle pesa le pour et le contre de la question – quelque chose d'inévitable, avec des relents de *fatum* délicieusement classique, de chemin tracé par le destin, point de vue qui lui était si familier depuis l'époque où elle traduisait au pensionnat les brillants imbroglios familiaux de ce Grec génial qui avait pour nom Sophocle. Ce n'était que plus tard qu'elle s'était résolue à en parler à César. Et l'antiquaire qui depuis des années – la première fois, Julia avait encore des socquettes et des tresses – faisait office de confident en matière sentimentale s'était contenté de hausser les épaules, critiquant d'un ton à dessein superficiel le peu d'originalité d'une histoire qui avait déjà servi d'argument éculé, ma chérie, à trois cents romans et autant de films, avant tout – moue méprisante – français et américains: « Ce qui, tu en conviendras avec moi, ma princesse, jette sur la question un jour d'authentique horreur »... Mais rien de plus. De la part de César, il n'y avait eu ni reproche sérieux ni mise en garde paternelle qui, ils le savaient parfaitement tous les deux, n'aurait servi à rien. César n'avait pas d'enfants et n'en aurait jamais, mais il possédait un don particulier au moment d'aborder ce type de situation. À une époque de sa vie, l'antiquaire avait acquis la conviction que personne ne peut s'instruire de l'expérience des autres et que, par conséquent, la seule attitude digne et possible pour un tuteur – somme toute, c'était là son rôle – consistait à s'asseoir à côté de l'objet de ses soins, à lui prendre la main et à écouter avec une infinie bienveillance la relation évolutive de ses amours et chagrins, tandis que la nature suivait son cours inévitable et sage.

« En matière sentimentale, petite princesse, avait coutume de dire César, il ne faut jamais offrir ni conseils ni solutions... Seulement un mouchoir propre au moment opportun. »

Et ce fut ce qu'il fit lorsque tout fut terminé, cette nuit-là où elle arriva comme une somnambule, les cheveux encore mouillés, et qu'elle s'endormit sur ses genoux, bien après cette première rencontre dans le couloir de la faculté où n'avait été enregistrée aucune variation importante par rapport au scénario prévu. Le rituel avait continué selon des chemins battus et parfaitement prévisibles, quoique satisfaisants au-delà de toute espérance. Julia avait déjà eu des aventures, mais elle n'avait jamais éprouvé, jusqu'à cet après-midi où Álvaro et elle s'étaient retrouvés pour la première fois dans le lit étroit d'une chambre d'hôtel, la nécessité de dire *je t'aime* de cette façon douloureuse, éperdue, s'écoutant prononcer avec une stupeur heureuse des mots qu'elle avait toujours refusé jusque-là d'articuler, d'une voix qu'elle ne connaissait point et qui ressemblait beaucoup à une plainte, à un gémissement. Et c'est ainsi, un matin qu'elle s'était réveillée le visage blotti contre la poitrine d'Álvaro, qu'après avoir écarté furtivement ses cheveux dépeignés qui lui tombaient sur les yeux, elle avait regardé un long moment son profil endormi, écouté le doux battement de son cœur contre sa joue, jusqu'à ce que lui, ouvrant les yeux, esquisse un sourire en rencontrant son regard. En cet instant, Julia avait su avec une certitude absolue qu'elle l'aimait, et aussi qu'elle connaîtrait d'autres amants, sans retrouver jamais ce qu'elle sentait pour celui-là. Vingt-huit mois plus tard, vécus et comptés jour après jour, était venu le moment de se réveiller douloureusement, de demander à César qu'il sorte de sa poche son fameux mouchoir. « Ce terrible mouchoir, avait déclamé l'antiquaire, théâtral comme toujours, à moitié pour plaisanter, mais perspicace comme une Cassandre – que nous agitons pour nous dire adieu à tout jamais »... Voilà ce qu'avait été, en gros, cette histoire.

Une année avait suffi à cicatriser les blessures, mais pas à effacer les souvenirs. Des souvenirs auxquels Julia n'avait d'ailleurs nullement l'intention de renoncer. Elle avait mûri avec une célérité raisonnable et ce processus moral s'était cristallisé dans la croyance – extraite sans complexe de celles que professait César – que la vie est une espèce de restaurant coûteux où l'on finit toujours par vous remettre l'addition, sans qu'il faille pour autant renier ce qu'on a savouré avec bonheur ou plaisir. Julia y songeait maintenant, tandis qu'elle regardait Álvaro ouvrir des livres sur sa table et prendre des notes sur des fiches rectangulaires de bristol blanc. Physiquement, il avait à peine changé, même si quelques fils blancs paraissaient à présent dans ses cheveux. Ses yeux étaient toujours paisibles et intelligents. À une autre époque, elle avait aimé ces yeux, ces mains longues et fines aux ongles bombés, soigneusement polis. Elle les observait tandis que les doigts tournaient les pages d'un livre ou saisissaient un stylo et, bien malgré elle, elle entendit une lointaine rumeur de mélancolie qu'elle décida d'accepter comme raisonnable après une brève analyse. Ces mains ne suscitaient plus en elle les sentiments d'autrefois; mais elles avaient caressé son corps. Le moindre de ses gestes, tout de délicatesse et de chaleur, était encore imprimé dans sa peau. Les autres amours n'avaient pas effacé sa trace.

Elle parvint à maîtriser le battement sourd de ses sentiments. Pour rien au monde elle n'aurait voulu céder à la tentation du souvenir. De toute façon, la question était secondaire ; elle n'était pas venue ici afin de réveiller la nostalgie du passé. Elle fit donc un effort pour fixer son attention sur les paroles de son ex-amant, et non sur lui. Après la gêne des cinq premières minutes, Álvaro l'avait regardée avec des yeux pensifs, tentant de calculer l'importance de ce qui l'amenait de nouveau ici, après tant de temps. Il souriait affectueusement, comme un vieil ami ou un camarade d'université, détendu et attentif, se mettant à sa disposition avec cette efficacité tranquille, remplie de silences et de réflexions muettes qu'elle connaissait si bien. Après la surprise initiale, il n'y avait eu qu'une brève lueur d'étonnement dans ses yeux quand Julia lui avait posé la question du tableau – sans parler de l'inscription cachée que Menchu et elle avaient décidé de garder secrète. Álvaro confirma qu'il connaissait bien le peintre, l'œuvre et son époque, mais qu'il ignorait qu'elle allait être mise en vente et que Julia était chargée de la restauration. Chose certaine, il n'eut pas besoin des photos en couleurs que la jeune femme avait apportées ; il semblait connaître parfaitement l'époque et les personnages. Il était maintenant en train de chercher une date, suivant de son index les lignes d'un vieux volume d'histoire médiévale, absorbé par son travail, oublieux en apparence de leur intimité passée que Julia sentait pourtant flotter entre eux comme le suaire d'un fantôme. Peut-être pense-t-il la même chose que moi, se dit-elle. Peut-être me trouve-t-il lui aussi trop lointaine ; indifférente.

– Voilà, dit-il alors et Julia se cramponna au son de sa voix comme un naufragé s'agrippe à une épave, soulagée à la pensée qu'elle ne pouvait faire deux choses à la fois : se souvenir de lui autrefois et l'écouter maintenant. Elle constata sans aucun regret que la nostalgie restait en arrière, à la dérive, et son soulagement dut être si visible qu'il la regarda, surpris, avant de reporter son attention sur la page du livre qu'il tenait entre les mains. Julia jeta un coup d'œil au titre : *La Suisse, la Bourgogne et les Pays-Bas aux* XIV*e et* XV*e siècles.*

– Regarde. – Álvaro lui montrait un nom dans le texte. Puis il fit glisser son index jusqu'à la photographie du tableau qu'elle avait posée sur la table, à côté de lui. *FERDINANDUS OST. D.* dit l'inscription qui identifie le joueur de gauche, celui qui est habillé en rouge. Comme Van Huys a peint *La Partie d'échecs* en 1471, il ne peut y avoir aucun doute. Il s'agit de Fernand Altenhoffen, duc d'Ostenbourg, *Ostenburguensis Dux*, né en 1435 et mort... oui, c'est bien cela, en 1474. Il avait donc trente-cinq ans lorsqu'il a posé pour le peintre.

Julia prenait des notes sur une fiche de bristol.

– Et où se trouve Ostenbourg ?... En Allemagne ?

Álvaro secoua la tête, ouvrit un atlas historique et lui montra une carte.

– Ostenbourg était un duché qui correspondait approximativement à la Rodovingie de Charlemagne... Il se trouvait ici, aux confins franco-allemands, entre le Luxembourg et les Flandres. Aux XVe et XVIe siècles, les ducs ostenbourgeois tentèrent de conserver leur indépendance, mais finirent par être absorbés d'abord par la Bourgogne, puis par Maximilien d'Autriche. La dynastie des Altenhoffen s'est éteinte précisément avec ce Fernand, dernier duc d'Ostenbourg, qui joue aux échecs sur le tableau... Si tu veux, je peux te faire des photocopies.

– Merci beaucoup.

– Il n'y a pas de quoi – Álvaro se cala dans son fauteuil, sortit d'un tiroir de son bureau une boîte de tabac et se mit à bourrer sa pipe. Logiquement, la dame qui se trouve à côté de la fenêtre, avec l'inscription *BEATRIX BURG. OST. D.* ne peut être que Béatrice de Bourgogne, la duchesse d'Ostenbourg. Tu vois ?... Béatrice a épousé Fernand Altenhoffen en 1464, à l'âge de vingt-trois ans.

– Par amour ? demanda Julia avec un sourire indéfinissable en regardant la photo.

Álvaro esquissa lui aussi un bref sourire, un peu forcé.

– Tu sais bien que la plupart de ces unions n'étaient pas des mariages d'amour... L'oncle de Béatrice, Philippe le Bon, duc de Bourgogne, tentait ainsi de resserrer son alliance avec l'Ostenbourg, face à la France qui cherchait à annexer les deux duchés – il regarda à son tour la photographie et glissa sa pipe entre ses dents. Mais Fernand d'Ostenbourg a eu de la chance, car elle était très belle. C'est du moins ce que disent les *Annales bourguignonnes* de Nicolas Flavin, le principal chroniqueur de l'époque. Ton Van Huys semble partager cette opinion. Apparemment, il avait déjà fait son portrait, car il existe un document, cité par Pijoan, où nous lisons que Van Huys fut pendant quelque temps peintre de la cour d'Ostenbourg... Fernand Altenhoffen lui octroie en l'an 1463 une pension de cent livres par année, payable pour moitié à la Saint-Jean et pour l'autre moitié à la Noël. Ce même document mentionne la commande faite au peintre d'un portrait de Béatrice, alors fiancée au duc, portrait que l'on veut, précise-t-on, « bien au vif ».

– Il y a d'autres références ?

– Innombrables. Van Huys est devenu un personnage important – Álvaro sortit une chemise d'un classeur. Jean Lemaire, dans sa *Couronne Margaridique,* écrite en l'honneur de Marguerite d'Autriche, gouvernante des Pays-Bas, cite Pierre de Brugge (Van Huys), Huges de Gan (Van der Goes) et Dieric de Louvain (Dieric Bouts) à côté de celui qu'il qualifie de roi des peintres flamands, Johannes (Van Eyck). Dans son poème, il dit littéralement : « Pierre de Brugge, qui tant eut les traits utez », dont les traits étaient si nets... Van Huys était mort depuis vingt-cinq ans quand il a écrit cela – l'historien parcourait d'autres fiches. Il y a d'autres mentions plus anciennes. Par exemple, dans les inventaires du Royaume de Valence, il est indiqué qu'Alphonse V le Magnanime possédait des œuvres de Van Huys, de Van Eyck et d'autres maîtres ponantais, toutes perdues... Bartolomeo Fazzio, familier et intime d'Alphonse V, en fait également mention dans son ouvrage *De viris illustribus,* en parlant de lui comme de *« Pietrus Husyus, insignis pictor ».* D'autres auteurs, surtout italiens, le nomment *« Magistro Piero Van Hus, pictori in Bruggia ».* Tu as aussi une citation de 1470 dans laquelle Guido Rasofalco mentionne un de ses tableaux qui lui non plus n'est pas arrivé jusqu'à nous, une crucifixion, *« Opera buona di mano di un chiamato Piero di Juys, pictor famoso in Flandra ».* Et un autre auteur italien anonyme fait mention d'un tableau de Van Huys qui a été conservé celui-là, *Le Chevalier et le Diable,* précisant que *« A magistro*

Pietrus Juisus magno et famoso flandesco fuit depictum»... Tu peux ajouter que Guicciardini et Van Mander le citent au XVIe siècle et James Weale au XIXe dans ses ouvrages sur les grands peintres flamands – l'historien rassembla ses fiches et les remit soigneusement dans la chemise qu'il rangea dans le classeur. Puis il se renversa dans son fauteuil et regarda Julia, un sourire aux lèvres. – Satisfaite ?

– Tout à fait – la jeune femme qui avait tout noté réfléchissait. Au bout d'un moment, elle releva la tête, écarta les cheveux qui lui tombaient sur les yeux et regarda Álvaro avec curiosité. À croire que tu avais préparé un cours... Je suis littéralement stupéfaite.

Le sourire du professeur s'estompa légèrement et ses yeux évitèrent le regard de Julia. Une fiche restée sur la table semblait tout à coup accaparer son attention.

– C'est mon métier, dit-il.

Elle n'aurait pu dire si sa voix était distraite ou évasive. Sans très bien savoir pourquoi, elle se sentit vaguement mal à l'aise.

– Tu travailles toujours aussi bien... – elle l'observa quelques secondes avec curiosité, puis retourna à ses notes. Nous avons d'abondantes références sur l'auteur et sur deux des personnages... – elle se pencha sur la reproduction du tableau et posa le doigt sur le second joueur. – Il ne manque plus que celui-là.

Occupé à allumer sa pipe, Álvaro ne répondit pas tout de suite. Il fronçait les sourcils.

– Difficile de l'identifier avec certitude, dit-il en lâchant une bouffée de fumée. L'inscription n'est pas très explicite, mais elle suffit pour émettre une hypothèse : *RUTGIER AR. PREUX*... – il s'arrêta et contempla le fourneau de sa pipe, comme s'il espérait y trouver la confirmation de son idée. – Rutgier peut vouloir dire Roger ; il existe au moins dix variantes de ce prénom commun à l'époque... Preux pourrait être un nom de famille, mais nous serions alors dans une impasse, car nous ne connaissons aucun Preux dont les faits et gestes aient mérité d'être relatés dans les chroniques. Cependant, à l'époque du haut Moyen Âge, «preux» s'utilisait naturellement comme adjectif, et même comme substantif, dans le sens de courageux, chevaleresque. Pour prendre deux exemples illustres, Lancelot et Roland sont appelés ainsi... En France et en Angleterre, lorsqu'on adoubait un chevalier, son parrain prononçait la formule: « soyez preux », c'est-à-dire : soyez loyal, vaillant. C'était une sorte de titre réservé à la fleur de la chevalerie.

Sans s'en rendre compte, par déformation professionnelle, Álvaro avait pris un ton de voix persuasif, presque doctoral, comme c'était tôt ou tard le cas chaque fois qu'une conversation tournait autour de sa spécialité. Julia s'en aperçut avec un certain trouble, car cette voix réveillait de vieux souvenirs, cendres oubliées d'une tendresse qui avait occupé une place dans le temps et dans l'espace, dans la formation de son caractère tel qu'il était à présent. Résidus d'une autre vie et d'autres sentiments qu'un méticuleux travail de sape et de destruction avait amortis, les mettant à l'écart comme un livre qu'on range dans une bibliothèque pour que la poussière le recouvre, sans intention de le rouvrir jamais, mais qui malgré tout demeure là.

Julia savait qu'il lui fallait absolument échapper à cet envoûtement. S'occuper l'esprit avec le moment présent. Parler, demander des détails, même inutiles. Se pencher sur la table, feindre de ne penser qu'à prendre des notes. Se dire qu'elle se trouvait devant un Álvaro différent, ce qui sans aucun doute était vrai. Se convaincre que tout le reste s'était passé à une époque lointaine, dans un temps et un lieu oubliés. Agir et sentir comme si les souvenirs n'étaient pas les leurs, mais ceux d'autres personnes dont ils avaient entendu parler autrefois et dont le sort ne leur importait aucunement.

Une solution était d'allumer une cigarette, ce qu'elle fit. En pénétrant dans ses poumons, la fumée du tabac la réconciliait avec elle-même, lui accordait de petites doses d'indifférence. Elle alluma donc une cigarette avec des mouvements posés, trouvant le calme dans ce rituel mécanique. Puis elle regarda Álvaro, prête à continuer.

– Alors, quelle est cette hypothèse ? – sa voix lui parut ferme et elle se sentit rassurée. D'après ce que je vois, si Preux n'est pas un nom de famille, la clé réside peut-être dans l'abréviation *AR*.

Álvaro acquiesça d'un signe de tête. Gêné par la fumée de sa pipe, il plissa les yeux, puis chercha un nom dans les pages d'un autre livre.

– Voilà. Roger d'Arras, né en 1431, l'année où les Anglais brûlaient Jeanne d'Arc à Rouen. Sa famille est apparentée aux Valois qui régnaient en France. Il naît au château de Bellesang, tout près du duché d'Ostenbourg.

– Il pourrait s'agir du second joueur?

– C'est possible. *AR.* pourrait parfaitement être l'abréviation d'Arras. Et nous retrouvons Roger d'Arras dans toutes les chroniques de l'époque. Il combat durant la guerre de Cent Ans aux côtés du roi de France Charles VII. Tu vois?... Il participe à la conquête de la Normandie et de la Guyenne contre les Anglais; il se bat en 1450 à la bataille de Formigny et, trois années plus tard, à celle de Castillon. Regarde la gravure. Il pourrait être un de ceux-là, peut-être ce guerrier à la visière baissée qui offre en pleine débâcle son cheval au roi de France dont la monture est morte sous lui, et qui continue à se battre à pied...

– Tu m'étonnes, professeur – elle le regardait sans chercher à dissimuler sa surprise. Cette belle image du guerrier en pleine bataille... Je t'ai toujours entendu dire que l'imagination est le cancer de la rigueur historique.

Álvaro rit de bon cœur.

– Vois-y une licence extra-professorale, en ton honneur. Comment oublier que tu adores aller au-delà des simples faits. Je me rappelle que toi et moi...

Il se tut, mal à l'aise. Julia s'était raidie à la première allusion. Les souvenirs n'étaient pas de mise; dès qu'il s'en rendit compte, Álvaro fit marche arrière.

– Je suis désolé, dit-il à voix basse.

– Ça n'a pas d'importance – Julia écrasa brusquement sa cigarette dans le cendrier en se brûlant les doigts. Au fond, c'est ma faute – elle le regardait avec des yeux déjà plus sereins. Et que sait-on de notre guerrier?

Visiblement soulagé, Álvaro s'empressa de saisir la perche qu'elle lui tendait. Roger d'Arras, précisa-t-il, n'était pas seulement un homme de guerre, mais bien d'autres choses encore. Le miroir des chevaliers, pour commencer. Le modèle du noble médiéval. Poète et musicien à ses heures. Très apprécié à la cour de ses cousins, les Valois. Si bien que l'adjectif *Preux* lui allait certainement comme un gant.

– Quelque chose à voir avec les échecs ?

– Les documents n'en disent rien.

Julia prenait des notes, enthousiasmée par cette histoire. Elle s'arrêta tout à coup et regarda Álvaro.

– Ce que je ne comprends pas, dit-elle en mordillant le bout de son stylobille, c'est ce que peut bien faire ce Roger d'Arras dans un tableau de Van Huys, en train de jouer aux échecs avec le duc d'Ostenbourg...

Álvaro changea de position dans son fauteuil, comme si un doute l'assaillait tout à coup. Il tira silencieusement sur sa pipe en regardant le mur derrière Julia, apparemment déchiré par une sorte de combat intérieur. Finalement, il esquissa un sourire un peu gêné.

– Ce qu'il fait exactement, à part jouer aux échecs, je l'ignore – il leva les mains en l'air pour indiquer qu'il n'en savait pas davantage, mais Julia eut la certitude qu'il la regardait alors avec une méfiance insolite, comme si une idée qu'il ne se décidait pas à formuler lui trottait dans la tête. Ce que je sais, ajouta-t-il enfin, et je le sais parce que les documents nous le disent, c'est que Roger d'Arras n'est pas mort en France, mais à Ostenbourg – puis il montra la photo du tableau après une légère hésitation. Tu as vu la date de la peinture ?

– 1471, répondit-elle, intriguée. Pourquoi ?

Álvaro lâcha lentement une bouffée de fumée, puis fit un bruit sec, comme un petit rire. Il regardait Julia, comme s'il voulait lire dans ses yeux la réponse à une question qu'il ne se décidait pas à poser.

– Quelque chose ne colle pas, dit-il enfin. Ou cette date est fausse, ou les chroniques de l'époque ne disent pas la vérité, ou ce chevalier n'est pas le *Rutgier Ar. Preux* du tableau... – il s'empara d'un dernier livre, un fac-similé de la *Chronique des ducs d'Ostenbourg*, et le posa devant elle après l'avoir feuilleté un moment. Ceci a été écrit à la fin du XVe siècle par Guichard de Hainaut, un Français contemporain des faits qu'il relate en se fondant sur des témoignages directs... D'après Hainaut, notre homme mourut le Jour des Rois de 1469; deux ans avant que Pieter Van Huys ne peigne *La Partie d'échecs*. Tu comprends, Julia?... Roger d'Arras n'a jamais pu poser pour ce tableau, puisqu'il était déjà mort lorsqu'on l'a peint.

Il l'accompagna jusqu'au parking de la faculté et lui remit la chemise contenant les photocopies. – « Tu y trouveras presque tout, dit-il. Les références historiques, une mise à jour des œuvres cataloguées de Van Huys, une bibliographie... » Il lui promit de lui envoyer chez elle une chronologie et quelques documents supplémentaires, dès qu'il aurait un moment libre. Puis il la regarda dans les yeux, la pipe à la bouche, les mains dans les poches de sa veste, comme s'il avait encore quelque chose à dire mais qu'il n'osât pas le faire. Après une brève hésitation, il finit par ajouter qu'il espérait lui avoir été utile.

Julia lui en donna l'assurance, encore un peu étourdie. Les détails de l'histoire qu'elle venait à peine d'apprendre se brouillaient dans sa tête. Mais il y avait autre chose...

– Je suis impressionnée, professeur... En moins d'une heure, tu as reconstruit la vie des personnages d'un tableau que tu n'avais jamais étudié auparavant.

Álvaro détourna les yeux et regarda distraitement autour de lui. Puis il fit une sorte de grimace.

– Cette peinture ne m'était pas totalement inconnue – elle crut déceler dans sa voix une note de doute qui l'inquiéta, sans qu'elle sache pourquoi, mais elle écouta avec encore plus d'attention ce qu'il lui disait. Entre autres choses, il en existe une photographie dans un catalogue du Prado de 1917... *La Partie d'échecs* y a été exposée, en dépôt, pendant une vingtaine d'années. Depuis le début du siècle, jusqu'à ce que les héritiers le réclament en 1923.

– Je l'ignorais.

– Eh bien, tu le sais maintenant – le professeur se concentra sur sa pipe qui paraissait sur le point de s'éteindre. Julia le regardait du coin de l'œil. Elle connaissait cet homme, ou elle l'avait connu autrefois, assez bien en tout cas pour savoir que quelque chose d'important le dérangeait. Quelque chose qu'il ne se décidait pas à exprimer à haute voix.

– Et qu'est-ce que tu ne m'as pas dit, Álvaro ?

Il resta immobile, tirant sur sa pipe d'un air absorbé. Puis il se retourna lentement vers elle.

– Je ne vois pas de quoi tu parles.

– Je veux dire que tout ce qui a un rapport avec ce tableau est important – elle le regardait d'un air grave. Je joue très gros dans cette affaire.

Álvaro mordillait le tuyau de sa pipe, indécis, puis il esquissa un geste ambigu.

– Tu m'embarrasses. On dirait que ton Van Huys est à la mode ces temps-ci.

– À la mode ? – Elle s'était raidie, tous ses sens en éveil, comme si la terre allait se mettre à trembler sous ses pieds. Tu veux dire que quelqu'un t'en a parlé avant moi ?

Álvaro souriait maintenant d'un air indécis, regrettant sans doute d'en avoir trop dit.

– C'est possible.

– Qui ?

– Voilà le problème. Je ne suis pas autorisé à te le dire.

– Ne sois pas idiot.

– Je ne le suis pas. C'est la vérité – et il lui lança un regard qui réclamait son indulgence.

Julia respira profondément, tentant de combler cet étrange vide qu'elle sentait au creux de son estomac; quelque part en elle, un système d'alarme s'était déclenché. Mais Álvaro avait recommencé à parler, si bien qu'elle se mit à l'écouter avec une extrême attention, en quête d'un indice. Il aimerait bien voir ce tableau, si Julia n'y voyait pas d'inconvénient. Et la voir elle aussi.

– Je t'expliquerai tout, conclut-il. En temps et lieu.

Il pourrait bien s'agir d'un piège, pensa la jeune femme, car il était parfaitement capable d'organiser toute cette mise en scène comme prétexte pour la revoir. Elle se mordit la lèvre inférieure, nerveuse. Le tableau semblait vouloir s'effacer devant des sensations et souvenirs qui n'avaient rien à voir avec les raisons de sa visite ici.

– Comment va ta femme ? demanda-t-elle d'un air détaché, cédant à une obscure impulsion. Puis elle leva un peu les yeux, ironique, pour s'assurer qu'Álvaro accusait le coup.

– Elle va bien, répondit-il sèchement, très occupé à regarder la pipe qu'il tenait entre ses doigts, comme s'il ne la reconnaissait pas. – Elle est à New York. Elle prépare une exposition.

Un souvenir fugace traversa la mémoire de Julia : une jolie femme, blonde, vêtue d'un tailleur marron, en train de descendre d'une auto. À peine quinze secondes d'une image imprécise retenue à grand-peine, mais qui avait marqué, nette comme un coup de bistouri, la fin de sa jeunesse et le début d'une nouvelle vie. Elle croyait se souvenir qu'elle travaillait pour un organisme officiel ; quelque chose en rapport avec la culture, les expositions et les voyages. Un temps, les choses en avaient été plus faciles. Álvaro ne parlait jamais d'elle, et Julia non plus ; mais tous les deux n'avaient cessé de sentir sa présence entre eux, comme un fantôme. Et ce fantôme, quinze secondes d'un visage entrevu par hasard, avait fini par gagner la partie.

– J'espère que tout va bien pour vous.

– Ça ne va pas mal. Je veux dire que ça ne va pas mal du tout.

– Je vois.

Ils marchèrent quelque temps en silence, sans se regarder. Finalement, Julia fit claquer sa langue et pencha la tête en souriant dans le vague.

– Bon, tout ça n'a plus beaucoup d'importance... – elle s'arrêta devant lui, les mains sur les hanches, une moue espiègle sur les lèvres. Et comment me trouves-tu maintenant ?

Il la regarda de haut en bas, gêné, les yeux à demi fermés. Il réfléchissait.

– Je te trouve très bien... Vraiment.

– Et comment te sens-tu ?

– Un peu troublé... – il fit un sourire mélancolique, presque penaud. Et je me demande si j'ai pris la bonne décision il y a un an.

– Tu ne sauras jamais la réponse.

– Ce n'est pas dit.

Il était encore séduisant, pensa Julia avec une pointe

d'angoisse et d'irritation au creux de l'estomac. Elle regarda ses mains et ses yeux, sachant qu'elle marchait au bord d'un gouffre qui la terrorisait et l'attirait tout à la fois.

– Le tableau est chez moi, répondit-elle prudemment, sans s'engager à rien, tandis qu'elle essayait de mettre de l'ordre dans ses idées ; elle voulait s'assurer de cette fermeté qu'elle avait si douloureusement acquise, mais en même temps elle devinait les risques, la nécessité de ne pas baisser la garde face aux sentiments et aux souvenirs. Et puis, et surtout, il y avait le Van Huys.

Ce raisonnement lui servit au moins à voir plus clair. Elle serra donc la main qu'il lui tendait, sentant chez lui la maladresse de quelqu'un qui n'est pas sûr du terrain où il s'avance, ce qui lui fit reprendre courage, avec une secrète et perverse jubilation. Puis, dans un geste à la fois impulsif et calculé, ses lèvres frôlèrent rapidement les siennes – avance à fonds perdus, pour inspirer la confiance – avant qu'elle n'ouvre la portière pour se glisser dans sa petite Fiat blanche.

– Si tu veux voir le tableau, passe chez moi, dit-elle d'un air faussement détaché en tournant la clé de contact. Demain après-midi. Et merci.

Avec lui, c'était suffisant. Dans le rétroviseur, elle le vit qui restait en arrière, agitant la main, pensif et troublé, sur l'arrière-plan que formaient les jardins et le bâtiment de brique de la faculté. Elle sourit intérieurement en brûlant un feu rouge. Tu vas mordre à l'hameçon, professeur, pensa-t-elle. Je ne sais pas pourquoi, mais quelqu'un, quelque part, essaie de jouer un mauvais tour. Et tu vas me dire qui, ou je ne m'appelle plus Julia.

Le cendrier débordait sur la table basse qui se trouvait à portée de sa main. Allongée sur le sofa, elle lut très tard à la lumière d'une petite lampe. Peu à peu, l'histoire du tableau, du peintre et de ses personnages prenait forme entre ses mains. Elle lisait avidement, décidée à savoir, tous les sens en alerte, attentive au moindre indice, à la clé de cette mystérieuse partie d'échecs qui, dans l'obscurité de l'atelier, continuait à se dérouler sur le chevalet planté devant elle, parmi les ombres :

« ... Libérés en 1453 de leurs liens de vassalité avec la France, les ducs d'Ostenbourg tentèrent de maintenir un difficile équilibre entre la France, l'Allemagne et la Bourgogne. La politique ostenbourgeoise éveilla la suspicion de Charles VII, roi de France, qui craignait que le duché ne soit absorbé par la puissante Bourgogne, laquelle prétendait s'ériger en royaume indépendant. Dans ce tourbillon d'intrigues de palais, d'alliances politiques et de pactes secrets, les appréhensions de la France se confirmèrent avec le mariage (1464) du fils héritier du duc Wilhelmus d'Ostenbourg, Fernand, et de Béatrice de Bourgogne, nièce de Philippe le Bon et cousine du futur duc de Bourgogne, Charles le Téméraire.

Durant ces années décisives pour l'avenir de l'Europe, deux factions irréconciliables se rangèrent donc en ordre de bataille à la cour ostenbourgeoise : le parti bourguignon, favorable à l'intégration au duché voisin, et le parti français qui conspirait pour la réunification avec la France. L'affrontement de ces deux forces allait caractériser le turbulent règne de Fernand d'Ostenbourg, jusqu'à sa mort en 1474... »

Elle posa le dossier par terre et se redressa sur le sofa, les bras autour des genoux. Le silence était absolu. Elle resta ainsi immobile pendant quelque temps, puis se leva et s'approcha du tableau. *Quis necavit equitem.* Sans toucher la surface du panneau, elle fit glisser son doigt sur l'endroit où se trouvait cachée l'inscription, recouverte par les couches successives du pigment vert avec lequel Van Huys avait représenté le tapis de la table. Qui a tué le chevalier ? Avec les informations que lui avait communiquées Álvaro, la phrase prenait une dimension qui, ici, le tableau à peine éclairé par la petite lampe, paraissait sinistre. Penchée en avant pour se rapprocher le plus possible de *RUTGIER AR. PREUX,* Roger d'Arras ou pas, Julia eut la certitude que l'inscription se rapportait bien à lui. Sans aucun doute, il s'agissait d'une espèce de devinette ; mais le rôle que jouaient les échecs dans tout cela la déconcertait. *Jouaient.* Peut-être ne s'agissait-il que de cela, justement, d'un jeu.

Elle sentait poindre en elle une irritation qui la mit

mal à l'aise, comme lorsqu'elle se trouvait obligée de recourir au bistouri pour détacher un vernis rebelle, et elle se croisa les mains derrière la nuque en fermant les yeux. Quand elle les rouvrit, elle vit de nouveau devant elle le profil du chevalier inconnu, les yeux rivés sur l'échiquier, le front plissé, grave, totalement absorbé. Il avait une expression agréable ; c'était sans aucun doute un homme séduisant. Il respirait la noblesse, donnait une impression de dignité que l'artiste avait habilement soulignée avec l'arrière-plan qui l'entourait. De plus, la position de sa tête correspondait exactement à l'intersection des lignes qui constituent en peinture la *section d'or*, la règle de composition que les peintres classiques, pour équilibrer la composition d'un tableau, utilisaient comme guide depuis l'époque de Vitruve...

Cette découverte la bouleversa. Selon ces mêmes règles, si Van Huys avait voulu mettre en valeur le personnage du duc Fernand d'Ostenbourg – Fernand à qui revenait naturellement cet honneur en raison de son rang –, il l'aurait placé au point d'intersection aurique, pas sur la gauche de la composition. Même chose pour Béatrice de Bourgogne qui occupait de plus un deuxième plan, à côté de la fenêtre et sur la droite. Il était donc raisonnable de penser que celui qui présidait cette mystérieuse partie d'échecs n'était pas le duc ou la duchesse, mais *RUTGIER AR. PREUX,* probablement Roger d'Arras. Or, Roger d'Arras était mort.

Elle s'avança vers une étagère chargée de livres sans quitter le tableau des yeux, le regardant par-dessus son épaule comme si un personnage allait se mettre à bouger dès qu'elle tournerait la tête. Maudit soit ce Pieter Van Huys, faillit-elle dire à haute voix, s'amuser à poser des devinettes qui empêchent les gens de dormir cinq cents ans plus tard. Elle prit le tome de l'*Historia del Arte* de Amparo y Ibáñez consacré à la peinture flamande et alla se rasseoir sur le sofa, l'ouvrage posé sur ses genoux. Van Huys, Pieter. Bruges 1415 – Gand 1481... Et elle alluma sa énième cigarette.

«... Bien qu'il ne dédaigne pas la broderie, les

joyaux et le marbre du peintre de cour, Van Huys est essentiellement bourgeois par l'atmosphère familière de ses scènes sur lesquelles il jette un regard positif auquel rien n'échappe. Influencé par Jan Van Eyck, mais surtout par son maître Robert Campin, dont il mêle savamment les enseignements, le regard qu'il jette sur le monde est un paisible regard flamand, analyse sereine de la réalité. Féru de symbolisme, ses images renferment aussi des lectures parallèles (le flacon de cristal bouché ou la porte dans le mur comme signes de la virginité dans sa Vierge de l'Oratoire, *les jeux d'ombres qui se fondent dans le foyer de* La Famille de Lucas Bremer, *etc.*). *Van Huys déploie toute sa maîtrise dans ses personnages et objets délimités par des contours incisifs et dans la façon dont il s'attaque aux problèmes les plus ardus de la peinture de l'époque, comme l'organisation plastique de la surface, le contraste sans rupture entre pénombre domestique et clarté du jour, ou le changement des ombres selon la matière sur laquelle elles se posent.*

Œuvres conservées : Portrait de l'orfèvre Guillaume Walhuus *(1448) Metropolitan Museum, New York.* La Famille de Lucas Bremer *(1452) Galerie des Offices, Florence.* La Vierge de l'Oratoire *(vers 1455) Musée du Prado, Madrid.* Le Changeur de Louvain *(1457) Collection privée, New York.* Portrait du négociant Mathias Conzini et de son épouse *(1458) Collection privée, Zurich.* Le Retable d'Anvers *(vers 1461) Pinacothèque de Vienne.* Le Chevalier et le Diable *(1462) Rijksmuseum, Amsterdam.* La Partie d'échecs *(1471) Collection privée, Madrid.* La Descente de croix de Gand *(vers 1478) Cathédrale de Saint-Bavon, Gand.* »

À quatre heures du matin, la bouche râpeuse à force de café et de tabac, Julia avait achevé sa lecture. L'histoire du peintre, le tableau et les personnages devenaient enfin presque tangibles. Il ne s'agissait plus de simples images sur un panneau de chêne, mais d'êtres vivants qui avaient occupé un temps et un espace entre la vie et la mort. Pieter Van Huys, peintre. Fernand Altenhoffen et son épouse, Béatrice de Bourgogne. Et Roger d'Arras. Car Julia avait trouvé la preuve que le chevalier du tableau, le joueur qui étudiait la position des pièces sur l'échiquier avec l'attention taciturne de quelqu'un qui joue sa vie à ce jeu, était bel et bien Roger d'Arras, né en 1431 et mort en 1469 à Ostenbourg. Elle n'en avait plus le moindre doute, pas plus qu'elle ne doutait que le lien mystérieux qui l'unissait aux autres personnages et au peintre fût ce tableau, exécuté deux ans après sa mort. Une mort dont elle avait à présent la minutieuse description sur les genoux, sur la photocopie d'une page de la *Chronique* de Guichard de Hainaut :

«... Ainsi donc, en l'Épiphanie des Saints Rois de cette année 1469, alors que messire Ruggier d'Arras se promenait à la nuit tombante comme il avait coutume de le faire le long de la douve dite de la Porte Est, un arbalétrier embusqué lui transperça la poitrine de part en part avec un carreau. Le seigneur d'Arras resta là, réclamant à grands cris la confession, mais quand on accourut lui porter secours, l'âme avait expiré par le grand trou de la blessure. La mort de messire Ruggier, miroir des chevaliers et gentilhomme accompli, fut cruellement ressentie par la faction qui en Ostenbourg était partisane de la France, à laquelle on le disait attaché. Devant un acte si odieux, des voix s'élevèrent pour accuser du crime la gent partisane de la maison de Bourgogne. D'autres attribuèrent cette mort infâme à des intrigues d'amour, auxquelles était peu enclin le malheureux seigneur d'Arras. On affirma même que le duc Fernand était l'auteur occulte du coup par tiers interposé, du fait que messire Ruggier aurait osé soupirer d'amour auprès de la duchesse Béatrice. Et ce si grand soupçon accompagna le duc jusqu'à sa mort. Et ainsi se termina la triste affaire sans que les assassins fussent jamais découverts, tandis que l'on disait sous les porches et dans les tavernes qu'ils s'étaient enfuis, protégés par une puissante main. Ainsi la justice fut-elle laissée à la main de Dieu. Et messire Ruggier était beau de corps et de figure en dépit des guerres guerroyées au service de la

couronne de France, avant qu'il ne prête serment d'allégeance à Ostenbourg et ne se mette au service du duc Fernand, avec qui il avait grandi du temps de son enfance. Et il fut pleuré par moult dames. Et il avait l'âge de trente-huit ans et toute sa vigueur quand il mourut... »

Julia éteignit la lampe et resta dans le noir, la tête appuyée contre le dossier du sofa, contemplant le point lumineux que faisait la braise de la cigarette qu'elle tenait à la main. Elle ne pouvait plus voir le tableau devant elle, mais elle n'en avait plus besoin. Les moindres détails de l'œuvre du maître flamand s'étaient imprimés sur sa rétine et dans son esprit. Elle voyait le tableau les yeux ouverts dans le noir.

Elle bâilla et se frotta le visage. Elle sentait un mélange de fatigue et d'euphorie, éprouvait une curieuse sensation de triomphe incomplet, mais excitant, comme le pressentiment acquis au beau milieu d'une longue course qu'il sera possible d'atteindre le but. Elle n'avait réussi à soulever qu'un coin du voile et il restait encore bien des choses à découvrir. Mais un point était clair comme de l'eau de roche : dans ce tableau, il n'y avait ni caprice ni hasard, mais bien l'exécution méticuleuse d'un plan soigneusement arrêté, la poursuite d'un objectif qui se résumait dans la question secrète : *Qui a tué le chevalier ?*, que quelqu'un, par commodité ou par peur, avait masquée ou fait masquer. Julia allait découvrir de quoi il retournait. En ce moment, tandis qu'elle fumait dans le noir, abrutie de fatigue, l'esprit peuplé d'images médiévales parmi lesquelles sifflaient des carreaux d'arbalètes tirés dans le dos à la nuit tombante, la jeune femme ne pensait déjà plus à restaurer le tableau, mais à percer son secret. Ce ne serait quand même pas mal, se dit-elle au moment de s'avouer vaincue par le sommeil, qu'aujourd'hui où tous les protagonistes de cette histoire ne sont plus que des squelettes réduits en poussière dans leurs tombeaux, elle parvienne à trouver la réponse à la question qu'un peintre flamand du nom de Pieter Van Huys posait, comme une énigme et un défi, à travers le silence de cinq siècles.

II

LUCINDA, OCTAVIO, SCARAMOUCHE

«On dirait le dessin d'un énorme échiquier», dit enfin Alice.

L. Carroll

La clochette tinta quand Julia poussa la porte du magasin de l'antiquaire. Quelques pas à l'intérieur, et elle se sentit envahie par une paix accueillante et familière. Ses premiers souvenirs se confondaient avec cette douce lumière dorée qui jouait sur les meubles d'époque, les sculptures et les colonnes baroques, les lourds secrétaires de noyer, les marbres, les tapis, les porcelaines et les tableaux noircis par la patine du temps dont les graves personnages en deuil contemplaient, bien des années plus tôt, ses jeux d'enfant. Beaucoup d'objets avaient été vendus depuis, remplacés par d'autres; mais l'effet que produisaient ces salles bigarrées, la lumière qui se répandait sur les pièces antiques exposées en un harmonieux désordre, rien de cela n'avait changé. Comme les couleurs de ces délicates statuettes de porcelaine de *La Commedia dell'Arte*, signées par Bustelli: une Lucinda, un Octavio et un Scaramouche qui étaient l'orgueil de César et le divertissement favori de Julia quand elle était petite. Peut-être était-ce pour cette raison que l'antiquaire n'avait jamais voulu s'en défaire et qu'il les conservait encore dans une vitrine tout au fond, près de la verrière à petits carreaux sertis de plomb qui donnait sur le patio intérieur où il avait l'habitude de s'asseoir avec un livre – Stendhal, Mann, Sabatini, Dumas, Conrad – attendant le tintement qui annoncerait l'arrivée d'un client.

– Bonjour, César.

– Bonjour, petite princesse.

César avait plus de cinquante ans – Julia n'avait jamais

réussi à lui faire avouer son âge exact – et ses yeux bleus, rieurs et moqueurs, faisaient penser à ceux d'un garçon espiègle qui ne connaît pas de plus grand plaisir que de faire le contraire de ce que voudrait le monde où on l'oblige à vivre. Avec ses cheveux blancs, soigneusement ondulés – elle le soupçonnait de se les teindre depuis des années déjà –, il était encore remarquablement bien conservé, quoique peut-être légèrement épaissi aux hanches, mais il savait s'habiller avec des costumes d'une coupe impeccable auxquels, en toute rigueur, on n'aurait pu reprocher que d'être un peu osés pour son âge. Il ne portait jamais la cravate, pas même dans les meilleurs salons, leur préférant de splendides foulards italiens noués sous le col ouvert de sa chemise, toujours de soie, ornée de son monogramme brodé au fil bleu ou blanc, juste au-dessous du cœur. Pour le reste, il se trouvait être le possesseur de l'une des cultures les plus vastes et les plus pures auxquelles Julia se fût frottée et chez personne mieux qu'en lui ne se vérifiait le principe qui veut que l'extrême courtoisie, chez les membres de la classe supérieure, soit la plus haute expression de leur dédain envers autrui. Dans l'entourage de l'antiquaire, et le concept s'étendait peut-être à l'humanité tout entière, Julia était l'unique personne qui jouissait vraiment de cette courtoisie, se sachant à l'abri du dédain qu'elle sous-entendait pour les autres. Car, depuis qu'elle avait eu l'âge de raison, l'antiquaire avait été pour elle une curieuse combinaison de père, de confident, d'ami et de directeur de conscience, sans être exactement aucune de ces choses.

– J'ai un problème, César.

– Je t'arrête. Si c'est le cas, alors *nous* avons un problème. Raconte-moi tout.

Et Julia lui raconta tout. Sans rien omettre, pas même l'inscription secrète dont la mention fit simplement sourciller l'antiquaire. Ils étaient assis à côté de la verrière à petits carreaux et César l'écoutait légèrement penché vers elle, la jambe droite croisée sur la gauche, une main sur laquelle brillait une topaze de grande valeur à monture d'or négligemment posée sur la montre Patek Philippe qui ornait l'autre poignet. C'était ce geste distingué, absolument pas calculé, ou du moins ne l'était-il plus depuis longtemps déjà, qui captivait si facilement les petits jeunes gens inquiets à la recherche de sensations raffinées, peintres, sculpteurs ou artistes en herbe que César parrainait avec une dévotion et une constance, il faut le reconnaître, qui dépassaient sensiblement la durée, jamais très longue, de ses relations sentimentales.

« – La vie est brève et la beauté éphémère, petite princesse – c'était une mélancolie moqueuse qui affleurait sur les lèvres de César lorsqu'il adoptait ce ton de confidence, presque un murmure. Et il serait injuste de la posséder éternellement… Ce qui est beau, c'est d'apprendre à voler à un petit moineau, car sa liberté sous-entend ton renoncement » ; tu ne trouves pas la parabole jolie ?

Julia – comme elle l'avait admis à haute voix une fois qu'il l'avait accusée, à la fois flatté et amusé, de lui faire une scène de jalousie – sentait devant ces oisillons qui voletaient autour de César une irritation inexplicable que seule son affection pour l'antiquaire et la conscience raisonnée que celui-ci avait parfaitement le droit de vivre comme il l'entendait l'empêchaient d'extérioriser. Comme le soulignait Menchu avec son manque de tact habituel : « Ton histoire, ma fille, me semble être un complexe d'Électre travestie en Œdipe, ou vice versa… » Le fait est qu'à la différence de celles de César les paraboles de Menchu pouvaient être étonnamment explicites.

Quand Julia eut terminé de lui raconter l'histoire du tableau, l'antiquaire resta un moment silencieux, soupesant ce qu'il venait d'entendre. Puis il hocha la tête. Il ne semblait pas terriblement impressionné – en matière d'art, et à ce stade de sa vie, peu de chose l'impressionnait –, mais la lueur moqueuse de ses yeux avait un instant cédé la place à un bref éclair d'intérêt.

– Fascinant, dit-il, et Julia sut aussitôt qu'elle pouvait compter sur lui. Depuis qu'elle était petite, ce mot avait toujours été une incitation à la complicité et à l'aventure sur la piste d'un secret : le trésor des pirates caché dans un tiroir de la commode Isabelle II – qu'il avait fini par vendre au Musée Romantique – ou l'histoire imaginaire de la dame en dentelles, attribuée à Ingres, dont l'amant, officier des hussards, était mort à Waterloo en criant son nom en pleine charge de cavalerie... C'est ainsi que, tenue par la main de César, Julia avait vécu cent aventures dans cent vies différentes ; et invariablement, dans toutes et chacune, elle avait appris avec lui à apprécier la beauté, l'abnégation et la tendresse, tout comme le plaisir délicat et pourtant tellement vif que l'on peut tirer de la contemplation d'une œuvre d'art, de la finesse transparente d'une porcelaine, de l'humble reflet d'un rayon de soleil sur un mur, décomposé par le cristal pur dans toute la splendeur de sa gamme de couleurs.

– Pour commencer, disait César, il faudrait regarder à fond ce tableau. Je peux aller chez toi demain soir, vers sept heures et demie.

– D'accord – elle le regardait avec une certaine méfiance. Mais Álvaro risque d'être là lui aussi.

Si l'antiquaire fut surpris, il n'en dit rien. Il se borna à plisser les lèvres en une moue cruelle.

– Merveilleux. Il y a longtemps que je n'ai pas vu ce porc et je serai ravi de lui décocher quelques dards empoisonnés, enrobés de délicates périphrases.

– S'il te plaît, César.

– Ne t'inquiète pas, ma chérie. Je serai d'une extrême bienveillance, compte tenu des circonstances... Ma main frappera, c'est certain, mais j'essaierai de ne pas répandre de sang sur ton tapis persan. Qui d'ailleurs aurait besoin d'un bon nettoyage.

Elle le regarda, émue, et posa les mains sur les siennes.

– Je t'aime, César.

– Je sais. C'est normal. À peu près tout le monde partage ton avis.

– Pourquoi détestes-tu Álvaro ?

C'était une question stupide et il la regarda avec des yeux gentiment réprobateurs.

– Il t'a fait souffrir, répondit-il gravement. Si tu m'y autorisais, je serais capable de lui arracher les yeux pour les jeter aux chiens, sur les chemins poussiéreux de Thèbes. Très classique tout cela. Tu pourrais faire le chœur ; je t'imagine, très belle dans ton péplum, les bras nus levés vers l'Olympe, tandis que les dieux ronflent là-haut, parfaitement ivres.

– Épouse-moi. Tout de suite.

César lui prit la main et l'effleura de ses lèvres.

– Quand tu seras grande, petite princesse.

– C'est déjà fait.

– Pas encore. Mais quand tu le seras, altesse, j'oserai te dire que je t'aimais. Et que les dieux, quand ils se sont réveillés, ne m'ont pas tout enlevé. Seulement mon royaume – il était devenu songeur. Ce qui, tout bien pensé, est une bagatelle.

C'était un dialogue intime, rempli de souvenirs, de secrets partagés, aussi vieux que leur amitié. Ils se turent, écoutant le tic-tac des pendules et des horloges centenaires qui, dans l'attente d'un acheteur, continuaient à égrener le passage du temps.

– En résumé, reprit César au bout d'un moment, si je comprends bien, il s'agit d'élucider un assassinat.

Julia le regarda, surprise.

– C'est étrange que tu dises cela.

– Pourquoi ? Il s'agit bien de cela. Qu'il ait eu lieu au XVe siècle ne change rien à l'affaire…

– Oui, mais ce mot, assassinat, éclaire les choses sous un jour plutôt sinistre, répondit-elle en adressant un sourire inquiet à l'antiquaire. J'étais peut-être trop fatiguée hier soir pour les voir sous cet angle, mais jusqu'à présent j'avais pris tout cela comme un jeu; comme s'il s'agissait simplement de déchiffrer un rébus… Une espèce d'affaire personnelle. D'amour-propre.

– Et ?

– Et maintenant, tu me parles le plus naturellement du monde d'élucider un assassinat *réel*. Je viens de comprendre… – elle s'arrêta un moment, la bouche ouverte, comme si elle se penchait au bord d'un abîme. Tu te rends compte ? Quelqu'un a assassiné ou fait assassiner un certain Roger d'Arras le Jour des Rois 1469. Et l'identité de l'assassin est révélée dans le tableau – elle se redressa sur sa chaise, fébrile. Nous pourrions résoudre une énigme de cinq siècles… Et peut-être découvrir la raison pour laquelle une petite partie de l'histoire de l'Europe s'est déroulée d'une certaine façon et pas d'une autre… Imagine un peu le prix que *La Partie d'échecs* pourrait atteindre aux enchères, si nous perçons le secret !

Elle s'était levée, les mains posées sur le marbre rose d'un guéridon. D'abord surpris, puis admiratif, l'antiquaire partageait son avis.

– Des millions, ma chérie, confirma-t-il en un soupir arraché par l'évidence. Des millions et des millions, reprit-il songeur, convaincu. Avec la publicité voulue, Claymore peut tripler ou quadrupler la mise à prix... Un vrai trésor, ton tableau. Je suis sérieux.

– Il faut voir Menchu. Tout de suite.

César s'y refusa d'un geste et prit un air grognon.

– Certainement pas, mon amour. Pas question de frayer avec cette cousette. Je ne veux rien savoir de ta Menchu. À la rigueur, je veux bien compter les coups, mais derrière la barrière. C'est tout.

– Ne sois pas idiot. J'ai besoin de toi.

– Et je suis à ta disposition, ma chérie. Mais ne m'oblige pas à côtoyer cette Néfertiti restaurée et ses proxénètes de service, de vulgaires gigolos. Ta bonne amie me donne la migraine – il se toucha la tempe. Exactement ici. Tu vois ?

– César...

– D'accord, je me rends. *Vae victis*. Je verrai ta Menchu.

Elle l'embrassa bruyamment sur ses joues rasées de près, respirant son odeur de myrrhe. César achetait ses parfums à Paris et ses foulards à Rome.

– Je t'aime, antiquaire de mon cœur. Beaucoup.

– Mensonge. Pur mensonge. Ce n'est pas à un vieux singe...

Menchu achetait elle aussi ses parfums à Paris, mais ils étaient moins discrets que ceux de César. Elle entra d'un pas vif dans le hall du Palace, sans Max, mais précédée d'une vague de *Rumba* de Balenciaga qui l'annonçait comme un héraut d'armes.

– J'ai des nouvelles. – Elle se pressa une narine avec le doigt et renifla plusieurs fois. Elle avait fait une escale technique aux lavabos et quelques minuscules mouches de poudre blanche collaient encore à sa lèvre supérieure ; Julia savait parfaitement que c'était cette halte qui expliquait son air sémillant. – Don Manuel nous attend chez lui pour parler de l'affaire.

– Don Manuel ?

– Le propriétaire du tableau, ma petite. Tu m'as l'air bien endormie. Mon petit vieux est adorable.

Elles commandèrent des cocktails et Julia mit son amie au courant des résultats de son enquête. Menchu faisait des yeux comme des boules de loto, calculant son pourcentage.

– Mais ça change tout – elle comptait rapidement sur ses doigts aux ongles vernis rouge sang, sur le napperon brodé de la petite table. Mon cinq pour cent me paraît un peu court. Alors, je vais faire une proposition aux gens de Claymore : sur la commission de quinze pour cent calculée sur le prix du tableau, sept et demi pour eux, sept et demi pour moi.

– Ils n'accepteront pas. C'est très au-dessous de leur bénéfice habituel.

Menchu se mit à rire, le bord de son verre entre les dents. Ça ou rien. Sotheby's et Christie's étaient au coin de la rue et ils pousseraient des hurlements de joie à la perspective d'hériter du Van Huys. À prendre ou à laisser, point final.

– Et le propriétaire ? Ton petit vieux a peut-être son mot à dire. Imagine qu'il décide de traiter directement avec Claymore. Ou avec d'autres.

Menchu fit un petit sourire rusé.

– Il ne peut pas. Il m'a signé un joli papier – elle montrait sa jupe courte qui découvrait généreusement ses jambes gainées de bas foncés. En plus, j'ai mis mon uniforme de campagne, comme tu vois. Mon don Manuel va être doux comme un agneau, ou je jure de me faire nonne – elle croisa et décroisa ses cuisses en l'honneur de la clientèle masculine de l'hôtel, comme pour vérifier l'efficacité de sa manœuvre, avant de fixer son attention sur son cocktail, satisfaite. – Quant à toi…

– Je veux un et demi sur ton sept et demi.

Menchu poussa un hurlement. Mais c'est beaucoup d'argent, dit-elle, scandalisée. Trois ou quatre fois plus que ce qui était convenu pour la restauration. Julia la laissa protester tandis qu'elle sortait de son sac un paquet de Chesterfield et qu'elle s'allumait une cigarette.

– Tu ne m'as pas comprise, précisa-t-elle en soufflant la fumée. Les honoraires de mon travail seront déduits directement du prix que recevra ton don Manuel après la vente… Le pourcentage dont je te parle vient en plus : sur ton bénéfice. Si le tableau se vend cent millions, sept et demi à Claymore, six à toi, un et demi à moi.

– Il faut voir – Menchu hochait la tête, incrédule. Et tu avais l'air tellement sainte nitouche, avec tes petits pinceaux et tes vernis. Tellement inoffensive.

– Tu vois. Il n'est pire eau que l'eau qui dort.

– Tu me fais horreur, je le jure. J'ai couvé une vipère dans mon sein gauche, comme Aïda. Ou Cléopâtre, peut-être ?… Je ne savais pas que tu te débrouillais si bien avec les pourcentages.

– Mets-toi à ma place. En fin de compte, c'est moi qui ai découvert l'affaire – elle agitait les doigts sous le nez de son amie. Avec ces petites mains-là.

– Tu profites de ce que j'ai le cœur tendre, petite vipère.

– Je dirais plutôt que tu as la tête dure.

Menchu soupira, mélodramatique. C'était retirer le pain de la bouche de son Max, mais on pourrait quand même s'entendre. L'amitié, c'est l'amitié. Elle regarda alors dans la direction de la porte du bar en haussant les sourcils. Évidemment. Quand on parle du loup…

– Max ?

– Ne sois pas désagréable. Max n'a rien d'un loup, c'est un ange – elle roula les yeux pour l'inviter à jeter un coup d'œil discret. Paco Montegrifo, de Claymore, vient d'entrer. Et il nous a vues.

Montegrifo était le directeur de la succursale de Claymore à Madrid. Grand, bien fait de sa personne, dans la quarantaine, il s'habillait avec l'élégance stricte d'un prince italien. La raie séparant ses cheveux était aussi correcte que ses cravates et il exhibait en souriant une large rangée de dents trop parfaites pour être authentiques.

– Bonjour, mesdames. Quelle bonne surprise !

Il resta debout tandis que Menchu faisait les présentations.

– J'ai vu certains de vos travaux, dit-il à Julia, quand il sut que c'était elle qui s'occupait du Van Huys. Je n'ai qu'une chose à dire : parfaits.

– Merci.

– Je vous en prie. Il ne fait aucun doute que *La Partie d'échecs* sera du même niveau – il exhiba de nouveau la blanche rangée de ses dents en un sourire professionnel. Nous plaçons de grandes espérances dans cette œuvre.

– Nous aussi, répliqua Menchu. Plus que vous ne l'imaginez.

Montegrifo dut percevoir une intonation particulière dans sa voix, car ses yeux marron se firent très attentifs. Pas bête, le bonhomme, pensa aussitôt Julia, tandis que le marchand de tableaux approchait une chaise. Il avait rendez-vous, expliqua-t-il ; mais on pourrait certainement patienter quelques minutes.

– Vous permettez ?

Il fit un signe de tête négatif à l'intention du garçon qui s'approchait et s'assit en face de Menchu. Il n'avait rien perdu de sa cordialité, mais on pouvait y percevoir à présent une certaine expectative prudente, comme s'il cherchait à capter une note lointaine et discordante.

– Des difficultés ? demanda-t-il calmement.

Menchu secoua la tête. Pas de difficultés, en principe. Aucune raison de s'inquiéter. Mais Montegrifo ne semblait pas inquiet ; simplement courtoisement curieux.

– Peut-être faudrait-il renégocier les conditions de l'accord, se hasarda Menchu après une légère hésitation.

Suivit un silence embarrassé. Montegrifo la regardait comme il aurait pu regarder, en plein milieu d'une vente, un client incapable de garder son sang-froid.

– Ma chère madame, Claymore est une maison tout à fait sérieuse.

– Je n'en doute pas le moins du monde, répondit Menchu avec aplomb. Mais une enquête menée sur le Van Huys a révélé des faits importants qui donneront de la valeur au tableau.

– Nos experts n'ont rien trouvé de cela.

– L'enquête a été postérieure à l'expertise. Ce qu'on a trouvé… – et ici, Menchu sembla hésiter encore un instant, ce qui ne passa pas inaperçu – n'est pas visible.

Montegrifo se retourna vers Julia, l'air pensif. Ses yeux étaient froids comme de la glace.

– Qu'avez-vous découvert ? demanda-t-il d'une voix douce, comme un confesseur vous invite à soulager votre conscience.

Julia regardait Menchu, indécise.

– Je ne crois pas que je...
– Nous ne sommes pas autorisées..., intervint Menchu, sur la défensive, du moins pas aujourd'hui. Nous devons d'abord recevoir les instructions de mon client.
Montegrifo hocha doucement la tête. Puis, avec un geste posé d'homme du monde, il se leva lentement.
– Mais je m'impose. Excusez-moi.
Il parut vouloir ajouter quelque chose, mais se borna à regarder Julia avec curiosité. Il n'avait pas l'air soucieux et se contenta, au moment de prendre congé, de manifester l'espoir – ce qu'il fit sans quitter la jeune femme des yeux, même s'il s'adressait à Menchu – que cette trouvaille, quelle qu'elle fût, ne modifierait en rien les engagements pris de part et d'autre. Puis, après avoir présenté ses respects, il s'éloigna parmi les tables et alla s'asseoir à l'autre bout de la salle, en compagnie d'un couple qui semblait étranger.
Menchu regardait son verre d'un air contrit.
– J'ai gaffé.
– Pourquoi ? Il fallait bien qu'il le sache tôt ou tard.
– Je sais. Mais tu ne connais pas Paco Montegrifo – elle but une gorgée en regardant le marchand de tableaux à travers son verre. Comme tu le vois, avec toutes ses bonnes manières, s'il connaissait don Manuel, il courrait lui demander ce qui se passe pour nous mettre en dehors du coup.
– Tu crois ?
Menchu poussa un petit rire sarcastique. Le curriculum vitae de Paco Montegrifo n'avait plus de secrets pour elle.
– Il a la langue bien pendue, il a de la classe, il n'a aucun scrupule et il est capable de flairer une bonne affaire à quarante kilomètres – elle fit claquer sa langue avec admiration. On dit aussi qu'il exporte illégalement des œuvres d'art et qu'il n'a pas son pareil pour suborner les curés de campagne.
– Pourtant, il fait bonne impression.
– C'est de cela qu'il vit, de faire bonne impression.
– Mais alors, avec tous ces antécédents, je ne comprends pas pourquoi tu ne t'es pas adressée à quelqu'un d'autre...
Menchu haussa les épaules. Ce qu'elle savait de la vie

de cet homme n'avait rien à voir. La maison Claymore travaillait mieux que toutes les autres.

– Tu as couché avec lui ?

– Avec Montegrifo ? – elle éclata de rire. Non, ma fille. Ce n'est pas du tout mon genre.

– Je le trouve plutôt séduisant.

– C'est de ton âge, mignonne. Je préfère les voyous mal dégrossis, comme Max, les types qui semblent toujours sur le point de te donner une paire de gifles... Ils sont meilleurs au lit et, en fin de compte, ils reviennent beaucoup moins cher.

– Vous êtes trop jeunes, naturellement.

Elles prenaient le café avec lui autour d'une petite table en laque de Chine, à côté d'un balcon vitré rempli de luxuriantes plantes vertes. Un vieux tourne-disque jouait l'*Offrande musicale* de Bach. Don Manuel Belmonte s'interrompait parfois, comme si certaines mesures attiraient tout à coup son attention, puis après avoir écouté quelques minutes, il tambourinait légèrement un accompagnement sur le bras nickelé de son fauteuil roulant. Des taches mauves de vieillesse mouchetaient son front et le dos de ses mains. De grosses veines bleues sillonnaient son cou et ses poignets.

– La chose a dû se produire dans les années quarante, je suppose..., ajouta le vieillard, tandis que ses lèvres sèches et gercées ébauchaient un sourire triste. Les temps étaient difficiles et nous avons vendu pratiquement tous nos tableaux. Je me souviens surtout d'un Muñoz Degrain et d'un Murillo. Ma pauvre Ana, qu'elle repose en paix, ne s'est jamais remise de la perte du Murillo. Une Vierge merveilleuse, toute petite, très semblable à celle du Prado... – Il ferma les yeux à demi, comme s'il cherchait à retrouver la toile dans ses souvenirs. – C'est un militaire qui l'a achetée. Il est devenu ministre par la suite... García Pontejos, je crois. Il a su profiter de la situation, l'ignoble personnage. Il nous a payé trois fois rien.

– J'imagine que vous avez eu de la peine de vous défaire de tout cela – Menchu avait adopté un ton compréhensif tout à fait de circonstance ; assise en face de Belmonte, elle offrait une vue généreuse sur ses jambes.

L'invalide acquiesça d'un geste résigné qu'il avait dû adopter bien des années plus tôt. Un de ces gestes qui ne s'apprennent qu'au prix de toutes les illusions.

– Nous n'avions pas le choix. Nos amis et même la famille de ma femme ont fait le vide autour de nous après la guerre, quand j'ai perdu la direction de l'Orchestre de Madrid. À l'époque, la règle était simple : qui n'est pas avec moi est contre moi… Et je n'étais pas avec eux.

Il s'arrêta quelques instants et son attention parut se porter sur la musique qui montait d'un angle de la pièce, entre des piles de vieux disques surmontées de gravures, dans des cadres identiques, représentant Schubert, Verdi, Beethoven et Mozart. Un moment plus tard, son regard se dirigea de nouveau sur Julia et Menchu et il battit des paupières, surpris, comme s'il revenait de loin et qu'il ne s'attendît pas à les trouver encore là.

– Ensuite, il y a eu cette thrombose et la situation s'est encore compliquée davantage. Heureusement qu'il nous restait l'héritage de mon épouse. Personne n'aurait pu le lui arracher. Et nous avons réussi à conserver cette maison, quelques meubles et deux ou trois bons tableaux, dont *La Partie d'échecs* – il jeta un regard mélancolique sur le vide qui s'ouvrait au milieu du mur principal du salon, sur ce crochet, sur cette marque rectangulaire que le cadre avait laissée sur le papier peint, et il se caressa le menton où quelques poils blancs avaient échappé à la lame de son rasoir. Ce tableau a toujours été mon préféré.

– De qui en aviez-vous hérité ?

– D'une branche latérale, les Moncada. Un grand-oncle. Ana était une Moncada par sa mère. Un de ses ancêtres, Luis Moncada, était intendant d'Alexandre Farnèse, vers 1500… et ce don Luis devait être amateur d'art.

Julia consulta la documentation qui se trouvait sur la table, à côté des tasses de café.

– « *Acquis en 1585…* » dit-on ici. « *Peut-être à Anvers, au moment de la capitulation des Flandres et du Brabant…* »

Le vieillard hocha la tête et fit une moue évocatrice, comme s'il avait été témoin du fait.

– Oui. Sans doute une prise de guerre lors du sac de la ville. Les gens dont l'ancêtre de mon épouse était l'intendant n'avaient pas coutume de frapper à la porte ni de donner des reçus.

Julia feuilletait les documents.

– Il ne semble y avoir aucune référence antérieure à cette date, ajouta-t-elle. Vous souvenez-vous d'une histoire de famille à propos de ce tableau? Une tradition orale, quelque chose? N'importe quelle piste nous serait utile.

Belmonte secoua la tête.

– Non, pas que je sache. La famille de mon épouse parlait toujours de *La Partie d'échecs* comme du *tableau flamand* ou *tableau Farnèse*, sans doute pour ne pas oublier comment il avait été acquis... Il a même été exposé sous ces noms pendant près de vingt ans au Musée du Prado qui l'avait reçu en dépôt, jusqu'à ce que le père de mon épouse le récupère en 1923, grâce à Primo de Rivera, un ami de la famille... Mon beau-père a toujours eu ce Van Huys en grande estime, car c'était un joueur d'échecs. C'est pourquoi, lorsqu'il est arrivé entre les mains de sa fille, celle-ci n'a jamais voulu le vendre.

– Et maintenant? demanda Menchu.

Le vieil homme resta un moment silencieux, contemplant sa tasse comme s'il n'avait pas entendu la question.

– Maintenant, les choses sont différentes – il les regarda avec des yeux lucides et désabusés, d'abord Menchu, puis Julia, comme s'il se moquait de lui-même. – Je suis un authentique déchet; il faut se rendre à l'évidence – il frappa ses jambes à moitié invalides avec les paumes de ses mains. – Ma nièce Lola et son mari s'occupent de moi et je dois bien le leur rendre d'une façon ou d'une autre. Vous ne croyez pas?

Menchu balbutia une excuse. Elle n'avait pas voulu être indiscrète. Il s'agissait de questions de famille, naturellement.

– Vous n'avez aucune raison de vous excuser, ne vous inquiétez pas – Belmonte leva deux doigts en l'air dans un geste qui ressemblait un peu à une absolution. C'est parfaitement normal. Ce tableau vaut de l'argent. Accroché chez moi, il ne sert à rien. Et mes neveux disent qu'un petit coup de main ne leur ferait pas de mal. Lola a la pension de son père; mais le mari, Alfonso... – il regarda Menchu et fit un geste comme pour réclamer sa compréhension. Vous l'avez déjà rencontré : il n'a jamais travaillé de sa vie. Quant à moi... – le sourire moqueur était revenu sur les lèvres du vieillard. Si je vous disais ce que je dois payer tous les ans au fisc simplement pour être propriétaire de cette maison et pour y habiter, vous trembleriez des pieds à la tête.

– Le quartier est élégant, observa Julia. Et la maison très belle.

– Oui, mais ma retraite est ridicule. C'est pour cela que je vends peu à peu mes petits souvenirs... Le tableau me permettra de respirer un peu.

Il hocha lentement la tête d'un air songeur. Pourtant, il n'était pas véritablement abattu. Il semblait plutôt s'amuser de toute cette affaire, comme s'il y voyait des nuances humoristiques que lui seul était en mesure d'apprécier. Julia s'en rendit compte au moment où elle sortait une cigarette de son paquet, quand son regard rencontra ses yeux ironiques. Peut-être ce qui à première vue n'était rien d'autre qu'une vulgaire spoliation par des neveux sans scrupule représentait-il pour lui une curieuse expérience de laboratoire sur la cupidité familiale : « Mon oncle par-ci, mon oncle par-là, tu nous fais travailler comme des esclaves et ta pension suffit à peine à couvrir les frais ; tu serais mieux dans une maison de retraite avec des gens de ton âge. Quel dommage, avec tous ces tableaux qui ne servent à rien sur les murs... » Mais maintenant, avec l'appât du Van Huys, Belmonte devait se sentir à l'abri. Il reprenait même l'initiative après de longues années d'humiliation. Grâce au tableau, il allait pouvoir régler ses comptes avec ses neveux.

Elle lui tendit le paquet de cigarettes et il hésita, avec un sourire reconnaissant.

– Je ne devrais pas, dit-il. Lola ne me permet qu'un café au lait et une cigarette par jour...

– Qu'elle aille au diable, votre Lola, répondit la jeune femme, avec une spontanéité qui la surprit elle-même. Menchu lui jeta un regard médusé, mais le vieillard ne semblait pas fâché. Au contraire, il lança à Julia un regard où elle crut voir une lueur de complicité aussitôt éteinte. Puis il tendit ses doigts osseux pour prendre une cigarette.

– À propos du tableau, dit Julia en se penchant

au-dessus de la table pour donner du feu à Belmonte, il y a du nouveau...

Le vieil homme avala la fumée avec plaisir et la retint dans ses poumons aussi longtemps qu'il le put. Puis il la regarda, les yeux mi-clos.

– Bonnes nouvelles, ou mauvaises ?

– Bonnes. Une inscription d'époque est apparue sous la peinture. Le tableau prendra de la valeur si elle est mise au jour – elle se cala au fond de sa chaise, un sourire sur les lèvres. – C'est à vous de décider.

Belmonte regarda Menchu, puis Julia, comme s'il se livrait à quelque comparaison secrète ou qu'il hésitât entre deux fidélités. Finalement, il parut prendre un parti et, après avoir longuement tiré sur sa cigarette, posa les mains sur ses genoux avec une expression satisfaite.

– En plus d'être jolie, vous paraissez fort intelligente, dit-il à Julia. Je suis même sûr que vous aimez Bach.

– Effectivement.

– Expliquez-moi de quoi il s'agit, s'il vous plaît.

Et Julia le lui expliqua.

– Il faut voir – Belmonte hochait la tête, après un long silence incrédule. – Tant d'années que je contemple ce tableau, jour après jour, et je n'aurais jamais cru... – Il lança un coup d'œil à la marque laissée sur le mur par le Van Huys et plissa les yeux en ébauchant un sourire de contentement. – Ainsi donc, notre peintre aimait les devinettes...

– On dirait bien, répondit Julia.

Belmonte montra le tourne-disque qui continuait à jouer dans un coin.

– Il n'était pas le seul, dit-il. Il n'était pas rare autrefois qu'une œuvre d'art recèle des jeux et des clés occultes. Prenez Bach, par exemple. Les dix canons de son *Offrande* figurent parmi ce qu'il a composé de plus parfait. Et pourtant, il n'en a écrit aucun du début jusqu'à la fin... Il l'a fait de propos délibéré, comme s'il s'agissait de devinettes proposées à Frédéric de Prusse... Un défi musical fréquent à l'époque. Il consistait à écrire un thème, à l'accompagner de quelques indications plus ou moins énigmatiques et à laisser l'autre musicien découvrir le canon basé sur ce thème. L'autre joueur, somme toute, puisqu'il s'agissait d'un jeu.

– Très intéressant, opina Menchu.

– Plus encore que vous ne croyez. Bach, comme beaucoup d'artistes, aimait jouer des tours. Il recourait constamment à des stratagèmes pour tromper son auditoire : espiègleries avec des notes et des lettres, variations ingénieuses, fugues insolites et, par-dessus tout, un grand sens de l'humour... Par exemple, dans une de ses compositions à six voix, il introduit en catimini son propre nom, réparti entre deux des voix supérieures. Mais ces choses n'existaient pas seulement en musique : Lewis Carroll, qui était mathématicien et écrivain en plus d'être un grand amateur d'échecs, affectionnait les acrostiches... Il existe des manières fort habiles de cacher des choses dans une pièce de musique, dans un poème ou dans un tableau.

– Je n'en doute pas, répondit Julia. Les symboles et les codes secrets apparaissent fréquemment dans les arts. Même dans l'art moderne... Le problème, c'est que nous ne possédons pas toujours les clés nécessaires pour déchiffrer ces messages ; surtout les plus anciens – et ce fut elle qui cette fois regarda d'un air pensif le mur vide. Mais avec *La Partie d'échecs*, nous disposons de quelques pistes. Nous pouvons au moins essayer.

Belmonte s'appuya contre le dossier de son fauteuil roulant et inclina la tête, ses yeux rieurs fixés sur Julia.

– Tenez-moi au courant, dit il. Je vous assure que rien ne me ferait plus grand plaisir.

Elles prenaient congé dans le vestibule quand arrivèrent les neveux. Lola était une femme décharnée, sèche, dans la trentaine avancée, cheveux roux, petits yeux de rapace. De son bras droit, engoncé dans la manche d'un manteau de fourrure, elle tenait le bras gauche de son mari : un homme brun, mince, plus jeune qu'elle, dont la calvitie précoce était atténuée par un magnifique bronzage. Julia n'aurait pas eu besoin que le vieil homme leur dise un peu plus tôt que le mari de sa nièce n'avait jamais travaillé de sa vie pour deviner qu'il avait trouvé de plein droit sa place parmi ceux qui aspirent à vivre avec un minimum d'effort. Ses traits, auxquels de petites poches sous les yeux donnaient un air vaguement débauché, avaient une expression rusée et légèrement cynique qu'une bouche grande et sensuelle ne prenait pas la peine de démentir. Il était vêtu d'un blazer bleu à boutons dorés, sans cravate, et son allure était tout à fait celle d'un homme qui passe son temps dans les cafés élégants à l'heure de l'apéritif et dans les boîtes à la mode, celle d'un homme pour qui la roulette et les cartes n'ont plus de secret.

– Ma nièce Lola et son mari Alfonso, dit Belmonte.

Ils se saluèrent, sans enthousiasme de la part de la nièce, mais avec un intérêt manifeste du côté du mari qui retint la main de Julia un peu plus longtemps qu'il n'était nécessaire, tout en l'examinant de la tête aux pieds avec un œil de connaisseur. Puis il se tourna vers Menchu qu'il salua par son prénom, comme une vieille connaissance.

– Ces dames sont venues pour le tableau, expliqua Belmonte.

Le neveu fit claquer sa langue.

– Le tableau, naturellement. Ton fameux tableau.

On les mit au courant de la nouvelle situation. Les mains dans les poches, Alfonso souriait en regardant Julia.

– S'il s'agit d'augmenter la valeur du tableau, ou de toute autre chose d'ailleurs, lui dit-il, la nouvelle me paraît excellente. Si vous avez d'autres surprises du même genre, n'hésitez pas à revenir nous voir. Nous adorons les surprises.

La nièce ne partageait pas la satisfaction de son mari.

– Il faut que nous en parlions, dit-elle, fâchée... Qui nous garantit qu'on ne va pas abîmer le tableau ?

– Ce serait impardonnable ! s'exclama Alfonso sans quitter Julia des yeux. Mais je ne crois pas que cette jeune fille soit capable de nous faire une chose pareille.

Lola Belmonte lança à son mari un regard impatient.

– Ne te mêle pas de ça. C'est mon affaire.

– Tu te trompes, chérie – le sourire d'Alfonso s'était

encore élargi. Nous sommes mariés sous le régime de la communauté, encore que réduite aux acquêts.

– Je te dis de ne pas t'en mêler.

Alfonso se tourna lentement vers elle. L'expression rusée de son visage s'était accentuée, durcie. Son sourire ressemblait maintenant à une lame de couteau et, quand elle s'en rendit compte, Julia se dit que le neveu par alliance était peut-être moins inoffensif qu'il ne paraissait à première vue. Ce ne doit pas être très agréable, se dit-elle, d'avoir des comptes à régler avec un type capable de sourire ainsi.

– Ne sois pas ridicule… Chérie.

Il y avait tout ce qu'on voulait dans ce *chérie*, sauf de la tendresse, et Lola Belmonte semblait le savoir mieux que personne ; ils la virent contenir à grand-peine sa rage et son humiliation. Menchu fit un pas en avant, décidée à descendre dans l'arène.

– Nous avons déjà parlé à don Manuel, annonça-t-elle. Et il est d'accord.

C'était un autre aspect de la question, songea Julia qui allait de surprise en surprise. Car, de son fauteuil roulant, l'invalide avait observé l'escarmouche, les mains croisées sur le ventre ; comme un spectateur qui reste volontairement en marge d'une question à l'analyse de laquelle il assiste cependant avec l'intérêt malicieux du voyeur.

Curieux personnage, pensa la jeune femme. Curieuse famille.

– En effet, confirma le vieil homme sans s'adresser à personne en particulier. Je suis d'accord. En principe.

La nièce se tordit les mains dans un long tintement de bracelets. Elle paraissait angoissée ; ou furieuse. Peut-être les deux en même temps.

– Mais mon oncle, il faut d'abord en parler. Je ne doute pas de la bonne volonté de ces dames…

– Demoiselles, corrigea le mari sans cesser de sourire à Julia.

– Demoiselles ou ce qu'on voudra – fâchée de sa propre irritation, Lola Belmonte bafouillait. Elles auraient dû nous consulter nous aussi.

– Pour ma part, dit le mari, elles ont ma bénédiction.

Menchu dévisageait effrontément Alfonso et elle

parut sur le point d'ajouter quelque chose, mais elle se ravisa. Puis elle regarda la nièce.

– Vous avez entendu votre mari.

– Je m'en moque ! C'est moi l'héritière.

De son fauteuil roulant, Belmonte leva ironiquement une main osseuse, comme s'il demandait la permission d'intervenir.

– Je suis encore vivant, ma petite Lola... Ton héritage viendra en son temps.

– Amen, répliqua Alfonso.

La nièce pointa son menton en galoche vers Menchu dans un geste rempli d'agressivité et Julia crut un instant qu'elle allait les attaquer. Cette mégère pouvait être vraiment dangereuse avec ses ongles longs et cet air d'oiseau de proie, si bien qu'elle se préparait déjà à lui faire face tandis que son cœur pompait à toute force de l'adrénaline dans ses artères. Julia n'avait rien d'une athlète ; mais quand elle était petite, elle avait appris de César quelques coups vicieux, très utiles pour tuer les pirates. Fort heureusement, la violence de la nièce se limita à son regard et à la manière dont elle quitta le vestibule en leur tournant à moitié le dos.

– Vous aurez de mes nouvelles, dit-elle. Et le claquement furieux de ses talons se perdit au fond du couloir.

Les mains dans les poches, Alfonso souriait avec une sérénité placide.

– Ne le prenez pas mal – il se retourna vers Belmonte. N'est-ce pas, mon oncle ?... Comme vous le voyez, ma petite Lola est un trésor... Un ange du ciel.

L'invalide acquiesça d'un signe de tête, distrait ; manifestement, il pensait à autre chose. Le rectangle vide sur le mur semblait captiver son attention, comme s'il s'y dessinait des signes mystérieux que lui seul fût capable de lire avec ses yeux fatigués.

– Tu connaissais donc le neveu, dit Julia dès qu'elles se retrouvèrent dans la rue.

Menchu, qui regardait la vitrine d'un magasin, fit un geste affirmatif.

– Il y a longtemps, expliqua-t-elle en se penchant pour s'assurer du prix d'une paire de chaussures. Trois ou quatre ans, je crois.

– Je comprends maintenant l'affaire du tableau... Ce n'est pas le vieil homme qui te l'a proposée, mais lui.

Menchu sourit d'un air entendu.

– Un bon point pour toi, ma jolie. Mais ne va pas chercher midi à quatorze heures. Nous avons eu ce que toi, si réservée, tu appellerais une liaison... C'est de l'histoire ancienne. Mais quand l'affaire du Van Huys s'est présentée, il a eu la gentillesse de penser à moi.

– Et pourquoi ne s'est-il pas chargé lui-même des négociations ?

– Parce que personne ne lui fait confiance, don Manuel compris... – elle éclata de rire. Le petit Alfonso Lapena, plus connu comme *le Tricheur*, doit de l'argent à tout le monde, même au cireur du coin de la rue. Il y a quelques mois, il est passé tout près de faire un tour en prison. Une histoire de chèques sans provision.

– Et de quoi vit-il ?

– De sa femme, des crétins qui se laissent berner, de son culot.

– Et il compte sur le Van Huys pour se tirer d'affaire.

– Oui. Il meurt d'envie de le transformer en petits tas de jetons sur un tapis vert.

– Drôle d'oiseau.

– Exact. Mais j'ai une faiblesse pour les voyous et Alfonso me plaît assez – elle réfléchit un instant. Bien que ses aptitudes techniques, si je me souviens bien, n'aient rien non plus pour lui valoir une médaille. Il est... Comment dire ? – elle cherchait la définition exacte. Très peu imaginatif, tu comprends ? Rien à voir avec Max. Monotone, si tu vois ce que je veux dire : du genre bonjour madame, merci madame. Mais on ne s'ennuie quand même pas avec lui. Il raconte de délicieuses histoires cochonnes.

– Sa femme est au courant ?

– Je suppose qu'elle s'en doute. Elle est loin d'être idiote. C'est pour ça qu'elle me fait cette tête. Une vraie sorcière.

III

PROBLÈME D'ÉCHECS

« Le noble jeu a ses abîmes dans lesquels plus d'une âme noble a sombré. »

Un ancien maître allemand

– Je crois, dit l'antiquaire, qu'il s'agit d'un problème d'échecs.

Depuis une demi-heure, ils échangeaient leurs impressions devant le tableau. César était debout, appuyé contre le mur, tenant délicatement un verre de gin-fizz entre le pouce et l'index. Languide, Menchu occupait le sofa. Assise sur le tapis, le cendrier entre les jambes, Julia se rongeait les ongles. Tous les trois regardaient la peinture comme s'ils s'étaient trouvés devant un écran de télévision. Les couleurs du Van Huys s'obscurcissaient devant leurs yeux à mesure que les dernières lueurs du crépuscule s'éteignaient au-dessus de la verrière.

– On pourrait allumer ? proposa Menchu. J'ai l'impression de devenir aveugle.

César actionna l'interrupteur qui se trouvait derrière lui et une lumière indirecte, réfléchie par les murs, rendit vie et couleurs à Roger d'Arras et au couple ducal. Presque au même moment, l'horloge sonna huit coups scandés par son long balancier de laiton doré. Julia tourna la tête, écoutant dans la cage d'escalier un bruit de pas inexistants.

– Álvaro est en retard, dit-elle, et elle vit César faire une grimace.

– Il peut bien être en retard, ce voyou, murmura l'antiquaire, il arrivera toujours assez tôt.

Julia lui lança un regard de reproche.

– Tu as promis de bien te tenir. N'oublie pas.

– Je ne l'oublie pas, princesse. Et je réprimerai mes pulsions homicides, mais uniquement en raison de l'affection que je te porte.

– Je t'en serai éternellement reconnaissante.

– J'y compte bien – l'antiquaire jeta un coup d'œil à sa montre, comme s'il ne faisait pas confiance à l'horloge, cadeau fait à Julia des années plus tôt. Mais ce porc n'est pas très ponctuel, si je puis dire.

– César.

– Très bien, ma chérie. Je me tais.

– Non, tu ne te tais pas – Julia montra le tableau. Tu étais en train de dire qu'il s'agissait d'un problème d'échecs...

César hocha la tête. Il fit une pause théâtrale pour se mouiller les lèvres au bord de son verre, puis se les essuya avec un mouchoir d'une blancheur immaculée qu'il sortit de sa poche.

– Tu vas voir... – Il lança un regard à Menchu et poussa un léger soupir. Vous allez voir. Il y a dans l'inscription secrète un détail que nous n'avions pas remarqué jusqu'à présent, du moins pas moi. *Quis necavit equitem* se traduit, effectivement, par la question : *qui a tué le chevalier* ? Ce qui, d'après les données dont nous disposons, peut s'interpréter comme une devinette sur la mort ou l'assassinat de Roger d'Arras... Mais – et César fit un geste de prestidigitateur sortant un lapin de son chapeau –, la phrase peut également se traduire en lui donnant une nuance différente. Sauf erreur, la pièce du jeu d'échecs que nous appelons aujourd'hui le *cavalier* s'appelait *chevalier* au Moyen Âge... C'est d'ailleurs encore le cas dans de nombreux pays européens. En anglais, par exemple, elle s'appelle *knight*, littéralement : chevalier – il regarda le tableau d'un air pensif, pesant le bien-fondé de son raisonnement. La question pourrait donc être non pas qui a tué le chevalier, mais qui a tué le cavalier... Ou, en termes d'échecs : *Qui a pris le cavalier ?*

Ils restèrent un moment en silence, songeurs. Puis Menchu se décida à parler.

– Dommage, Perrette et le pot au lait – sa moue trahissait sa déception. Nous nous sommes fait tout un cinéma pour des prunes...

Julia, qui regardait fixement l'antiquaire, secoua la tête.

– Pas du tout; le mystère reste entier. N'est-ce pas, César?... Roger d'Arras a été assassiné *avant* que le tableau ne soit peint – elle se leva en montrant un coin de la peinture. Vous voyez? La date d'exécution est ici: *Petrus Van Huys fecit me, anno MCDLXXI*... Ce qui veut dire que, deux ans après l'assassinat de Roger d'Arras, Van Huys a peint, en faisant un ingénieux jeu de mots, un tableau dans lequel figuraient la victime et son bourreau – elle hésita un instant, car elle venait d'avoir une autre idée. Et peut-être le mobile du crime: Béatrice de Bourgogne.

Menchu était un peu perdue, mais très énervée. Elle s'était avancée au bord du sofa et regardait le tableau flamand les yeux écarquillés, comme si elle le voyait pour la première fois.

– Explique-toi, ma fille. Je brûle.

– D'après ce que nous savons, Roger d'Arras a pu se faire assassiner pour différentes raisons; l'une d'elles aurait été une prétendue affaire de cœur entre lui et la duchesse Béatrice... La dame habillée en noir qui lit à la fenêtre.

– Tu veux dire que le duc l'a tué par jalousie?

Julia fit un geste évasif.

– Je ne veux rien dire du tout. Je ne fais qu'évoquer une possibilité – elle indiqua d'un geste les livres, les documents et les photocopies qui s'entassaient sur la table. Peut-être le peintre a-t-il voulu attirer l'attention sur le crime... Il est possible que ce soit ce qui l'a décidé à peindre son tableau, ou peut-être s'agissait-il d'une commande – elle haussa les épaules. Nous ne le saurons jamais en toute certitude, mais une chose est claire cependant: ce tableau renferme la clé de l'assassinat de Roger d'Arras. L'inscription le prouve.

– L'inscription *cachée*, corrigea César.

– Un argument de plus en faveur de ma thèse.

– Supposons que le peintre ait eu peur d'avoir été trop explicite..., avança Menchu. On ne peut pas accuser les gens comme ça, pour un oui ou pour un non, même pas au XVe siècle.

Julia regardait le tableau.

– Van Huys a peut-être eu peur d'avoir été trop clair.

– Ou quelqu'un a peut-être recouvert l'inscription plus tard, ajouta Menchu.

– Non. J'y ai pensé moi aussi. Et en plus de l'examen à la lumière noire, j'ai fait une analyse stratigraphique en prélevant un échantillon avec un bistouri pour l'étudier au microscope – elle prit une feuille de papier sur la table. Voilà le résultat, par couches successives : support en chêne, préparation très mince de carbonate de calcium et de colle animale, blanc de plomb et huile comme apprêt, puis trois couches au blanc de plomb, vermillon et noir d'ivoire, blanc de plomb et résinate de cuivre, vernis, etc. Parfaitement identique au reste : les mêmes mélanges, les mêmes pigments. C'est Van Huys en personne qui a masqué l'inscription, peu après l'avoir peinte. Il n'y a aucun doute.

– Alors ?

– Eh bien, toujours en tenant compte du fait que nous dansons sur une corde raide qui a un ballant de cinq siècles, je suis d'accord avec César. Il est tout à fait possible que la clé se trouve dans la partie d'échecs. Quant à la prise du cavalier, je n'y avais même pas pensé… – elle regarda l'antiquaire. Qu'est-ce que tu en dis ?

César s'écarta du mur pour s'asseoir à l'autre bout du sofa, à côté de Menchu, puis il but une gorgée de son verre et croisa les jambes.

– Je suis de ton avis, ma chérie. Je crois qu'en attirant notre attention du chevalier au cavalier, le peintre cherche à nous mettre sur la vraie piste… – il vida délicatement son verre et, en faisant tinter le glaçon, le posa sur la petite table qui se trouvait à côté de lui. En nous demandant qui a pris le cavalier, il nous oblige à étudier la partie… Ce petit malin de Van Huys, dont je commence à croire qu'il avait un sens de l'humour plutôt singulier, nous invite à jouer aux échecs.

Les yeux de Julia s'éclairèrent.

– Alors, jouons ! s'exclama-t-elle en se retournant vers le tableau.

– Je voudrais bien, soupira l'antiquaire. Mais j'en suis parfaitement incapable.

– Allons, César. Tu dois bien savoir jouer aux échecs.

– Supposition parfaitement gratuite, mon enfant… M'as-tu jamais vu jouer ?

– Non, jamais. Mais tout le monde connaît les règles.

– Dans une affaire comme celle-ci, il ne suffit certainement pas de savoir déplacer les pièces… Tu as bien regardé ? Les positions sont très complexes – il se renversa sur le sofa, dans un geste dramatique de profond abattement. Même moi j'ai mes limites, et j'en suis bien fâché, mon amour. Personne n'est parfait.

On sonnait à la porte.

– C'est Álvaro, dit Julia qui courut ouvrir.

Ce n'était pas Álvaro, mais un coursier venu livrer une enveloppe contenant des photocopies et une chronologie tapée à la machine.

– Voyez-moi ça. Apparemment, il a décidé de ne pas venir. Mais il nous envoie ceci.

– Aussi grossier que d'habitude, murmura César avec dédain. Il aurait pu téléphoner pour s'excuser, le bougre – il haussa les épaules. Encore que, tout compte fait, je me réjouisse de son absence… Et que nous envoie l'infâme ?

– Laisse-le tranquille, gronda Julia. Il a dû se donner beaucoup de mal pour classer toutes ces informations.

Et elle se mit à lire à haute voix.

PIETER VAN HUYS ET LES PERSONNAGES REPRÉSENTÉS DANS « LA PARTIE D'ÉCHECS » CHRONOLOGIE BIOGRAPHIQUE :

1415 : Pieter Van Huys naît à Bruges (Flandres), dans l'actuelle Belgique.

1431 : Naissance de Roger d'Arras au château de Bellesang, duché d'Ostenbourg. Son père, Foulques d'Arras, est vassal du roi de France et apparenté à la dynastie régnante des Valois. Sa mère, dont le prénom n'a pas été conservé, appartient à la famille ducale ostenbourgeoise, les Altenhoffen.

1435 : La Bourgogne et l'Ostenbourg rompent leur vasselage avec la France. Naissance de Fernand Altenhoffen, futur duc d'Ostenbourg.

1437 : Roger d'Arras est élevé à la cour ostenbourgeoise où il est compagnon de jeu et d'étude du futur duc Fernand. À l'âge de seize ans, il accompagne son père Foulques d'Arras à la guerre que Charles VII de France livre à l'Angleterre.

1441 : Naissance de Béatrice, nièce de Philippe le Bon, duc de Bourgogne.

1442 : On pense que c'est vers cette époque que Pieter Van Huys peint ses premiers tableaux après avoir connu les frères Van Eyck à Bruges et Robert Campin à Tournai, ses maîtres. Aucune de ses œuvres de cette période n'a été conservée, jusqu'à :

1448 : Van Huys peint le Portrait de l'orfèvre Guillaume Walhuus.

1449 : Roger d'Arras se distingue lors de la conquête de la Normandie et de la Guyenne contre les Anglais.

1450 : Roger d'Arras participe à la bataille de Formigny.

1452 : Van Huys peint La Famille de Lucas Bremer. *(La meilleure de ses œuvres connues).*

1453 : Roger d'Arras participe à la bataille de Castillon. La même année, on imprime à Nuremberg son Poème de la rose et du chevalier *(dont un exemplaire est conservé à la Bibliothèque nationale, à Paris).*

1455 : Van Huys peint sa Vierge de l'oratoire *(sans date, mais de cette époque, selon les experts).*

1457 : Mort de Wilhelmus Altenhoffen, duc d'Ostenbourg. Lui succède son fils Fernand qui vient d'avoir vingt-deux ans. L'une de ses premières décisions aurait été d'appeler Roger d'Arras à ses côtés. Celui-ci demeure vraisemblablement à la cour de France, lié au roi Charles VII par son serment de loyauté.

1457 : Van Huys peint Le Changeur de Louvain.

1458 : Van Huys peint Portrait du négociant Matias Conzini et de son épouse.

1461 : Mort de Charles VII de France. Probablement libéré de son serment de loyauté au monarque français, Roger d'Arras rentre à Ostenbourg. Vers la même époque, Pieter Van Huys achève le Retable d'Anvers *et s'installe à la cour ostenbourgeoise.*

1462 : Van Huys peint Le Chevalier et le Diable. *Les photographies de l'original (Rijksmuseum d'Amsterdam) permettent de supposer que le chevalier qui posa pour ce portrait pourrait être Roger d'Arras, quoique la ressemblance entre ce personnage et celui de* La Partie d'échecs *ne soit pas absolument parfaite.*

1463 : Fiançailles de Fernand d'Ostenbourg avec Béatrice de Bourgogne. Dans les rangs de l'ambassade envoyée à la cour bourguignonne se trouvent Roger d'Arras et Pieter Van Huys, ce dernier chargé de peindre le portrait de Béatrice, ce qu'il fera la même année. (Le portrait, mentionné dans la chronique des noces et dans un inventaire de 1474, a disparu.)

1464: Noces ducales. Roger d'Arras est à la tête du cortège qui conduit la fiancée de Bourgogne en Ostenbourg.

1467: Mort de Philippe le Bon dont le fils, Charles le Téméraire, cousin de Béatrice, accède au gouvernement de la Bourgogne. Les pressions françaises et bourguignonnes avivent les intrigues à la cour ostenbourgeoise. Fernand Altenhoffen tente de maintenir un difficile équilibre. Le parti français s'appuie sur Roger d'Arras qui exerce un grand ascendant sur le duc Fernand. Le parti bourguignon se maintient grâce à l'influence de la duchesse Béatrice.

1469: Roger d'Arras est assassiné. Officieusement, on accuse la faction bourguignonne. D'autres rumeurs font allusion à une relation amoureuse entre Roger d'Arras et Béatrice de Bourgogne. La participation de Fernand d'Ostenbourg n'est pas prouvée.

1471: Deux ans après l'assassinat de Roger d'Arras, Van Huys peint La Partie d'échecs. *On ignore si le peintre réside toujours en Ostenbourg à cette époque.*

1474: Fernand Altenhoffen meurt sans descendance. Louis XI de France essaye d'imposer les anciens droits de sa dynastie sur le duché, ce qui envenime les relations franco-bourguignonnes, déjà tendues. Le cousin de la duchesse veuve, Charles le Téméraire, envahit le duché et bat les Français à la bataille de Looven. La Bourgogne annexe l'Ostenbourg.

1477: Charles le Téméraire meurt à la bataille de Nancy. Maximilien Ier d'Autriche s'empare de l'héritage bourguignon qui échoira à son petit-fils Charles (le futur empereur Charles Quint) et finira par revenir à la monarchie espagnole des Habsbourg.

1481: Pieter Van Huys meurt à Gand, alors qu'il travaillait à un triptyque sur la descente de croix, destiné à la cathédrale de Saint-Bavon.

1485: Béatrice d'Ostenbourg meurt recluse dans un couvent de Liège.

Pendant un long moment, personne n'osa ouvrir la bouche. Ils se regardaient, regardaient le tableau. Après un silence qui parut interminable, César hocha la tête.

– Je dois avouer, dit-il à voix basse, que je suis impressionné.

– Nous le sommes tous, renchérit Menchu.

Julia reposa les documents sur la table contre laquelle elle s'appuya.

– Van Huys connaissait bien Roger d'Arras, fit-elle en montrant les papiers. Ils étaient peut-être amis.

– Et en peignant ce tableau, il a réglé son compte à l'assassin, ajouta César... Toutes les pièces s'emboîtent.

Julia s'approcha de la bibliothèque, deux murs couverts de rayons qui fléchissaient sous le poids de rangées de livres en désordre. Elle s'arrêta devant un instant, les mains sur les hanches, puis sortit un gros volume illustré qu'elle feuilleta rapidement jusqu'à trouver ce qu'elle cherchait. Puis elle alla se rasseoir sur le sofa entre Menchu et César, le livre – *Le Rijksmuseum d'Amsterdam* – sur ses genoux. La reproduction n'était pas très grande, mais on distinguait parfaitement le chevalier vêtu de son armure, tête nue, chevauchant au pied d'une colline couronnée par une ville fortifiée. À côté du chevalier avec lequel il était en conversation amicale, monté sur une haridelle noire, le Diable montrait de la main droite la cité vers laquelle les deux personnages paraissaient se diriger.

– C'est peut-être lui, fit Menchu en comparant les traits du chevalier de la reproduction avec ceux du joueur d'échecs.

– Ou quelqu'un d'autre, corrigea César. Bien qu'il y ait naturellement une certaine ressemblance – il se retourna vers Julia. Quelle est la date du tableau ?

– Mille quatre cent soixante-deux.

L'antiquaire fit un rapide calcul.

– C'est-à-dire neuf ans avant *La Partie d'échecs*. C'est peut-être l'explication. Le cavalier accompagné par le diable est plus jeune que le personnage de l'autre tableau.

Julia ne répondit pas. Elle étudiait la reproduction du livre. César la regarda, d'un air soucieux.
– Qu'est-ce qui se passe ?
La jeune femme hocha lentement la tête, comme si elle avait peur d'effrayer par un geste brusque des esprits farouches qu'il eût été difficile d'évoquer à nouveau.
– Oui, dit-elle du ton de quelqu'un qui n'a d'autre choix que de se rendre à l'évidence. Comme coïncidence, c'est quand même trop.
Et elle montra la photo du doigt.
– Je ne vois rien de particulier, dit Menchu.
– Non ? Julia souriait en elle-même. – Regarde le bouclier du chevalier... Au Moyen Âge, chaque noble le décorait de son blason... Dis-moi ce que tu en penses, César. Qu'y a-t-il de peint sur ce bouclier ?
L'antiquaire soupira et se passa la main sur le front. Il était aussi étonné que Julia.
– Un échiquier, dit-il sans hésiter. Des cases blanches et noires – il leva les yeux vers le tableau flamand et sa voix parut chevroter. Des cases, comme celles d'un échiquier.
Laissant le livre ouvert sur le sofa, Julia se leva.
– Ça ne peut pas être un hasard – elle prit une puissante loupe et s'approcha du tableau. Si le chevalier accompagné du diable que Van Huys a peint en 1462 est Roger d'Arras, cela signifie que, neuf ans plus tard, l'artiste a choisi le blason de son écu comme clé du tableau dans lequel il représente apparemment sa mort... Et même le sol de la salle où il situe les personnages est carrelé en blanc et en noir. Cela, en plus du caractère symbolique du tableau, confirme que le joueur du centre est Roger d'Arras... Et que toute cette affaire s'articule effectivement autour de la partie d'échecs.
Elle s'était agenouillée devant le tableau et, durant un long moment, elle étudia à la loupe, une par une, les pièces qui se trouvaient sur l'échiquier et sur la table. Elle s'arrêta aussi sur le miroir rond et convexe qui, dans l'angle supérieur gauche du tableau, sur le mur, reflétait, déformés par la perspective, l'échiquier et le buste des deux joueurs.
– César...

– Oui, ma chérie ?
– Il y a combien de pièces dans un jeu d'échecs ?
– Attends... Deux fois huit, seize de chaque couleur. Ce qui fait trente-deux, si je ne m'abuse.
Julia compta sur ses doigts.
– Les trente-deux sont là. On peut les identifier parfaitement : pions, rois, cavaliers... Certains sur l'échiquier, d'autres en dehors.
– Ce sont les pièces prises – César s'était agenouillé à côté d'elle et lui montra une des pièces qui se trouvaient hors de l'échiquier, celle que Fernand d'Ostenbourg tenait entre les doigts. – Un cavalier s'est fait prendre ; un seul. Un cavalier blanc. Les trois autres, un blanc et deux noirs, sont toujours en lice. Si bien que le *Quis necavit equitem* se réfère à lui.
– Qui l'a pris ?
L'antiquaire fit la moue.
– C'est précisément le nœud de la question, mon amour – il souriait comme lorsque, toute petite, elle s'asseyait sur ses genoux. Jusqu'à présent, nous avons découvert plusieurs choses : qui a plumé le poulet, qui l'a mis dans la marmite... Mais nous ne savons pas qui est le plus méchant qui l'a mangé.
– Tu n'as pas répondu à ma question.
– Je n'ai pas toujours de merveilleuses réponses sous la main.
– Tu en avais autrefois.
– Autrefois, je pouvais mentir – il la regardait avec tendresse. Maintenant que tu as grandi, je ne peux plus te mener par le bout du nez.
Julia posa la main sur son épaule comme quand, quinze ans plus tôt, elle lui demandait d'inventer pour elle l'histoire d'un tableau ou d'une porcelaine. Et dans sa voix subsistait un écho de cette prière enfantine.
– J'ai besoin de savoir, César.
– La vente va avoir lieu dans deux mois, dit Menchu derrière elle. Il ne reste plus beaucoup de temps.
– Au diable la vente, répondit Julia. Elle continuait à regarder César comme si la solution se trouvait entre ses mains. L'antiquaire poussa un long soupir et épousseta légèrement le tapis avant de s'y asseoir, les mains

croisées sur les genoux. Il plissait le front en mordillant le bout de sa petite langue rose, pensif.

– Nous avons quelques clés pour commencer, dit-il au bout d'un moment. Mais il ne suffit pas d'avoir des clés ; ce qui compte, c'est de savoir les utiliser – il regarda le miroir où se reflétaient les joueurs et l'échiquier. Nous sommes habitués à croire qu'un objet quelconque et son image dans un miroir renferment une seule et même réalité, mais il n'en est pas ainsi – il montra du doigt le miroir. Vous voyez ? Au premier coup d'œil, nous constatons déjà que l'image est inversée. Et sur l'échiquier, le sens de la partie est *à l'envers*. Donc, il l'est ici aussi.

– Vous me donnez terriblement mal à la tête, dit Menchu en poussant un gémissement. Trop compliqué pour mon encéphalogramme plat. Je vais plutôt prendre un petit quelque chose... et elle se dirigea vers le bar pour se servir une généreuse ration de la vodka de Julia. Mais avant de prendre le verre, elle sortit de son sac à main un disque d'onyx poli, une canule d'argent et une petite boîte, puis elle se prépara une ligne de cocaïne. – La pharmacie est ouverte. Des amateurs ?

Personne ne répondit. César semblait absorbé dans la contemplation du tableau, étranger à tout ce qui l'entourait, et Julia se contenta de froncer sévèrement les sourcils. Menchu haussa les épaules, puis se pencha pour renifler la poudre d'un mouvement rapide et précis, en deux temps. Quand elle se redressa, elle souriait et le bleu de ses yeux était encore plus lumineux et vide.

César s'était approché du Van Huys. Il prit Julia par le bras, comme s'il lui conseillait d'ignorer Menchu.

– Le simple fait de penser, dit-il, comme s'ils étaient seuls dans l'atelier, Julia et lui, que quelque chose dans ce tableau puisse être réel et quelque chose d'autre pas nous fait déjà tomber dans un piège. Les personnages et l'échiquier sont représentés deux fois, et l'une d'elles est d'une certaine manière *moins réelle* que l'autre. Tu comprends ?... Accepter ce fait nous contraint à pénétrer dans la salle représentée sur le tableau, efface les limites entre la réalité et sa représentation... Le seul moyen d'éviter le piège serait de nous éloigner suffisamment pour ne pas voir autre chose que des taches de couleur et des pièces d'échecs. Mais trop d'inversions viendraient s'interposer.

Julia observa le tableau, puis se retourna en montrant le miroir vénitien accroché au mur, de l'autre côté de l'atelier.

– Pas ici, répondit-elle. Si nous prenons un autre miroir pour observer le tableau, peut-être pourrons-nous reconstruire l'image originale.

César la regarda longuement en silence, réfléchissant à ce qu'elle venait de dire.

– Très juste, dit-il enfin, et son approbation se manifesta par un sourire d'encouragement. Mais j'ai peur, princesse, que les peintures et les miroirs créent des mondes trop inconsistants, peut-être divertissants vus de l'extérieur, mais pas du tout commodes quand on doit s'y déplacer. Pour cela, il faut un spécialiste ; quelqu'un qui soit capable de voir le tableau autrement que nous le voyons... Et je crois savoir où le trouver.

Le lendemain matin, Julia essaya de téléphoner à Álvaro à l'université, sans succès. Elle n'eut pas plus de chance quand elle chercha à le joindre chez lui. Elle mit alors un Lester Bowie sur le tourne-disque et alla se faire du café dans la cuisine. Puis, après une longue douche, elle fuma une ou deux cigarettes. Les cheveux mouillés, son vieux chandail tombant sur ses cuisses nues, elle prit un café et commença à travailler sur le tableau.

La première étape de la restauration consistait à éliminer toute la couche de vernis. Le peintre, sans doute soucieux de protéger son œuvre contre l'humidité des froids hivers du Nord, avait appliqué un vernis gras dilué à l'huile de lin. La solution était correcte, car personne, pas même un maître comme Pieter Van Huys, n'aurait pu empêcher au XVe siècle qu'un vernis gras ne jaunisse cinq cents ans plus tard, estompant l'éclat des couleurs originales.

Après avoir essayé différents solvants dans un coin du panneau, Julia prépara un mélange d'acétone, d'alcool, d'eau et d'ammoniaque et commença à ramollir le vernis avec des tampons de coton qu'elle maniait avec des pinces. Elle s'attaqua d'abord aux zones les plus épaisses, avec une prudence extrême, laissant pour la fin les secteurs plus clairs et plus fragiles. Elle s'arrêtait constamment pour voir si les tampons présentaient des traces de couleur, afin de s'assurer qu'elle n'ôtait pas avec le vernis une partie de la peinture. Elle travailla sans s'arrêter toute la matinée, remplissant peu à peu le cendrier de Benlliure, ne s'arrêtant que quelques instants pour observer les yeux mi-clos la progression de son travail. Peu à peu, à mesure que le vieux vernis disparaissait, le tableau retrouvait la magie de ses pigments, pratiquement tels qu'ils avaient été mélangés sur la palette du vieux maître flamand: sienne, vert de cuivre, blanc de plomb, outremer... Julia voyait renaître sous ses doigts ce prodige avec un respect admiratif, comme si devant ses yeux se révélait le plus intime mystère de l'art et de la vie.

César lui téléphona à midi et ils décidèrent de se voir dans l'après-midi. Julia profita de cette interruption pour se réchauffer une pizza. Elle refit du café et mangea frugalement, assise sur le sofa. Elle observait avec attention les craquelures que le vieillissement du tableau, la lumière et les mouvements du bois avaient infligées à la couche picturale. Elles étaient particulièrement visibles sur la peau des personnages, sur leurs visages et leurs mains, ainsi que sur certaines couleurs comme le blanc de plomb, alors qu'elles étaient à peine discernables dans les teintes obscures et le noir. La robe de Béatrice de Bourgogne, en particulier, avec son effet de volume dans les plis, paraissait à ce point intacte qu'on aurait cru pouvoir toucher la douceur du velours en y passant le doigt.

Paradoxalement, pensa Julia, des tableaux de facture récente se fendillent très vite, se couvrent de craquelures et de crevasses causées par l'emploi de matières modernes ou de procédés artificiels de séchage, alors que les œuvres des maîtres anciens qui appliquaient avec une méticulosité obsessive leurs techniques artisanales résistaient au passage des siècles en conservant plus de dignité et de beauté. En ce moment, Julia ressentait une vive sympathie pour le vieux Pieter Van Huys, si consciencieux, et elle se l'imagina dans son atelier médiéval, en train de mélanger des terres et d'essayer des huiles, cherchant la nuance qui lui donnerait exactement le glacis qu'il voulait obtenir, poussé par le désir d'imprimer sur son œuvre le sceau de l'éternité, au-delà de sa propre mort et de celle de ceux que ses pinceaux fixaient sur une modeste planche de chêne.

Après avoir déjeuné, elle continua à ôter le vernis de la partie inférieure du tableau où se trouvait l'inscription secrète. Elle prenait des précautions extrêmes, essayant de ne pas altérer le vert de cuivre, mélangé de résine pour qu'il ne noircisse pas avec le temps, que Van Huys avait utilisé pour peindre le drap de la table ; un drap dont il allait plus tard allonger les plis, dans la même couleur, pour masquer l'inscription latine. Tout cela, Julia le savait parfaitement, posait un problème éthique, en plus des habituelles difficultés techniques... Était-il licite, en respectant l'esprit de la peinture, de mettre au jour l'inscription que l'auteur lui-même avait décidé de recouvrir ?... Jusqu'à quel point le restaurateur pouvait-il se permettre de trahir le désir d'un artiste, affirmé dans son œuvre avec la même solennité que s'il s'agissait d'un testament ?... Et même le prix du tableau, une fois prouvée l'existence de l'inscription grâce aux radiographies, serait-il plus élevé avec la légende masquée ou découverte ?

Heureusement, se dit-elle en guise de conclusion, elle n'était qu'une exécutante dans cette affaire. La décision serait prise par le propriétaire, Menchu et ce type de Claymore, Paco Montegrifo. Mais à bien y penser, si la décision lui avait appartenu, elle aurait préféré laisser les choses telles quelles. L'inscription existait, le texte en était connu. Pourquoi ne pas en rester là ? Tout compte fait, la couche de peinture qui la recouvrait depuis cinq siècles faisait elle aussi partie de l'histoire du tableau.

Les accents d'un saxo montèrent dans l'atelier, l'isolant du monde extérieur. Délicatement, elle passa un tampon imbibé de solvant sur la silhouette de Roger d'Arras, à côté du nez et de la bouche, et se perdit une fois de plus dans la contemplation de ces paupières baissées, de ces traits fins qui accusaient de légères rides autour des yeux, de ce regard absorbé par le jeu. La jeune femme laissait courir son imagination derrière l'écho des pensées du malheureux chevalier. Il y flottait un goût d'amour et de mort, comme les pas du Destin dans le mystérieux ballet que jouaient les pièces blanches et noires sur les cases de l'échiquier, sur son écu d'armes, transpercé par un carreau d'arbalète. Et dans la pénombre brillait une larme de femme, apparemment plongée dans un livre d'heures – ou s'agissait-il du *Poème de la rose et du chevalier*? – ombre silencieuse se remémorant près de la fenêtre les jours de lumière et de jeunesse, d'acier bruni, de chevauchées et de pas sonnant clair sur le dallage de la cour bourguignonne; le heaume sous le bras, le front dressé du guerrier au faîte de sa force et de sa gloire, altier ambassadeur de cet autre auquel la raison d'État conseillait de la fiancer. Et le murmure des dames, et le visage grave des courtisans, et sa rougeur à elle devant ce regard serein, quand elle entendait sa voix trempée dans le feu des batailles, sa voix imprégnée de cet aplomb singulier que seuls possèdent ceux qui un jour ont crié le nom de Dieu, de leur roi ou de leur dame en courant sus à l'ennemi. Et le secret de son cœur dans les années qui suivirent. Et l'Amie Silencieuse, l'Ultime Compagne, aiguisant patiemment sa faux, bandant une arbalète dans la douve de la Porte Est.

Les couleurs, le tableau, l'atelier, la musique grave du saxo qui vibrait à côté d'elle semblaient tournoyer autour de Julia. Un moment, elle dut interrompre son travail, fermer les yeux, étourdie, respirer profondément, posément, pour tenter de chasser la soudaine frayeur qui l'avait traversée le temps d'un éclair, quand elle avait cru, à cause de la perspective du tableau, se trouver *à l'intérieur* de la scène représentée, comme si la table et les joueurs se fussent trouvés brusquement sur sa gauche tandis qu'elle se précipitait en avant, à travers la salle du château, vers la fenêtre ouverte à côté de laquelle lisait Béatrice de Bourgogne. Comme s'il lui eût suffi de se pencher par l'embrasure de la fenêtre pour voir ce qu'il y avait dessous, au pied du mur: la douve de la Porte Est où Roger d'Arras était tombé, un carreau d'arbalète fiché dans le dos.

Il lui fallut du temps pour se reprendre et elle n'y parvint que lorsqu'elle frotta une allumette, une cigarette à la bouche. Elle eut du mal à approcher la flamme, car sa main tremblait comme si elle venait d'effleurer le visage de la Mort.

– Ce n'est qu'un club d'échecs, dit César alors qu'ils montaient l'escalier. Le club Capablanca.

– Capablanca ? Julia regardait d'un air soupçonneux la porte ouverte. Au fond, on apercevait des tables au-dessus desquelles des hommes étaient penchés, entourés de spectateurs.

– José Raúl Capablanca, précisa l'antiquaire, la canne sous le bras, tandis qu'il ôtait son chapeau et ses gants. À ce qu'on dit, le meilleur joueur de tous les temps... On ne compte plus les clubs et les tournois qui portent son nom dans le monde entier.

Ils entrèrent dans le club, divisé en trois grandes salles meublées d'une douzaine de tables. Une rumeur étrange remplissait ce lieu, ni bruit ni silence : une espèce de murmure doux et retenu, un peu solennel, comme celui qui accompagne la foule des fidèles entrant dans une église. Quelques joueurs et curieux regardèrent Julia avec surprise, ou désapprobation. Le public était exclusivement masculin. L'endroit sentait la fumée de tabac et le vieux bois.

– Les femmes ne jouent pas aux échecs ? demanda Julia.

César, qui lui avait offert son bras avant de franchir le seuil, parut réfléchir.

– À dire vrai, je n'y avais jamais songé, répondit-il. Mais manifestement pas ici. Peut-être chez elles, entre le ravaudage et le pot-au-feu.

– Macho.

– Ton persiflage est du plus mauvais goût, ma chérie. Ne sois pas désagréable.

Ils furent reçus dans le vestibule par un monsieur d'un certain âge, fort aimable et volubile, qui arborait une calvitie avancée et une moustache taillée avec soin. César le présenta à Julia comme monsieur Cifuentes, directeur de la Société récréative José Raúl Capablanca.

– Cinq cents membres inscrits, précisa avec fierté le directeur en leur montrant les trophées, diplômes et photographies qui ornaient les murs. Nous organisons également un tournoi d'envergure nationale... Il s'arrêta devant une vitrine où étaient exposés plusieurs jeux d'échecs, plus vieux qu'anciens. – Jolis, n'est-ce pas ?... Naturellement, ici nous n'utilisons que le modèle Staunton.

Il s'était retourné vers César, quémandant son approbation, et l'antiquaire se crut obligé d'esquisser un geste de circonstance.

– Naturellement, dit-il, et Cifuentes lui fit un sourire aimable.

– En bois, bien sûr, ajouta-t-il. Pas de plastique.

– Il ne manquerait plus que cela.

Cifuentes se retourna vers Julia, enchanté.

– Vous devriez voir le club un samedi après-midi – il jeta autour de lui un regard satisfait, comme une poule passant en revue ses poussins. Nous sommes en semaine : des amateurs qui sortent du travail et viennent faire un petit tour avant le dîner, des retraités qui passent ici tout l'après-midi... Une atmosphère très agréable, comme vous voyez. Très...

– Édifiante, proposa Julia, au petit bonheur la chance.

Mais le directeur sembla trouver l'expression juste.

– Édifiante, c'est cela. Et comme vous pouvez le voir, il y a pas mal de jeunes aussi... Celui-ci sort de l'ordinaire. À dix-neuf ans, il a écrit un essai de cent pages sur les quatre lignes de l'ouverture Nimzoindia.

– Vraiment ? Nimzoindia, eh bien... c'est... – Julia cherchait désespérément ses mots – c'est génial.

– Oh, génial serait peut-être un peu excessif, reconnut Cifuentes avec honnêteté, mais c'est important.

La jeune femme lança un regard à César pour l'appeler à son secours, mais celui-ci se borna à hausser un sourcil, suivant poliment le dialogue. Penché vers Cifuentes, les mains croisées derrière le dos, sa canne et son chapeau à la main, il semblait s'amuser considérablement.

– Moi-même, ajouta le directeur en se touchant la poitrine avec le pouce, à la hauteur du premier bouton de son gilet, j'ai apporté mon petit grain de sable à l'édifice, il y a bien des années...

– Vraiment ? fit César, et Julia le regarda avec inquiétude.

– Comme je vous le dis – le directeur souriait avec une modestie forcée. Une sous-variante de la défense Caro-Kann, dans le système à deux cavaliers. Vous savez : cavalier, trois fous, dame... La *variante Cifuentes* – il regardait César, rempli d'espoir. Vous en avez peut-être entendu parler.

– Mais naturellement, répondit l'antiquaire avec un parfait sang-froid.

Cifuentes sourit, reconnaissant.

– Croyez-moi, je n'exagère pas si je vous dis que dans ce club, ou société récréative, si vous préférez, nous réunissons les meilleurs joueurs de Madrid, et peut-être d'Espagne... – il parut se souvenir de quelque chose. Mais naturellement, j'ai trouvé l'homme que vous cherchiez – il regarda autour de lui et son visage s'éclaira tout à coup. Ah ! Le voilà. Suivez-moi, si vous voulez bien.

Ils l'accompagnèrent dans une salle, vers l'une des tables du fond.

– Ça n'a pas été facile, expliqua Cifuentes, et j'ai passé toute la journée à réfléchir à la question... Après tout – il se retourna à demi vers César avec un geste d'excuse –, vous m'aviez demandé de vous recommander le meilleur.

Ils s'arrêtèrent non loin d'une table à laquelle deux hommes jouaient, sous les regards d'une demi-douzaine de curieux. L'un des joueurs tambourinait doucement sur le côté de l'échiquier au-dessus duquel il était penché avec une expression grave que Julia trouva très semblable à celle que Van Huys avait donnée aux joueurs du tableau. Devant lui, sans que le tambourinement de son adversaire paraisse le déranger le moins du monde, l'autre joueur était immobile, légèrement appuyé contre le dossier de sa chaise de bois, les mains dans les poches de son pantalon, le menton collé sur sa cravate. Impossible de savoir si ses yeux, fixés sur l'échiquier, étaient concentrés sur la position des pièces ou absorbés dans la contemplation d'une idée parfaitement étrangère à la partie.

Les spectateurs gardaient un silence respectueux, comme si l'enjeu fût une question de vie ou de mort. Il ne restait plus que quelques pièces sur l'échiquier, tellement enchevêtrées qu'il était impossible, pour les nouveaux venus, de deviner qui jouait avec les blanches et qui avec les noires. Au bout de quelques minutes, celui qui tambourinait se servit de cette même main pour avancer un fou blanc et l'interposer entre son roi et une tour noire. Son mouvement achevé, il lança un coup d'œil à son adversaire avant de se replonger dans la contemplation de l'échiquier et de reprendre son tambourinement.

Un murmure prolongé des spectateurs avait accompagné le coup. Julia s'approcha et put voir que l'autre joueur, qui n'avait pas changé d'attitude pendant le mouvement de son adversaire, fixait maintenant les yeux sur le fou. Il resta un moment ainsi puis, d'un geste si lent qu'il fallut en attendre la toute fin pour savoir vers quelle pièce il se dirigeait, il déplaça un cavalier noir.

– Échec, dit-il avant de retrouver son immobilité, étranger à la rumeur d'approbation qui montait autour de lui.

Sans que personne le lui dise, Julia sut en cet instant que cet homme était celui que César avait demandé à rencontrer et que Cifuentes leur recommandait. Elle se mit à l'observer attentivement. Très mince, de taille moyenne, il devait avoir un peu plus de quarante ans. Il peignait ses cheveux en arrière, sans raie, découvrant des tempes largement dégarnies. Il avait de grandes oreilles, un nez légèrement aquilin et des yeux sombres profondément enfoncés dans leurs orbites, comme s'ils contemplaient le monde avec méfiance. L'homme n'avait nullement cet air d'intelligence que Julia croyait indispensable chez un joueur d'échecs ; son expression était plutôt celle d'une apathie indolente, d'une espèce de fatigue intérieure, d'indifférence pour ce qui l'entourait. Déçue, la jeune femme se dit qu'il donnait l'impression d'un homme qui, à part jouer correctement sur un échiquier, n'attendait pas grand-chose de lui-même.

Pourtant – ou peut-être justement à cause de cela, de l'ennui infini qui transparaissait sous son expression imperturbable –, quand son rival déplaça son roi d'une case en arrière et que lui tendit lentement la main droite vers l'échiquier, le silence se fit diaphane, absolu, dans ce coin de la salle. Peut-être parce qu'elle était étrangère à ce qui se passait autour d'elle, Julia devina avec surprise que les spectateurs n'appréciaient pas le joueur, que celui-ci ne jouissait pas de la moindre sympathie parmi eux. Elle lut sur leurs visages qu'ils n'acceptaient qu'à contrecœur sa supériorité devant un échiquier, incapables qu'ils étaient de s'empêcher de suivre sur les cases blanches et noires l'évolution précise, lente et implacable des pièces qu'il déplaçait. Mais au fond – et la jeune femme venait d'en acquérir l'inexplicable certitude –, tous caressaient l'espoir d'être là quand cet homme trouverait son maître et commettrait l'erreur fatale qui l'anéantirait devant un adversaire.

– Échec, répéta le joueur. Le coup était simple en apparence, puisqu'il n'avait fait qu'avancer d'une case un modeste pion. Mais son rival cessa de tambouriner sur l'échiquier et pressa ses doigts sur sa tempe, comme pour apaiser un battement irritant. Puis il déplaça d'une autre case son roi blanc, cette fois en arrière et en diagonale. Il paraissait disposer de trois cases pour se réfugier mais, pour une raison qui échappait à Julia, c'était celle-ci qu'il avait choisie. Un murmure d'admiration sembla indiquer que le coup était bien joué, mais son adversaire ne s'en émut aucunement.

– Ici, vous auriez été mat, dit-il, et il n'y avait pas le moindre soupçon de triomphe dans sa voix, seulement la communication d'un fait objectif à son adversaire. On n'y décelait aucun regret non plus. Le joueur prononça ces paroles sans prendre la peine de toucher les pièces, comme s'il jugeait inutile de les accompagner d'une démonstration pratique. Puis, comme à regret, sans porter la moindre attention au regard incrédule de son adversaire et d'une bonne partie des spectateurs, il déplaça, comme s'il revenait de très loin, un fou sur la diagonale blanche qui traversait l'échiquier de part en part et le posa dans le voisinage du roi ennemi, mais sans le menacer directement. Au milieu des commentaires qui fusaient autour de la table, Julia jeta un regard perplexe sur l'échiquier. Elle ne connaissait pas grand-chose aux échecs, mais suffisamment pour savoir qu'il fallait menacer directement le roi pour faire échec et mat. Et ce roi blanc paraissait à l'abri. Elle lança un regard à César dans l'espoir d'une explication, puis à Cifuentes. Le directeur souriait d'un air bonasse en secouant la tête, admiratif.

– Effectivement, il aurait été mat en trois coups..., précisa-t-il à l'intention de Julia. Quoi qu'il fasse, le roi blanc n'avait plus aucune échappatoire.

– Alors, je ne comprends plus rien, dit-elle. Que s'est-il passé ?

Cifuentes lui répondit avec un petit rire contenu :

– Ce fou blanc était celui qui pouvait donner le coup de grâce, même si personne parmi nous ne l'avait vu avant qu'il ne le bouge... Et pourtant, il se trouve que ce monsieur, bien qu'il sache parfaitement quoi jouer, ne veut pas pousser son avantage. Il a joué le fou pour nous montrer la combinaison correcte, mais en le plaçant exprès sur une mauvaise case où cette pièce devient inoffensive.

– Je ne comprends toujours pas, dit Julia. Il ne veut pas gagner la partie ?

Le directeur du club Capablanca haussa les épaules.

– C'est ce qu'il y a d'étrange... Il y a cinq ans qu'il vient ici. C'est le meilleur joueur que je connaisse, mais je ne l'ai jamais vu gagner une seule fois.

À ce moment précis, le joueur leva les yeux et son regard rencontra celui de Julia. Tout son aplomb, toute l'assurance dont il avait fait preuve en jouant semblaient s'être évanouis. On aurait dit que, la partie finie, maintenant que son regard se posait à nouveau sur le monde qui l'entourait, cet homme se trouvait dépourvu des attributs qui lui valaient l'envie et le respect des autres. Ce n'est qu'alors que Julia remarqua sa cravate vulgaire, sa veste marron plissée aux épaules, déformée aux coudes, son menton mal rasé sur lequel bleuissait une barbe faite à cinq ou six heures du matin, avant de prendre le métro, ou l'autobus, pour se rendre au travail. Ses yeux même s'étaient éteints, devenant opaques et gris.

– Permettez-moi de vous présenter monsieur Muñoz, dit le directeur du club. Monsieur Muñoz, joueur d'échecs.

IV

LE TROISIÈME JOUEUR

> «Eh bien, Watson, dit Holmes, n'est-il pas curieux qu'il faille parfois connaître l'avenir avant que de connaître le passé ?»
>
> *R. Smullyan*

– C'est une vraie partie, déclara Muñoz. Un peu étrange, mais logique. Les noirs viennent de jouer.

– Vous en êtes sûr ? demanda Julia.

– Absolument.

– Comment le savez-vous ?

– Je le sais.

Ils étaient dans l'atelier de la jeune femme, devant le tableau qu'éclairaient toutes les lumières de la pièce. César sur le sofa, Julia assise sur la table, Muñoz debout devant le Van Huys, encore un peu perplexe.

– Quelque chose à boire ?

– Non.

– Une cigarette ?

– Non merci. Je ne fume pas.

La situation était un peu gênante. Le joueur d'échecs semblait mal à l'aise dans sa gabardine fripée qu'il avait gardée sur lui, boutonnée jusqu'au col, comme s'il se réservait le droit de prendre congé d'un moment à l'autre, sans un mot d'explication. Il conservait un air farouche, méfiant ; l'amener jusqu'ici n'avait pas été une mince affaire. Au début, quand César et Julia lui avaient expliqué de quoi il retournait, Muñoz avait fait une tête qui en disait long sur ce qu'il pensait, à savoir qu'il les prenait pour deux vrais cinglés. Puis, toujours sur la défensive, il avait adopté une attitude soupçonneuse. Son intention n'était certainement pas de les offenser, mais toute cette histoire d'assassinat au Moyen Âge, cette partie d'échecs représentée sur un tableau, c'était quand même passablement étrange. Et même s'ils disaient la vérité, il ne comprenait pas très bien ce qu'il avait à voir dans tout ça. Après tout – il l'avait répété comme s'il établissait ainsi les distances voulues –, il n'était qu'un comptable. Un employé de bureau.

– Mais vous jouez aux échecs, avait répliqué César en lui adressant le plus séducteur de ses sourires. Ils venaient de traverser la rue et s'étaient assis dans un bar, à côté d'une machine qui leur cassait périodiquement les oreilles avec sa monotone musiquette attrape-nigauds.

– Oui, et puis ? – Il n'y avait pas d'insolence dans sa réponse, simplement de l'indifférence. Beaucoup de gens jouent aux échecs. Et je ne vois pas pourquoi moi en particulier...

– On dit que vous êtes le meilleur.

Le joueur d'échecs lança à César un regard indéfinissable. Peut-être bien, crut lire Julia sur son visage, mais cela n'a rien à voir avec cette affaire. Être le meilleur ne signifie rien. On peut être le meilleur, de même qu'on peut être blond ou avoir les pieds plats, sans être pour autant obligé d'en faire la démonstration à tout bout de champ.

– Si j'étais ce que vous dites, répondit-il au bout d'un instant, je me présenterais à des tournois, je participerais à ce genre de choses. Or je ne le fais pas.

– Pourquoi ?

Muñoz lança un coup d'œil à sa tasse déjà vide avant de hausser les épaules.

– Parce que. Il faut en avoir envie. Je veux dire, envie de gagner… – il les regardait comme s'il n'était pas très sûr de se faire comprendre. Et moi, ça m'est parfaitement égal.

– Un théoricien, commenta César avec un sérieux dans lequel Julia décela une pointe d'ironie.

Muñoz soutint le regard de l'antiquaire d'un air pensif, comme s'il cherchait une réponse.

– Peut-être, dit-il enfin. C'est pour cette raison que je ne crois pas pouvoir vous être très utile.

Il fit le geste de se lever, aussitôt interrompu quand Julia tendit la main pour la poser sur son bras. Ce fut un contact bref, furtif, que plus tard, seuls tous les deux, César allait qualifier, en haussant un sourcil, de féminité opportuniste à l'extrême, ma chérie, la dame qui demande de l'aide sans trop insister, qui réussit à empêcher l'oiseau de s'envoler. Lui, César, n'aurait pas fait mieux; tout juste aurait-il pu pousser un petit cri d'alarme, absolument approprié dans ces circonstances. Toujours est-il que Muñoz baissa les yeux un instant, aperçut la main de Julia qui déjà se retirait et resta assis, balayant des yeux le dessus de la table, s'arrêtant dans la contemplation de ses propres mains aux ongles douteux, immobiles, posées de part et d'autre de sa tasse.

– Nous avons besoin de votre aide, dit Julia à voix basse. Il s'agit de quelque chose d'important, je vous assure. Important pour moi et pour mon travail.

Le joueur d'échecs dodelina de la tête avant de la regarder, non pas dans les yeux, mais au menton, comme s'il craignait qu'un regard direct n'établisse entre eux une obligation qu'il n'était pas disposé à accepter.

– Je ne crois pas que ça m'intéresse, répondit-il enfin.

Julia se pencha au-dessus de la table.

– Voyez-y une partie différente de celles que vous avez jouées jusqu'à présent… Une partie qu'il vaudrait la peine de gagner, cette fois.

– Je ne vois pas pourquoi elle devrait être différente. Au fond, c'est toujours la même partie.

César s'impatientait.

– Je dois avouer, cher ami – l'antiquaire trahissait son irritation en jouant avec la topaze de sa main droite –, que je ne parviens pas à m'expliquer votre étrange apathie… Pourquoi jouez-vous aux échecs, dans ce cas ?

Le joueur réfléchit un peu. Puis son regard glissa de nouveau sur la table, mais cette fois il ne s'arrêta pas au menton de César et s'en fut chercher directement ses yeux.

– Peut-être, répondit-il avec calme, pour la même raison que vous êtes homosexuel.

On aurait dit qu'un vent glacé venait de souffler sur la table. Julia alluma précipitamment une cigarette, absolument atterrée par cet impair que l'autre venait de commettre sans la moindre agressivité, comme la chose la plus naturelle du monde. Tout au contraire, le joueur d'échecs regardait l'antiquaire avec une sorte d'attention polie, comme si, dans le cours d'un dialogue ordinaire, il attendait la réponse d'un interlocuteur respectable. Il n'y avait pas la moindre intention de blesser dans ce regard, conclut la jeune femme. On y lisait même une certaine innocence, comme un touriste qui, sans s'en rendre compte, viole les règles locales avec sa maladresse d'étranger.

César se borna à se pencher vers Muñoz d'un air intéressé, tandis qu'un sourire amusé flottait sur ses lèvres fines et pâles.

– Mon cher ami, dit-il d'une voix douce, votre ton et votre expression me laissent croire que vous ne voyez aucune objection à ce que, bien humblement, mes inclinations me portent dans un sens ou dans l'autre, si je puis m'exprimer ainsi… De même, j'imagine que vous n'aviez rien contre le roi blanc, ou contre le joueur qui était votre adversaire tout à l'heure, au club. C'est exact ?

– Plus ou moins.

L'antiquaire se retourna vers Julia.

– Tu vois, princesse ? Tout va bien ; il n'y a pas lieu de s'inquiéter… Ce bon monsieur voulait nous faire comprendre qu'il joue aux échecs uniquement parce qu'il a le jeu chevillé au corps – le sourire de César s'accentua, condescendant. – Quelque chose de *terriblement* lié aux problèmes, aux combinaisons, aux rêves… Et face à tout cela, que peut signifier un prosaïque échec et mat ? – Il se cala dans sa chaise en regardant Muñoz qui soutenait son regard, impassible. – Je vais vous dire. Il ne signifie rien – il leva les mains en montrant les paumes, comme s'il invitait Julia et le joueur d'échecs à s'assurer de la véracité de ses paroles. – N'est-ce pas la vérité, cher ami ?... Ce n'est qu'un désolant point final, un retour forcé à la réalité – il pinça les narines. À la vie véritable : la routine du commun, du quotidien.

Muñoz resta silencieux un moment.

– C'est curieux – il fermait à demi les yeux, comme s'il voulait ébaucher un sourire qui ne parvenait pas à se dessiner sur sa bouche. C'est exactement cela, je suppose. Mais je ne l'avais jamais entendu dire à haute voix.

– C'est un plaisir de vous initier, répondit César d'une voix équivoque, avec un petit rire qui lui attira de la part de Julia un regard furibond.

Le joueur d'échecs avait perdu de son assurance et semblait un peu déconcerté.

– Vous jouez vous aussi aux échecs ?

César éclata d'un rire aussitôt étouffé. Insupportablement théâtral, ce matin, pensa Julia. Comme chaque fois qu'il dispose d'un public réceptif.

– Je sais déplacer les pièces, comme tout le monde. Mais c'est un jeu qui ne me fait ni chaud ni froid... – il lança à Muñoz un regard tout à coup sérieux. Mon jeu à moi, mon très cher ami, c'est d'esquiver tous les jours les échecs de la vie, ce qui n'est pas une mince affaire – il bougea la main d'un geste las et délicat qui les embrassait tous les deux. Et comme vous, mon cher, comme tout le monde, j'ai besoin moi aussi de mes petits trucs pour m'en sortir... ou pour m'y mettre, si vous me passez l'expression.

Muñoz regardait dans la direction de la porte, toujours indécis. La lumière lui donnait un air fatigué, accentuait les ombres de ses yeux qui paraissaient plus enfoncés encore. Avec ses grandes oreilles qui pointaient au-dessus du col de sa gabardine, son nez fort et son visage osseux, il avait un peu l'air d'un chien efflanqué.

– D'accord, dit-il. Allons voir ce tableau.

Et ils étaient donc là, attendant le verdict de Muñoz. Sa gêne initiale quand il s'était retrouvé dans une maison inconnue en présence d'une femme jeune et belle, d'un antiquaire aux goûts équivoques et d'un tableau d'aspect ambigu, semblait s'évanouir à mesure que la partie d'échecs représentée sur le tableau s'emparait de son attention. Pendant quelques minutes, il l'avait d'abord observée immobile et silencieux, assez loin du chevalet, les mains derrière le dos. L'attitude des curieux qui regardaient les joueurs au club Capablanca, remarqua Julia. Rien d'étonnant, puisque c'était exactement ce qu'il faisait. Au bout d'un moment durant lequel personne n'ouvrit la bouche, il demanda du papier et un crayon et, après un bref instant de réflexion, s'appuya sur la table pour faire un croquis de la partie, levant de temps en temps les yeux pour observer la position des pièces.

– De quel siècle est ce tableau ? demanda-t-il après avoir dessiné un carré divisé en soixante-quatre cases.

– Fin du XVe, répondit Julia.

Muñoz fronça les sourcils.

– La date est importante. À cette époque, les règles des échecs étaient déjà pratiquement les mêmes qu'aujourd'hui. Mais auparavant, certaines pièces se déplaçaient différemment... La dame, par exemple, ne pouvait se déplacer en diagonale que vers une case voisine. Plus tard, on l'autorisera à en sauter trois. Le roque de la tour et du roi était inconnu avant le Moyen Âge – il laissa un instant son dessin pour observer de plus près le tableau. Si celui qui a joué cette partie l'a fait selon les règles modernes, nous pourrons peut-être la résoudre. Dans le cas contraire, ce sera difficile.

– La scène se passe en Belgique, précisa César. Vers 1470.

– Alors, je ne crois pas qu'il y ait de problème. Du moins, pas de problème insoluble.

Julia se leva pour s'approcher du tableau et regarder les pièces sur l'échiquier.

– Comment savez-vous que les noirs viennent de jouer ?

– Ça saute aux yeux. Il suffit d'observer la disposition des pièces. Ou les joueurs – Muñoz montra Fernand d'Ostenbourg. Celui de gauche, celui qui joue avec les noirs et qui regarde le peintre, ou qui nous regarde nous, est plus détendu. Il est même distrait, comme s'il s'intéressait plus aux spectateurs qu'à l'échiquier... L'autre,

– il montrait Roger d'Arras –, en revanche, étudie le coup que vient de jouer son adversaire. Vous voyez comme il est concentré ? – Il retourna à son croquis. – De plus, il y a une autre façon de le savoir ; en fait, c'est celle que nous allons utiliser. L'analyse rétrospective.

– Pardon ?

– L'analyse rétrospective. En partant d'une position déterminée sur l'échiquier, on reconstitue la partie en jouant en arrière pour voir comment les joueurs sont arrivés à cette situation... Une partie d'échecs à rebours, si vous voyez ce que je veux dire. On procède par induction, en partant des résultats pour remonter aux causes.

– Comme Sherlock Holmes, commenta César, visiblement intéressé.

– Un peu.

Julia s'était retournée vers Muñoz et le regardait avec des yeux incrédules. Jusque-là, les échecs n'avaient été pour elle qu'un jeu aux règles un peu plus compliquées que celles des dominos, un jeu qui demandait seulement plus de concentration et d'intelligence. C'est pour cela que l'attitude de Muñoz en face du Van Huys l'impressionnait tant. Il était évident que cet espace pictural en trois plans – miroir, salle, fenêtre – où prenait place le moment représenté par Pieter Van Huys, espace dans lequel elle s'était sentie prise de vertige à cause de l'effet optique créé par le talent de l'artiste, que cet espace était pour Muñoz – lui qui, un instant plus tôt, ignorait presque tout du tableau et de la plupart de ses connotations inquiétantes – un espace familier, en marge du temps et des personnages. Un espace dans lequel il semblait se trouver à l'aise comme si, faisant abstraction de tout le reste, le joueur d'échecs eût été capable d'assimiler sur-le-champ la position des pièces, de s'intégrer au jeu avec un naturel renversant. Et qui plus est, à mesure qu'il se concentrait sur *La Partie d'échecs*, Muñoz se dépouillait de sa perplexité initiale, de la réticence et de la confusion qu'il affichait au bar, pour reprendre l'aspect du joueur impassible et sûr de lui sous lequel elle l'avait vu pour la première fois au club Capablanca. Comme si la présence d'un échiquier suffisait pour que cet homme timide, indécis et terne retrouvât toute son assurance.

– Vous voulez dire qu'il est possible de jouer en arrière, de remonter jusqu'au début de la partie représentée sur le tableau ?

Muñoz fit un de ses gestes qui n'engageaient à rien.

– Jusqu'au début, je ne sais pas... Mais je pense que nous pourrons reconstituer quelques coups – il regarda le tableau, comme s'il venait de le voir sous un jour nouveau, puis il s'adressa à César. Je suppose que c'est exactement ce que voulait le peintre.

– À vous de le découvrir, répondit l'antiquaire. La question perverse est de savoir qui a pris un cavalier.

– Le cavalier blanc, précisa Muñoz. C'est le seul qui ne soit plus sur l'échiquier.

– Élémentaire, dit César avec un sourire, mon cher Watson.

Le joueur d'échecs ignora la plaisanterie, ou fit comme s'il ne la comprenait pas ; l'humour ne semblait pas être son fort. Julia s'approcha du sofa et s'assit à côté de l'antiquaire, comme une petite fille fascinée par un merveilleux spectacle. Muñoz avait achevé son croquis et le lui montrait.

– Voici, expliqua-t-il, la position représentée sur le tableau :

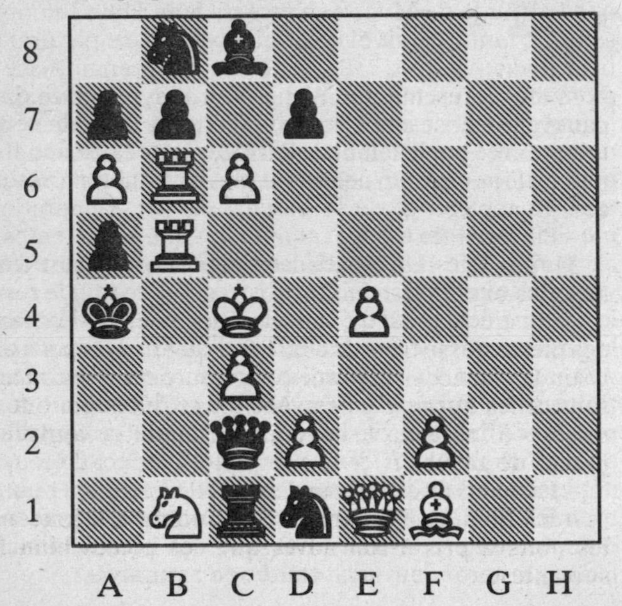

–… Comme vous le voyez, des coordonnées désignent chaque case pour faciliter le repérage des pièces. Vu de cette position, dans la perspective du joueur de droite…
– Roger d'Arras, intervint Julia.
– Roger d'Arras, ou qui vous voudrez. En tout cas, si nous regardons l'échiquier de cette position, nous numérotons les cases de un à huit dans le sens vertical et nous leur donnons une lettre de a à h, dans le sens horizontal – il les montra avec son crayon. Il existe d'autres systèmes plus techniques, mais vous risqueriez de vous perdre.
– Chaque signe correspond à une pièce ?
– Oui. Ce sont des signes conventionnels, les uns noirs, les autres blancs. J'ai noté leur signification :

– De cette façon, même si vous ne connaissez pas grand-chose aux échecs, vous voyez facilement que le roi noir, par exemple, se trouve sur la case a4. Et qu'en f1, par exemple, nous avons un fou blanc… Vous comprenez ?
– Parfaitement.
Muñoz leur montra d'autres signes qu'il avait dessinés plus bas.
– Jusqu'à présent, nous nous sommes occupés des pièces qui se trouvent sur l'échiquier ; mais pour analyser la partie, il est indispensable de savoir quelles sont celles qui ne s'y trouvent plus. Celles qui ont été prises – il regarda le tableau. Comment s'appelle le joueur de gauche ?
– Fernand d'Ostenbourg.
– Eh bien, ce Fernand d'Ostenbourg qui joue avec les noirs a pris à son adversaire les pièces blanches suivantes :

♗ ♘ ♙ ♙

– C'est-à-dire un fou, un cavalier et deux pions. De son côté, votre Roger d'Arras a pris ces pièces à son rival:

♟ ♟ ♟ ♟ ♜ ♝

–... Soit quatre pions, une tour et un fou – Muñoz regardait le croquis d'un air songeur. Si on analyse la partie sous cet angle, le joueur blanc a l'avantage sur son adversaire: tours, pions, etc. Mais si j'ai bien compris, la question n'est pas celle-là, mais de savoir qui a pris le cavalier. Évidemment, une des pièces noires, ce qui est une lapalissade; mais il faut aller pas à pas, en commençant par le commencement – il regarda César et Julia comme pour s'excuser. Rien n'est plus trompeur que l'évidence. C'est un principe de logique qui s'applique aux échecs: ce qui paraît évident n'est pas toujours ce qui s'est produit en réalité, ou ce qui est sur le point de se produire... Résumons-nous: nous devons découvrir laquelle des pièces noires qui se trouvent sur ou hors de l'échiquier a pris le cavalier blanc.

– Ou qui a tué le chevalier, corrigea Julia.

Muñoz fit un geste évasif.

– Cela n'est pas de mon domaine, mademoiselle.

– Vous pouvez m'appeler Julia.

– Eh bien, cela n'est pas de mon domaine, Julia... – il observait la feuille de papier sur laquelle il avait dessiné son croquis comme s'il allait y trouver ses répliques dans un dialogue dont il aurait perdu le fil. Je crois que vous m'avez fait venir pour que je vous dise quelle pièce a pris le cavalier. Si vous en tirez des conclusions ou si vous déchiffrez une énigme, tant mieux – il les regarda d'un air plus assuré, ce qui lui arrivait souvent à la fin d'une digression technique, comme s'il retrouvait de l'aplomb dans ses connaissances. De toute façon, c'est votre affaire. Je ne fais que passer. Je ne suis qu'un joueur d'échecs.

César se déclara satisfait :

– Je n'y vois pas d'inconvénient, répondit-il en se tournant vers Julia. Il joue les coups et nous les interprétons... Travail d'équipe, ma chérie.

La jeune femme alluma une autre cigarette et hocha la tête en avalant la fumée, trop fascinée pour s'arrêter à des détails de forme. Elle posa la main sur celle de César et sentit le battement doux et régulier de son pouls sous la peau de son poignet. Puis elle croisa les jambes.

– Combien de temps faudra-t-il pour résoudre le problème ?

Le joueur d'échecs gratta son menton mal rasé.

– Je ne sais pas. Une demi-heure, une semaine... Ça dépend.

– De quoi ?

– De beaucoup de choses. De ma concentration. Et aussi de la chance.

– Vous pouvez commencer maintenant ?

– Bien sûr. J'ai déjà commencé.

– Alors, continuez.

Mais le téléphone se mit à sonner, interrompant provisoirement la partie.

Beaucoup plus tard, Julia prétendit qu'elle avait eu un pressentiment ; mais elle-même reconnut qu'il était facile de le dire après coup. Elle expliqua aussi qu'elle avait alors compris que tout se compliquait terriblement. En réalité, comme elle allait bientôt le savoir, les complications avaient commencé depuis longtemps déjà et s'étaient nouées irrévocablement, même si elles n'étaient pas encore apparues sous leur jour le plus déplaisant. En toute rigueur, on pouvait dire qu'elles avaient commencé en 1469, quand cet arbalétrier mercenaire, obscur pion dont le nom n'était pas passé à la postérité, banda la corde graissée de son arme avant de se poster au bord de la douve du château d'Ostenbourg pour attendre avec la patience du chasseur le pas de cet homme qui faisait tinter des pièces d'or dans sa bourse.

Au début, le policier ne fut pas trop désagréable, compte tenu des circonstances et du fait qu'il était policier. Attaché au Groupe des enquêtes artistiques, il ne semblait pourtant pas tellement différent de ses collègues. Tout au plus, ses rapports professionnels avec le monde dans lequel il exerçait son métier lui avaient peut-être donné une certaine affectation dans la manière de dire bonjour ou de s'asseoir, dans la façon de faire son nœud de cravate. Il parlait lentement, sans trop d'emphase, et hochait la tête pour un oui ou pour un non, sans que Julia parvienne à savoir s'il s'agissait d'un tic ou d'une attitude professionnelle destinée à inspirer confiance à ses interlocuteurs, ou encore s'il faisait simplement semblant d'avoir compris. Pour le reste, il était petit et gros. Vêtu de marron, il arborait une curieuse moustache mexicaine. Quant aux beaux-arts, l'inspecteur principal Feijoo se considérait modestement comme un amateur : il collectionnait les poignards anciens.

Tout cela, Julia l'apprit dans un bureau du commissariat du Paseo del Prado au cours des cinq minutes qui suivirent la relation que lui fit Feijoo de certains détails macabres entourant la mort d'Álvaro. Que le professeur Ortega eût été retrouvé dans sa baignoire, le crâne fracturé, après avoir glissé en prenant sa douche était déjà tout à fait regrettable. Peut-être était-ce pour cette raison que l'inspecteur semblait traverser un moment aussi pénible que Julia tandis qu'il racontait les circonstances dans lesquelles la femme de ménage avait découvert le cadavre. Mais le plus lamentable de l'affaire – et ici Feijoo avait cherché ses mots avant de regarder la jeune femme d'un air peiné, comme s'il l'invitait à considérer la triste condition humaine –, c'était que le médecin légiste avait relevé quelques détails inquiétants qui l'empêchaient de déterminer avec certitude si la mort avait été accidentelle ou provoquée. En d'autres termes, il était possible – et l'inspecteur avait répété deux fois le mot possible – que la fracture de la base du crâne eût été causée par un objet contondant qui n'aurait rien eu à voir avec la baignoire.

– Vous voulez dire – Julia s'était appuyée sur le bureau, incrédule – que quelqu'un a pu le tuer pendant qu'il prenait sa douche ?

Le policier fit un geste qui visait manifestement à la dissuader d'aller trop loin.

– Je n'ai fait que mentionner une possibilité. L'examen visuel et la première autopsie concordent dans leurs grandes lignes avec la théorie de l'accident.

– Dans leurs grandes lignes ?... Mais de quoi me parlez-vous ?

– De faits. Certains détails, comme le type de fracture, la position du cadavre... Des questions techniques que je préfère vous épargner, mais qui nous amènent à nous poser des questions, à nourrir des doutes raisonnables.

– C'est complètement ridicule.

– Je serais tenté de partager votre avis – la moustache mexicaine prit la forme d'un douloureux accent circonflexe. Mais si ces doutes se confirmaient, la situation deviendrait différente : le professeur Ortega aurait alors été assassiné d'un coup à la nuque... Ensuite, après l'avoir déshabillé, quelqu'un aurait pu le mettre sous la douche et ouvrir les robinets pour donner l'impression d'un accident... Le médecin légiste procède actuellement à un nouvel examen afin de voir si le défunt n'aurait pas pu recevoir deux coups au lieu d'un seul : le premier pour l'assommer et le second pour s'assurer qu'il était bien mort. Naturellement – il se renversa dans son fauteuil, joignit les mains et observa la jeune femme d'un air placide –, ce ne sont que des hypothèses.

Julia continuait à regarder son interlocuteur comme quelqu'un qui se croit victime d'une mauvaise plaisanterie. Elle refusait d'enregistrer ce qu'elle venait d'entendre, incapable qu'elle était d'établir un lien direct entre Álvaro et ce que Feijoo lui disait. Il y a sûrement erreur sur la personne, murmurait une voix intérieure, comme si on lui parlait en fait de quelqu'un d'autre. Il était absurde d'imaginer Álvaro, lui qu'elle avait connu, assassiné d'un coup sur la nuque comme un lapin, tout nu, les yeux ouverts sous le jet d'eau glacée. C'était stupide. Et elle se demanda si Álvaro avait eu le temps d'apprécier tout le grotesque de cette affaire.

– Imaginons un instant, dit-elle après un instant de réflexion, que la mort n'ait pas été accidentelle... Qui pouvait avoir des raisons de le tuer ?

– Très bonne question, comme on dit dans les films

policiers… – les incisives du policier mordirent sa lèvre inférieure, en une moue de prudence professionnelle. Pour être franc, je n'en ai pas la moindre idée – il fit une courte pause, affichant un air trop honnête pour être sincère, lui laissant entendre qu'il étalait toutes ses cartes sur la table, sans rien dissimuler. En réalité, je compte sur votre collaboration pour éclaircir ce point.

– Ma collaboration ? Pourquoi ?

L'inspecteur regarda Julia de haut en bas, avec une lenteur calculée. Il n'avait plus rien d'aimable et son expression trahissait une curiosité presque grossière, comme s'il cherchait à établir une sorte de complicité équivoque avec elle.

– Vous avez eu avec le défunt une liaison… Excusez-moi, mais mon travail est parfois désagréable – à en juger par le sourire suffisant qui apparut sous sa moustache, son métier ne semblait pas trop lui déplaire en ce moment. Il glissa la main dans sa poche et en sortit une pochette d'allumettes où figurait le nom d'un restaurant fort bien coté. D'un geste qui voulait être galant, il alluma la cigarette que Julia venait de porter à ses lèvres. – Je veux dire, une, hum, affaire de cœur. C'est exact ?

– C'est exact. Julia rejeta la fumée en fermant les yeux, gênée et furieuse.

Une affaire de cœur, venait de dire le policier, résumant ainsi toute une époque de sa vie qui avait laissé en elle une cicatrice encore douloureuse. Et ce gros type vulgaire, pensa-t-elle, avec sa ridicule moustache, rit sans doute en évaluant la marchandise. La petite amie du défunt n'est pas si mal, allait-il raconter à ses collègues quand il descendrait prendre une bière au bar de la brigade. Je ne me ferais pas prier pour lui rendre un petit service.

Mais d'autres aspects de sa propre situation la préoccupaient davantage. Álvaro était mort. Peut-être assassiné. Absurde ou pas, elle se trouvait dans un commissariat de police et il y avait trop de points obscurs qu'elle ne parvenait pas à comprendre. Et ne pas comprendre certaines choses pouvait être fort dangereux.

Elle sentait tout son corps tendu, concentré et

attentif, sur la défensive. Elle regarda Feijoo qui s'était départi de son air compréhensif et bon enfant. C'était une tactique, se dit-elle. Cherchant à reprendre son sang-froid, elle se dit que l'inspecteur n'avait d'ailleurs aucune raison de faire preuve de considération à son égard. Ce n'était qu'un flic, maladroit et vulgaire comme tous les autres, qui faisait son travail. En fin de compte, conclut-elle en essayant de voir la situation du point de vue de son interlocuteur, elle était effectivement ce que cet individu avait sous la main : l'ex-petite amie du défunt. Le seul fil conducteur pour démêler l'écheveau.

– Mais c'est de l'histoire ancienne, ajouta-t-elle en laissant tomber la cendre de sa cigarette dans le cendrier immaculé, rempli de trombones, qui trônait sur le bureau de Feijoo. Il y a un an que nous nous sommes séparés… Vous devriez le savoir.

L'inspecteur appuya les coudes sur son bureau et se pencha vers elle.

– Oui, répondit-il d'une voix presque confidentielle, comme si ce ton démontrait irréfutablement qu'ils étaient maintenant devenus de vieux complices et que le policier se trouvait totalement de son côté. Puis il sourit, comme s'il songeait à un secret jalousement gardé. – Mais vous l'avez vu il y a trois jours.

Julia dissimula sa surprise en regardant le policier de l'air de quelqu'un qui vient d'entendre une énorme sottise. Naturellement, Feijoo avait posé des questions à la faculté. Une secrétaire ou un appariteur avait pu le mettre au courant. De toute manière, elle n'avait aucune raison de vouloir cacher cette rencontre.

– Je suis allée lui demander de l'aide à propos d'un tableau que je suis en train de restaurer – elle fut surprise que le policier ne prenne pas de notes et supposa que c'était une des particularités de sa méthode : les gens parlent plus librement quand ils croient que leurs paroles s'évanouissent en l'air. Nous avons parlé près d'une heure dans son bureau, comme vous semblez le savoir parfaitement. Nous avons même pris rendez-vous pour plus tard, mais je ne l'ai plus revu.

Feijoo faisait tourner la pochette d'allumettes entre ses doigts.

– Et de quoi avez-vous parlé, si je ne suis pas trop indiscret?... Je suis sûr que vous ne m'en voudrez pas de vous poser ces questions... hum, personnelles. Je vous assure que c'est la simple routine.

Julia le regarda en silence, prit une bouffée de sa cigarette, puis secoua lentement la tête.

– Vous semblez me prendre pour une idiote.

Le policier baissa les paupières et se redressa un peu dans son fauteuil.

– Excusez-moi, mais je ne vois pas où vous voulez...

– Je vais vous dire où je veux en venir – elle écrasa violemment sa cigarette sur la petite montagne de trombones, sans pitié pour l'expression chagrinée que prit l'autre en suivant son geste. Je ne vois pas le moindre inconvénient à répondre à vos questions. Mais avant de continuer, je vais vous demander de me dire si Álvaro est tombé dans sa baignoire ou pas.

– Vraiment – Feijoo paraissait pris au dépourvu –, je n'ai pas d'indices...

– Alors, cette conversation est inutile. Mais si vous croyez qu'il y a quelque chose de louche dans cette mort et si vous avez l'intention de me tirer les vers du nez, je veux savoir immédiatement si vous m'interrogez à titre de suspect... Parce que dans ce cas, soit je sors immédiatement de ce commissariat, soit je demande un avocat.

Le policier leva les deux mains, conciliant.

– Ce serait prématuré, dit-il avec un petit sourire gêné tout en changeant de position dans son fauteuil, comme s'il cherchait ses mots une fois de plus. La version officielle, jusqu'à présent, est que la mort du professeur est accidentelle.

– Et si vos merveilleux médecins légistes finissent par décider du contraire?

– Dans ce cas... – Feijoo fit un geste vague. Vous ne seriez pas plus suspecte que toutes les personnes qui étaient en rapport avec le défunt. Imaginez la liste des candidats...

– C'est là le problème. Je ne vois personne capable de tuer Álvaro.

– Bon, c'est votre opinion. Mais je vois les choses différemment: des étudiants mécontents, des collègues jaloux, des maîtresses abandonnées, des maris à cheval sur les principes... – il comptait sur ses doigts avec son pouce et s'arrêta sur le dernier. Non, ce qui est certain, c'est que votre témoignage est très important, vous devez bien le reconnaître.

– Pourquoi ? Vous me classez dans la catégorie des maîtresses abandonnées ?

– Je n'irais pas si loin, mademoiselle. Mais vous l'avez vu quelques heures avant qu'il se casse la tête... Ou qu'on la lui casse.

– Quelques heures ? – Cette fois, Julia était vraiment déconcertée. – Quand est-il mort ?

– Il y a trois jours. Mercredi, entre deux heures de l'après-midi et minuit.

– C'est impossible. Il doit y avoir une erreur.

– Une erreur ?

L'expression du commissaire avait changé. Il regardait maintenant Julia avec une méfiance qu'il ne cherchait plus à dissimuler.

– Il n'y a aucune erreur possible. Il s'agit de la conclusion des médecins légistes.

– Mais il y a certainement une erreur quand même. De vingt-quatre heures.

– Pourquoi ?

– Parce que le jeudi après-midi, le lendemain de ma conversation avec lui, il m'a envoyé chez moi des documents que je lui avais demandés.

– Quel genre de documents ?

– L'histoire du tableau sur lequel je travaille.

– Vous les avez reçus par le courrier ?

– Un commissionnaire est venu les livrer, jeudi après-midi.

– Vous vous souvenez du nom de la société ?

– Oui. Urbexpress. Et c'était jeudi, vers huit heures... Comment l'expliquez-vous ?

Le policier souffla sous sa moustache, sceptique.

– Je ne sais pas. Jeudi après-midi, Álvaro Ortega était mort depuis vingt-quatre heures, si bien qu'il n'a pas pu vous envoyer de colis. Quelqu'un... – Feijoo fit une légère pause pour que Julia s'imprègne de cette idée –, quelqu'un a dû le faire pour lui.

– Quelqu'un ? Mais qui ?

– Celui qui l'a tué, si on l'a tué. Le meurtrier hypothétique. Ou la meurtrière – le policier regarda Julia avec curiosité. Je ne sais pas pourquoi nous attribuons de prime abord une personnalité masculine aux criminels... – il sembla alors penser à quelque chose. Y avait-il une lettre ou un mot avec ce rapport que vous aurait envoyé Álvaro Ortega ?

– Il n'y avait que des documents ; mais il est logique de penser que c'est lui qui les a envoyés... Je suis sûre qu'il y a une erreur quelque part.

– Impossible. Il est mort le mercredi et vous avez reçu les documents le jeudi. Sauf si la livraison a été retardée.

– Non. J'en suis absolument sûre. La date était bien du même jour.

– Il y avait quelqu'un avec vous cet après-midi-là ? Je veux dire, un témoin ?

– Deux : Menchu Roch et César Ortiz de Pozas.

Le policier la regarda. Il semblait vraiment surpris.

– Don César ? L'antiquaire de la calle del Prado ?

– Lui-même. Vous le connaissez ?

Feijoo hésita avant de faire un geste affirmatif. Oui, il le connaissait, dit-il. Pour des raisons de travail. Mais il ignorait qu'elle et lui fussent amis.

– Eh bien, vous le savez maintenant.

– C'est exact.

Le policier tambourinait sur son bureau avec son stylo. Tout à coup, il se sentait mal à l'aise. Et il y avait de quoi. Comme Julia allait l'apprendre le lendemain de la bouche de César, l'inspecteur principal Casimiro Feijoo n'avait rien d'un fonctionnaire modèle. Ses relations professionnelles avec le petit monde des arts et des antiquités lui permettaient d'arrondir ses fins de mois. De temps en temps, quand on récupérait des pièces volées, certaines disparaissaient par la mauvaise porte. Les intermédiaires de confiance qui participaient à ces opérations lui versaient une commission. Ironie du sort, César était l'un de ces intermédiaires.

– De toute façon, dit Julia qui ignorait encore le curriculum vitae de Feijoo, je suppose qu'avoir deux témoins ne prouve rien. J'aurais pu m'envoyer moi-même les documents.

Feijoo acquiesça sans commentaire, mais son regard était devenu manifestement circonspect. On y lisait aussi un nouveau respect qui n'obéissait, comme Julia le comprit plus tard, qu'à des raisons pratiques.

– Une chose est certaine, dit-il enfin, c'est que cette affaire est vraiment très étrange.

Julia regardait dans le vide. Pour elle, l'affaire n'était plus étrange, mais positivement sinistre.

– Ce que je ne comprends pas, c'est que quelqu'un ait pu vouloir que je reçoive ces documents.

Feijoo se mordit la lèvre inférieure avec ses incisives et sortit un carnet de son tiroir. Sa moustache avait pris une allure pendante et soucieuse tandis qu'il pesait le pour et le contre de la situation. Il était clair qu'il n'était pas enchanté de se trouver pris dans cet imbroglio.

– Encore une bonne question, mademoiselle, murmura-t-il en prenant pour la première fois des notes, sans aucun entrain.

Elle s'arrêta sous la porte cochère et sentit que le planton l'observait avec curiosité. De l'autre côté de l'avenue, derrière les arbres, la façade néo-classique du musée était illuminée par de puissants projecteurs dissimulés dans les jardins voisins, parmi les bancs, les statues et les fontaines de pierre. Il tombait une bruine à peine perceptible, suffisante cependant pour que se reflètent sur l'asphalte les phares des autos et la succession rigoureuse du vert, et de l'ambre et du rouge des feux de circulation.

Julia remonta le col de son blouson de cuir et se mit à marcher sur le trottoir, écoutant ses pas résonner sous les arcades désertes. Il n'y avait pas beaucoup de circulation, mais de temps en temps les phares d'une voiture l'éclairaient par-derrière, projetant sa silhouette longue et mince, d'abord devant ses pieds, puis plus courte, oscillante et fugitive, sur le côté, tandis que le bruit du moteur grandissait derrière elle et la dépassait, que son ombre s'écrasait et s'évanouissait contre le mur et que l'auto, deux points rouges et deux autres points jumeaux sur l'asphalte mouillé, s'éloignait au bout de la rue.

Elle s'arrêta devant un feu. Et tandis qu'elle attendait le vert, elle se mit à chercher d'autres verts dans la nuit. Elle en trouva dans les feux fugitifs des taxis, dans les feux de circulation qui scintillaient tout au long de l'avenue, dans le néon lointain, mêlé de bleu et de jaune, d'une tour de verre dont le dernier étage était illuminé, indiquant que quelqu'un faisait le ménage ou travaillait encore à cette heure. Le feu passa au vert et Julia traversa en cherchant maintenant des rouges, plus nombreux dans la nuit d'une grande ville ; mais le clignotement bleu d'une voiture de police qui passait au loin s'interposa devant ses yeux, sans que Julia puisse entendre la sirène, silencieuse comme une image de cinéma muet. Auto rouge, feu vert, néon bleu, gyrophare bleu... Ce serait, pensa-t-elle, la gamme de couleurs pour interpréter cet étrange paysage, la palette nécessaire pour exécuter un tableau qui pourrait s'appeler ironiquement *Nocturne* et qui serait exposé à la galerie Roch, même s'il faudrait certainement en expliquer le titre à Menchu. Tout cela combiné comme il faut à différents tons de noir : noir comme l'obscurité, noir comme les ténèbres, noir comme la peur, noir comme la solitude.

Avait-elle vraiment peur ? En d'autres circonstances, la question aurait fait un excellent sujet de discussion théorique, en compagnie de quelques bons amis, dans un salon chaud et confortable, devant une cheminée hospitalière, une bouteille encore à moitié pleine devant soi. La peur comme élément de surprise, comme prise de conscience bouleversante d'une réalité découverte en un moment concret, quoiqu'elle ait toujours été là. La peur comme finale destructeur de l'inconscience, comme rupture d'un état de grâce. La peur comme péché.

Pourtant, tandis qu'elle marchait parmi les couleurs de la nuit, Julia se sentait incapable de considérer ce qu'elle sentait comme une question théorique. Bien sûr, elle avait déjà éprouvé d'autres manifestations mineures du même phénomène : l'aiguille du compteur qui dépasse le chiffre raisonnable tandis que le paysage défile à toute allure sur la droite et sur la gauche, que les lignes blanches de l'asphalte se transforment en une rafale de balles traçantes, comme dans un film de guerre, engouffrées dans le ventre vorace de l'autoroute. Ou cette sensation de vide, de profondeur insondable et de bleu, quand on se jette du pont d'un bateau en haute mer, que l'on sent l'eau glisser sur la peau nue, avec la désagréable certitude que toute forme de terre ferme est passablement loin de vos pieds. Et même ces vagues terreurs qui vous habitent pendant le sommeil, duels capricieux entre l'imagination et la raison qu'un acte de volonté suffit presque toujours à reléguer aux souvenirs ou à l'oubli, dès l'instant qu'on ouvre les paupières pour retrouver les ombres familières de la chambre à coucher.

Mais cette peur que Julia venait de découvrir était différente. Nouvelle, insolite, inconnue jusqu'alors, épicée par l'ombre du Mal avec une majuscule, de ce qui est à l'origine de la souffrance et de la douleur. Le Mal capable d'ouvrir le robinet d'une douche sur le visage d'un homme assassiné. Le Mal qui ne peut se peindre qu'en noir d'obscurité, noir de ténèbres, noir de solitude. Le Mal avec un M, comme mort, comme meurtrier.

Meurtrier. Ce n'était qu'une hypothèse, se dit-elle en observant son ombre sur le sol. Les gens glissent dans les baignoires, tombent dans les escaliers, ne voient pas un feu rouge et se font écraser. Même les médecins légistes et les policiers cherchent parfois midi à quatorze heures, par déformation professionnelle. Tout cela était vrai; mais quelqu'un lui avait envoyé le rapport d'Álvaro alors qu'Álvaro était mort depuis vingt-quatre heures. Et cela n'était pas une hypothèse: les documents étaient chez elle, dans un tiroir. Réalité incontournable.

Elle frissonna avant de regarder derrière elle si quelqu'un la suivait. Et alors qu'elle s'attendait à ne voir personne, elle découvrit effectivement quelqu'un. Difficile de dire si c'était elle qu'on suivait; mais une silhouette marchait à une cinquantaine de mètres derrière elle, éclairée de temps en temps quand elle traversait les taches de lumière renvoyées entre les arbres par la façade du musée.

Julia continua son chemin en regardant droit devant elle. Tous ses muscles luttaient pour contenir son impérieuse envie de se mettre à courir, comme du temps qu'elle était petite et qu'elle traversait le hall sombre de l'immeuble avant de monter l'escalier quatre à quatre et de se pendre à la sonnette. Mais elle s'imposa la logique d'un esprit habitué à la normalité. Se mettre à courir, pour la simple raison que quelqu'un marchait dans la même direction, cinquante mètres derrière elle, était non seulement tout à fait excessif, mais ridicule. Pourtant, se dit-elle un peu plus tard, se promener tranquillement dans une rue pas très bien éclairée, avec un assassin potentiel derrière vous, pour très hypothétique qu'il soit, était non seulement très excessif, mais suicidaire. Ces deux thèses opposées retinrent son attention durant quelques instants qui suffirent à reléguer sa peur à un raisonnable second plan et à lui faire décider que son imagination lui jouait peut-être un mauvais tour. Elle prit une grande respiration et regarda derrière elle du coin de l'œil en se moquant de sa frousse. Mais elle put alors constater que la distance qui la séparait de l'inconnu s'était raccourcie de quelques mètres. Et la peur revint. Peut-être avait-on *vraiment* assassiné Álvaro et le meurtrier lui avait-il ensuite envoyé les documents concernant le tableau. Il y avait un lien entre *La Partie d'échecs,* Álvaro, Julia et l'éventuel, le présumé, assassin. Tu es plongée jusqu'au cou dans cette affaire, se dit-elle, et cette fois elle fut incapable de trouver des prétextes pour rire de son inquiétude. Elle regarda autour d'elle, cherchant quelqu'un dont elle pourrait s'approcher pour lui demander son aide, ou simplement pour se pendre à son bras et le supplier de l'accompagner loin d'ici. Elle pensa aussi revenir au commissariat, mais cette solution présentait une difficulté : l'inconnu se trouvait en plein milieu de son chemin. Un taxi, peut-être. Mais il n'y avait aucune petite lumière verte – vert de l'espérance – en vue. Elle sentit alors sa bouche si sèche que sa langue collait au palais. Du calme, se dit-elle. Garde ton sang-froid, idiote, ou tu vas vraiment avoir des problèmes. Et elle réussit à retrouver suffisamment de calme pour ne pas prendre ses jambes à son cou.

Une plainte de trompette, déchirante et solitaire. Miles Davis sur le tourne-disque, l'atelier dans la pénombre, éclairé seulement par un petit projecteur posé par terre, orienté vers le tableau. Tic-tac de l'horloge contre le mur, léger reflet métallique chaque fois que le balancier atteignait l'extrémité de sa course sur la droite. Un cendrier fumant, un verre avec des glaçons presque fondus et un peu de vodka sur le tapis, à côté du sofa ; et sur celui-ci, Julia, les bras autour des jambes, le menton sur les genoux, une mèche tombant sur la figure. Ses yeux aux pupilles dilatées regardaient fixement le tableau sans vraiment le voir, braqués sur un point imaginaire situé au-delà de la surface, entre celle-ci et le paysage entrevu au fond, à mi-chemin entre les deux joueurs d'échecs et la dame assise à la fenêtre.

Elle ne savait plus depuis combien de temps elle était là sans bouger, écoutant la musique flotter doucement dans son cerveau avec les vapeurs de la vodka, la chaleur de ses cuisses et de ses genoux nus entre ses bras. De temps en temps, une note de trompette montait avec plus de force parmi les ombres et elle balançait lentement la tête d'un côté puis de l'autre, en mesure. Je t'aime, trompette. Ce soir, tu es ma seule compagnie, étouffée, nostalgique comme la tristesse qui coule goutte à goutte dans mon âme. Et le son déroulait ses méandres dans la pièce obscure, et aussi dans cette autre pièce, inondée de soleil, où les joueurs continuaient leur partie, avant de s'échapper par la fenêtre de Julia, ouverte sur l'éclat des lampadaires qui éclairaient la rue, en bas. La rue où peut-être quelqu'un, dans l'ombre d'un arbre ou d'un porche, regardait en l'air, écoutait la musique qui sortait aussi par l'autre fenêtre, celle du tableau, se répandait sur le paysage aux verts et ocres si doux sur lequel se dessinait, à peine ébauchée par un pinceau d'une extrême finesse, la minuscule aiguille grise d'un lointain clocher.

V

LE MYSTÈRE DE LA DAME NOIRE

> « Je savais maintenant que j'étais entré dans le pays maudit, mais j'ignorais encore les règles du combat. »
>
> *G. Kasparov*

Octavio, Lucinda et Scaramouche les observaient avec leurs yeux de porcelaine peinte, respectueusement silencieux, parfaitement immobiles derrière le cristal du globe. La lumière de la verrière aux petits carreaux sertis de plomb, décomposée en losanges de couleur, faisait ressembler la veste de velours de César à un costume d'Arlequin. Jamais Julia n'avait vu son ami aussi silencieux, aussi immobile, tellement semblable à une de ces statues de bronze, de terra-cotta et de marbre qui habitaient son magasin d'antiquités, parmi les tableaux, les cristaux et les tapis. D'une certaine façon, Julia et César semblaient faire partie du décor, personnages de la scène bigarrée d'une farce baroque plutôt que du monde réel où ils passaient la majeure partie de leur existence. César était particulièrement distingué ce jour-là – au cou, un foulard de soie bordeaux, entre les doigts un long fume-cigarette d'ivoire – et il avait adopté une pose manifestement classique, presque goethienne dans ce contre-jour multicolore, une jambe croisée par-dessus l'autre, la main qui tenait le fume-cigarette tombant avec une négligence étudiée, les cheveux blancs et soyeux dans le halo de lumière or, rouge et bleu de la verrière. Julia portait un corsage noir à col de dentelle et son profil vénitien se reflétait dans un grand miroir où se dessinaient en plans successifs des meubles d'acajou et des cassettes de nacre, des gobelins et des toiles, des colonnes torses soutenant des statues gothiques vermoulues, et même le geste résigné et vide d'un gladiateur de bronze, nu, tombé à la renverse sur ses armes, dressé sur un coude tandis qu'il attend le verdict, pouce en l'air, pouce en bas, d'un empereur invisible et tout-puissant.

– J'ai peur, avoua-t-elle, et César esquissa un geste à mi-chemin entre la sollicitude et l'impuissance. Un geste bref de solidarité magnanime et inutile, sa main où transparaissaient de délicates veines bleues suspendue en l'air, dans la lumière dorée. Un geste d'amour conscient de ses limites, expressif et élégant, comme celui qu'un courtisan du XVIIIe siècle aurait pu faire à la dame de son cœur au moment de voir grandir, au bout de la rue par laquelle la charrette funèbre les conduit à l'échafaud, l'ombre de la guillotine.

– C'est peut-être excessif, ma chérie. Ou du moins prématuré. Personne n'a encore démontré qu'Álvaro n'a pas glissé dans sa baignoire.

– Et les documents ?

– J'avoue que je ne trouve pas d'explication.

Totalement absorbée dans la contemplation d'inquiétantes images intérieures, Julia pencha la tête sur le côté et ses cheveux lui frôlèrent l'épaule.

– Quand je me suis levée, ce matin, j'aurais donné cher pour que toute cette histoire ne soit qu'une terrible erreur...

– C'est peut-être le cas, répondit l'antiquaire, songeur. Que je sache, les policiers et les médecins légistes ne sont honnêtes et infaillibles qu'au cinéma. Et même plus toujours, d'après ce que je me suis laissé dire.

Il fit un sourire amer et désabusé. Julia le regardait sans trop prêter attention à ses paroles.

– Álvaro assassiné... Tu te rends compte ?

– Ne te mets pas martel en tête, princesse. Il ne s'agit que d'une hypothèse de la police, une hypothèse passablement tirée par les cheveux... Et puis, tu ne devrais pas penser autant à lui. Il n'est plus là. Il est parti. De toute façon, il était déjà parti.

– Pas de cette manière.

– Ça ne change rien. Il est parti, c'est tout.

– Mais c'est horrible.

– Oui. Mais à quoi bon ruminer toutes ces choses ?

– À quoi bon ? Álvaro meurt, on m'interroge, je sens que quelqu'un me surveille, quelqu'un qui s'intéresse à mon travail sur *La Partie d'échecs*... et tu me demandes pourquoi je rumine, comme tu dis ? Qu'est-ce que je devrais faire d'autre ? Brouter peut-être ?

– Très simple, ma petite. Si tu es tellement inquiète, tu peux rendre le tableau à Menchu. Si tu crois vraiment que la mort d'Álvaro n'a pas été accidentelle, tu fermes ta maison à double tour et tu pars en voyage. Nous pouvons passer deux ou trois semaines à Paris ; j'ai beaucoup de choses à faire là-bas... Le principal, c'est de t'éloigner jusqu'à ce que tout soit fini.

– Mais que se passe-t-il ?

– Je l'ignore, et c'est bien le pire. Nous n'en avons pas la moindre idée. Comme toi, l'affaire Álvaro ne m'inquiéterait pas s'il n'y avait pas cette histoire de documents... – Il la regarda en souriant, d'un air gêné. – Et j'avoue que je m'inquiète, parce que je n'ai pas du tout l'étoffe d'un héros... Il se pourrait bien que l'un d'entre nous, sans le savoir, ait ouvert une sorte de boîte de Pandore...

– Le tableau, renchérit Julia en frissonnant. L'inscription secrète.

– Sans aucun doute. Tout commence là, apparemment.

Elle se tourna vers le miroir et regarda longuement le reflet de son visage, comme si elle ne reconnaissait pas cette jeune femme aux cheveux noirs qui l'observait en silence avec ses grands yeux sombres, entourés de légers cernes d'insomnie sur la peau pâle de ses pommettes.

– On veut peut-être me tuer, César.

Les doigts de l'antiquaire se crispèrent sur son fume-cigarette d'ivoire.

– Pas de mon vivant ! s'exclama César dont l'attitude tout à l'heure ambiguë et précieuse trahissait maintenant une résolution farouche ; sa voix s'était fêlée sur une note haut perchée, presque féminine. J'ai peut-être une peur de tous les diables, ma chérie. Pire encore. Mais personne ne te fera de mal tant que je pourrai l'éviter.

Julia ne put s'empêcher de sourire, émue.

– Qu'est-ce qu'on peut faire ? demanda-t-elle au bout d'un moment.

La tête penchée, César réfléchissait.

– Je crois qu'il serait prématuré de faire quoi que ce soit… Nous ignorons encore si Álvaro est mort accidentellement ou pas.

– Et les documents ?

– Je suis sûr que quelqu'un, quelque part, répondra à cette question. Et je suppose que celle-ci consiste à savoir si la personne qui t'a fait parvenir le rapport est également responsable de la mort d'Álvaro, ou si les deux choses n'ont rien à voir…

– Et si nos pires soupçons se confirment ?

César tarda à répondre.

– Dans ce cas, je ne vois que deux options. Les deux options classiques, petite princesse : fuir ou faire face. À ta place, je suppose que je voterais pour la fuite, ce qui ne veut cependant pas dire grand-chose… Tu sais bien que, si je m'y mets, je peux être diablement pusillanime.

Les mains croisées sur la nuque, sous ses cheveux, elle réfléchissait en regardant les yeux clairs de l'antiquaire.

– Tu es sérieux ? Tu t'enfuirais avant de savoir ce qui se passe ?

– Certainement. La curiosité est un vilain défaut, si je me souviens bien.

– Ce n'est pas ce que tu m'as appris quand j'étais petite, pourtant… Ne jamais sortir d'une pièce sans fouiller tous les tiroirs.

– Oui ; mais à cette époque, personne ne glissait dans les baignoires.

– Tu es un hypocrite. Au fond, tu meurs d'envie de savoir ce qui se passe.

L'antiquaire fit une moue de reproche.

– Dire que je me *meurs*, mon trésor, est du plus mauvais goût dans les circonstances… Mourir ne me dit justement rien du tout, maintenant que je suis pratiquement un vieillard et que d'adorables jouvenceaux viennent soulager ma vieillesse. Et je n'ai pas envie non plus que tu meures.

– Et si je décide de continuer, jusqu'à ce que je comprenne ce qui se passe avec ce tableau ?

César pinça les lèvres et leva les yeux au ciel, comme s'il n'avait même pas songé à cette possibilité.

– Mais pourquoi ? Donne-moi une seule bonne raison.
– Pour Álvaro.
– Ce n'est pas une bonne raison. Álvaro n'avait déjà plus d'importance ; je te connais suffisamment pour le savoir... De plus, d'après ce que tu m'as raconté, il ne jouait pas franc-jeu dans cette affaire.
– Alors pour moi – Julia croisa les bras en prenant un air de défi. Après tout, il s'agit de mon tableau.
– Écoute, je croyais que tu avais peur. C'est bien ce que tu disais tout à l'heure.
– Oui, j'ai peur. À en faire pipi dans ma culotte, figure-toi.
– Je comprends – César posa le menton sur ses doigts entrelacés où brillait la topaze. En d'autres termes, continua-t-il après un instant de réflexion, il s'agit d'une chasse au trésor. C'est cela que tu essaies de dire ?... Comme autrefois, quand tu n'étais qu'une petite fille têtue.
– Comme autrefois.
– Quelle horreur ! Toi et moi ?
– Toi et moi.
– Tu oublies Muñoz. Nous l'avons pris à bord avec nous.
– Tu as raison. Muñoz, toi et moi, naturellement.
César fit une grimace. Une lueur amusée dansait dans ses yeux.
– Alors, il faudra lui apprendre la chanson des pirates. Je ne pense pas qu'il la connaisse.
– Moi non plus.
– Nous sommes fous, ma petite – l'antiquaire regardait Julia dans les yeux. Tu te rends compte ?
– Et alors ?
– Ce n'est pas un jeu, chérie... Pas cette fois.
Elle soutint son regard, imperturbable. Elle était vraiment très belle avec cette étincelle de détermination que le miroir faisait briller dans ses yeux sombres.
– Et alors..., répéta-t-elle à voix basse.
César hocha la tête, indulgent. Puis il se leva et la gerbe de losanges lumineux glissa le long de son dos jusqu'au sol, aux pieds de la jeune femme, tandis qu'il s'avançait vers le fond de la salle, vers le coin où était installé son bureau. Pendant quelques minutes, il s'escrima sur le

coffre-fort scellé dans le mur, sous une vieille tapisserie de peu de valeur, une mauvaise copie de *La Dame à la licorne*. Quand il revint, il tenait un paquet dans les mains.

– Prends, princesse, c'est pour toi. Un cadeau.

– Un cadeau ?

– C'est bien ce que j'ai dit. Joyeux anniversaire, même si ce n'est pas du tout le jour.

Surprise, Julia défit l'emballage de plastique, puis déplia un chiffon graisseux, soupesant dans le creux de sa main un petit pistolet chromé à crosse de nacre.

– C'est un Derringer ancien, si bien que tu n'as pas besoin de port d'armes, expliqua l'antiquaire. Mais il fonctionne comme s'il était neuf et il a été modifié pour tirer des balles de quarante-cinq. Il est tout petit. Tu peux le mettre dans ton sac à main… Si quelqu'un s'approche ou rôde autour de ta maison pendant les prochains jours – il la regardait fixement, sans la moindre trace d'humour dans ses yeux fatigués –, tu me feras le plaisir de lever cette bricole, comme ceci, et de lui faire sauter la tête. Tu te souviens ?… Exactement comme le capitaine Crochet.

À peine rentrée chez elle, Julia reçut trois coups de téléphone en moins d'une demi-heure. Le premier était de Menchu, très inquiète après avoir appris la nouvelle dans les journaux. Selon elle, tout le monde croyait à l'accident. Julia comprit que la mort d'Álvaro laissait son amie parfaitement indifférente. Ce qui la préoccupait, c'était les complications éventuelles qui pourraient compromettre l'accord conclu avec Belmonte.

Le deuxième coup de téléphone la surprit. Il s'agissait de Paco Montegrifo qui l'invitait à dîner le soir même pour parler affaires. Julia accepta et ils se donnèrent rendez-vous à neuf heures chez Sabatini. Elle raccrocha, puis resta pensive un moment, cherchant une explication à cet intérêt si soudain. S'il s'agissait du Van Huys, le représentant de la maison londonienne aurait dû s'adresser à Menchu, ou à la rigueur leur donner rendez-vous à toutes les deux, ce qu'elle lui avait d'ailleurs rappelé durant leur conversation. Mais Montegrifo avait bien précisé qu'il s'agissait d'une question qui n'intéressait qu'elle et lui.

Perdue dans ses pensées, elle se changea, puis alluma une cigarette et s'assit en face du tableau pour continuer à décaper le vernis. Elle commençait à passer délicatement un tampon de coton sur le panneau quand le téléphone qui se trouvait par terre, posé sur le tapis, sonna pour la troisième fois.

Elle tira sur le fil pour approcher l'appareil et décrocha. Durant les quinze ou vingt secondes qui suivirent, elle écouta sans entendre le moindre bruit, malgré les inutiles «allô» qu'elle prononçait avec une irritation croissante jusqu'à ce qu'elle décide enfin de garder le silence, intimidée. Elle resta ainsi quelques secondes encore, retenant son souffle, puis raccrocha, envahie par une sensation de panique obscure, irrationnelle, qui l'emporta comme une vague inattendue. Elle regarda l'appareil sur le tapis comme s'il s'agissait d'un animal venimeux, noir et brillant, puis frissonna en un mouvement involontaire qui lui fit renverser avec le coude une bouteille de térébenthine.

Ce dernier coup de téléphone n'avait rien fait pour la tranquilliser. Et lorsqu'on sonna dehors, elle resta immobile à l'autre bout de l'atelier, regardant la porte fermée, jusqu'à ce que le troisième coup la fasse enfin sortir de sa torpeur. Depuis qu'elle avait quitté le magasin de l'antiquaire, Julia s'était amusée une douzaine de fois par anticipation du geste qu'elle fit alors. Mais elle ne sentait plus la moindre envie de rire d'elle-même quand, avant d'ouvrir, elle s'arrêta un instant, juste le temps de prendre dans son sac à main le petit Derringer, de l'armer et de le glisser dans la poche de son jeans. Non, on n'allait pas la mettre à mariner dans une baignoire.

Muñoz fit tomber les gouttes d'eau de sa gabardine et s'arrêta, gauche et emprunté, dans le vestibule. La pluie lui avait collé les cheveux sur le crâne et coulait encore sur son front et au bout de son nez. Dans sa poche, enveloppé dans un sac de supermarché en plastique, il avait apporté un échiquier pliant.

– Vous avez la solution ? demanda Julia, à peine eut-elle refermé la porte derrière lui.

Le joueur d'échecs enfonça la tête entre les deux épaules, en un geste à mi-chemin entre l'excuse et la timidité. Il se sentait mal à l'aise dans une maison qu'il ne connaissait pas et le fait que Julia fût jeune et jolie ne semblait guère arranger les choses.

– Pas encore – il regarda d'un air désolé la petite flaque d'eau qui grandissait à ses pieds. Je sors du bureau… Nous avions décidé hier de nous voir ici à cette heure.

Il fit deux pas en avant et s'arrêta, comme s'il ne savait s'il devait garder sa gabardine ou l'enlever. Julia tendit la main et il finit par l'enlever. Puis il suivit la jeune femme dans l'atelier.

– Quel est le problème ? demanda-t-elle.

– Il n'y en a pas, en principe – Muñoz observa l'atelier comme la fois précédente, sans curiosité ; il semblait chercher un point d'appui qui lui permette d'adapter son comportement aux circonstances. – C'est une question de réflexion et de temps, rien de plus. Et je ne fais pas autre chose que d'y penser.

Debout au centre de la pièce, il tenait son échiquier pliant entre les mains. Julia vit avec quelle attention il regardait le tableau et elle n'eut pas besoin de suivre la direction de son regard pour savoir où il se dirigeait. L'expression de l'homme avait changé ; de fuyante, elle était devenue ferme, intense, fascinée. Comme un hypnotiseur surpris par ses propres yeux dans un miroir.

Muñoz posa son échiquier sur la table et s'avança vers le tableau. Mais d'une façon particulière, en se dirigeant directement vers la partie représentant l'échiquier et les pièces, comme si le reste, la salle et les personnages, n'eussent pas été là. Il se pencha pour étudier le jeu avec attention, beaucoup plus intensément que la veille. Et Julia comprit que, lorsqu'il avait dit « je ne fais pas autre chose que d'y penser », il n'exagérait pas le moins du monde. La manière dont il observait cette partie était celle d'un homme occupé à résoudre bien autre chose qu'un simple problème.

Après un long moment de contemplation, il se retourna vers Julia.

– Ce matin, j'ai reconstitué les deux coups précédents, dit-il sans la moindre suffisance, mais plutôt comme s'il s'excusait de ce qu'il semblait considérer comme un médiocre résultat. Et puis je me suis heurté à un problème… Quelque chose d'insolite dans la position des pions – il montrait les pièces sur le tableau. Il ne s'agit pas d'une partie ordinaire.

Julia était déçue. Quand elle avait ouvert la porte et qu'elle avait vu Muñoz trempé, son échiquier dans la poche, elle avait presque cru que la réponse était à portée de la main. Naturellement, le joueur d'échecs ignorait tout de l'urgence et des implications de cette histoire. Et ce n'était pas elle qui allait les lui expliquer, du moins pas encore.

– Nous ne nous intéressons pas aux autres pièces, dit-elle. Il suffit de découvrir quelle est la pièce qui a pris le cavalier blanc.

Muñoz hocha la tête.

– Je vous consacre tout le temps dont je dispose – il hésita un peu, comme si cette simple phrase frisait déjà la confidence. – J'ai enregistré tous les mouvements dans ma tête et je les joue dans les deux sens, en avant et en arrière – il hésita encore, puis incurva les lèvres en un demi-sourire douloureux et distant. – Il y a quelque chose d'étrange dans cette partie…

– Pas seulement dans la partie – leurs regards convergèrent sur le tableau. Vous voyez, César et moi, nous la considérons comme un élément du tableau, nous sommes incapables de voir plus loin – Julia réfléchit un instant à ce qu'elle venait de dire – alors que le reste du tableau n'est peut-être qu'un complément de la partie.

Muñoz acquiesça d'un signe de tête et Julia eut l'impression que ce mouvement durait une éternité. Ses gestes, si lents qu'on aurait dit qu'il y investissait beaucoup plus de temps qu'il n'était nécessaire, semblaient directement modelés par sa façon de raisonner.

– Vous vous trompez en disant que vous ne voyez rien. Vous voyez tout, même si vous n'êtes pas capable de l'interpréter… le joueur d'échecs montra le tableau d'un mouvement imperceptible du menton, presque sans bouger. Je crois que la question se résume à un problème de point de vue. Ce que nous avons ici, ce sont des niveaux qui se renferment les uns les autres : un tableau où nous voyons un dallage qui est un échiquier, lequel renferme à son tour des personnages. Ces personnages jouent sur un échiquier qui contient des pièces… Et de plus, tout se réfléchit dans ce miroir rond, sur la gauche... Si vous aimez compliquer les choses, je peux ajouter un autre niveau : le nôtre, celui à partir duquel nous contemplons la scène, ou les scènes successives. Et puisque nous sommes partis pour compliquer l'affaire, ajoutons le niveau duquel le peintre nous a imaginés, nous, les spectateurs de son œuvre...

Il avait parlé sans passion, avec une expression absente, comme s'il récitait une description monotone qui lui paraissait d'une importance relative et à laquelle il ne s'arrêtait que pour faire plaisir à d'autres. Julia souffla bruyamment, étourdie.

– C'est étrange que vous le voyiez ainsi.

Le joueur d'échecs hocha encore une fois la tête, impassible, sans quitter le tableau des yeux.

– Je ne comprends pas ce qui vous étonne. Moi, je vois une partie d'échecs. Pas une partie, mais plusieurs. Mais au fond, ce sont les mêmes.

– Trop compliqué pour moi.

– Pas du tout. En ce moment, nous nous trouvons à un niveau auquel nous pouvons obtenir beaucoup de renseignements : la partie représentée sur l'échiquier. Une fois résolue, nous pourrons appliquer nos conclusions au reste du tableau. C'est une simple question de logique. De logique mathématique.

– Je n'aurais jamais pensé que les mathématiques avaient quelque chose à voir avec tout ça.

– Les mathématiques ont à voir avec tout. Avec tous les mondes imaginables, comme ce tableau, qui sont régis par les mêmes règles que le monde réel.

– Y compris les échecs ?

– Particulièrement les échecs. Mais la pensée d'un joueur ne fonctionne pas au même niveau que celle d'un profane : la logique du joueur ne lui permet pas de voir les coups qui seraient possibles mais mauvais, parce qu'il les écarte automatiquement... Comme un mathématicien de talent n'explore pas les impasses qui ne le mèneront jamais au théorème qu'il cherche, alors que les gens moins doués doivent travailler ainsi, par tâtonnement, d'erreur en erreur.

– Et vous ne faites jamais d'erreurs ?

Le regard de Muñoz quitta lentement le tableau pour se poser sur la jeune femme. Dans l'ébauche de sourire qui sembla se dessiner sur ses lèvres, il n'y avait pas la moindre trace d'humour.

– Aux échecs, jamais.

– Comment le savez-vous ?

– Quand on joue, on se trouve confronté à une infinité de situations possibles. Parfois, elles se résolvent par l'application de règles simples, parfois, il faut recourir à d'autres règles pour décider quelle règle simple appliquer... Ou encore des situations inconnues se présentent et il faut alors imaginer de nouvelles règles qui reprennent ou écartent les règles antérieures... On ne commet d'erreur qu'en choisissant une règle plutôt qu'une autre, qu'en décidant. Et je ne me décide que lorsque j'ai écarté toutes les règles invalides.

– Votre assurance m'étonne.

– Je ne vois pas pourquoi. C'est précisément pour cette raison que vous m'avez choisi.

On sonnait à la porte. C'était César qui entra armé d'un parapluie dégoulinant, les chaussures trempées, pestant contre le mauvais temps et la pluie.

– Je déteste l'automne, ma chérie, sans aucune réserve. Avec son brouillard, son humidité et son cortège d'emmerdouilles, soupira-t-il en serrant la main de Muñoz. À partir d'un certain âge, certaines saisons finissent par ressembler horriblement à une parodie de vous-même... Je peux me servir un verre ? Que je suis bête, évidemment que je peux.

Il se servit une généreuse ration de gin, de glace et de citron et, quelques instants plus tard, Muñoz ouvrait son échiquier de poche.

– Je ne suis pas encore arrivé au mouvement du cavalier blanc, expliqua le joueur d'échecs. Je suppose que vous désirez savoir quels sont les progrès que nous avons réalisés jusqu'à présent – il reconstitua avec les petites pièces de bois les positions du tableau. Julia nota qu'il le faisait de mémoire, sans consulter le Van Huys ni le croquis qu'il avait emporté la veille au soir et qu'il sortait maintenant de sa poche pour le poser sur la table, un peu à l'écart. – Si vous voulez, je peux vous expliquer le raisonnement que j'ai suivi pour remonter en arrière.

– Analyse rétrospective, dit César, curieux, en trempant ses lèvres dans son verre.

– Exactement, répondit Muñoz. Et nous allons utiliser le système de notation que je vous ai montré hier – il se pencha vers Julia qui tenait le croquis à la main et lui indiqua la position des pièces sur l'échiquier :

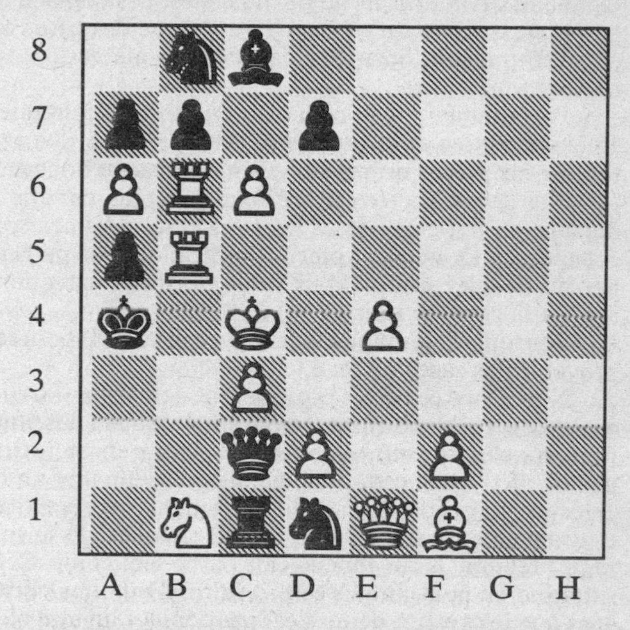

–... Selon la disposition des pièces, reprit Muñoz, et compte tenu du fait que les noirs viennent de jouer, il faut commencer par découvrir quelle pièce noire a fait ce dernier mouvement – il pointa un crayon dans la direction du tableau, puis du croquis et finalement du petit échiquier. Pour y parvenir, le plus simple est d'écarter les pièces noires qui n'ont *pas* pu se déplacer parce qu'elles étaient bloquées, ou à cause de la position qu'elles occupent actuellement... Il est évident qu'aucun des trois pions noirs a7, b7 ou d7 n'a bougé, puisqu'ils se trouvent encore tous les trois aux positions qu'ils occupaient au début de la partie... Le quatrième et dernier pion, a5, n'a pas pu bouger lui non plus, puisqu'il est bloqué entre un pion blanc et son roi noir… Nous pouvons également écarter le fou noir de c8 qui est encore dans sa position initiale, puisque le fou se déplace en diagonale et que sur ses deux sorties possibles se trouvent encore des pions de son camp qui n'ont pas bougé… Quant au cavalier noir de b8, il ne s'est pas déplacé lui non plus, car il n'aurait pu arriver là que des cases a6, c6 ou d7 qui sont occupées par d'autres pièces… Vous comprenez ?

– Parfaitement. – Penchée au-dessus de l'échiquier, Julia suivait les explications de Muñoz. – En d'autres termes, six pièces noires sur dix n'ont pas pu bouger…

– Plus de six. La tour noire de c1 non plus, car elle se déplace en ligne droite et les trois cases voisines sont occupées… Donc, sept pièces noires n'ont pas pu bouger au dernier coup. Mais nous pouvons également écarter le cavalier noir d1.

– Pourquoi ? demanda César avec intérêt. Il pourrait provenir des cases b2 ou é3…

– Non. Dans ces deux positions, ce cavalier aurait mis en échec le roi blanc qui se trouve en c4, ce que nous pourrions appeler une *mise en échec imaginaire* en jeu rétrospectif… Et aucun cavalier, aucune pièce qui met un roi en échec n'abandonnera volontairement cette position ; ce mouvement est donc impossible. Au lieu de se retirer, il prendrait le roi ennemi et la partie serait finie. Cette situation ne peut jamais se produire, d'où nous déduisons que le cavalier d1 ne s'est pas déplacé lui non plus.

– Ce qui réduit les possibilités à deux pièces, c'est bien ça ? demanda Julia en levant les yeux. – Elle toucha les deux pièces avec le doigt. – Le roi ou la reine.

– Exactement. Le dernier coup n'a pu être joué que par le roi ou la reine, celle que nous autres joueurs d'échecs nous appelons la *dame*.

Muñoz observa la disposition des pièces sur l'échiquier, puis fit un geste dans la direction du roi noir, sans le toucher.

– Analysons d'abord la position du roi qui peut se déplacer d'une case dans toutes les directions. Il n'a pu arriver à sa position actuelle, a4, qu'en venant des cases b4, b3 ou a3… en théorie.

– Pour les cases b4 et b3, la solution est évidente, même pour moi, dit César. Un roi ne peut pas se trouver à côté d'un autre roi. C'est exact ?

– En effet. En b4, le roi noir aurait été mis en échec par la tour, le roi et le pion blanc. En b3, il aurait été mis en échec par la tour et le roi. Des positions impossibles.

– Et il n'a pas pu venir d'en bas, de a3 ?

– Certainement pas. Il aurait été mis en échec par le cavalier blanc de b1 dont la position indique qu'il se trouve sur cette case depuis plusieurs tours – Muñoz les regarda tous les deux. – Il s'agit donc d'un autre cas de mise en échec imaginaire qui démontre que le roi n'a pas bougé.

– Le dernier coup a donc été joué, conclut Julia, par la reine, je veux dire par la dame noire...

Muñoz fit un geste évasif.

– C'est ce que nous pouvons supposer, en principe, dit-il. En bonne logique, quand nous éliminons tout ce qui est impossible, ce qui reste doit nécessairement être vrai, même si la solution paraît improbable ou difficile... Mais dans ce cas-ci, nous pouvons en plus le démontrer.

Julia regardait le joueur d'échecs avec une admiration grandissante.

– C'est incroyable. On dirait un roman policier.

César pinça les lèvres.

– J'ai bien peur, ma chérie, qu'il ne s'agisse exactement de cela – il leva les yeux vers Muñoz. Continuez, Holmes, ajouta-t-il avec un sourire aimable. Je dois avouer que nous sommes suspendus à vos lèvres.

Muñoz remonta légèrement les commissures de ses lèvres, sans aucune intention humoristique, simple réflexe poli. Il était évident que l'échiquier accaparait toute son attention. Ses yeux illuminés par une lueur fébrile s'enfonçaient profondément dans leurs orbites, lui donnant l'expression de quelqu'un qui plonge dans d'imaginaires espaces abstraits, visibles de lui seul.

– Étudions donc, proposa-t-il, les mouvements possibles de la dame noire qui se trouve sur la case c2... Je ne sais pas si vous savez, Julia, que la dame est la pièce la plus puissante aux échecs ; elle peut se déplacer de n'importe quel nombre de cases dans toutes les directions, avec les mouvements de toutes les autres pièces, sauf le cavalier... La dame noire peut donc provenir de quatre cases : a2, b2, b3 et d3. À ce stade, vous savez certainement, Julia, pourquoi elle ne peut pas venir de b3, n'est-ce pas ?

– Je crois que oui, répondit Julia en fronçant les sourcils, concentrée sur l'échiquier. Je suppose qu'elle n'aurait jamais abandonné une position où elle mettait en échec le roi blanc...

– Exact. Nouvel exemple de mise en échec imaginaire qui nous permet d'écarter b3 comme origine possible... Et que pensez-vous de la case d3 ? Vous croyez que la dame noire a pu venir de cette case, par exemple pour fuir la menace du fou blanc de 1 ?

Julia étudia pendant un long moment cette possibilité. Finalement, son visage s'éclaira.

– Non, elle n'a pas pu, pour la même raison que tout à l'heure, s'exclama-t-elle, surprise d'être arrivée toute seule à cette conclusion. En d3, la dame noire aurait été en position de mise en échec imaginaire du roi blanc, c'est bien ça ?... Elle n'a donc pas pu venir de là. – Elle se retourna vers César. – C'est formidable, non ? Je n'avais jamais joué aux échecs de ma vie...

Muñoz montrait maintenant la case a2 avec son crayon.

– Cette même position de mise en échec imaginaire, nous l'aurions si la dame s'était trouvée ici, de telle sorte que nous écartons également cette case.

– Alors, il est évident, dit César, qu'elle n'a pu venir que de b2.

– C'est possible.

– Comment cela, possible ? demanda l'antiquaire d'un air à la fois troublé et curieux. Je dirais plutôt que c'est évident.

– Aux échecs, répondit Muñoz, bien peu de choses peuvent être qualifiées d'évidentes. Regardez les pièces blanches de la colonne b. Que se serait-il passé si la dame s'était trouvée en b2 ?

César se frotta le menton, songeur.

– Elle aurait été menacée par la tour blanche de b5... C'est certainement pour cette raison qu'elle s'est réfugiée en c2, pour échapper à la tour.

– Pas mal, reconnut le joueur d'échecs. Mais ce n'est qu'une possibilité. De toute façon, la raison pour laquelle elle s'est déplacée n'est pas encore importante pour nous… Vous vous souvenez de ce que je vous ai dit tout à l'heure ? Éliminons ce qui est impossible et ce qui reste doit nécessairement être vrai. Donc, pour récapituler, si : a) les noirs ont joué, b) neuf des dix pièces noires qui se trouvent sur l'échiquier n'ont pas pu bouger, c) la seule pièce qui a pu bouger est la dame, d) trois des quatre mouvements hypothétiques de la dame sont impossibles… Nous concluons donc que la dame noire a fait l'unique mouvement possible : elle est passée de la case b2 à la case c2, *peut-être* pour échapper à la menace des tours blanches qui se trouvent sur les cases b5 et b6… C'est clair ?

– Tout à fait, répondit Julia, appuyée par César.

– Ce qui veut dire, reprit Muñoz, que nous avons réussi à faire le premier pas dans cette partie d'échecs à l'envers que nous jouons. La position suivante, ou plutôt la position antérieure, puisque nous reculons, serait celle-ci :

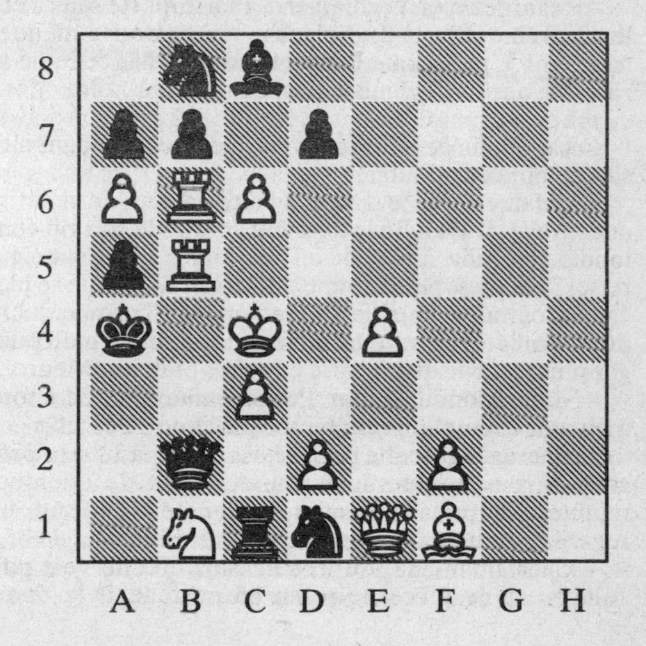

– Vous voyez?... La dame noire est encore en b2, avant de s'installer en c2. Nous devons maintenant découvrir par quel coup les blancs ont forcé la dame à effectuer ce mouvement.

– Il est clair qu'une tour blanche a bougé, dit César. Celle qui est maintenant en b5... Elle a pu venir de n'importe quelle case de la rangée horizontale 5, la perfide.

– Peut-être, répondit le joueur d'échecs. Mais cela ne justifie pas complètement la fuite de la dame.

César battit des paupières, surpris.

– Pourquoi? Ses yeux hésitaient entre Muñoz et l'échiquier. Il est évident que la reine a fui pour échapper à la menace de la tour. Vous l'avez dit vous-même il y a un instant.

– J'ai dit qu'elle fuyait *peut-être* les tours blanches, mais je n'ai jamais affirmé que c'est un *mouvement* de la tour blanche vers b5 qui a fait fuir la dame.

– Je suis perdu, avoua l'antiquaire.

– Regardez bien l'échiquier... Peu importe quel a été le mouvement de la tour blanche qui se trouve maintenant en b5, parce que l'autre tour blanche, celle de la case b6, aurait *déjà* mis en échec la dame noire. Vous voyez?

César étudia de nouveau le jeu, cette fois pendant plusieurs longues minutes.

– Le fait est que je dois m'avouer vaincu, dit-il enfin, découragé. Il avait bu la dernière goutte de son gin-fizz, tandis que Julia, à côté de lui, fumait cigarette sur cigarette. Si ce n'est pas la tour blanche qui est venue se placer en b5, alors tout le raisonnement s'écroule... Où qu'elle ait été, cette reine plutôt antipathique a dû bouger plus tôt, puisque la mise en échec était antérieure...

– Non, répondit Muñoz. Pas nécessairement. La tour a pu, par exemple, prendre une pièce noire en b5.

Encouragés par cette perspective, César et Julia se penchèrent à nouveau sur le jeu. Au bout de quelques minutes, l'antiquaire leva les yeux et lança à Muñoz un regard rempli de respect.

– C'est bien cela, dit-il, admiratif. Tu ne vois pas, Julia?... Une pièce noire en b5 protégeait la dame contre la tour blanche de la case b6. Quand l'autre tour blanche a pris cette pièce noire, la reine s'est trouvée directement menacée – il regarda de nouveau Muñoz, cherchant une confirmation dans ses yeux. C'est nécessairement cela... Il n'y a pas d'autres possibilités – il étudiait encore l'échiquier, dubitatif. – Il n'y en a pas d'autres, n'est-ce pas ?

– Je n'en sais rien, répondit honnêtement le joueur d'échecs et Julia lança un « pitié ! » de désespoir en l'entendant. Vous venez de formuler une hypothèse. En pareil cas, on court toujours le risque de déformer les faits pour les rendre conformes à la théorie, au lieu d'adapter la théorie aux faits.

– Alors ?

– Eh bien, c'est tout. Jusqu'à présent, nous pouvons retenir comme hypothèse que la tour blanche a pris une pièce noire en b5. Il faut voir s'il y a d'autres variantes et, si c'était le cas, écarter toutes celles qui sont impossibles – ses yeux tout à l'heure brillants devenaient opaques et il avait l'air fatigué et gris lorsqu'il fit un geste indéfinissable avec les mains, à mi-chemin entre la justification et l'incertitude. L'assurance qu'il avait affichée en expliquant les coups s'était évanouie ; une fois de plus, il redevenait timide et maladroit. C'est ce que je voulais dire – ses yeux évitaient ceux de Julia – quand je vous ai expliqué que je m'étais heurté des difficultés.

– Et maintenant ? demanda la jeune femme.

Muñoz observait les pièces d'un air résigné.

– Je suppose que l'étude lente et fastidieuse des six pièces noires qui ne sont pas sur l'échiquier... Je vais essayer de voir comment et où chacune d'elles a pu être prise.

– Un travail qui peut vous prendre des jours, dit Julia.

– Ou quelques minutes, on ne peut pas savoir. Parfois, la chance ou l'intuition vous donne un coup de main – il regarda longuement l'échiquier, puis le Van Huys. Mais une chose ne fait aucun doute, dit-il après un instant de réflexion. Celui qui a peint ce tableau, ou qui a conçu le problème, jouait aux échecs d'une façon très particulière.

– Comment le définiriez-vous ? demanda Julia.

– Qui ?

– Le joueur qui n'est pas ici... Celui dont vous venez de parler.

Muñoz regarda le tapis, puis le tableau. Il y avait dans ses yeux une lueur d'admiration, pensa la jeune femme. Peut-être le respect instinctif d'un joueur d'échecs devant un maître.

– Je ne sais pas, répondit-il à voix basse, évasif. Il avait l'esprit tordu en tout cas... Tous les bons joueurs sont comme ça, mais celui-ci avait quelque chose de plus : une aptitude particulière à vous mettre sur une fausse piste, à vous tendre toutes sortes de pièges... Et il y trouvait son plaisir.

– Est-ce possible ? demanda César. Peut-on vraiment analyser le caractère d'un joueur d'après la manière dont il se comporte devant un échiquier ?

– Je crois que oui, répondit Muñoz.

– Alors, que pensez-vous d'autre sur celui qui a eu l'idée de cette partie, sans oublier qu'il l'a fait au XVe siècle ?

– Je dirais... – Muñoz contemplait le tableau, absorbé –, je dirais qu'il avait une façon diabolique de jouer aux échecs.

VI

DE MIROIRS ET D'ÉCHIQUIERS

> « Et la fin, tu la découvriras quand tu y seras arrivé. »
>
> *Ballade du Vieux de Leningrad*

Quand Julia revint, Menchu s'était mise au volant de la Fiat, car la voiture était en double file. Elle ouvrit la portière du côté du passager et se laissa tomber sur le siège.

– Qu'est-ce qu'ils ont dit ? demanda la propriétaire de la galerie.

Julia ne répondit pas tout de suite ; trop de choses se

bousculaient encore dans sa tête. Le regard perdu sur les voitures qui passaient au bout de la rue, elle sortit une cigarette de son sac, la glissa entre ses lèvres et enfonça l'allume-cigare du tableau de bord.

– Deux types de la police sont passés hier, dit-elle enfin. Ils ont posé les mêmes questions que moi – elle se pencha pour prendre l'allume-cigare quand elle entendit le déclic. D'après l'employé, on a apporté l'enveloppe le jeudi, en début d'après-midi.

Menchu avait les mains crispées sur le volant et ses jointures étaient devenues toutes blanches, entre les reflets de ses bagues.

– Qui l'a apportée ?

Julia rejeta lentement la fumée de sa cigarette.

– D'après l'employé, une femme.

– Une femme ?

– Tu m'as bien entendue.

– Quelle femme ?

– Âge moyen, bien habillée, blonde. Imper et lunettes de soleil – elle se tourna vers son amie. Ç'aurait pu être toi.

– Je ne te trouve pas très drôle.

– Non. Ce n'est pas drôle en effet – Julia poussa un profond soupir. Mais d'après cette description, il pourrait s'agir de n'importe qui. Elle n'a pas laissé de nom ni d'adresse ; elle s'est contentée de donner les coordonnées d'Álvaro. Elle a demandé une livraison express et elle est partie. C'est tout.

Elles se glissèrent dans le flot de circulation des boulevards. La pluie menaçait encore et quelques gouttelettes s'écrasaient déjà sur le pare-brise. Menchu fit craquer la boîte de vitesses et pinça le nez, soucieuse.

– Eh bien, si Agatha Christie tombait là-dessus, elle en ferait un best-seller.

Julia fit la moue.

– Oui, mais avec un vrai mort – elle porta la cigarette à ses lèvres et s'imagina Álvaro, tout nu, dégoulinant. S'il y a quelque chose de pire que de mourir, pensa-t-elle, c'est de le faire d'une façon grotesque, avec des gens qui viennent te regarder quand tu ne bouges plus. Pauvre type.

– Pauvre type, répéta-t-elle à haute voix.

Elles s'arrêtèrent devant un passage clouté. Menchu qui surveillait le feu de circulation lança un regard préoccupé à son amie. Elle s'inquiétait, dit-elle, de voir Julia en plein milieu d'une histoire pareille. Elle-même n'avait d'ailleurs plus toute sa tête et venait de violer une de ses règles cardinales en installant Max chez elle jusqu'à ce que les choses s'éclaircissent. Et Julia devrait bien suivre son exemple.

– Me mettre Max sur le dos ?... Non, merci. Je préfère me ruiner toute seule.

– Ne recommence pas, ma petite. Laisse-moi un peu tranquille – le feu était passé au vert et Menchu démarra. Tu sais parfaitement que je ne voulais pas parler de lui... Et puis, c'est un vrai trésor.

– Un trésor qui te suce le sang.

– Pas seulement le sang.

– S'il te plaît, ne sois pas vulgaire.

– Et revoilà sœur Julia du Très-Saint-Sacrement.

– Très honorée.

– Écoute, Max, tout ce que tu voudras, mais c'est aussi un si beau garçon que je me sens mal dès que je le vois. Comme la Butterfly avec son Corto Maltès, tac, tac, entre deux quintes de toux... Ou c'est plutôt Armand Duval, peut-être ? – elle insulta un piéton qui traversait et se faufila en donnant des coups de klaxon indignés dans l'étroit passage laissé par un taxi et un bus fumigène. Non, sérieusement, je ne trouve pas prudent que tu continues à vivre toute seule... S'il y a vraiment un assassin et qu'il décide maintenant de s'en prendre à toi ?

Julia haussa les épaules, l'air bougon.

– Qu'est-ce que tu veux que je fasse ?

– Je ne sais pas, ma fille. Va vivre chez quelqu'un. Si tu veux, je me sacrifie : je renvoie Max et tu viens chez moi.

– Et le tableau ?

– Tu l'amènes et tu continues à travailler chez moi. J'ai une petite provision de boîtes de conserve, de la coca, des films cochons et de la bibine. Nous nous enfermons là-bas toutes les deux, comme dans Fort Apache, jusqu'à ce que nous soyons débarrassées du tableau. Ah oui, deux choses. Premièrement: j'ai fait augmenter l'assurance, au cas où...

– Quoi, au cas où? Le Van Huys est en sécurité chez moi. Je ferme à double et à triple tour. L'installation de sécurité m'a coûté une fortune, souviens-toi. On se croirait à la Banque d'Espagne, en plus pauvre.

– On ne sait jamais – il commençait à pleuvoir vraiment et Menchu mit en marche l'essuie-glace. La deuxième chose, c'est que tu ne dois pas dire un mot de tout ça à don Manuel.

– Pourquoi?

– Tu fais exprès? La petite nièce Lola n'attend que ça pour me tirer dans les pattes.

– Mais personne n'a encore fait de rapprochement entre le tableau et Álvaro.

– Je touche du bois. La police n'a pas beaucoup de tact et elle a très bien pu se mettre en contact avec mon client. Ou avec cette tigresse de nièce... Enfin... Tout ça devient vraiment très compliqué. J'ai bien envie de me débarrasser de cette affaire, de toucher ma commission et de laisser Claymore se débrouiller.

La pluie sur les glaces faisait défiler une succession d'images floues et grises, créant un paysage irréel autour de la voiture. Julia regarda son amie.

– J'allais oublier, dit-elle. Je dîne ce soir avec Montegrifo.

– Qu'est-ce que tu racontes?

– Tu as bien entendu. Il a très envie de parler affaires avec moi.

– Affaires?... Il n'aurait pas plutôt envie de jouer un peu au papa et à la maman?

– Je te téléphonerai pour te raconter.

– Tu peux être sûre que je ne vais pas fermer l'œil. Parce que celui-là, il a dû flairer quelque chose. Je suis prête à parier la virginité de mes trois prochaines réincarnations.

– Je t'ai déjà dit de ne pas être vulgaire.

– Et toi, ne t'avise pas de me trahir, ma cocotte. Je suis ton amie, souviens-toi. Ton amie intime.

– Fais-moi confiance et ne monte pas sur tes grands chevaux.

– Gare au poignard, tu m'entends ? Comme la Carmen de Mérimée.

– Entendu. Mais tu viens de brûler un feu rouge. Et comme la voiture est à moi, les contredanses, c'est moi qui me les paye.

Elle regarda dans le rétroviseur et vit une autre voiture, une Ford bleue aux glaces fumées, qui brûlait le feu rouge derrière elle. Mais elle disparut un instant plus tard en tournant à droite. Elle crut se souvenir que la même voiture était garée de l'autre côté de la rue, elle aussi en double file, quand elle était sortie du service de messageries. Difficile d'en être sûre, sous la pluie et avec cette circulation.

Paco Montegrifo était de ces hommes qui laissent les socquettes noires aux chauffeurs et aux garçons de café, optant dès qu'ils ont l'âge de raison pour le bleu marine très foncé. Il était habillé d'un costume gris, foncé lui aussi, impeccable, magnifiquement coupé, le premier bouton des poignets de la veste soigneusement défait, sorti tout droit des pages d'une revue de haute couture masculine. Une chemise à col Windsor, une cravate de soie et un mouchoir qui émergeait discrètement de la pochette complétaient cette image parfaite qui se leva du siège où elle était assise dans le vestibule pour aller à la rencontre de Julia.

– Mon Dieu, dit l'homme en lui serrant la main – un sourire d'une blancheur étincelante faisait agréablement contraste avec son teint bronzé –, vous êtes délicieusement belle.

Cette entrée en matière donna le ton de la première partie. Montegrifo se répandit en compliments sur la robe de velours noir, serrée à la taille, que portait Julia, puis ils s'assirent à une table réservée, à côté de la baie vitrée d'où ils avaient une vue panoramique sur le Palais Royal la nuit. Par la suite, Montegrifo usa d'une panoplie tout à fait appropriée de regards non pas impertinents, mais intenses, et de sourires séducteurs. Après l'apéritif, et pendant qu'un garçon préparait les hors-d'œuvre, le directeur de Claymore se mit à poser de brèves questions, simples prétextes pour ces intelligentes réponses qu'il écoutait, les doigts croisés sous le menton, la bouche entrouverte, avec une expression satisfaite et absorbée qui, en passant, lui permettait de faire étinceler sa denture à la lueur des bougies.

La seule allusion au Van Huys avant les desserts se limita au choix minutieux par Montegrifo d'un bourgogne blanc pour accompagner le poisson. En l'honneur de l'art, dit-il avec une expression vaguement complice, ce qui lui donna l'occasion d'entreprendre un bref exposé sur les vins français.

– C'est une question, expliqua-t-il tandis que les serveurs papillonnaient autour de la table, qui évolue curieusement avec l'âge... Au début, on se sent farouche partisan du bourgogne rouge ou blanc : le meilleur compagnon jusqu'à trente-cinq ans... Mais ensuite, sans renier le bourgogne, il faut passer au bordeaux : un vin pour les adultes, sérieux et paisible. Ce n'est qu'à partir de la quarantaine que l'on est capable de sacrifier une fortune pour une caisse de Petrus ou de Château-Yquem.

Il goûta le vin et manifesta son approbation par un battement de cils. Julia sut apprécier la démonstration à sa juste valeur, prête qu'elle était à jouer le jeu avec un parfait naturel. Elle prisa même le dîner et la conversation banale, se disant qu'en d'autres circonstances Montegrifo eût été un agréable compagnon avec sa voix grave, ses mains bronzées, son discret parfum d'eau de Cologne, de cuir fin et de bon tabac. Malgré l'habitude qu'il avait de se caresser le sourcil droit avec l'index et de jeter de temps en temps un coup d'œil furtif à son reflet sur la vitre.

Ils continuèrent à parler de tout et de rien, sauf du tableau, même lorsqu'elle eut terminé sa darne de saumon à la royale et que lui se fut occupé, en se servant uniquement de sa fourchette d'argent, de son loup à la Sabatini. Un vrai *caballero,* expliqua Montegrifo avec un sourire qui atténuait la solennité du commentaire, ne se sert jamais du couteau à poisson.

– Et comment enlève-t-il les arêtes ? demanda Julia, curieuse.

Montegrifo soutint son regard, imperturbable.

– Je ne fréquente pas les restaurants où l'on sert le poisson avec les arêtes.

Au dessert, devant une tasse de café qu'il demanda, comme elle, très fort, Montegrifo sortit un étui d'argent et choisit avec soin une cigarette anglaise. Puis il regarda Julia comme on regarde quelqu'un qui est l'objet de toute notre sollicitude, avant de s'incliner devant elle.

– Je veux que vous travailliez pour moi, dit-il à voix basse, comme s'il craignait que quelqu'un puisse l'entendre depuis le Palais Royal.

Julia qui portait à ses lèvres une de ses cigarettes sans filtre regarda les yeux marron de son interlocuteur qui lui offrait du feu.

– Pourquoi ? se contenta-t-elle de demander, apparemment aussi indifférente que s'il s'agissait d'une tierce personnc.

– Il y a plusieurs raisons – Montegrifo qui avait posé son briquet en or sur son étui à cigarettes en corrigea la position pour le placer exactement au centre. La principale est que j'ai de très bonnes références sur vous.

– J'en suis heureuse.

– Je vous parle sérieusement. Je me suis renseigné, comme vous pouvez l'imaginer. Je connais vos travaux pour le Prado et différentes galeries privées... Vous travaillez encore au musée ?

– Oui. Trois jours par semaine. Je m'occupe en ce moment d'un Duccio de Buoninsegna, une acquisition récente.

– J'ai entendu parler de ce tableau. Un travail de confiance. Je sais qu'on vous confie des choses importantes.

– Parfois.

– Nous-mêmes, la maison Claymore, nous avons eu l'honneur de mettre en vente plusieurs œuvres restaurées par vos soins. Ce Madrazo de la collection Ochoa... Votre travail nous a permis d'augmenter d'un tiers la mise à prix. Et il y en a eu un autre, au printemps dernier. Ce n'était pas *Concierto*, de López de Ayala ?

– Non, il s'agissait de *Mujer al piano*, de Rogelio Egusquiza.

– C'est exact ; bien sûr, excusez-moi. *Mujer al piano*, naturellement. Il avait souffert de l'humidité et vous avez fait un travail admirable – il souriait et leurs mains faillirent se rencontrer quand ils laissèrent tomber la cendre de leurs cigarettes dans le cendrier. Et vous êtes contente de votre carrière ? Je veux dire, travailler ainsi au coup par coup – il étala encore sa denture dans un large sourire. En franc-tireuse.

– Je ne me plains pas – Julia clignait les yeux, étudiant son interlocuteur derrière la fumée de sa cigarette. Mes amis s'occupent de moi. Ils me trouvent des contrats. Et puis, je suis indépendante.

Montegrifo lui lança un regard entendu.

– Dans tous les domaines ?

– Dans tous les domaines.

– Eh bien, vous êtes une jeune femme comblée par l'existence.

– Peut-être. Mais je travaille beaucoup.

– Claymore traite de nombreuses affaires qui nécessitent la compétence de quelqu'un comme vous... Qu'en dites-vous ?

– Je ne vois pas d'inconvénient à en parler.

– Magnifique. Nous pourrions avoir une conversation plus officielle, dans quelques jours.

– Comme vous voudrez – Julia lança un regard appuyé à Montegrifo. Elle se sentait incapable de contenir plus longtemps le sourire moqueur qui se dessinait sur ses lèvres. Et maintenant, vous pouvez me parler du Van Huys.

– Pardon ?

La jeune femme éteignit sa cigarette dans le cendrier, croisa ses mains sous son menton et se pencha un peu vers son vis-à-vis.

– Le Van Huys, répéta-t-elle en détachant les syllabes. Sauf si vous avez l'intention de poser votre main sur la mienne et de me dire que je suis la femme la plus belle que vous ayez rencontrée de toute votre vie, ou quelque chose d'aussi charmant.

Montegrifo hésita à peine un dixième de seconde avant de retrouver son sourire, avec un aplomb parfait.

– J'en serais ravi, mais je n'aborde jamais ce genre de sujet au café. En dépit de ce que vous pouvez penser, ajouta-t-il. C'est une question de tactique.

– Alors, parlons du Van Huys.

– Parlons-en – il la regarda longuement et Julia se rendit compte que, malgré l'expression de sa bouche, ses yeux marron ne souriaient pas, mais étaient sur le qui-vive, avec en eux une lueur d'extrême prudence. Je me suis laissé dire certaines choses, voyez-vous... Les commérages vont bon train dans notre petit monde; nous nous connaissons tous, que voulez-vous – et il soupira, comme s'il réprouvait ce monde auquel il venait de faire allusion. Je crois que vous avez découvert quelque chose dans ce tableau. Et d'après ce qu'on m'a dit, cette découverte lui donnerait une plus-value intéressante.

Julia fit sa tête de joueur de poker, sachant d'avance qu'il en fallait davantage pour tromper un Montegrifo.

– Qui vous a raconté une bêtise pareille ?

– Mon petit doigt. – Songeur, Montegrifo se lissa le sourcil droit avec l'index. Mais peu importe. Ce qui est important, c'est que votre amie, mademoiselle Roch, essaie de me faire chanter, pour ainsi dire...

– Je ne sais pas de quoi vous parlez.

– Je suis convaincu du contraire – Montegrifo continuait à sourire, flegmatique. Votre amie prétend réduire la commission de Claymore et augmenter la sienne... – il fit un geste de compréhension. En fait, rien ne l'en empêche légalement, puisque nous n'avons qu'un accord verbal; elle peut donc le dénoncer et s'adresser à nos concurrents pour obtenir de meilleures conditions.

– Je suis heureuse de vous voir si compréhensif.

– Comme vous voyez. Mais cette compréhension n'empêche pas que je m'efforce aussi de veiller aux intérêts de ma maison...

– C'est bien ce que je me disais.

– Je ne vous cacherai pas que j'ai réussi à trouver le propriétaire du Van Huys; un monsieur d'un certain âge. Ou, plus exactement, que je me suis mis en rapport avec ses neveux. Mon intention, je ne vais pas vous le cacher non plus, était de faire en sorte que la famille décide de se passer des services de votre amie pour s'entendre directement avec moi... Vous me comprenez ?

– Parfaitement. Vous avez essayé de doubler Menchu.

– C'est une façon de voir les choses. Je suppose que nous pouvons effectivement utiliser ce terme – une ombre passa sur son front bronzé, imprimant à ses traits une expression chagrinée, comme celle d'une personne que l'on accuse injustement. Malheureusement, votre amie, femme prévoyante, avait fait signer un document au propriétaire. Document qui rendrait nulle et non avenue toute tractation que je pourrais réaliser. Qu'en pensez-vous ?

– Je ne peux que vous témoigner ma sympathie et vous souhaiter meilleure chance pour la prochaine fois.

– Merci. – Montegrifo alluma une autre cigarette. – Mais tout n'est peut-être pas perdu. Vous êtes amie intime de mademoiselle Roch. Peut-être serait-il possible de la persuader de parvenir à un accord à l'amiable. Si nous travaillons tous la main dans la main, nous pourrons tirer de ce tableau une fortune. Vous-même, votre amie, Claymore et moi, nous serons tous gagnants. Vous ne croyez pas ?

– C'est très possible. Mais pourquoi me parlez-vous de tout cela, au lieu de vous adresser à Menchu ?... Vous auriez fait l'économie d'un dîner.

Montegrifo ébaucha un geste qui prétendait simuler des regrets sincères.

– Vous me plaisez, et pas simplement comme restauratrice. Vous me plaisez beaucoup, pour être franc. Vous me paraissez être une femme intelligente et raisonnable, en plus d'être très séduisante... Votre médiation m'inspire plus confiance que si je traitais directement avec votre amie, une dame qui, permettez-moi de vous le dire, me paraît un peu frivole.

– En résumé, conclut Julia, vous espérez que je réussisse à la convaincre.

– Ce serait... – Montegrifo hésita quelques instants, cherchant avec soin le mot voulu –, ce serait merveilleux.

– Et qu'est-ce que j'ai à gagner dans cette affaire ?

– La considération de ma maison, naturellement. Aujourd'hui et demain. Pour parler de rentabilité immédiate, et je ne vous demande pas combien vous comptiez gagner avec votre travail sur le Van Huys, je peux vous garantir le double de ce chiffre. À valoir, naturellement, sur une commission de deux pour cent du prix final que *La Partie d'échecs* atteindra aux enchères. De plus, je suis en mesure de vous offrir un contrat pour diriger le service de restauration de Claymore à Madrid... Qu'en pensez-vous ?

– Très alléchant. Vous espérez obtenir tellement du tableau ?

– Des acheteurs de Londres et de New York s'intéressent à l'œuvre. Avec une campagne publicitaire bien menée, nous pourrions faire de la vente le plus grand événement artistique depuis la mise aux enchères du sarcophage de Toutankhamon, chez Christie's… Comme vous le comprendrez, il est excessif de la part de votre amie de prétendre faire part à deux. Après tout, son travail s'est limité à chercher une restauratrice et à nous proposer le tableau. Nous nous chargeons du reste.

Julia réfléchissait, sans se montrer le moins du monde impressionnée ; les choses qui pouvaient l'impressionner n'étaient plus du tout les mêmes depuis quelques jours. Au bout de quelques instants, elle regarda la main droite de Montegrifo qu'il avait posée sur la nappe tout près de la sienne et essaya de calculer de combien de centimètres elle avait avancé au cours des cinq dernières minutes. Suffisamment pour qu'il soit l'heure de mettre un point final au dîner.

– Je ferai de mon mieux, assura-t-elle en prenant son sac. Mais je ne peux rien vous promettre.

Montegrifo se caressa un sourcil.

– Essayez – ses yeux bruns la regardaient avec une tendresse veloutée et humide. Dans l'intérêt de tout le monde, je suis sûr que vous réussirez.

Il n'y avait pas l'ombre d'une menace dans sa voix, celle d'un homme qui fait une demande pressante sur un ton affectueux, si amical, si impeccable qu'il pourrait presque être sincère. Puis Montegrifo prit la main de Julia et y déposa un doux baiser, la frôlant à peine de ses lèvres.

– Je ne sais pas si je vous ai déjà dit, ajouta-t-il à voix basse, que vous êtes une femme vraiment extraordinairement belle…

Elle lui demanda de la déposer à quelques pas de chez Stephan's et fit le reste du trajet à pied pour prendre l'air. À partir de minuit, l'établissement ouvrait ses portes à une clientèle que les prix élevés et un rigoureux filtrage à l'entrée maintenaient dans les limites de distinction appropriées. Le Tout-Madrid de l'art s'y donnait rendez-vous : depuis les agents de maisons étrangères qui se trouvaient de passage, en quête d'un retable ou d'une collection privée, jusqu'aux propriétaires de galeries, chercheurs, affairistes de tout poil, journalistes spécialisés et peintres prestigieux.

Elle laissa son manteau au vestiaire et, après avoir salué quelques connaissances, prit le couloir qui menait au petit salon du fond où César allait généralement s'asseoir. Et de fait, l'antiquaire y était, les jambes croisées, un verre à la main, plongé dans un dialogue intime avec un jeune homme blond, très joli garçon. Julia savait parfaitement que César manifestait un dédain marqué pour les établissements fréquentés par les homosexuels. Pour lui, c'était une question de simple bon goût que d'éviter le milieu fermé, exhibitionniste et souvent agressif de ces endroits où, comme il le racontait avec une de ses moues moqueuses, il était difficile de ne pas se voir, ma chérie, comme une vieille reine en train de se pavaner dans un poulailler. César était un chasseur solitaire. Praticien de l'équivoque épurée, poussée jusqu'à la limite de l'élégance, il se sentait parfaitement à l'aise dans le monde des hétérosexuels où il entretenait ses amitiés et faisait ses conquêtes avec un total naturel : de jeunes artistes qu'il guidait dans la découverte de leur véritable sensibilité, princesse, que ces charmants garçons n'acceptent pas toujours de prime abord. César aimait jouer à la fois Mécène et Socrate avec ces trouvailles exquises. Ensuite, après des lunes de miel appropriées qui avaient pour cadre Venise, Marrakech ou Le Caire, ces liaisons évoluaient tout naturellement, chacune à sa manière. La vie déjà longue et intense de César s'était forgée, Julia le savait très bien, au feu d'une succession d'éblouissements, de déceptions, de trahisons et aussi de fidélités qu'elle l'avait entendu raconter avec une parfaite délicatesse lorsqu'il était d'humeur à se confier, de ce ton ironique et un peu distant dont le vieil antiquaire usait pour déguiser, par simple pudeur personnelle, l'expression de ses plus intimes nostalgies.

Il lui sourit de loin. Ma petite fille préférée, articulèrent silencieusement ses lèvres tandis qu'il posait son verre sur la table, décroisait les jambes et se levait en lui tendant les mains.

– Et ce dîner, princesse ?... Une horreur, je suppose. Sabatini n'est plus ce qu'il était... – il faisait la moue, avec une étincelle de malveillance amusée dans ses yeux bleus. Ces hommes d'affaires et ces banquiers parvenus avec leurs cartes de crédit et leurs notes de frais finiront par tout gâcher... Mais j'y pense, tu connais Sergio ?

Julia connaissait Sergio et, comme toujours avec les amis de César, elle captait le trouble qu'ils ressentaient en sa présence, incapables qu'ils étaient de saisir la véritable nature des liens qui unissaient l'antiquaire à cette belle jeune femme tranquille. Un coup d'œil lui suffit pour s'assurer que, ce soir au moins et dans le cas de ce Sergio, la chose était sans gravité. Le jeune homme paraissait sensible et intelligent. Il n'était pas jaloux. Elle et lui s'étaient déjà vus en quelques occasions. Il était simplement intimidé par la présence de Julia.

– Montegrifo voulait me faire une proposition.

– Trop aimable de sa part – César semblait examiner sérieusement la question, tandis qu'ils s'asseyaient côte à côte. Mais pardonne ma curiosité, comme disait le vieux Cicéron, *Cui bono*... Au bénéfice de qui ?

– Au sien, naturellement. En réalité, il a voulu me suborner.

– Bravo, Montegrifo ! Et tu t'es laissé faire ? – il effleura la bouche de Julia du bout de ses doigts. Non, ne me dis rien, chérie ; laisse-moi me pourlécher un peu de cette merveilleuse incertitude... J'espère au moins que la proposition était raisonnable.

– Pas mal. Et j'ai l'impression qu'il faisait partie du marché lui aussi.

César se passa le bout de la langue sur les lèvres, avec une malice gourmande.

– Tout à fait lui, faire d'une pierre deux coups... Il a toujours eu beaucoup de sens pratique – l'antiquaire s'était tourné à demi vers le blond qui l'accompagnait, comme si certaines choses dans le monde n'étaient pas toujours bonnes à entendre. Puis il regarda Julia avec une impatience espiègle, frissonnant presque du plaisir qu'il allait se donner. – Et que lui as-tu dit ?

– Que j'allais réfléchir.

– Tu es divine. Il ne faut jamais couper les ponts... Tu m'entends, mon cher Sergio ? Jamais.

Le jeune homme observa Julia du coin de l'œil avant de plonger le nez dans son kir royal. Sans malice, Julia se l'imagina nu, dans la pénombre de la chambre de l'antiquaire, beau et silencieux comme une statue de marbre, ses cheveux blonds retombant sur son front, dressé, ce que César, employant un euphémisme qu'elle croyait emprunté à Cocteau, appelait le sceptre doré, ou quelque chose du genre, prêt à le tremper dans l'*antrum amoris* de son mûr adversaire, à moins que ce ne fût le contraire, le mûr adversaire s'occupant de l'*antrum* du jeune éphèbe ; Julia n'avait jamais poussé son intimité avec César au point de lui demander des détails sur ces questions qui pourtant suscitaient parfois chez elle une curiosité modérément malsaine. Elle lança un regard en coulisse à César, tellement soigné de sa personne, très élégant dans sa chemise de fil blanc avec son mouchoir de soie bleu à pois rouges, les cheveux légèrement ondulés derrière les oreilles et sur la nuque, et elle se demanda une fois de plus ce que cet homme pouvait bien avoir de particulier pour séduire, même quinquagénaire, des jeunes gens comme Sergio. Sans doute, se dit-elle, était-ce l'éclair ironique de ses yeux bleus, l'élégance de ses gestes épurés par des générations de bonne éducation, cette sagesse posée, jamais totalement exprimée, qui se devinait dans chacune de ses paroles, une sagesse qui jamais ne se prenait totalement au sérieux, blasée, tolérante, infinie.

– Il faut que tu voies son dernier tableau, disait César, et Julia, absorbée dans ses pensées, ne comprit pas tout de suite qu'il parlait de Sergio –... Très intéressant, tu verras ma chérie – il approcha sa main du bras du jeune homme, comme s'il allait la poser dessus, mais s'arrêta avant de consommer son geste. – La lumière à l'état pur, débordante sur la toile. Magnifique.

Julia sourit, acceptant le jugement de César comme un aval indiscutable. Émù et confus, Sergio regardait l'antiquaire, fermant à demi ses yeux aux cils blonds, comme un chat qui reçoit une caresse.

– Naturellement, continua César, il ne suffit pas

d'avoir du talent pour faire son chemin dans la vie... Tu comprends, jeune homme ? Les grandes formes artistiques nécessitent une certaine connaissance du monde, une expérience profonde des relations humaines... Il n'en va pas de même de ces autres activités abstraites où le talent est la clé et l'expérience n'est qu'un complément. Je veux parler de la musique, des mathématiques... Des échecs.

– Les échecs, répéta Julia. Ils se regardèrent et les yeux de Sergio passèrent de l'un à l'autre, inquiets, déconcertés, avec une pointe de jalousie qui brillait comme de la poudre d'or sous ses cils dorés.

– Oui, les échecs – César se pencha pour prendre son verre et avaler une grande gorgée. Ses pupilles s'étaient rétrécies, perdues dans le mystère qu'elle et lui évoquaient. – Tu as remarqué comment Muñoz regarde *La Partie d'échecs ?*

– Oui. Un regard différent.

– Exact. Différent du tien. Ou du mien. Muñoz *voit* dans le tableau des choses que les autres ne voient pas.

Sergio, qui écoutait en silence, fronça les sourcils et frôla intentionnellement l'épaule de César. Il avait l'air de se croire de trop et l'antiquaire le regarda avec des yeux remplis de bienveillance.

– Nous parlions de choses beaucoup trop sinistres pour toi, mon cher – il fit glisser son index sur les doigts de Julia, leva un peu la main, comme s'il hésitait entre deux partis, puis finit par la laisser sur celle de la jeune femme. Garde ton innocence, mon ami blond comme les blés. Développe ton talent et ne te complique pas la vie.

Et l'antiquaire envoya un baiser en l'air, à l'intention de Sergio, juste au moment où Menchu faisait son apparition au bout du couloir, toute vison et jambes, escortée de Max. Aussitôt, elle demanda des nouvelles de Montegrifo.

– Le porc, dit-elle, quand Julia l'eut mise au courant. Dès demain, je parle à don Manuel. Nous contre-attaquons.

Sergio se renferma, blond et timide, quand Menchu s'embarqua avec sa faconde habituelle dans un long discours, passant de Montegrifo au Van Huys, du Van Huys à divers lieux communs. Déjà elle tenait son troisième verre avec moins d'assurance. À côté d'elle, Max fumait en silence, avec l'aplomb de l'étalon ténébreux que l'on sait habiller. Souriant d'un air distant, César trempait ses lèvres dans son gin-fizz et les essuyait avec le mouchoir qu'il sortait de la pochette de sa veste. De temps en temps, il battait des paupières comme s'il revenait de loin et, penché vers Julia, lui caressait distraitement la main.

– Dans ce métier, disait Menchu à Sergio, il y a deux catégories de gens, mon chéri : ceux qui peignent et ceux qui encaissent... Et ce sont rarement les mêmes – elle poussait de longs soupirs, émue par la jeunesse du garçon. Et vous, les jeunes artistes, blonds et tout et tout, trésor – elle lança à César un regard venimeux. Tellement appétissants.

César se crut obligé de sortir lentement de son lointain isolement.

– N'écoute pas, mon jeune ami, ces voix qui empoisonnent ton esprit de lumière, dit-il d'une voix basse et lugubre, comme si, au lieu d'un conseil, il offrait à Sergio ses condoléances. Cette femme argumente avec une langue de vipère, comme toutes les autres – il regarda Julia, se pencha pour lui baiser la main, puis se redressa. Pardon, comme presque toutes.

– Regardez-moi qui parle – Menchu lui fit une grimace. Nous avons droit maintenant à notre Sophocle privé. Ou Sénèque peut-être ?... Je veux parler de celui qui tripotait les jeunes gens entre deux petits verres de ciguë.

César regarda l'amie de Julia, s'arrêta pour reprendre le fil de son discours et appuya sa tête contre le dossier du canapé, les yeux fermés dans une pose théâtrale.

– Le chemin de l'artiste, et je te parle à toi, mon jeune Alcibiade, ou plutôt Patrocle, ou peut-être Sergio... le chemin de l'artiste est semé d'obstacles qu'il faut franchir les uns après les autres jusqu'à te découvrir toi-même... Tâche ardue, si tu ne disposes pas d'un Virgile pour te guider. Tu comprends cette délicate parabole, jeune homme ?... C'est ainsi que l'artiste connaît enfin librement le goût de la jouissance la plus douce. Sa vie se transforme en pure création et il devient étranger aux misérables choses du monde. Il est loin, très loin du reste de ses méprisables semblables. L'ampleur et la maturité s'installent en lui.

Des applaudissements moqueurs crépitèrent. Sergio regardait autour de lui, souriant, déconcerté. Julia éclata de rire.

– Ne fais pas attention. Tu peux être sûr que ce n'est pas de lui. Il a toujours aimé jouer des tours.

César ouvrit l'œil.

– Je suis un Socrate qui s'ennuie. Et je rejette avec indignation ton accusation de plagiat.

– Au fond, c'est vraiment très joli ce qu'il raconte – Menchu s'était tournée vers Max qui avait écouté la péroraison de César en fronçant les sourcils. Donne-moi du feu, veux-tu ? Mon condottiere.

L'épithète aiguisa la malice de César.

– *Cave canem*, robuste jeune homme, dit-il à Max, et peut-être Julia fut-elle la seule à se rendre compte qu'en latin, *canem* est aussi bien masculin que féminin. S'il faut en croire les sources historiques, personne ne doit plus se méfier des condottieres que ceux qu'ils sont censés servir – il regarda Julia et fit une révérence bouffonne ; l'alcool commençait à lui faire de l'effet. Burckhardt, précisa-t-il.

– Reste tranquille, Max, dit Menchu, comme si Max avait manifesté la moindre nervosité. Tu vois ? Ce n'est même pas de lui. Pour la décoration, il emprunte son persil au mont-de-piété… Ou ses lauriers ?

– Feuilles d'acanthe, dit Julia en riant.

César lui lança un regard affligé.

– *Et te, Bruta ?…* – il se retourna vers Sergio. Tu vois tout le tragique de l'affaire, Patrocle – après avoir avalé une bonne gorgée de gin-fizz, il regarda autour de lui d'un air dramatique, comme s'il cherchait un visage ami. Je ne sais pas ce que vous avez contre les lauriers des autres, mes très chers amis. Au fond, ajouta-t-il après un instant de réflexion, tous les lauriers ont quelque chose d'étranger. La création pure n'existe pas, je regrette de vous annoncer cette mauvaise nouvelle. Nous ne sommes pas, ou plutôt vous n'êtes pas, puisque je ne suis pas créateur… Toi non plus, Menchu, ma très chère… Peut-être toi, Max, ne me regarde pas ainsi, magnifique *condottiero feroce*, peut-être es-tu le seul à croire réellement en quelque chose... – il fit un geste élégant et las de la main droite, comme pénétré d'un insondable ennui qui s'étendait d'ailleurs à sa propre argumentation, geste qu'il fit s'achever négligemment tout près du genou gauche de Sergio. – Picasso, et je regrette de nommer ce farceur, c'est Monet, c'est Ingres, c'est Zurbarán, c'est Bruegel, c'est Pieter Van Huys... Et même notre ami Muñoz, qui sans aucun doute est penché en ce moment même sur son échiquier, en train d'essayer de conjurer ses fantasmes en même temps qu'il nous libère des nôtres, Muñoz n'est pas Muñoz, mais Kasparov, et Karpov. Et Fischer, et Capablanca, et Paul Morphy, et ce maître du Moyen Âge, Ruy López... Tout n'est que phases d'une même histoire, ou peut-être est-ce la même histoire qui se répète; je n'en sais plus trop rien... Et toi, Julia, si belle, t'es-tu demandé devant notre fameux tableau où tu te trouves exactement, à l'intérieur ou à l'extérieur de la scène ?... Oui. Je suis sûr que tu te l'es demandé, car je te connais, princesse. Et je sais que tu n'as pas trouvé de réponse –, il eut un petit rire sans joie en les regardant les uns après les autres... En réalité, mes enfants, mes chers camarades, nous formons une troupe bizarre. Nous avons l'impertinence de chercher la clé de secrets qui au fond ne sont pas autre chose que les énigmes de nos propres vies – il leva son verre en une sorte de toast qu'il n'adressait à personne en particulier. Et cela, tout bien pesé, n'est pas sans risque. Comme briser le miroir pour voir ce qu'il y a derrière le tain... Ça ne vous donne pas, mes chers enfants, ça ne vous donne pas un peu les chocottes ?

Il était deux heures du matin quand Julia rentra chez elle. César et Sergio l'accompagnèrent jusqu'à sa porte et insistèrent pour monter les trois étages, mais elle s'y refusa et prit congé des deux hommes en les embrassant sur la joue. Puis elle monta lentement l'escalier en regardant autour d'elle avec inquiétude. Elle chercha ses clés dans son sac et se sentit plus tranquille quand ses doigts frôlèrent le métal froid du pistolet.

Malgré tout, son sang-froid l'étonna lorsqu'elle fit

tourner la clé dans la serrure. Elle sentait une peur nette, précise, qui ne nécessitait aucun talent abstrait pour être mise en valeur, comme César aurait pu dire en parodiant Muñoz. Mais cette peur n'avait rien de l'angoisse avilissante, ne lui inspirait aucun désir de prendre la fuite. Au contraire, Julia était remplie d'une intense curiosité dans laquelle il y avait aussi une bonne dose d'ostentation, de défi. Et même de jeu, dangereux et excitant. Comme lorsqu'elle tuait des pirates au Never Land.

Tuer des pirates. Elle connaissait la mort depuis qu'elle était toute petite. Son premier souvenir d'enfance était celui de son père, les yeux fermés, immobilc sur le couvre-lit dans la chambre à coucher, entouré de gens en noir, graves, qui parlaient à voix basse comme s'ils avaient peur de le réveiller. Julia avait six ans et ce spectacle incompréhensible, solennel, était resté à jamais lié à l'image de sa mère que, pas même ce jour-là, elle n'avait vu verser une larme, en grand deuil, plus inaccessible que jamais; sa main sèche et impérieuse quand elle l'avait obligée à embrasser pour la dernière fois le mort sur le front. Ce fut César, un César dont elle se souvenait plus jeune, qui l'avait alors prise dans ses bras pour l'éloigner de la cérémonie. Assise sur ses genoux, Julia avait regardé la porte close derrière laquelle les employés des pompes funèbres préparaient le cercueil.

« On ne dirait pas que c'est lui, César, avait-elle dit en ravalant un sanglot. – Il ne faut jamais pleurer, disait sa mère, la seule leçon qu'elle se souvenait d'avoir apprise d'elle. On ne dirait pas que c'est papa.

« – Non, ce n'est déjà plus lui. Ton papa est parti ailleurs.

« – Où ?

« – Ça n'a pas d'importance, princesse… Il ne reviendra plus.

« – Jamais ?

« – Jamais. »

Julia avait plissé son front enfantin, pensive.

« – Je ne veux plus l'embrasser… Il a la peau froide ».

César l'avait regardée un long moment en silence avant de la serrer très fort contre lui. Julia se souvenait de cette sensation de chaleur qu'elle avait ressentie entre ses bras, de la douce odcur de sa peau et de ses vêtements.

«– Tu peux venir m'embrasser quand tu veux.»

Julia ne sut jamais exactement à quel moment elle avait découvert qu'il était homosexuel. Peut-être s'en était-elle rendu compte petit à petit, par des détails, des intuitions. Un jour, alors qu'elle avait à peine douze ans, elle était allée au magasin d'antiquités en sortant du pensionnat et elle avait vu César toucher la joue d'un jeune homme. Pas davantage; un rapide frôlement du bout des doigts, rien d'autre. Le jeune homme était passé devant Julia, lui avait souri et s'en était allé. César avait allumé une cigarette et l'avait longuement regardée avant de remonter ses pendules.

Quelques jours plus tard, tandis qu'elle jouait avec les statuettes de Bustelli, Julia lui avait posé la question:

«– César… Tu aimes les filles?»

L'antiquaire était plongé dans ses livres de comptabilité, assis à son bureau. Au début, Julia crut qu'il n'avait pas entendu. Mais quelques instants plus tard, il leva la tête et ses yeux bleus se posèrent tranquillement sur ceux de Julia.

«– La seule fille qui me plaise, c'est toi, petite princesse.

«– Et les autres?

«– Quelles autres?»

Ils n'avaient rien dit de plus. Mais cette nuit-là, quand elle s'était endormie, Julia avait pensé aux paroles de César et s'était sentie heureuse. Personne n'allait le lui enlever; il n'y avait pas de danger. Et jamais il ne s'en irait trop loin, dans ce lieu dont on ne revient pas, comme son père.

Ensuite, les temps avaient changé. Longs récits dans la lumière dorée du magasin d'antiquités; la jeunesse de César, Paris et Rome mêlés à l'histoire, à l'art, aux livres et aux aventures. Et les mythes partagés. *L'Ile au trésor* lu chapitre après chapitre au milieu des vieux coffres et des panoplies rouillées. Ces pauvres pirates sentimentaux qui, sous la pleine lune des Antilles, sentaient s'émouvoir leurs cœurs de pierre quand ils pensaient à leurs vieilles mères. Car les pirates ont une maman eux aussi, même les canailles raffinées comme le capitaine Crochet dont les excès mêmes faisaient la qualité et qui à la fin de chaque mois envoyait quelques doublons d'or espagnol pour soulager la vieillesse de la femme qui l'avait mis au monde. Entre deux histoires, César sortait une paire de vieux sabres d'un coffre et lui enseignait l'escrime à la manière des flibustiers : en garde et arrière, sabrer l'adversaire, pas lui trancher la gorge, un grappin d'abordage se lance exactement comme ceci. Et il sortait aussi le sextant de son écrin pour faire le point. Et le stylet au manche d'argent ouvré par Benvenuto Cellini qui, en plus d'être orfèvre, tua d'un coup d'arquebuse le connétable de Bourbon durant le sac de Rome. Et la terrible dague de miséricorde, longue et sinistre, que le page du Prince Noir plongeait à travers la visière des chevaliers français tombés à terre, à Crécy...

Puis les années passèrent et ce fut le personnage de Julia qui commença à prendre vie. Ce fut au tour de César de se taire pendant qu'il écoutait ses confidences. Le premier amour, à quatorze ans. Le premier amant, à dix-sept. Et l'antiquaire écoutait silencieusement, sans mot dire. Mais chaque fois, à la fin, un sourire.

Julia aurait donné n'importe quoi pour avoir devant elle ce sourire en ce moment : il lui donnait courage et en même temps ôtait de leur importance aux événements, les ramenait à leurs dimensions exactes à l'échelle du monde et dans le cours inévitable de la vie. Mais César n'était pas là et elle allait devoir s'arranger toute seule. Comme l'antiquaire le disait souvent, il ne nous est pas toujours loisible de choisir notre compagnie ni notre destin.

Pour se changer les idées, elle se servit une vodka avec des glaçons et ce fut elle qui sourit dans l'obscurité, devant le Van Huys. Si quelque chose devait tourner mal, elle s'en sortirait sans une égratignure. Elle en avait la certitude. Il n'arrive jamais rien à l'héroïne, se souvint-elle en buvant une gorgée, tandis que les glaçons tintaient contre ses dents. Ce sont les autres qui meurent, les personnages secondaires, comme Álvaro. Elle avait déjà vécu cent aventures semblables, elle s'en souvenait parfaitement, et elle en était toujours sortie saine et sauve, grâce à Dieu. Ou... comment était-ce déjà ? On les aura, ventre saint-gris !

Elle se regarda dans le miroir vénitien, à peine une ombre parmi les ombres, la tache légèrement plus pâle de son visage, un profil qui s'estompait, de grands yeux sombres, Alice qui se penchait de l'autre côté du miroir. Et elle se regarda dans le Van Huys, dans le miroir peint qui reflétait un autre miroir, le vénitien, reflet d'un reflet. Elle sentit alors le même vertige s'emparer d'elle et se dit qu'à cette heure de la nuit les miroirs, les tableaux et les échiquiers jouent de vilains tours à l'imagination. Ou peut-être n'était-ce que le temps et l'espace qui se transformaient, après tout, concepts si relatifs qu'ils en sont méprisables. Et elle but encore. Et les glaçons recommencèrent à s'entrechoquer contre ses dents. Et elle sentit que, si elle tendait la main, elle aurait pu poser son verre sur la table recouverte de drap vert, exactement sur l'inscription secrète, entre la main immobile de Roger d'Arras et l'échiquier.

Elle s'approcha du tableau. À côté de la fenêtre en ogive, les yeux baissés, absorbée dans la lecture du livre qu'elle tenait sur ses genoux, Béatrice d'Ostenbourg rappelait à Julia les vierges des primitifs flamands : cheveux blonds tirés en arrière, ramassés sous la coiffe presque transparente. Peau blanche. Solennelle et lointaine dans cette robe noire si différente des habituels manteaux de laine cramoisie, le drap de Flandres, plus précieux que la soie et le brocart. Noire – Julia le comprenait parfaitement à présent – d'un deuil symbolique. Le noir de la veuve dont l'avait vêtue Pieter Van Huys, génial amateur des symboles et paradoxes, veuve non pas de son époux, mais bien de son amant assassiné.

L'ovale de son visage était délicat, parfait, et la ressemblance avec les vierges de la Renaissance trouvait sa confirmation dans chaque nuance, dans chaque détail. Pas une vierge à la manière des Italiennes consacrées par Giotto, gouvernantes et nourrices, parfois amantes, ni des Françaises, mères et reines. Vierge bourgeoise, épouse de maîtres syndics ou de nobles propriétaires de plaines vallonnées, semées de châteaux, de hameaux, de cours d'eau et de clochers comme celui qui se dressait au milieu du paysage, de l'autre côté de la fenêtre. Un peu vaniteuse, impassible, sereine et froide, incarnation de cette beauté nordique *a la maniera ponentina* qui eut tant de succès dans les pays méridionaux, l'Espagne et l'Italie. Et les yeux bleus, ou que l'on devinait de cette couleur, avec leur regard oublieux du spectateur, apparemment tout fixé sur le livre et pourtant pénétrant comme celui de toutes les Flamandes peintes par Van Huys, Van der Weyden, Van Eyck. Des yeux énigmatiques qui jamais ne révélaient ce qu'ils regardaient ou désiraient regarder, ce qu'ils pensaient. Ce qu'ils sentaient.

Elle alluma une autre cigarette. Les goûts âpres du tabac et de la vodka se mêlèrent dans sa bouche. Elle écarta les cheveux qui tombaient sur son front et, approchant les doigts de la surface du tableau, caressa le dessin des lèvres de Roger d'Arras. Dans la clarté dorée qui entourait le chevalier comme une auréole, son gorgerin d'acier brillait à peine d'un éclat presque mat de métal bruni. La main droite, légèrement voilée par cette douce lumière, sous le menton posé sur le pouce, le regard fixé sur l'échiquier symbolisant sa vie et sa mort, Roger d'Arras penchait son profil de médaille antique, indifférent en apparence à la femme qui lisait derrière lui. Mais peut-être ses pensées volaient-elles loin de l'échiquier, vers cette Béatrice de Bourgogne qu'il ne regardait pas, par orgueil, par prudence ou peut-être seulement par respect pour son seigneur. Dans ce cas, seules ses pensées étaient libres de se consacrer à elle, de la même façon qu'en ce même instant celles de la dame s'éloignaient elles aussi des pages du livre qu'elle tenait entre les mains et que ses yeux se délassaient, sans nécessité de regarder dans sa direction, sur les larges épaules du chevalier, sur sa silhouette élégante et tranquille ; peut-être se souvenait-elle aussi de ses mains et de sa peau, ou seulement, dans l'écho du silence contenu, du regard mélancolique et impuissant qu'elle faisait naître dans ses yeux amoureux.

Le miroir vénitien et le miroir peint encadraient Julia dans un espace irréel, estompant les limites entre un côté et l'autre de la surface du tableau. La lumière dorée l'enveloppa elle aussi quand, très lentement, s'appuyant presque d'une main sur le drap vert de la table, veillant bien à ne pas bousculer les pièces disposées sur l'échiquier, elle se pencha vers Roger d'Arras et l'embrassa légèrement sur la commissure de ses lèvres froides. Et quand elle se retourna, elle vit briller la Toison d'Or sur le velours cramoisi du pourpoint de l'autre joueur, Fernand Altenhoffen, duc d'Ostenbourg, dont les yeux la regardaient fixement, sombres, insondables.

Quand l'horloge sonna trois coups, le cendrier était rempli de mégots; la tasse et la cafetière presque vides, parmi les livres et les documents. Julia se renversa dans sa chaise et regarda au plafond, essayant de mettre de l'ordre dans ses idées. Toutes les lumières de l'atelier étaient allumées pour chasser les fantasmes qui l'entouraient. La réalité retrouvait lentement ses limites, se replaçait peu à peu dans le temps et dans l'espace.

Il y avait, conclut-elle enfin, d'autres façons beaucoup plus pratiques de poser la question. Un autre point dc vuc. Sans aucun doute celui qu'il fallait adopter si Julia considérait qu'elle était une Wendy déjà passablement grande, plutôt qu'une Alice. Pour voir les choses sous cet angle, il suffisait de fermer les yeux ct dc lcs rouvrir, de regarder le Van Huys comme on regarde un simple tableau peint cinq siècles plus tôt, de prendre un crayon et du papier. Ce qu'elle fit, après avoir avalé ce qui restait de café froid. À cette heure, pensa-t-elle, sans la moindre envie de dormir et terrorisée à la perspective de se laisser glisser sur la pente de l'irrationnel, ce n'était certainement pas une mauvaise idée que d'essayer de mettre de l'ordre dans sa tête, à la lumière des derniers événements. Pas du tout même. Elle commença donc à écrire :

I. Tableau daté de 1471. Partie d'échecs. Mystère. Que s'est-il vraiment passé entre Fernand Altenhoffen, Béatrice de Bourgogne et Roger d'Arras? Qui a ordonné la mort du chevalier? Qu'est-ce que les échecs ont à voir avec tout cela? Pourquoi Van Huys a-t-il peint ce tableau? Pourquoi après avoir peint le Quis necavit equitem *Van Huys l'a-t-il effacé? A-t-il eu peur qu'on le tue lui aussi?*

II. Je raconte ma découverte à Menchu. Je m'adresse à Álvaro. Il est déjà au courant; quelqu'un est venu le consulter. Qui?

III. Álvaro est retrouvé mort. Mort ou assassiné? Relation évidente avec le tableau, ou peut-être avec ma visite et mon enquête. Y a-t-il quelque chose que quelqu'un ne veut pas que je sache? Álvaro avait-il découvert quelque chose d'important?

IV. Un inconnu (peut-être meurtrier ou meurtrière) m'envoie la documentation réunie par Álvaro. Que sait Álvaro qui semble dangereux à d'autres? Qu'est-ce qu'il convient à cet autre (ou à ces autres) que je sache, et qu'est-ce qui ne leur convient pas?

V. Une femme blonde dépose l'enveloppe chez Urbexpress. Un rapport avec la mort d'Álvaro, ou une simple intermédiaire?

VI. Álvaro meurt et pas moi (pour le moment) alors que nous enquêtons tous les deux sur le même sujet. On dirait même qu'on cherche à me faciliter le travail, ou bien à l'orienter vers quelque chose que j'ignore. Le tableau les intéresse pour sa valeur économique? Est-ce plutôt mon travail de restauration qui les intéresse? L'inscription? Le problème de la partie d'échecs? Qu'on sache ou qu'on ignore certains faits historiques? Quel rapport peut-il y avoir entre une personne du XXe siècle et un drame qui s'est déroulé au XVe siècle?

VII. Question fondamentale (pour le moment): L'éventuel assassin aurait-il avantage à ce que le tableau soit vendu plus cher? Y a-t-il dans cette peinture quelque chose que je n'ai pas découvert?

VIII. Il est possible que la question ne réside pas dans la valeur du tableau, mais dans le mystère de la partie d'échecs. Travail de Muñoz. Problème d'échecs. Comment cette partie pourrait-elle provoquer la mort de quelqu'un cinq siècles plus tard? L'hypothèse est non seulement ridicule, mais stupide. (Il me semble.)

IX. Je cours un danger? On attend peut-être que je découvre encore quelque chose, que je travaille pour eux sans le savoir. Je suis peut-être encore vivante parce qu'ils ont toujours besoin de moi.

Elle se souvint alors de ce que Muñoz avait dit la première fois devant le Van Huys, et elle entreprit de le reconstituer sur papier. Le joueur d'échecs avait parlé de différents niveaux dans le tableau, ajoutant que l'explication d'un de ces niveaux pouvait mener à la compréhension du reste:

Niveau 1. La scène du tableau. Dallage en forme d'échiquier qui renferme les personnages.
Niveau 2. Personnages du tableau: Fernand, Béatrice, Roger.
Niveau 3. Échiquier sur lequel deux personnages jouent la partie.
Niveau 4. Pièces qui symbolisent les trois personnages.
Niveau 5. Miroir peint qui reflète la partie et les personnages, inversés.

Elle étudia le résultat et traça des lignes entre les différents niveaux, mais ne parvint qu'à établir des correspondances inquiétantes. Le cinquième niveau renfermait les quatre précédents, le premier correspondait au troisième, le deuxième au quatrième… Un étrange cercle qui se refermait sur lui-même:

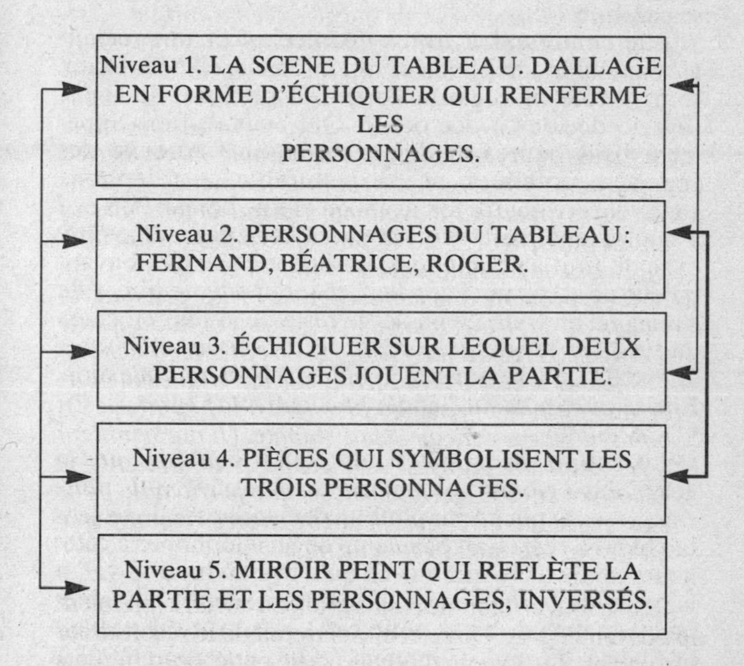

En réalité, se dit-elle tandis qu'elle étudiait le déroutant diagramme, tout cela ressemble fort à une magnifique perte de temps. Ces correspondances démontraient simplement que l'auteur du tableau avait l'esprit passablement tordu. Jamais la mort d'Álvaro ne pourrait être éclaircie de cette manière; il avait glissé dans sa baignoire, ou on l'avait fait glisser, cinq cents ans après *La Partie d'échecs*. Quelle que soit la signification de toutes ces flèches et correspondances, ni Álvaro ni elle ne pouvaient se trouver dans le Van Huys, puisque son auteur n'aurait jamais pu prévoir leur existence... Mais était-ce bien certain ?... Une question inquiétante commença à lui trotter dans la tête. Devant un ensemble de symboles, comme ceux de cette peinture, était-ce le spectateur qui leur attribuait des significations, ou ces significations se trouvaient-elles déjà contenues dans le tableau, depuis sa création ?

Elle continuait à tracer des flèches et des rectangles quand le téléphone se mit à sonner. Elle sursauta, leva la tête et regarda l'appareil posé sur le tapis, sans se décider à décrocher. Qui pouvait bien appeler à trois heures et demie du matin ? Aucune des réponses possibles ne la rassurait. Le téléphone sonna encore quatre fois avant qu'elle ne bouge. Puis elle s'avança lentement vers l'appareil, d'un pas mal assuré, et se dit tout à coup que, si la sonnerie s'arrêtait avant qu'elle ne sache qui l'appelait, ce serait encore pire. Elle s'imagina en train de passer le reste de la nuit en chien de fusil sur le sofa, regardant terrorisée le téléphone, attendant qu'il se remette à sonner... Non, pas question. Elle se précipita sur l'appareil comme une furie.

– Allô ?

Le soupir de soulagement qui s'échappa de sa gorge dut être audible même pour Muñoz qui interrompit ses explications pour lui demander si elle se sentait bien. Il regrettait beaucoup de lui téléphoner à cette heure, mais il croyait que ce qu'il avait à lui dire valait la peine de la réveiller. Lui-même se sentait passablement énervé et c'est pour cette raison qu'il prenait la liberté de, etc. Comment ? Oui, exactement. Il y avait cinq minutes à peine que le problème... Allô ?... Vous êtes toujours là ? Il lui disait qu'il était maintenant possible de savoir en toute certitude quelle pièce avait pris le cavalier blanc.

VII

QUI A TUÉ LE CHEVALIER

«Les pièces blanches et noires semblaient représenter des oppositions manichéennes entre la lumière et l'obscurité, le bien et le mal, dans l'esprit même de l'homme.»

G. Kasparov

– Je n'arrivais pas à dormir, je pensais à la partie... Et puis, j'ai compris que j'étais en train d'analyser le seul coup possible – Muñoz posa son échiquier de poche sur la table; à côté, il déplia son croquis, froissé, couvert d'annotations. – Mais je ne pouvais pas y croire. Il m'a fallu une heure pour tout revoir une fois de plus, depuis le début.

Ils s'étaient installés dans un drugstore qui restait ouvert toute la nuit, à côté d'une vitrine qui donnait sur l'immense avenue déserte. Il n'y avait presque personne: quelques comédiens d'un théâtre voisin, une demi-douzaine de noctambules des deux sexes. Près du portique électronique installé à la porte, un gardien en tenue paramilitaire bâillait en regardant sa montre.

– Vous allez voir – le joueur d'échecs montra le croquis, puis le petit échiquier. Nous avions reconstitué le dernier mouvement de la dame noire qui est passée de b2 à c2, mais nous ne savions pas quel mouvement des pièces noires l'avait obligée à le faire... Vous vous souvenez? Nous avions tenu compte de la menace des deux tours blanches, et nous avions décidé que la tour b5 avait pu venir de n'importe quelle case de la rangée 5; mais cela ne justifiait pas la fuite de la dame noire, puisqu'une autre tour blanche, celle qui se trouve en b6, l'aurait déjà mise en échec plus tôt... Nous avions dit alors que la tour avait pu prendre une pièce noire en b5. Mais quelle pièce ? Et nous en étions restés là.

– Alors, quelle est cette pièce ? Julia étudiait l'échiquier ; son tracé géométrique blanc et noir n'était déjà plus un espace inconnu et elle s'y aventurait désormais comme en pays de connaissance. Vous m'avez dit que vous essaieriez de le découvrir en étudiant les pièces qui ne sont plus sur l'échiquier...

– Et c'est ce que j'ai fait. J'ai étudié une par une les pièces prises et je suis arrivé à une conclusion surprenante :

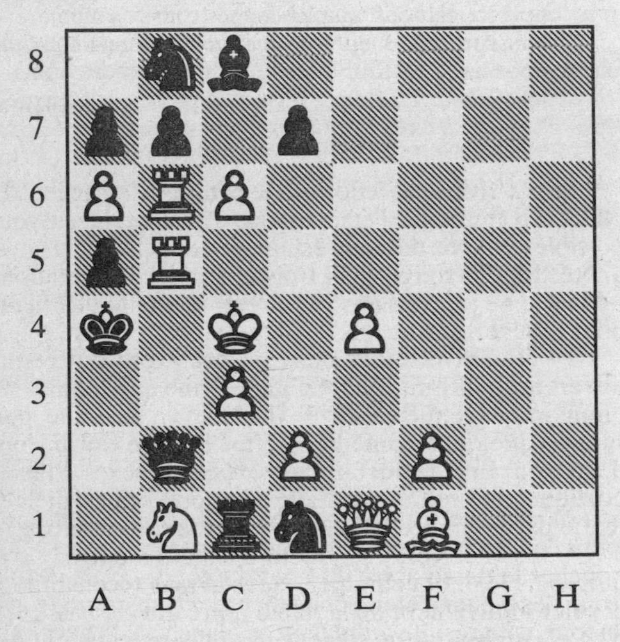

–... Quelle est donc la pièce que cette tour a pu prendre en b5 ?... – Muñoz regardait l'échiquier avec des yeux rougis par le manque de sommeil, comme s'il ignorait encore la réponse. – Pas un cavalier noir, puisque les deux sont encore sur l'échiquier... Pas un fou non plus, puisque la case b5 est blanche et que le fou noir qui se déplace sur les cases diagonales blanches n'a pas encore bougé. Il est toujours là, en c8, et ses deux issues sont bloquées par des pions qui n'ont toujours pas joué...

– Alors, peut-être un pion noir, proposa Julia.

Muñoz secoua la tête.

– Il m'a fallu un peu plus de temps pour écarter cette possibilité, car la position des pions est particulièrement confuse dans cette partie. Mais il n'a pas pu s'agir d'un pion noir, car celui qui se trouve en a5 vient de c7. Vous savez que les pions prennent en diagonale. Celui-ci a sans doute pris deux pièces blanches en b6 et en a5... Pour les quatre autres pions noirs, il est évident qu'ils se sont fait prendre très loin d'ici. Ils n'ont jamais pu se trouver en b5.

– Alors, il ne peut s'agir que de la tour noire qui n'est plus sur l'échiquier... La tour blanche a dû la prendre en b5.

– Impossible. La disposition des pièces autour de la case a8 montre clairement que la tour noire a été prise là, à sa place initiale, sans qu'elle ait pu bouger. Elle a été prise par un cavalier blanc, même si ce détail n'a pas vraiment d'importance.

Julia leva les yeux, déconcertée.

– Je ne vous comprends pas... Il ne reste plus de pièces noires. Qu'est-ce que cette tour blanche a bien pu prendre en b5 ?

Muñoz esquissa un sourire, sans aucune vanité. Il paraissait simplement s'amuser de la question de Julia ou de la réponse qu'il allait lui donner.

– En réalité, rien. Non, ne me regardez pas avec ces yeux-là. Votre peintre Van Huys était aussi un maître quand il s'agissait de fausses pistes... Parce que personne n'a rien pris en b5 – il croisa les bras et se pencha sur le petit échiquier, silencieux, puis il regarda Julia avant de toucher la dame noire du bout du doigt. – Si le dernier coup des blancs n'était pas de menacer la dame noire avec la tour, il en résulte qu'une pièce blanche a dû permettre en se déplaçant la mise en échec de la dame noire par la tour blanche... Je veux parler d'une pièce blanche qui était en b4 ou en b3. Van Huys a dû bien rire dans sa barbe en se rendant compte qu'avec la position en miroir des deux tours il allait faire une bonne farce à celui qui essaierait de résoudre son énigme.

Julia hocha lentement la tête. Une simple phrase de Muñoz avait suffi pour qu'un coin de l'échiquier qui lui avait paru statique jusque-là, sans importance, se remplisse de possibilités infinies. Il y avait quelque chose de magique dans la manière dont cet homme était capable de vous guider dans ce complexe labyrinthe blanc et noir dont il possédait les clés secrètes. Comme s'il était capable de s'orienter à travers un réseau de connexions invisibles qui se seraient établies sous l'échiquier, formant des combinaisons impossibles, insoupçonnées, qu'il suffisait d'évoquer pour qu'elles prennent vie, apparaissant à la surface d'unc façon si évidente qu'on se surprenait de ne pas les avoir vues plus tôt.

– Je comprends, répondit-elle au bout de quelques secondes. Cette pièce blanche protégeait la dame noire de la tour. En se déplaçant, elle a exposé la dame noire qui s'est trouvée mise en échec.

– Exact.

– Et de quelle pièce s'agit-il ?

– Vous pourriez peut-être le découvrir vous-même.

– Un pion blanc ?

– Non. Un pion a été pris en a5 ou b6 et les deux autres l'ont été trop loin. Ceux qui restent n'ont pas pu entrer en ligne de compte.

– Alors je ne vois rien, vraiment.

– Regardez bien l'échiquier. Je pourrais vous donner tout de suite la solution ; mais ce serait vous priver d'un plaisir que vous méritez, je suppose... Prenez votre temps – il montra la salle, la rue déserte, les tasses de café sur la table. Nous ne sommes pas pressés.

Julia se plongea dans la contemplation de l'échiquier. Au bout d'un moment, elle sortit une cigarette sans quitter les pièces des yeux et ébaucha un sourire indéfinissable.

– Je crois avoir trouvé, annonça-t-elle, prudente.

– Oui ? Dites-moi...

– Le fou qui se déplace en diagonale sur les cases blanches se trouve en f1, indemne, et il n'a pas eu le temps de venir de sa seule case d'origine possible, b3, puisque b4 est une case noire... – elle regarda Muñoz en attcndant un signe de confirmation pour continuer.

Je veux dire qu'il aurait eu besoin d'au moins... – elle compta avec le doigt sur l'échiquier – d'au moins trois coups pour se rendre de b3 à sa place actuelle... Donc ce n'est pas le fou qui s'est déplacé en exposant la reine noire à une mise en échec par la tour. C'est ça ?

– C'est tout à fait ça. Continuez.

– Ce n'est pas non plus la reine blanche de la case e1 qui a découvert la reine noire. Ni le roi blanc... Quant au fou blanc qui se déplace sur les cases noires et qui n'est plus sur l'échiquier du fait qu'il s'est fait prendre, il n'a jamais pu se trouver en b3.

– Très bien, confirma Muñoz. Pourquoi ?

– Parce que b3 est une case blanche. D'autre part, si ce fou s'était déplacé en diagonale sur les cases noires depuis b4, il serait encore sur l'échiquier. Or il n'est plus là. Je suppose qu'il s'est fait prendre beaucoup plus tôt dans la partie.

– Tout à fait exact. Que nous reste-t-il alors ?

Julia regarda l'échiquier tandis qu'un doux frisson lui parcourait le dos et les bras, comme si la lame d'un couteau la frôlait. Il ne restait plus qu'une seule pièce dont elle n'avait pas encore parlé.

– Il reste le cavalier, dit-elle en avalant sa salive, baissant la voix sans s'en rendre compte. Le cavalier blanc.

Muñoz se pencha vers elle, l'air grave.

– Le cavalier blanc, exactement – silencieux, il ne regardait plus l'échiquier mais Julia. – Le cavalier blanc qui s'est déplacé de b4 à c2, découvrant ainsi la dame noire qui s'est trouvée menacée... Et c'est là, en c2, que la dame noire a pris le cavalier pour se protéger de la tour et s'emparer d'une pièce.

Muñoz se tut, cherchant s'il oubliait quelque chose d'important, puis la lueur de ses yeux s'éteignit aussi soudainement que si quelqu'un avait actionné un interrupteur. Il détourna le regard de Julia tandis qu'il ramassait les pièces d'une main et refermait l'échiquier de l'autre, indiquant apparemment par ce geste que son intervention dans cette affaire était maintenant terminée.

– La dame noire, répéta Julia, médusée, tandis qu'elle sentait, qu'elle entendait presque son cerveau fonctionner à toute allure.

– Oui, fit Muñoz en haussant les épaules. C'est la dame noire qui a tué le cavalier... Et vous en tirerez les conclusions que vous voudrez.

Julia s'était levée, sa cigarette presque consumée à la bouche. Elle prit encore une longue bouffée et se brûla les doigts avant de la jeter par terre.

– Les conclusions, murmura-t-elle, encore abasourdie par cette révélation, c'est que Fernand Altenhoffen était innocent... – elle eut un petit rire sec et regarda, incrédule, le croquis de la partie qui se trouvait encore sur la table. Puis elle tendit la main et posa l'index sur la case c2, la douve de la Porte Est de la citadelle d'Ostenbourg, là où l'on avait assassiné Roger d'Arras. – En d'autres termes, ajouta-t-elle en frissonnant, c'est Béatrice de Bourgogne qui a fait tuer le chevalier.

– Béatrice de Bourgogne ?

Julia hocha la tête. Tout était tellement clair à présent, tellement évident, qu'elle avait presque envie de se gifler de n'avoir pas su le découvrir plus tôt. Tout était dit dans la partie et dans le tableau, en des termes aussi clairs que de l'eau de roche. Van Huys avait tout consigné minutieusement, jusqu'au moindre détail.

– Il n'y a pas d'autre possibilité, dit-elle... La dame noire, naturellement : Béatrice, duchesse d'Ostenbourg – elle hésita, cherchant ses mots. La tigresse.

Et la scène lui apparut avec une netteté parfaite : le peintre dans son atelier en désordre qui sentait l'huile et la térébenthine, allant et venant dans le halo de lumière des chandelles de suif posées tout près du tableau. Il mélange du vert de cuivre avec de la résine pour obtenir une couleur stable qui résistera à l'épreuve du temps. Puis il l'applique doucement, en voiles successifs, rallongeant les plis du drap posé sur la table jusqu'à recouvrir l'inscription *Quis necavit equitem* qu'il a tracée à peine quelques semaines plus tôt à l'orpiment. Ce sont de magnifiques lettres gothiques et il est contrarié de les faire disparaître, sans aucun doute à tout jamais ; mais le duc Fernand a raison : « La clé est trop évidente, maître Van Huys. »

Les choses avaient dû se passer à peu près ainsi et sans doute le vieillard grommelait-il entre ses dents en maniant le pinceau, appliquant de lentes touches sur le tableau dont les couleurs à l'huile, encore toutes fraîches, ressortent avec un éclat très vif à la lumière des chandelles. Peut-être frotta-t-il alors ses yeux fatigués, peut-être secoua-t-il la tête. Sa vue n'était plus si bonne depuis quelque temps; la rançon des années. Les années qui émoussaient même sa concentration lorsqu'il s'adonnait à l'unique plaisir capable de lui faire oublier la peinture pendant l'époque d'oisiveté hivernale, quand les jours sont trop courts et la lumière trop faible pour qu'on puisse toucher aux pinceaux: le jeu des échecs. Une passion qu'il partageait avec le regretté messire Roger qui de son vivant avait été son protecteur et son ami, lui qui, en dépit de sa qualité et de son rang, n'avait jamais craint de maculer son pourpoint de peinture quand il lui rendait visite dans son atelier pour jouer une partie au milieu des huiles, des terres, des couleurs et des tableaux inachevés. Capable comme nul autre de passer de la joute des pièces à de longues conversations sur l'art, l'amour et la guerre. Ou à cette étrange idée tant de fois répétée qui maintenant prenait l'allure d'une terrible prémonition: les échecs, jeu de ceux qui aiment se promener insolemment dans la gueule du Diable.

Le tableau était terminé. Plus jeune, Pieter Van Huys avait coutume d'accompagner le dernier coup de pinceau d'une brève oraison pour remercier Dieu de l'heureux achèvement d'une œuvre nouvelle; mais ses lèvres étaient devenues silencieuses avec les années, ses yeux secs, ses cheveux gris. Si bien qu'il se contenta de hocher imperceptiblement la tête, déposant son pinceau dans une cassolette en terre remplie de solvant, puis s'essuya les doigts sur son tablier de cuir couvert de griffures. Ensuite, il souleva le candélabre pour faire un pas en arrière. Que Dieu lui pardonne, mais il lui était impossible de ne pas connaître l'orgueil devant son travail. *La Partie d'échecs* dépassait de loin la commande du seigneur duc. Car tout était là: la vie, la beauté, l'amour, la mort, la trahison. Ce tableau était une œuvre d'art qui survivrait à son auteur, aux personnages qui s'y trouvaient représentés. Le vieux maître flamand sentit dans son cœur le souffle chaud de l'immortalité.

Elle vit Béatrice de Bourgogne, duchesse d'Ostenbourg, assise près de la fenêtre, en train de lire le *Poème de la rose et du chevalier*, éclairée de côté par un rayon de soleil qui tombait sur son épaule, inondant de lumière les pages enluminées. Elle vit sa main, couleur d'ivoire, sur laquelle l'éclat du jour venait d'arracher une étincelle à l'anneau d'or, trembler légèrement comme la feuille d'un arbre quand souffle à peine une douce brise. Peut-être avait-elle aimé d'un amour malheureux, peut-être son orgueil n'avait-il pu supporter le rejet de cet homme qui osait lui refuser ce que pas même Lancelot du Lac avait refusé à la reine Guenièvre... Ou peut-être les choses ne s'étaient-elles pas passées ainsi, peut-être l'arbalétrier mercenaire avait-il vengé la fureur qui avait suivi l'ancienne passion, l'ultime baiser, les cruels adieux... Les nuages couraient au fond du paysage dans le ciel bleu des Flandres et la dame était toujours absorbée dans la lecture du livre posé sur ses genoux. Non. C'était impossible, car jamais Fernand Altenhoffen n'aurait rendu hommage à une trahison, jamais Pieter Van Huys n'aurait mis tout son art et son savoir dans ce tableau... Mieux valait penser que, si ces yeux baissés ne regardaient pas en face, c'est qu'ils cachaient une larme. Que le velours noir portait le deuil d'un cœur transpercé par le même carreau d'arbalète que celui qui avait sifflé au bord de la douve. Un cœur qui se pliait à la raison d'État, au message chiffré de son cousin le duc Charles de Bourgogne: le parchemin au sceau brisé qu'elle froissa entre ses mains glacées, muette d'angoisse, avant de le brûler à la flamme d'une chandelle. Un message confidentiel, apporté par des courriers secrets. Intrigues et toiles d'araignée tissées autour du duché et de son avenir, qui était celui de l'Europe. Parti français, parti bourguignon. Sourde guerre de chancelleries, aussi féroce que le plus cruel des champs de bataille, sans héros, mais où les bourreaux sont vêtus de dentelle et ont pour armes le poignard, le poison, l'arbalète... La voix du sang, le devoir réclamé par la famille, n'exigeaient rien que ne puisse ensuite effacer une bonne confession. Seulement sa présence, à l'heure et au jour fixés, à la fenêtre de la tour de la Porte Est où, au soleil couchant, elle se faisait chaque jour brosser les cheveux par sa camériste. La fenêtre sous laquelle Roger d'Arras se promenait chaque jour à la même heure, seul, songeant à son amour impossible, ruminant sa nostalgie.

Oui. Peut-être la dame noire avait-elle les yeux baissés, fixés sur le livre posé sur ses genoux non parce qu'elle le lisait, mais parce qu'elle pleurait. Mais peut-être aussi n'osait-elle pas regarder en face les yeux du peintre qui incarnait, en fin de compte, le regard lucide de l'Éternité et de l'Histoire.

Elle vit Fernand Altenhoffen, prince infortuné, cerné par les vents d'est et d'ouest, dans une Europe qui changeait trop vite à son gré. Elle le vit résigné et impuissant, prisonnier de lui-même et de son siècle, frappant ses chausses de soie avec ses mains gantées de chamois, tremblant de colère et de douleur, incapable de châtier l'assassin de l'unique ami qu'il avait eu de toute sa vie. Elle le vit se souvenir, appuyé contre une colonne de la salle tendue de tapisseries et de bannières, des années de jeunesse, des rêves partagés, de son admiration pour le damoiseau qui partit en guerre et revint couvert de cicatrices et de gloire. Ses grands éclats de rire résonnaient encore sous les voûtes, sa voix sereine et mesurée, ses confidences graves, ses compliments galants et courtois aux dames, ses conseils décisifs, le son et la chaleur de son amitié... Mais il n'était plus là. Il s'en était allé parmi les ombres.

« Et le pire, maître Van Huys, le pire, vieil ami, vieux peintre qui l'aimait presque autant que moi, le pire est qu'il n'y ait point matière à vengeance; qu'elle, comme moi, comme lui, ne soit que le jouet d'autres plus puissants: de ceux qui décident, car ils possèdent l'argent et la force, que les siècles effaceront le nom d'Ostenbourg sur les cartes que tracent les cartographes... Je n'ai point de tête à trancher sur la tombe de mon ami; et même s'il n'en était ainsi, je ne le pourrais. Elle seule savait, et elle s'est tue. Elle l'a tué par son silence, le laissant s'approcher, comme chaque jour au coucher du soleil – moi aussi j'ai de bons espions à ma solde – de la douve de la Porte Est, attiré par ce muet chant de sirène qui pousse les hommes à tomber dans les bras de leur destin. Ce destin qui paraît endormi, ou aveugle, jusqu'à ce qu'un jour il ouvre les yeux et nous regarde en face.

Il n'y a pas, comme tu vois, de vengeance possible, maître Van Huys. Je la confie seulement à tes mains et à ton invention. Jamais personne ne te paiera un tableau le prix que je te paierai celui-ci. Je veux que justice soit faite, même si ce n'est que pour moi seul. Ne serait-ce que pour qu'elle sache que je sais, pour qu'un autre, outre Dieu, quand nous serons tous retournés en cendres comme Roger d'Arras, puisse aussi le savoir. Peins donc ce tableau, maître Van Huys. Pour l'amour du ciel, peins-le. Je veux que tout s'y trouve et qu'il soit ton œuvre la meilleure, la plus terrible. Peins-le et que le Diable, lui que tu as un jour représenté chevauchant à côté de mon ami, que le Diable nous emporte tous. »

Et elle vit enfin le chevalier, pourpoint fendu sur les côtés, chausses amarante, chaîne d'or au cou, une dague inutile pendue à la ceinture, qui se promenait au crépuscule le long de la douve de la Porte Est, seul, sans écuyer pour troubler sa songerie. Elle le vit lever les yeux vers la fenêtre en ogive et sourire ; à peine une ébauche de sourire, distant et mélancolique. Un de ces sourires qui parlent de souvenirs, d'amours et de périls, mais qui vous disent aussi qu'on a deviné son destin. Et peut-être Roger d'Arras devine-t-il l'arbalétrier embusqué qui, derrière une bretèche effondrée dont les pierres voient jaillir des arbustes tordus, bande la corde de son arbalète et le vise au côté. Et soudain il comprend que toute sa vie, ce long chemin, ces combats enfermé dans l'armure grinçante, la voix rauque, le corps baigné de sueur, ces étreintes de corps de femmes, ces trente-huit années qu'il porte sur son dos comme un pesant fardeau, que tout s'achève précisément ici, en ce lieu, en ce moment, qu'il n'y aura plus rien après qu'il aura senti le coup. Et il est inondé d'une immense peine pour lui-même, car il lui semble injuste de finir ainsi, entre chien et loup, abattu comme un verrat. Et il lève sa main, belle et délicate, virile, de ces mains qui font immédiatement penser à l'épée qu'elles ont brandie, aux rênes qu'elles ont empoignées, à la peau qu'elles ont caressée, à la plume d'oie qu'elles ont trempée dans l'encrier avant de tracer les mots sur le parchemin... Il lève cette main en signe de protestation qu'il sait inutile car, entre autres choses, il n'est point trop sûr de la personne à qui l'adresser. Et il veut crier, mais il se souvient de la fierté qu'il se doit à lui-même. Pour cette raison, il porte l'autre main à sa dague et pense qu'au moins avec un fer au poing, ne serait-ce que celui-là, la mort sera plus honorable pour un chevalier… Il entend le claquement sourd de l'arbalète et se dit, en un éclair, qu'il doit s'écarter de la trajectoire du trait; mais il sait qu'un carreau court plus vite qu'un homme. Et il sent que son âme laisse couler lentement une plainte amère tandis qu'il cherche désespérément dans sa mémoire un Dieu à qui confier son repentir. Et il découvre avec surprise qu'il ne se repent de rien, même si à dire vrai il n'est plus très clair qu'il y ait, en ce moment où la nuit tombe, un Dieu pour l'écouter. Alors il sent le coup. Il y en a eu d'autres auparavant, comme en témoignent ses cicatrices; mais il sait que celui-ci n'en laissera pas. Il ne fait pas mal non plus; à peine si l'âme semble s'échapper par la bouche. Alors tombe soudain la nuit irrémédiable et, avant de s'enfoncer en elle, il comprend que cette fois elle sera éternelle. Quand Roger d'Arras lance son cri, il n'est déjà plus capable d'entendre sa propre voix.

VIII

LE QUATRIÈME JOUEUR

> «Les pièces de l'échiquier étaient impitoyables. Elles le retenaient, elles l'absorbaient. Il y avait de l'horreur en cela, mais aussi une harmonie unique. Car, qu'y a-t-il dans le monde, à part les échecs ?»
>
> *V. Nabokov*

Muñoz sourit à demi, avec cette expression mécanique et distante qui paraissait ne l'engager à rien, pas même au désir d'inspirer de la sympathie.

– Il s'agissait donc de ça, dit-il à voix basse en réglant son pas sur celui de Julia.

– Oui.

Elle marchait la tête baissée, perdue dans ses pensées. Puis elle sortit la main de la poche de son blouson pour écarter la mèche qui tombait sur son front.

– Vous connaissez maintenant toute l'histoire... Vous y aviez droit, je suppose. Vous l'avez bien mérité.

Le joueur d'échecs regardait devant lui, songeant à ce droit récemment acquis.

– Je vois, murmura-t-il.

Ils continuèrent à marcher en silence, sans se presser, côte à côte. Il faisait froid. Les rues les plus étroites étaient encore plongées dans l'obscurité et la lumière des lampadaires se reflétait à intervalles réguliers sur l'asphalte mouillé, avec des scintillements de vernis frais. Peu à peu, les ombres s'adoucissaient dans le jour de plomb qui se figeait lentement au bout de l'avenue où les silhouettes des immeubles, découpées à contre-jour, passaient du noir au gris.

– Et vous aviez une raison particulière, demanda Muñoz, pour m'avoir caché jusqu'à présent le reste de l'histoire ?

Elle le regarda du coin de l'œil avant de répondre. Il ne paraissait pas offensé, mais plutôt vaguement intéressé, regardant d'un air absent la rue déserte devant eux, les mains dans les poches de sa gabardine, le col remonté jusqu'aux oreilles.

– J'ai pensé que vous n'aviez peut-être pas envie de vous compliquer la vie.

– Je comprends.

Le tintamarre d'une benne à ordures les salua au coin d'une rue. Muñoz s'arrêta pour laisser Julia passer entre deux poubelles vides.

– Et que pensez-vous faire maintenant ? demanda-t-il.

– Je ne sais pas. Terminer la restauration, je suppose. Et puis, écrire un long rapport sur cette histoire. Grâce à vous, je vais connaître une modeste célébrité.

Muñoz écoutait, distrait, comme s'il avait la tête ailleurs.

– Et l'enquête policière ?

– Ils trouveront un assassin, s'il y en a un. Ils finissent toujours par y arriver.

– Vous soupçonnez quelqu'un ?

Julia éclata de rire.

– Mon Dieu, bien sûr que non ! – Puis elle se mit à réfléchir en faisant une grimace. Du moins, j'espère… – elle regarda le joueur d'échecs. J'imagine qu'enquêter sur un crime, qui n'en est peut-être pas un, ressemble beaucoup à ce que vous avez fait avec le tableau.

Muñoz eut un sourire presque amusé.

– Tout est une question de logique, à mon avis, répondit-il. C'est peut-être un point commun entre le joueur d'échecs et le détective… Il ferma les yeux à demi et Julia ne put savoir s'il parlait sérieusement ou s'il plaisantait. – On dit que Sherlock Holmes jouait aux échecs.

– Vous lisez des romans policiers ?

– Non. Même si ce que je lis y ressemble un peu.

– Par exemple ?

– Des livres sur les échecs, naturellement. Et aussi des jeux mathématiques, des problèmes de logique… Vous voyez ce que je veux dire.

Ils traversèrent l'avenue. Lorsqu'elle monta sur le trottoir d'en face, Julia regarda de nouveau à la dérobée son chaperon. Il n'avait pas l'air d'un homme d'une intelligence hors du commun. Et s'il fallait en croire les apparences, il n'avait sans doute pas eu trop de chance dans la vie. À le regarder marcher les mains dans les poches, à voir sa chemise élimée, ses grandes oreilles qui dépassaient au-dessus du col de sa vieille gabardine, il donnait l'impression d'être exactement ce qu'il était : un obscur employé de bureau qui ne fuyait la médiocrité qu'en se plongeant dans le monde des combinaisons, des problèmes et des solutions que les échecs pouvaient lui offrir. Le plus étrange en lui était ce regard qui s'éteignait lorsqu'il ne fixait plus l'échiquier ; cette manière de pencher la tête comme si quelque chose pesait trop lourd sur les vertèbres de son cou ; comme s'il voulait ainsi que le monde extérieur glisse de côté sans le frôler plus qu'il n'était nécessaire. Il lui faisait penser aux soldats prisonniers que l'on voit défiler tête basse dans les vieux documentaires sur la guerre. Son expression était celle de l'homme battu avant même que n'ait commencé la bataille ; de celui qui chaque jour ouvre les yeux et se réveille vaincu.

Pourtant, il y avait autre chose. Quand Muñoz expliquait un mouvement en suivant le fil tortueux de la trame du jeu, on voyait briller dans ses yeux l'éclair fugace d'une intelligence solide et même brillante. Comme si, en dépit des apparences, battait au fond de lui un extraordinaire talent pour la logique, les mathématiques ou une autre discipline semblable, donnant alors à ses paroles et à ses gestes une autorité indiscutable.

Elle aurait aimé mieux le connaître, car elle se rendait bien compte qu'elle ignorait tout de lui, si ce n'est qu'il jouait aux échecs et qu'il était comptable. Mais il était déjà trop tard. Le travail était terminé et il serait sans doute difficile de le revoir.

– Notre relation a été bien étrange, dit-elle tout à coup.

Muñoz laissa son regard errer autour de lui pendant quelques secondes, comme s'il cherchait confirmation de ce qu'il venait d'entendre.

– La relation habituelle dans le monde des échecs..., répondit-il. Vous et moi, réunis le temps d'une partie – il sourit de nouveau, de ce sourire vague qui ne signifiait rien. Donnez-moi un coup de fil quand vous voudrez jouer encore.

– Vous me déconcertez, dit-elle sans réfléchir. Vraiment.

Il s'arrêta pour la regarder, surpris. Il ne souriait plus.

– Je ne comprends pas.

– Moi non plus, je vous assure – Julia hésitait un peu, pas très sûre de vouloir s'engager sur ce terrain. – Vous semblez avoir deux personnalités différentes. Souvent timide et réservé, avec une espèce de maladresse émouvante... Mais il suffit que se présente quelque chose qui ait un rapport quelconque avec les échecs pour que vous deveniez étonnamment sûr de vous.

– Et puis ?

Impassible, le joueur d'échecs semblait attendre le reste du raisonnement.

– C'est tout, rien d'autre, bafouilla Julia, un peu gênée de son indiscrétion ; puis sa naïveté lui fit esquisser une grimace. Je suppose que c'est un peu absurde d'engager une conversation pareille aux petites heures du matin. Excusez-moi.

Il était debout devant elle, les mains dans les poches

de sa gabardine, sa pomme d'Adam proéminente perchée au-dessus du col déboutonné de sa chemise, mal rasé, la tête un peu penchée sur la gauche, comme s'il réfléchissait à ce qu'il venait d'entendre. Mais il ne paraissait plus déconcerté.

– Je vois, dit-il.

Il fit alors un geste du menton, comme pour indiquer qu'il prenait les choses en main, sans que Julia puisse déterminer exactement de quoi il se chargeait. Il regarda ensuite derrière elle, comme s'il attendait que quelqu'un lui rapporte un mot oublié. Puis il fit quelque chose dont la jeune femme se souviendrait toujours avec stupeur. Sur le trottoir, en un instant, avec à peine une demi-douzaine de phrases, aussi impassible et froid que s'il parlait d'un autre, il lui résuma sa vie, ou du moins Julia crut que c'était ce qu'il faisait. À la stupéfaction de la jeune femme, la confession se fit en un éclair, sans pauses ni inflexions de la voix, avec cette précision qui était celle de Muñoz quand il commentait les mouvements des pièces sur l'échiquier. Lorsqu'il eut terminé, il retomba aussitôt dans son mutisme. Ce n'est qu'alors que son vague sourire revint sur ses lèvres, comme s'il se moquait gentiment de lui-même, de l'homme qu'il venait de décrire quelques secondes plus tôt et pour lequel, au fond, le joueur d'échecs ne sentait ni compassion ni dédain, mais une sorte de solidarité désabusée, remplie de compréhension. Julia resta muette devant lui, ne sachant que dire, cherchant à comprendre par quel mystère cet homme si peu porté sur la parole avait pu tout lui expliquer avec tant de netteté. Muñoz lui avait parlé d'un enfant qui jouait mentalement aux échecs en regardant le plafond de sa chambre lorsque son père le punissait à cause de ses mauvaises notes; de femmes capables de démonter avec une minutie d'horloger les ressorts qui font se mouvoir un homme; de la solitude qui s'installe avec l'échec et l'absence d'espérance. Tout cela, Julia le vit d'un seul coup, sans même avoir le temps d'y réfléchir. Et à la fin, qui se confondait presque avec le début du récit, elle ne sut plus très bien ce que lui avait raconté Muñoz et ce qu'elle avait

imaginé. Elle se dit qu'après tout Muñoz ne s'était pas contenté d'enfoncer encore un peu plus la tête entre les épaules et de sourire, comme le gladiateur épuisé, indifférent au sens dans lequel s'agite le pouce qui décide de son sort, vers le haut ou vers le bas. Et lorsque le joueur d'échecs cessa enfin de parler, et que la lumière grisâtre du petit matin éclaira la moitié de son visage, laissant l'autre dans l'ombre, Julia sut avec une totale certitude ce que signifiait pour cet homme son petit coin de soixante-quatre cases blanches et noires: le champ de bataille en miniature où se déroule le mystère même de la vie, du succès et de l'échec, des forces terribles et occultes qui gouvernent la destinée des hommes.

Tout cela, elle le sut en moins d'une minute. Et aussi la signification de ce sourire qui ne parvenait jamais à s'affirmer totalement sur ses lèvres. Elle inclina lentement la tête, car elle était une jeune femme intelligente et elle avait compris; lui, il regarda le ciel et dit qu'il faisait très froid. Elle sortit son paquet de cigarettes et lui en offrit une. Il accepta et ce fut la première et avant-dernière fois qu'elle vit Muñoz fumer. Ils se remirent en route dans la direction de l'immeuble de Julia. Arrivés devant la porte, le moment était venu pour le joueur d'échecs de prendre congé. Il tendit donc la main pour serrer celle de Julia et lui dire adieu. Mais au même instant, la jeune femme tourna les yeux vers l'interphone et vit une petite enveloppe de carte de visite, pliée en deux, coincée dans la grille du haut-parleur, à côté de son bouton de sonnette. Et quand elle l'ouvrit pour en sortir le petit rectangle de bristol, elle sut que Muñoz ne pouvait pas s'en aller. Et que diverses choses allaient encore se produire, aucune d'elles bien bonne, avant qu'on ne lui permette de s'éclipser.

– Je n'aime pas du tout ça, dit César, et Julia vit trembler ses doigts qui tenaient le fume-cigarette d'ivoire. Je n'aime pas du tout qu'un fou en liberté s'amuse à jouer les Fantômas avec toi.

On aurait dit que les paroles de l'antiquaire avaient donné le signal à toutes les pendules pour qu'elles se mettent l'une après l'autre, avec des timbres différents qui allaient du tintement cristallin aux graves accords des lourdes horloges, à sonner les quatre coups de l'heure,

puis neuf heures. Mais la coïncidence ne fit pas sourire Julia. Elle regardait la Lucinda de Bustelli, immobile sous son globe de cristal, et se sentait aussi fragile qu'elle.

– Je n'aime pas ça moi non plus. Mais je ne suis pas sûre que nous ayons le choix.

Elle détourna les yeux de la statuette de porcelaine pour les poser sur la table Régence où Muñoz avait ouvert son petit échiquier pour y reproduire, une fois de plus, la position qu'occupaient les pièces sur le tableau de Van Huys.

– J'aimerais bien mettre la main sur cette canaille, murmura César en jetant un coup d'œil soupçonneux à la carte que Muñoz tenait par un coin, comme s'il s'agissait d'un pion qu'il n'aurait su où placer. Comme plaisanterie, c'est parfaitement ridicule…

– Ce n'est pas une plaisanterie, répondit Julia. Tu as oublié le pauvre Álvaro ?

– L'oublier ? L'antiquaire porta le fume-cigarette à ses lèvres et rejeta la fumée avec une brusquerie nerveuse. Je ne demanderais pas mieux !

– Et pourtant, c'est logique, dit Muñoz.

Ils le regardèrent sans rien dire. Indifférent à l'effet qu'avaient produit ses paroles, le joueur d'échecs tenait toujours la carte de visite entre les doigts et s'appuyait sur la table, penché sur l'échiquier. Il n'avait pas encore enlevé sa gabardine et la lumière qui pénétrait par la verrière donnait un reflet bleuté à son menton mal rasé, soulignant les cernes qui s'élargissaient sous ses yeux fatigués.

– Mon cher ami, lui dit César, hésitant entre l'incrédulité courtoise et une sorte d'ironie respectueuse, je me félicite que vous soyez capable de trouver une logique dans tout cela.

Muñoz haussa les épaules sans prêter attention à l'antiquaire, totalement absorbé par le nouveau problème que lui posait le rébus de la petite carte :

Tb3 ?… Pd7 – d5+

Muñoz étudia encore un moment les chiffres en les comparant avec la position des pièces sur l'échiquier. Puis il leva les yeux vers César avant de se tourner à demi vers Julia.

– Quelqu'un – et en entendant ce *quelqu'un*, la jeune

femme frissonna, comme si une porte proche mais invisible venait de s'ouvrir – semble s'intéresser à la partie d'échecs du tableau... – il ferma les yeux et acquiesça d'un signe de tête, comme si pour quelque obscure raison il pouvait deviner les mobiles du mystérieux amateur. – Qui que ce soit, il connaît le déroulement de la partie et sait, ou imagine, que nous avons découvert son secret en jouant *à l'envers*. Parce qu'il nous propose maintenant de continuer à jouer en avant; de reprendre le jeu à partir de la position des pièces sur le tableau.

– Vous plaisantez, dit César.

Il y eut alors un lourd silence durant lequel Muñoz regarda l'antiquaire droit dans les yeux.

– Je ne plaisante jamais, dit-il enfin, comme s'il s'était interrogé sur l'opportunité de donner cette précision. Encore moins lorsqu'il s'agit d'échecs – il fit le geste de frapper la petite carte avec l'index. Je vous assure que c'est exactement ce qu'il fait: il reprend la partie là où le peintre l'a laissée. Regardez l'échiquier:

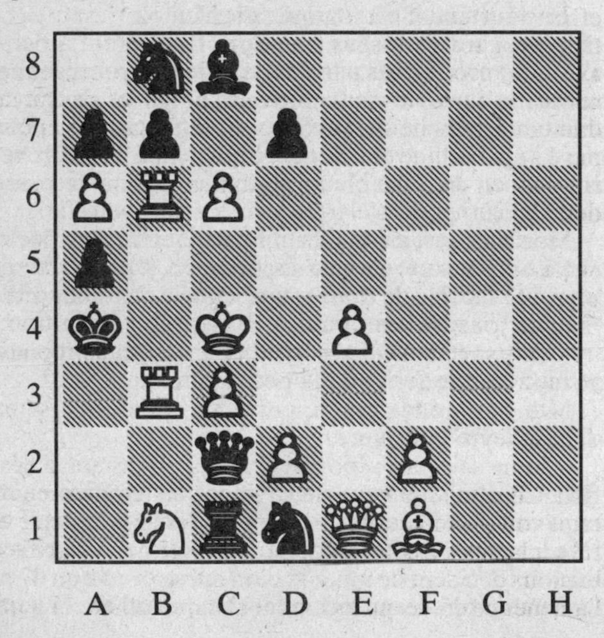

–... Regardez bien – Muñoz montrait la carte de bristol. – *Tb3?... Pd7 – d5+*. Ce Tb3 veut dire que les blancs déplacent la tour de b5 en b3. J'interprète le point d'interrogation comme signifiant qu'on nous propose ce coup. D'où nous déduisons que nous jouons avec les blancs et l'adversaire avec les noirs.

– Tout à fait approprié, observa César. Le noir, sinistre à souhait.

– Je ne sais pas s'il est sinistre ou pas, mais c'est exactement ce qu'il fait. Il nous dit: *« je joue avec les noirs et je vous invite à déplacer cette tour en b3 »...* Vous comprenez? Si nous acceptons de jouer, nous devons nous déplacer comme il le propose, à moins de trouver un meilleur coup. Par exemple, prendre le pion noir de b7 avec le pion blanc de a6... Ou la tour blanche de b6... – il s'arrêta un instant, totalement concentré, comme si son esprit s'était mis automatiquement à explorer les possibilités qu'offrait la combinaison qu'il venait de mentionner, puis il battit des paupières, revenant avec un effort visible dans le monde du réel. Notre adversaire tient pour acquis que nous acceptons son défi et que nous avons déplacé la tour blanche en b3 pour protéger notre roi blanc d'un éventuel mouvement sur la gauche de la dame noire et, du même coup, avec cette tour appuyée par l'autre tour et le cavalier blanc, menacer d'échec le roi noir en a4... Ce qui me fait dire qu'il aime prendre des risques.

Julia qui suivait sur l'échiquier les explications de Muñoz leva les yeux vers le joueur d'échecs. Elle était sûre d'avoir décelé dans sa voix une note d'admiration pour ce joueur inconnu.

– Qu'est-ce qui vous le fait dire?... Comment pouvez-vous savoir ce qu'il aime et ce qu'il n'aime pas?

Muñoz enfonça la tête entre les épaules en se mordant la lèvre inférieure.

– Je ne sais pas, répondit-il après un instant d'hésitation. Chacun joue aux échecs selon son tempérament. Je crois vous l'avoir expliqué un jour – il posa la carte de bristol sur la table, à côté de l'échiquier. *Pd7 – d5+* signifie que les noirs décident de jouer le pion qui se trouve en d7 pour l'amener en d5, ce qui met le roi blanc en échec... La petite croix à côté des chiffres veut dire échec. Traduction : nous sommes en danger. Un danger que nous pouvons éviter en prenant ce pion avec le pion blanc de e4.

– Oui, dit César. D'accord pour les mouvements sur l'échiquier. Mais je ne comprends pas quel est le rapport avec nous… Quel lien entre ces mouvements et la réalité ?

Muñoz fit un geste vague, comme si on lui en demandait trop. Julia vit que ses yeux cherchaient les siens, puis s'écartaient l'instant d'après.

– Je ne sais pas exactement quel est ce rapport. Peut-être s'agit-il d'une mise en garde. Je ne peux pas le savoir… Mais en bonne logique, le coup suivant des noirs, après la perte du pion d5, serait de mettre à nouveau le roi blanc en échec en faisant passer le cavalier noir de d1 à b2… Dans ces conditions, les blancs ne peuvent plus faire qu'une seule chose pour éviter la mise en échec tout en maintenant l'encerclement du roi noir : prendre le cavalier noir avec la tour blanche. La tour b3 prend le cavalier en b2. Voyez maintenant quelle est la situation sur l'échiquier :

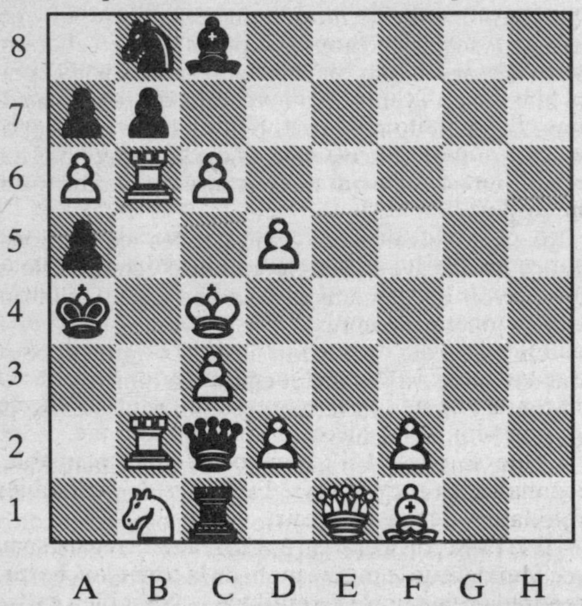

Silencieux, immobiles, ils étudiaient tous les trois la nouvelle disposition des pièces.

Julia allait dire plus tard que c'est à ce moment, bien avant de comprendre la signification du rébus, qu'elle avait senti que l'échiquier avait cessé de n'être qu'une simple succession de cases blanches et noires pour se transformer en un terrain réel qui représentait le cours de sa propre vie. Et comme si l'échiquier était devenu miroir, elle découvrit quelque chose de familier dans la petite pièce de bois qui représentait la reine blanche, sur sa case e1, menacée par les pièces noires voisines, pathétiquement vulnérable.

Mais ce fut César qui le vit le premier.

– Mon Dieu ! s'exclama-t-il.

Et l'expression paraissait si étrange sur ses lèvres d'agnostique que Julia le regarda, inquiète. L'antiquaire avait les yeux fixés sur l'échiquier et sa main qui tenait son fume-cigarette s'était arrêtée à quelques centimètres à peine de sa bouche, comme s'il avait compris d'un seul coup, paralysé dans son geste à peine ébauché.

Julia reposa les yeux sur l'échiquier. Elle sentait ses poignets et ses tempes battre sourdement. Elle ne pouvait voir que la reine blanche sans défense, mais elle sentait ce danger comme un fardeau pesant de tout son poids sur son dos. Elle leva les yeux vers Muñoz pour lui demander son aide et vit que le joueur d'échecs hochait la tête d'un air pensif, le front barré par une profonde ride verticale. Le vague sourire qu'elle lui avait vu plusieurs fois déjà plana un instant sur ses lèvres, un sourire où il n'y avait nulle trace d'amusement. C'était plutôt une grimace fugace, un peu amère ; celle de celui qui se voit contraint, bien à regret, de reconnaître le talent d'un adversaire. Et Julia sentit éclater en elle une peur obscure, intense, car elle comprit que Muñoz lui-même était impressionné.

– Que se passe-t-il ? demanda-t-elle, incapable de reconnaître sa propre voix. Les cases de l'échiquier se brouillaient devant ses yeux.

– Il se passe, dit César en échangeant un regard sombre avec Muñoz, que le mouvement de la tour blanche lui fait prendre la reine noire en enfilade... C'est bien ça ?

Le joueur d'échecs acquiesça d'un mouvement du menton.

– Oui, dit-il au bout de quelques instants. Dans la partie, la dame noire qui était à l'abri jusqu'à présent se trouve à découvert… il s'arrêta un moment ; il ne semblait pas très à l'aise lorsqu'il s'agissait de sortir du domaine des échecs pour interpréter les mouvements des pièces. Le joueur invisible veut peut-être nous dire quelque chose, qu'il est sûr maintenant que le mystère du tableau a été résolu. La dame noire…

– Béatrice de Bourgogne, murmura la jeune femme.

– Oui. Béatrice de Bourgogne. La dame noire qui apparemment a déjà tué une fois…

Les dernières paroles de Muñoz restèrent suspendues en l'air, comme si elles n'appelaient aucune réponse. César qui était resté silencieux tendit la main et fit délicatement tomber la cendre de sa cigarette dans un cendrier, avec le geste méticuleux de quelqu'un qui a besoin de faire quelque chose pour rester en contact avec la réalité. Puis il regarda autour de lui, comme si la réponse aux questions que tous se posaient se trouvait quelque part parmi les meubles, les tableaux et les bibelots de son magasin d'antiquités.

– La coïncidence est vraiment incroyable, mes chers amis, dit-il. C'est impossible.

Il leva les mains, puis les laissa retomber en un geste d'impuissance. Munoz se contenta de hausser brusquement les épaules sous sa gabardine froissée.

– Il ne peut plus s'agir d'une coïncidence. Celui qui a préparé ce coup est un maître.

– Et que se passe-t-il avec la reine blanche ? demanda Julia.

Muñoz soutint son regard quelques secondes, avança la main vers l'échiquier et la laissa suspendue à quelques centimètres de la pièce, comme s'il n'osait la toucher. Puis il montra avec son index la tour noire de la case c1.

– Elle risque de se faire prendre, dit-il calmement.

– Je vois – Julia était déçue ; elle s'attendait à ressentir un choc plus fort quand quelqu'un confirmerait à haute voix ses appréhensions. – Si j'ai bien compris, le fait d'avoir découvert le secret du tableau, c'est-à-dire la culpabilité de la dame noire, se traduit par ce mouvement de la tour qui se place en b2… Mais la dame blanche est en danger, car elle aurait dû se mettre à l'abri au lieu de se compliquer la vie en restant par là. C'est bien la morale de l'histoire, monsieur Muñoz ?

– Plus ou moins.

– Mais cette histoire date de cinq siècles, protesta César. Il faudrait avoir l'esprit dérangé pour…

– Il s'agit peut-être d'un fou, reprit Muñoz d'une voix égale. Mais il jouait, ou joue, diablement bien aux échecs.

– Et il a peut-être encore tué, ajouta Julia. Il y a quelques jours, au XXe siècle. Tué Álvaro.

César leva la main, scandalisé, comme si Julia venait de dire une énormité.

– Je t'arrête, princesse. Nous perdons tout simplement la tête. Aucun assassin ne survit cinq siècles. Et un simple tableau est parfaitement incapable de tuer.

– Question de point de vue.

– Je t'interdis de dire des sottises. Et cesse de mélanger ce qui n'a rien à voir. D'un côté, nous avons un tableau et un crime commis il y a cinq cents ans… De l'autre, Álvaro qui est mort…

– Et les documents qu'on m'a envoyés.

– Mais personne n'a encore démontré que la personne qui les a envoyés a tué Álvaro… Il est même possible que ce sinistre personnage se soit vraiment cassé le cou dans sa baignoire – l'antiquaire leva trois doigts en l'air. Et troisièmement, quelqu'un veut jouer aux échecs… C'est tout. Aucune preuve n'établit un lien entre ces trois choses.

– Le tableau.

– Ce n'est pas une preuve. C'est une hypothèse – César regarda Muñoz. N'est-ce pas ?

Le joueur d'échecs gardait le silence, refusant de prendre parti, et César le regarda avec rancœur. Julia montra la petite carte de bristol sur la table, à côté de l'échiquier.

– Vous voulez des preuves ? dit-elle tout à coup, car elle venait de comprendre de quoi il retournait. Il y en a une ici qui établit un lien direct entre la mort d'Álvaro et le joueur mystérieux… Je connais trop bien ces petites cartes… Ce sont les fiches dont Álvaro se servait pour travailler – elle fit une pause, comme pour peser les conséquences de ce qu'elle venait de dire. – Celui qui l'a tué a pu prendre une poignée de cartes chez lui.

Elle réfléchit un instant et sortit une Chesterfield du paquet qu'elle avait glissé dans la poche de son blouson. La panique irrationnelle qui s'était emparée d'elle quelques minutes plus tôt s'évanouissait par moments, cédant la place à une appréhension mieux définie, aux contours plus précis. Non, se dit-elle en guise d'explication, la peur d'avoir peur, la peur de l'indéfini et de l'obscur n'est pas la même que la peur concrète de mourir assassinée par un être en chair et en os. Peut-être le souvenir d'Álvaro, de cette mort en plein jour, sous les robinets grands ouverts, lui éclaircissait-il les idées, chassant les autres peurs superflues. Celle-ci suffisait amplement.

Elle porta la cigarette à ses lèvres et l'alluma, espérant que ce geste témoignerait de son sang-froid face aux deux hommes. Puis elle rejeta la première bouffée et avala sa salive. Elle avait la gorge affreusement sèche. Il lui fallait une vodka, de toute urgence. Une demi-douzaine de vodkas. Ou un homme, beau, fort et silencieux, avec qui faire l'amour jusqu'à en perdre connaissance.

– Et maintenant ? demanda-t-elle, avec tout le calme dont elle était capable.

César regardait Muñoz. Muñoz regardait Julia. La jeune femme vit que le regard du joueur d'échecs était redevenu opaque, privé de vie, comme si plus rien ne pouvait l'intéresser jusqu'à ce qu'un nouveau mouvement réclame son attention.

– Il faut attendre, dit Muñoz en montrant l'échiquier. C'est aux noirs de jouer.

Menchu était très énervée, mais pas à cause du joueur mystérieux. Elle faisait des yeux comme des soucoupes en écoutant Julia lui raconter ce qui s'était passé, au point qu'en tendant l'oreille on aurait pu entendre derrière ses pupilles dilatées le clic indiscret d'une caisse enregistreuse totalisant des chiffres ronds. Le fait est qu'en matière d'argent Menchu se montrait toujours vorace. Et en ce moment, occupée à calculer ses bénéfices, elle l'était incontestablement.

Vorace et tête de linotte, ajouta Julia en son for intérieur, car c'est à peine si elle avait manifesté un soupçon d'inquiétude à propos de l'existence d'un possible assassin amateur d'échecs. Fidèle à son personnage, la meilleure ressource dont disposait Menchu lorsqu'il lui fallait résoudre un problème était de se comporter comme s'il n'y en avait pas. Peu disposée à fixer longtemps son attention sur quelque chose de concret, peut-être lasse d'avoir chez elle Max dans ses fonctions de gorille protecteur, ce qui compliquait quelque peu ses autres galipettes, Menchu avait décidé de voir les choses sous un angle différent. Il ne s'agissait plus à présent que d'une curieuse série de coïncidences, ou d'une plaisanterie étrange et sans doute inoffensive, œuvre d'un individu doué d'un sens de l'humour peu banal dont les motifs lui échappaient, tant ils étaient complexes. C'était la version la moins inquiétante, surtout quand il y avait beaucoup à gagner au passage. Quant à la mort d'Álvaro, Julia n'avait donc jamais entendu parler d'erreurs judiciaires ?... Comme l'assassinat de Zola par ce type, Dreyfus, ou peut-être le contraire ; et Lee Harvey Oswald, entre autres bourdes du même tonneau. Et puis, glisser dans sa baignoire, ça arrive à tout le monde au moins une fois dans sa vie. À peu près, en tout cas.

– Pour le Van Huys, tu vas voir. On va en tirer un paquet d'argent.

– Et qu'est-ce qu'on fait avec Montegrifo ?

Il y avait peu de clients dans la galerie ; deux dames d'un certain âge qui bavardaient devant une grande huile, une marine de facture classique, et un homme en costume sombre qui fouillait dans les portefeuilles de gravures. Menchu posa la main sur sa hanche comme s'il s'agissait de la crosse d'un revolver et fit battre ses paupières à la manière d'une diva.

– Il va finir par me manger dans la main, ma petite, dit-elle à voix basse.

– Tu crois ?

– Puisque je te le dis. Ou il accepte, ou nous passons à l'ennemi – elle sourit, sûre d'elle-même. Avec tes références et cette merveilleuse histoire à dormir debout du duc d'Ostenbourg et de cette sale garce qui était sa légitime, Sotheby's ou Christie's nous accueilleraient les bras ouverts. Et Paco Montegrifo n'a rien d'un imbécile… – Elle parut se souvenir de quelque chose. – Mais j'y pense, nous prenons le café cet après-midi avec lui. Fais-toi toute belle.

– Nous prenons le café ?

– Toi et moi. Il m'a téléphoné ce matin, tout sucre tout miel. Il a le nez fin, ce salopard.

– Tu ne manques pas de culot. Tu ne peux pas prendre d'engagements pour moi.

– Mais je n'ai rien fait du tout. C'est lui qui a insisté pour que tu viennes. Je ne sais pas ce qu'il te trouve, ma fille. Maigre comme tu es…

Les talons de Menchu – souliers cousus main, très chers – trop hauts d'au moins deux centimètres, laissaient de profondes meurtrissures sur la moquette beige. Dans sa galerie, éclairage indirect, couleurs claires, grands espaces, dominait ce que César avait coutume d'appeler l'*art barbare*: acryliques et gouaches combinés avec des collages, reliefs de serpillières et de clés à molette rouillées, tuyaux de plastique à côté de volants d'automobile peints en bleu ciel et, ici et là, dans les coins les plus reculés de la salle, un portrait ou un paysage de style plus classique, comme un invité gênant mais nécessaire pour justifier la prétendue largeur d'esprit d'une hôtesse snob. Pourtant, la galerie de Menchu rapportait gros ; même César devait bien l'admettre à contrecœur, rappelant avec nostalgie le temps où la moindre salle de conseil d'administration devait posséder son tableau respectable et comme il faut, avec patine d'usage et gros cadre de bois doré, au lieu de ces délires post-industriels tellement adaptés à l'esprit des nouvelles générations – argent de plastique, meubles de plastique, art de plastique – qui occupaient désormais ces mêmes salles après le passage de décorateurs aussi coûteux qu'ils étaient à la mode.

Paradoxes de la vie : Menchu et Julia regardaient en cet instant une curieuse combinaison de rouges et de verts qui répondait au titre excessif de *Sentiments*, sortie quelques semaines plus tôt de la palette de Sergio, dernière toquade de César, que l'antiquaire avait recommandée en ayant, il est vrai, la décence de détourner pudiquement les yeux quand il avait parlé de l'affaire.

– De toute façon, je le vendrai, soupira Menchu, résignée, après que les deux femmes l'eurent regardé quelque temps. En fait, tout se vend. C'est à peine croyable.

– César t'est très reconnaissant, dit Julia. Et moi aussi.

Menchu pinça le nez, mécontente.

– C'est justement ce qui me dérange. Qu'en plus tu protèges les minets de ton antiquaire. Elle aurait pourtant l'âge de se ranger un peu, cette vieille folle.

Julia brandit un poing menaçant sous le nez de son amie.

– Fais attention. Tu sais qu'on ne touche pas à César.

– Je sais, ma fille. César par-ci, César par-là, depuis que je te connais... – elle regarda le tableau de Sergio avec irritation. Vous devriez aller voir tous les deux un psychanalyste. Je suis sûre qu'il se ferait sauter le caisson. Je vous imagine vautrés tous les deux sur le divan, en train de lui débiter des crétineries à la Freud : « Vous allez voir, docteur, quand j'étais petite, je n'avais pas envie de m'envoyer mon papa. Je voulais danser la valse avec l'antiquaire. C'est une pédale, d'accord, mais il m'adore... » Du gâteau pour le psy, cocotte.

Julia regarda son amie, sans aucune envie de sourire.

– Tu exagères. Tu sais parfaitement quelle est la nature de nos relations.

– Tu parles.

– Va te faire... Tu sais parfaitement... – elle s'arrêta et souffla bruyamment, fâchée de s'être laissé prendre au jeu. C'est idiot. Chaque fois que tu parles de César, je finis par me justifier.

– Parce qu'il y a quelque chose de pas clair dans votre affaire, ma poulette. Je me souviens que même quand tu étais avec Álvaro...

– Laisse-moi tranquille avec Álvaro. Occupe-toi de ton Max.

– Mon Max... Au moins, il me donne ce dont j'ai besoin... Mais j'y pense... Comment est-il ce joueur d'échecs que vous avez sorti de derrière les fagots ? Je meurs d'envie de lui faire passer l'examen.

– Muñoz ? – Julia ne put s'empêcher de sourire. Il te

décevrait. Ce n'est pas ton genre... Ni le mien – elle réfléchit un instant ; elle n'avait jamais songé à lui d'un point de vue descriptif. – Il a l'air d'un employé de bureau dans un film en noir et blanc.

– Mais il t'a résolu l'histoire du Van Huys – Menchu battit des paupières, feignant l'admiration, en hommage au joueur d'échecs. Il doit bien avoir du talent quand même.

– Il peut être brillant, à sa manière... Mais pas toujours. Parfois, il est très sûr de lui, il raisonne comme une machine. Et puis, tout d'un coup, tu le vois s'éteindre comme une allumette. Alors, tu regardes le col élimé de sa chemise, ses traits quelconques, et tu te dis que c'est sûrement un de ces hommes dont les chaussettes sentent mauvais.

– Il est marié ?

Julia haussa les épaules. Elle regardait la rue, derrière la vitrine où étaient exposés quelques tableaux et des pièces de céramique.

– Je ne sais pas. Il n'est pas du genre à faire des confidences.

Elle songea à ce qu'elle venait de dire et se rendit compte qu'elle ne s'était jamais posé la question auparavant. Elle ne s'intéressait pas à Muñoz comme à un être humain, mais comme à un instrument utile pour résoudre un problème. La veille pourtant, peu avant de découvrir la carte à sa porte, quand ils étaient sur le point de se dire au revoir, il s'était un peu découvert, pour la première fois.

– Je dirais qu'il est marié. Ou qu'il l'a été... Il y a en lui des cicatrices que seule une femme peut laisser.

– Et comment le trouve César ?

– Plutôt bien. J'ai l'impression que le personnage l'amuse. Il le traite avec beaucoup de courtoisie, parfois un peu ironiquement... Comme s'il sentait un picotement de jalousie quand Muñoz se montre brillant en analysant un mouvement. Mais dès que Muñoz lève les yeux de l'échiquier, il redevient un homme insignifiant et César se tranquillise.

Elle s'interrompit, étonnée. Elle continuait à regarder la rue, derrière la vitrine, et venait de voir en face, juste à côté du trottoir, une voiture qui lui parut familière. Mais où l'avait-elle déjà vue ?

Un autobus qui passait lui cacha l'auto. L'anxiété qui se lisait sur son visage attira l'attention de Menchu.

– Quelque chose qui ne va pas ?

Elle secoua la tête, déconcertée. Un camion de livraison passa derrière l'autobus et s'arrêta au feu rouge. Impossible de savoir si la voiture était toujours là. Mais elle l'avait vue. C'était une Ford.

– Qu'est-ce qui se passe ?

Menchu regardait dans la rue, regardait Julia, sans comprendre. L'estomac noué, sensation désagréable qu'elle connaissait trop bien depuis quelques jours, Julia restait immobile, totalement concentrée, comme si ses yeux, à force d'essayer de voir, allaient être capables de percer la tôle du camion pour découvrir ce qu'il y avait derrière. Une Ford bleue.

Elle avait peur. Une peur qu'elle sentit doucement fourmiller dans tout son corps, battre dans ses poignets et dans ses tempes. Après tout, se dit-elle, il était parfaitement possible que quelqu'un la suive. Depuis des jours déjà, quand Álvaro et elle… Une Ford bleue aux glaces teintées.

Tout à coup, elle se souvint. Arrêtée en double file devant le service de messageries, en train de griller un feu rouge sur les boulevards, ce matin-là où il pleuvait. Une ombre entrevue parfois derrière les rideaux de son appartement, au bout de la rue, au milieu de la circulation, ici ou là… Pourquoi ne serait-ce pas la même voiture ?

– Julia, ma cocotte – Menchu semblait vraiment inquiète. Tu es toute pâle.

Le camion était toujours là, arrêté devant le feu rouge. Peut-être n'était-ce qu'une coïncidence. Le monde était rempli de voitures bleues aux glaces teintées. Elle fit un pas vers la vitrine en plongeant la main dans le sac de cuir qui pendait à son épaule. Álvaro dans la baignoire, les robinets grands ouverts. Elle chercha à tâtons, écartant son paquet de cigarettes, son briquet, son poudrier. Elle toucha la crosse du Derringer avec une sorte de jubilation consolatrice, de haine farouche pour cette voiture maintenant invisible qui incarnait l'ombre crue de la peur. Fils de pute, pensa-t-elle, et la main qui empoignait l'arme au fond du sac se mit à trembler de terreur et de colère. Fils de pute, je ne sais pas qui tu es, mais même si c'est aux noirs de jouer aujourd'hui, je vais t'apprendre à jouer aux échecs… Sous les yeux médusés de Menchu, elle sortit dans la rue, les mâchoires serrées, les yeux rivés sur le camion qui masquait l'auto bleue. Elle traversa entre deux voitures arrêtées le long du trottoir, juste au moment où le feu passait au vert. Elle évita un pare-chocs, entendit sans y faire attention un coup de klaxon dans son dos, faillit sortir le Derringer de son sac, impatiente que le camion s'en aille, puis enfin, enveloppée d'un nuage de fumée de gas-oil, arriva de l'autre côté de la rue juste à temps pour voir une Ford bleue aux glaces teintées, dont le numéro d'immatriculation se terminait par les lettres TH, se perdre dans la circulation, au bout de la rue, déjà loin.

IX

LA DOUVE DE LA PORTE EST

> « ACHILLE : Et que se passe-t-il si vous trouvez un tableau dans le tableau où vous êtes entré ?...
>
> LA TORTUE : Exactement ce que vous attendiez : vous entrez dans ce tableau-dans-le-tableau. »
>
> *D. R. Hofstadter*

– Vraiment, tu exagères, ma chérie. – César enroulait ses spaghetti autour de sa fourchette. – Tu ne crois pas ?... Un honorable citoyen s'arrête tout à fait par hasard devant un feu rouge, au volant de sa voiture bleue tout aussi ordinaire que lui, et il voit arriver une belle jeune femme en furie qui, sans crier gare, essaie de lui tirer une balle en pleine tête – il se retourna vers Muñoz, il y a de quoi en tomber dans les pommes, comme on dit ?

Le joueur d'échecs cessa de pétrir la boulette de pain qu'il tenait entre ses doigts, sur la nappe, mais ne leva pas les yeux.

– Elle n'a rien tiré du tout. Je veux dire qu'elle n'a pas tiré de coup de feu, précisa-t-il à voix basse, parfaitement calme. La voiture est partie avant.

– Naturellement – César tendit la main vers son verre de rosé. Le feu était vert.

Julia posa brusquement ses couverts sur le bord de son assiette, où gisait une lasagne à peine entamée. Le tintement de l'argenterie lui valut un regard de reproche de la part de l'antiquaire qui l'observait par-dessus son verre.

– Écoute, idiot de mon cœur. La voiture était arrêtée avant que le feu passe au rouge... Juste en face de la galerie, tu comprends ?

– Il y a des centaines de voitures comme celle-là, ma chérie. – César posa doucement son verre sur la table, s'essuya les lèvres et composa un paisible sourire. – Il pouvait tout aussi bien s'agir, ajouta-t-il d'un ton mystérieux, d'un admirateur de ta vertueuse amie Menchu... Quelque jeune proxénète musclé aspirant à prendre la place de Max. Ou quelque chose du genre.

Julia sentit poindre une sourde irritation. Elle ne pouvait comprendre que César se retranche dans son agressivité médisante en un moment pareil, comme une vieille vipère. Mais elle n'allait pas se laisser aller à sa mauvaise humeur pour se disputer avec lui. Encore moins devant Muñoz.

– Il pouvait aussi s'agir de quelqu'un, répondit-elle après s'être armée de patience en comptant mentalement jusqu'à cinq, qui s'est dit, en me voyant sortir de la galerie, qu'il valait peut-être mieux ne pas rester là. Au cas où...

– L'hypothèse me paraît bien improbable, ma chérie. Je t'assure.

– Tu aurais également cru très improbable qu'on fasse le coup du lapin à Álvaro. Pourtant...

L'antiquaire fit la moue, comme si l'allusion lui paraissait de mauvais goût, puis esquissa un geste dans la direction de l'assiette de Julia.

– Ta lasagne va refroidir.

– Je m'en fous de ma lasagne. Je veux savoir ce que tu penses. Et je veux la vérité.

César regarda Muñoz, mais celui-ci continuait à pétrir sa boulette de pain, impassible. Il posa alors les poignets sur le bord de la table, à égale distance de part et d'autre de son assiette, et fixa les yeux sur les deux œillets, un blanc, l'autre rouge, du vase qui décorait le centre de la table.

– Tu as peut-être raison – il haussait les sourcils, comme déchiré entre la sincérité qu'on exigeait de lui et l'affection qu'il portait à Julia... C'est ce que tu voulais que je te dise ? Eh bien, tu es contente maintenant. Je l'ai dit – ses yeux bleus la regardaient avec tendresse. J'avoue que la présence de cette voiture me préoccupe.

Julia lui lança un regard furieux.

– Alors, on peut savoir pourquoi tu fais l'idiot depuis une demi-heure ? – elle tambourinait sur la nappe, impatiente. Non, ne me le dis pas. Je sais déjà. Papa ne veut pas que la petite s'inquiète, c'est ça ? Je serai plus tranquille si je me cache la tête dans le sable, comme les autruches... Ou comme Menchu.

– Ce n'est pas en te jetant sur les gens qui ont l'air suspect que tu arrangeras quoi que ce soit... Et puis, si tes appréhensions sont justifiées, ce pourrait même être fort dangereux. Je veux dire, dangereux pour toi.

– J'avais ton pistolet.

– J'espère bien ne jamais regretter de t'avoir donné ce Derringer. Ce n'est pas un jouet. Dans la vraie vie, les méchants ont parfois des pistolets eux aussi... Et ils jouent aux *échecs.*

Comme s'il caricaturait son propre personnage, Muñoz parut sortir de son apathie en entendant le mot échecs.

– Après tout, murmura-t-il sans s'adresser à personne en particulier, les échecs sont une combinaison de pulsions agressives...

César et Julia le regardèrent, surpris. Sa sortie venait comme un cheveu sur la soupe. Muñoz regardait dans le vide, comme s'il n'était pas encore complètement revenu d'un long voyage dans des pays lointains.

– Mon très cher ami, répondit César, un peu agacé de cette interruption, je ne doute pas un instant de l'écrasante vérité de vos paroles, mais nous serions ravis que vous fussiez plus explicite.

Muñoz fit tourner la boulette de pain entre ses doigts.

Il portait une veste bleue démodée et une cravate vert foncé. Les pointes du col de sa chemise, froissées et pas très propres, remontaient en l'air.

– Comment vous dire... – il se gratta le menton du bout des doigts. – Il y a des jours que je retourne cette affaire dans tous les sens... – il hésita encore, comme s'il cherchait ses mots. – Des jours que je pense à notre adversaire.

– Comme Julia, je suppose. Ou comme moi-même. Nous pensons tous à ce misérable...

– Non, ce n'est pas ça. L'appeler *misérable*, comme vous le faites, suppose un jugement subjectif... Ce qui ne nous aide en rien et peut même détourner notre attention de ce qui importe vraiment. J'essaie de penser à lui en fonction des seules données objectives dont nous disposons jusqu'à présent: ses mouvements sur l'échiquier. Je veux dire... – il fit glisser son doigt sur son verre qu'il n'avait pas encore touché, puis se tut un instant, comme si ce geste lui avait fait perdre le fil de son bref discours. – Le style, c'est le joueur... Je crois vous l'avoir déjà dit.

Julia se pencha vers le joueur d'échecs, très attentive.

– Vous voulez dire que vous avez passé tout ce temps à étudier sérieusement la *personnalité* de l'assassin ?... Que maintenant vous le connaissez mieux ?

Un vague sourire fugitif se dessina unc fois de plus sur les lèvres de Muñoz. Mais son regard était extraordinairement sérieux, pensa Julia. Cet homme ne plaisantait jamais.

– Il y a de nombreuses sortes de joueurs. – Muñoz plissa les yeux, comme s'il observait quelque chose dans le lointain, un monde familier au-delà des quatre murs du restaurant. – À part le style de jeu, chacun a ses manies, ses particularités qui le distinguent: Steinitz chantonnait du Wagner en jouant; Morphy ne regardait jamais son adversaire avant le coup décisif... D'autres marmonnent quclque chose en latin, ou dans une langue de leur invention... C'est une façon de faire baisser la tension, de rester dans l'expectative. Le phénomène peut se produire avant ou après le déplacement d'une pièce. Presque tous les joueurs fonctionnent de cette manière.

– Vous aussi ? demanda Julia.

Le joueur d'échecs hésita, gêné.

– Je suppose que oui.

– Et quelle est votre manie de joueur ?

Muñoz regarda ses mains tout en continuant à pétrir sa boulette de pain.

– Allons à Messine pêcher avec deux Haches.

– *Allons à Messine pêcher avec deux Haches ?...*

– Oui.

– Et qu'est-ce que ça veut dire, *Allons à Messine pêcher avec deux Haches ?*

– Rien du tout. Je marmonne la phrase entre mes dents ou dans ma tête quand je joue un coup difficile, juste avant de toucher la pièce.

– Mais c'est complètement irrationnel...

– Bien sûr. Mais même complètement irrationnels, les gestes ou manies ont un rapport avec la manière dont vous jouez. Vous y trouvez des indications sur le caractère de l'adversaire... Quand vous analysez un style ou un joueur, les moindres indices sont importants. Petrossian, par exemple, jouait un jeu très défensif, avec une conscience très aiguë du danger ; il passait son temps à préparer ses défenses face à d'éventuelles attaques, avant même que ses adversaires n'y pensent...

– Un paranoïaque, dit Julia.

– Vous voyez comme c'est facile ?... Dans d'autres cas, le jeu trahit l'égoïsme, l'agressivité, la mégalomanie... Prenez le cas de Steinitz : à soixante ans, il affirmait qu'il était en communication directe avec Dieu et qu'il pouvait gagner contre Lui, même en Lui laissant les blancs et en Lui accordant un avantage d'un pion...

– Et notre joueur invisible ? demanda César qui écoutait attentivement, son verre arrêté à mi-chemin entre la table et ses lèvres.

– Il semble bon, répondit Muñoz sans hésiter. Et les bons joueurs sont souvent des gens compliqués... Un maître acquiert un sens particulier qui lui fait deviner le coup approprié et sentir la fausse manœuvre. C'est une sorte d'instinct qui ne peut pas s'expliquer avec des mots... Quand il regarde l'échiquier, il ne voit pas quelque chose de statique, mais un champ où s'entrecroisent une multitude de forces magnétiques, dont les siennes – il regarda quelques secondes la boulette de pain sur la table avant de la mettre soigneusement de côté, comme s'il s'agissait d'un minuscule pion sur un échiquier imaginaire. – Il est agressif et il aime prendre des risques. Ne pas se servir de sa dame pour protéger son roi... L'utilisation brillante du pion noir, et ensuite du cavalier noir, pour continuer à faire pression sur le roi blanc, en laissant en suspens, pour nous tenir en haleine, un échange possible de dames... Je veux dire que cet homme...

– Ou cette femme, fit Julia.

Le joueur d'échecs la regarda, indécis.

– Je ne sais pas. Certaines femmes jouent bien aux échecs, mais elles sont rares... Dans le cas qui nous occupe, le jeu de notre adversaire, au masculin ou au féminin, témoigne d'une certaine cruauté et je dirais aussi d'une curiosité un peu sadique... Comme le chat qui joue avec la souris.

– Récapitulons. – Julia comptait sur les doigts de sa main : notre adversaire est probablement un homme et, moins vraisemblablement, une femme, très sûr de lui, agressif, cruel, avec une espèce de sadisme de voyeur. C'est bien ça ?

– Je crois que oui. Il aime aussi le danger. Il refuse, c'est l'évidence même, le jeu classique qui cantonne les noirs dans un rôle défensif. De plus, il a une bonne intuition des mouvements de l'adversaire... Il est capable de se mettre à la place des autres.

César arrondit les lèvres comme s'il poussait un sifflement d'admiration et regarda Muñoz avec un nouveau respect. Le joueur d'échecs avait pris un air distant, comme s'il était reparti se réfugier dans son monde solitaire.

– À quoi pensez-vous ? demanda Julia.

Muñoz tarda un peu à répondre.

– À rien en particulier... Souvent, sur un échiquier, ce ne sont pas deux écoles d'échecs qui s'opposent dans la bataille, mais deux philosophies... deux manières de concevoir le monde.

– Blancs et noirs, n'est-ce pas ? précisa César comme s'il récitait un ancien poème. Le bien et le mal, le ciel et l'enfer, toutes ces délicieuses antithèses.

– C'est possible.

Muñoz avait fait un geste d'impuissance, comme pour dire qu'il n'était pas capable d'analyser la question de façon véritablement scientifique. Julia observait son front dégarni, ses grandes oreilles. Cette lueur qui la fascinait tant semblait s'être allumée dans ses yeux fatigués et elle se demanda dans combien de temps elle allait s'éteindre de nouveau, comme tant de fois auparavant. Quand elle la voyait apparaître, elle souhaitait vraiment connaître le fond de cet homme taciturne qui se dissimulait devant elle.

– Et quelle est votre école ?

Le joueur d'échecs parut surpris de la question. Il avança la main vers son verre, s'arrêta, la posa sur la nappe où elle resta immobile. Il n'y avait pas pris une goutte de vin depuis qu'un garçon avait fait le service au début du repas.

– Je ne crois pas appartenir à une école en particulier, répondit-il à voix basse comme si parler de lui-même violentait insupportablement son sens de la pudeur. Je suppose que je suis de ceux qui considèrent les échecs comme une forme de thérapie... Parfois, je me demande comment font les autres, ceux qui ne jouent pas, pour échapper à la folie ou à la mélancolie... Comme je vous l'ai déjà dit, il y a des gens qui jouent pour gagner: Alekhine, Lasker, Kasparov... Comme presque tous les grands maîtres. Comme ce mystérieux joueur invisible, je suppose... D'autres, Steinitz, Przepiorka, préfèrent démontrer leurs théories ou exécuter de brillantes manœuvres... – il hésita avant de continuer, manifestement incapable de parler de lui-même.

– Et vous..., dit Julia pour l'aider.

– Moi, je ne suis pas agressif et je ne prends pas de risques.

– C'est pour cette raison que vous ne gagnez jamais ?

– Je pense en moi-même que je peux gagner ; que si je le veux, je ne perdrai jamais une seule partie. Mais mon pire ennemi, c'est moi-même – il se toucha le bout du nez en balançant doucement la tête. Un jour, j'ai lu quelque chose : l'homme n'est pas né pour résoudre le problème du monde, mais pour découvrir la nature du problème... C'est peut-être pour cette raison que je ne prétends rien résoudre. Je me plonge dans le jeu pour le jeu. Et parfois, quand je donne l'impression d'étudier l'échiquier, je suis en fait en train de rêver; je divague sur d'autres coups, d'autres pièces, ou je précède mon adversaire de six ou sept coups, parfois davantage.

– Les échecs à l'état pur, commenta César qui semblait impressionné bien malgré lui et lançait des regards inquiets à Julia, la voyant se pencher au-dessus de la table, suspendue aux lèvres du joueur.

– Je ne sais pas, répondit Muñoz. Mais c'est la même chose pour bien des gens que je connais. Les parties peuvent durer des heures pendant lesquelles la famille, les problèmes, le travail sont complètement oubliés, écartés... Ceci est commun à tous. Mais alors que certains voient le jeu comme une bataille qu'il faut gagner, d'autres y trouvent une région de rêves et de combinaisons spatiales dans laquelle victoire ou défaite sont des mots vides de sens.

Julia prit son paquet de cigarettes sur la table. Elle en sortit une dont elle tapota le bout sur le verre de sa montre qu'elle portait tournée du côté intérieur du poignet. Tandis que César se penchait pour lui donner du feu, elle leva les yeux vers Muñoz.

– Mais un peu plus tôt, quand vous nous parliez d'une bataille entre deux philosophies, vous faisiez allusion à l'assassin, au joueur noir. Et cette fois, vous semblez vouloir gagner, n'est-ce pas ?

Le regard du joueur d'échecs alla se reperdre en un point indéterminé dc l'espace.

– Je suppose que oui. Cette fois, je veux gagner.

– Pourquoi ?

– L'instinct. Je suis joueur d'échecs; un bon joueur. Quelqu'un me provoque, ce qui m'oblige à me concentrer sur ses mouvements. La vérité, c'est que je n'ai pas le choix.

César sourit, moqueur, et alluma une de ses cigarettes à filtre doré.

– Chante, ô muse, récita-t-il sur le ton de la parodie, la colère du furieux Muñoz qui enfin se décide à sortir de son arrière-boutique... Notre ami s'en va-t'en guerre.

Jusqu'à présent, il officiait seulement comme une sorte de conseiller étranger. Félicitons-nous de le voir enfin jurer fidélité au drapeau. Héros malgré lui, mais héros quand même. Dommage – une ombre traversa son front pâle et brillant – qu'il s'agisse d'une guerre diablement subtile.

Muñoz regardait l'antiquaire avec intérêt.

– Je m'étonne que vous disiez cela.

– Pourquoi ?

– Parce que le jeu des échecs est en effet un succédané de la guerre ; mais aussi quelque chose de plus... Je veux parler du parricide – il leur jeta un regard gêné, comme s'il les suppliait de ne pas prendre trop au sérieux ce qu'il allait dire. Il s'agit de mettre en échec le roi, vous comprenez ?... De tuer le père. Je dirais que les échecs sont encore plus proches de l'art de l'assassinat que de l'art de la guerre.

Un silence glacé descendit sur la table. Les yeux mi-clos, comme si la fumée de sa cigarette le dérangeait, César observait les lèvres maintenant serrées du joueur d'échecs ; il tenait son fume-cigarette d'ivoire dans sa main droite, le coude appuyé sur sa main gauche. Son regard exprimait une admiration sincère, comme si Muñoz venait d'ouvrir une porte qui laissait deviner des mystères insondables.

– Impressionnant, murmura-t-il.

Julia semblait elle aussi hypnotisée par le joueur d'échecs. Mais au lieu de regarder sa bouche, comme César, elle fixait ses yeux. Médiocre et insignifiant en apparence, cet homme aux grandes oreilles, à l'air timide et négligé, savait parfaitement de quoi il parlait. Dans ce labyrinthe mystérieux qu'il suffisait d'entrevoir pour frissonner d'impuissance et de terreur, Muñoz était le seul qui savait interpréter les signes, qui était en possession des clés pour entrer et sortir sans se faire dévorer par le Minotaure. Et dans ce restaurant italien, devant les restes froids de la lasagne qu'elle avait à peine goûtée, Julia sut avec une certitude mathématique, presque aussi claire qu'un coup décisif aux échecs, que cet homme était à sa manière le plus fort des trois. Aucun préjugé sur l'adversaire, le joueur noir, l'assassin potentiel, ne venait embrumer son jugement. Il abordait l'énigme avec la froideur égoïste et scientifique de Sherlock Holmes en train de résoudre les problèmes que lui posait le sinistre professeur Moriarty. Ce n'était pas poussé par le sens de la justice que Muñoz jouerait cette partie jusqu'à la fin ; ses mobiles n'étaient pas moraux, mais logiques. Il le ferait simplement parce qu'il était un joueur que le hasard avait placé de ce côté de l'échiquier, aussi bien – et Julia frissonna en y pensant – qu'il aurait pu le mettre de l'autre. Jouer avec les noirs ou les blancs, comprit-elle, lui était indifférent. Pour Muñoz, la question était seulement que, pour la première fois de sa vie, une partie allait l'intéresser jusqu'à la fin.

Son regard croisa celui de César et elle comprit qu'il pensait la même chose qu'elle. Ce fut l'antiquaire qui parla, d'une voix douce et basse, comme s'il craignait avec Julia de voir s'éteindre la lueur qui brillait dans les yeux du joueur d'échecs.

– Tuer le roi... – il porta lentement le fume-cigarette à ses lèvres et aspira une bouffée de fumée soigneusement calculée. L'idée semble très intéressante. Je veux parler de l'interprétation freudienne. J'ignorais que les échecs eussent un rapport avec toutes ces horreurs.

Muñoz pencha un peu la tête, absorbé par ses images intérieures.

– C'est le père qui enseigne d'habitude au fils à faire ses premiers pas dans ce jeu. Et le rêve de tout fils qui joue aux échecs est de battre son père. De tuer le roi... De plus, les échecs permettent de découvrir rapidement que ce père, le roi, est la pièce la plus faible de l'échiquier. Constamment menacé, il faut le protéger, couvrir sa fuite ; il ne peut bouger que d'une case à la fois... Paradoxalement, cette pièce est pourtant indispensable. Elle a même donné son nom au jeu, puisque *échecs* vient du perse *Sha*, roi, et que le mot est pratiquement le même dans toutes les langues.

– Et la reine ? demanda Julia, curieuse.

– C'est la mère, la femme. Chaque fois que le roi

est attaqué, c'est elle qui peut le défendre le mieux, qui dispose des armes les meilleures et les plus nombreuses... Et à côté du roi et de la dame, nous avons le fou, en anglais *bishop*, l'évêque : celui qui bénit l'union royale et aide les deux souverains dans le combat. Sans oublier le *faras* arabe, le cavalier qui franchit les lignes ennemies, notre *knight* en anglais : le chevalier... En réalité, le problème s'est posé bien avant que Van Huys ne peigne *La Partie d'échecs* ; les hommes essaient de le résoudre depuis mille quatre cents ans.

Muñoz s'interrompit quelques instants, puis fit remuer ses lèvres, comme s'il allait ajouter quelque chose. Mais, au lieu de mots, ce fut cette brève ébauche de sourire qui apparut, à peine esquissée, un sourire qui jamais ne parvenait à s'affirmer vraiment. Puis il baissa les yeux vers la boulette de pain qu'il avait laissée sur la table.

– Parfois, je me demande, dit-il enfin, et on aurait cru qu'il lui en coûtait beaucoup d'exprimer sa pensée, si les échecs sont quelque chose que l'homme a inventé, ou s'il s'est simplement contenté de les découvrir... Quelque chose qui aurait toujours été là, depuis que l'Univers existe. À la manière des nombres entiers.

Comme dans un rêve, Julia entendit le bruit d'un sceau de cire à cacheter qui se brise et, pour la première fois, elle comprit la signification exacte de la situation : un vaste échiquier qui englobait le passé et le présent, Van Huys et sa restauratrice, Álvaro, César, Montegrifo, les Belmonte, Menchu et Muñoz. Tout à coup, elle sentit monter en elle une peur si intense qu'elle dut faire un effort physique, presque visible, pour ne pas lâcher le cri qui l'aurait exprimée. Quelque chose dut paraître sur son visage, car César et Muñoz la regardèrent avec des yeux inquiets.

– Tout va bien – elle secoua la tête, comme pour chasser ses idées folles, tout en sortant de son sac le schéma représentant les différents niveaux du tableau, selon la première interprétation de Muñoz. Jetez donc un coup d'œil sur ceci.

Le joueur d'échecs se pencha sur la feuille de papier, puis la tendit à César sans dire un mot.

– Qu'en pensez-vous ? interrogea la jeune femme.

César arrondit les lèvres en une moue indécise.

– Inquiétant, dit-il. Mais nous mettons peut-être trop

de littérature dans cette affaire... – il regarda encore le schéma de Julia. Je me demande si nous sommes en train de nous casser la tête à propos de quelque chose de profond ou d'absolument banal.

Julia ne répondit pas. Elle regardait fixement Muñoz. Au bout d'un moment, le joueur d'échecs posa le papier sur la table, sortit un stylobille de sa poche et griffonna quelques mots. Puis il rendit la feuille à Julia.

– Maintenant, il y a un niveau de plus, dit-il, préoccupé. Vous êtes aussi impliquée dans cette peinture que le reste des personnages, au moins vous:

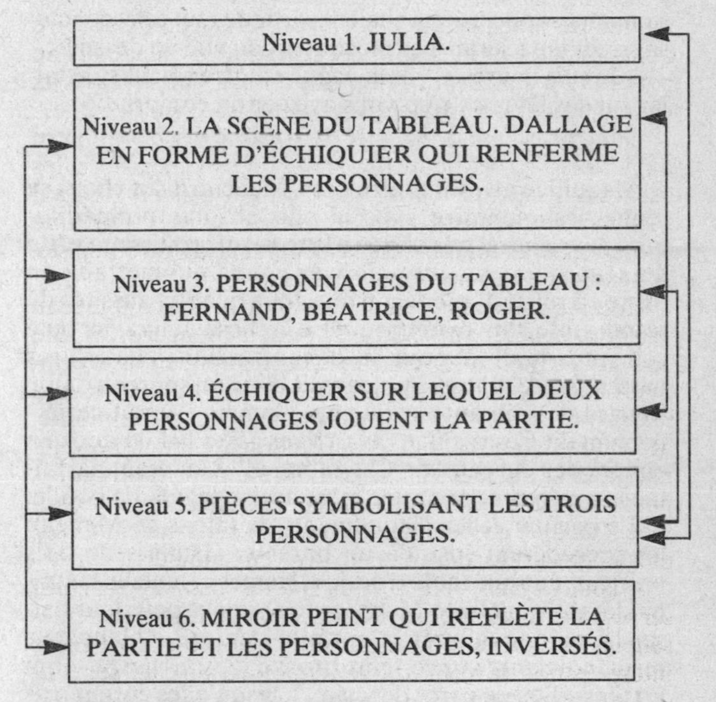

– C'est ce que je pensais, confirma la jeune femme. Les niveaux un et cinq, c'est bien ça ?

– Qui font six lorsqu'on les additionne. Le sixième niveau qui contient tous les autres – le joueur d'échecs montrait la feuille. Que vous le vouliez ou non, vous êtes là-dedans vous aussi.

– Ce qui veut dire… – Julia regardait Muñoz les yeux grands ouverts, comme si un abîme insondable s'était creusé devant elle. Ce qui signifie que la personne qu a peut-être assassiné Álvaro, celle qui nous a envoyé la carte de bristol, est en train de jouer une partie d'échecs insensée… Une partie dans laquelle pas seulement moi, mais nous *tous*, nous sommes des pièces… C'est bien cela ?

Le joueur d'échecs soutint son regard sans répondre, mais il n'y avait dans son expression aucune inquiétude, plutôt une sorte de curiosité impatiente, comme si de passionnantes conclusions allaient sortir de tout cela, conclusions qu'il ne serait pas mécontent de voir se dessiner.

– Je suis heureux – et le vague sourire revint s'installer sur ses lèvres – que vous ayez enfin compris.

Maquillée au millimètre près, Menchu avait choisi sa tenue vestimentaire avec la plus absolue préméditation : jupe courte, très serrée à la taille, élégantissime veste de peau noire sur un pull-over crème qui mettait son buste en relief d'une façon que Julia qualifia aussitôt de scandaleuse. Prévoyant peut-être la chose, Julia avait opté cet après-midi-là pour la décontraction : chaussures basses, genre mocassins, jeans et blouson sport en daim, foulard de soie autour du cou. Comme l'aurait certainement dit César s'il les avait vues garer la Fiat de Julia en face des bureaux de Claymore, elles auraient parfaitement pu passer pour une mère accompagnée de sa fille.

Le parfum et les claquements de talons de Menchu les précédèrent jusqu'à un bureau – lambris de bois précieux, énorme table d'acajou, lampes et fauteuils ultramodernes –, où Paco Montegrifo s'avança pour leur baiser la main, exhibant la parfaite denture – blancheur resplendissante sur le teint bronzé de son visage – qui lui tenait lieu de carte de visite. Lorsqu'elles eurent pris place dans des fauteuils d'où elles jouissaient d'une excellente vue panoramique sur le grand Vlaminck qui occupait la place d'honneur, Montegrifo alla s'asseoir sous le tableau, derrière la table, avec l'air modeste de celui qui regrette de tout cœur de ne pouvoir vous offrir mieux. Un Rembrandt, par exemple, semblait dire le regard intense qu'il lança à Julia après l'avoir laissé glisser avec indifférence sur les jambes que Menchu avait croisées avec ostentation. Ou peut-être un Léonard.

Montegrifo entra sans plus tarder dans le vif du sujet, dès qu'une secrétaire leur eut servi, dans des tasses de porcelaine de la Compagnie des Indes, du café que Menchu sucra avec de la saccharine. Julia prit le sien sans sucre, amer et très chaud, par petites gorgées. Quand elle alluma une cigarette – le marchand de tableaux accompagna son geste d'un mouvement de sollicitude impuissante, s'inclinant inutilement vers elle au-dessus de l'immense table qui les séparait pour approcher son briquet en or –, leur amphitryon avait déjà exposé la situation dans ses grandes lignes. Et, dans son for intérieur, Julia dut bien admettre que, sans manquer à la plus exquise éducation, Montegrifo n'y était pas allé par quatre chemins.

La situation, à première vue, était limpide comme du cristal : Claymore regrettait de ne pouvoir accepter les conditions de Menchu, à savoir le partage en parts égales des bénéfices du Van Huys. De plus, Claymore portait à sa connaissance que le propriétaire du tableau, don... – Montegrifo prit tout son temps pour consulter ses notes – don Manuel Belmonte, en accord avec ses neveux, avait décidé d'annuler l'accord passé avec doña Menchu Roch pour transférer à Claymore y Compañía le mandat qui lui avait été accordé pour la vente du Van Huys. Tout cela, ajouta-t-il en joignant le bout des doigts, les coudes appuyés sur le bord de la table, était consigné dans un acte notarié qu'il avait ici-même, dans un tiroir. La chose étant dite, Montegrifo adressa à Menchu un regard désolé, accompagné d'un long soupir d'homme du monde.

– Ce qui veut dire – absolument scandalisée, Menchu faisait tinter sa tasse de café entre ses mains – que vous menacez de m'enlever le Van Huys ?

Le marchand de tableaux regarda ses boutons de manchettes en or, comme s'ils s'étaient permis une impertinence, puis il tira soigneusement ses manchettes amidonnées.

– Je crains fort que nous ne vous l'ayons déjà enlevé, dit-il du ton contrit de celui qui se voit obligé de remettre à la veuve les factures impayées de son mari défunt. De toute façon, votre pourcentage original sur la vente n'est pas changé ; déduction faite des frais, naturellement. Claymore n'a pas l'intention de vous dépouiller de quoi que ce soit, mais plutôt d'éviter vos conditions abusives, chère madame – il sortit nonchalamment son étui à cigarettes en argent de sa poche et le posa sur la table. Claymore ne voit aucune raison d'augmenter votre pourcentage. C'est tout.

– Vous ne voyez pas de raison ? – Menchu regarda Julia avec dépit, espérant sans doute des exclamations indignées de solidarité, ou une autre démonstration semblable. – La raison, Montegrifo, c'est que ce tableau, grâce à nos recherches, va enregistrer une plus-value importante... Et vous trouvez que ce n'est pas une raison ?

Montegrifo regarda Julia pour lui signifier silencieusement et courtoisement qu'il ne la comptait pour rien dans ce sordide marchandage. Puis il se tourna vers Menchu et ses yeux se durcirent.

– Si vos recherches – le *vos* ne laissait aucun doute sur l'opinion qu'il se faisait des capacités de Menchu dans ce domaine – font monter le prix du Van Huys, votre bénéfice augmentera d'autant, selon le pourcentage convenu avec Claymore... – il se permit alors un sourire condescendant, avant d'oublier à nouveau Menchu pour se tourner vers Julia. Quant à vous, cette nouvelle situation ne porte aucun préjudice à vos intérêts, bien au contraire. Claymore – et le sourire qu'il lui adressa indiquait clairement *qui* chez Claymore – estime que votre intervention dans cette affaire a été remarquable. Nous vous prions donc de continuer à restaurer le tableau comme vous l'avez fait jusqu'à présent. Le côté économique ne doit vous inquiéter d'aucune façon.

– Et peut-on savoir – en plus de la main qui soutenait la tasse sur sa soucoupe, la lèvre inférieure de Menchu s'était mise à trembler – comment il se fait que vous soyez si bien au courant de tout ce qui concerne le tableau ?... Julia est peut-être un peu naïve, mais je ne l'imagine pas en train de vous raconter sa vie à la lumière des bougies. Je me trompe ?

C'était un coup bas et Julia ouvrit la bouche pour protester ; mais Montegrifo la rassura d'un geste.

– Écoutez, madame Roch... Votre amie a refusé des propositions de nature professionnelle que j'avais pris la liberté de lui faire il y a quelques jours. Et elle l'a fait avec élégance, en décidant de temporiser – il ouvrit son étui en argent et choisit une cigarette avec circonspection, comme s'il s'agissait d'une opération importante. C'est la nièce du propriétaire qui a jugé bon de me communiquer les informations concernant l'état du tableau, l'inscription masquée et le reste. Un homme charmant, ce don Manuel. Et je dois dire – il appuya sur la molette de son briquet, rejetant une petite bouffée de fumée – qu'il ne voulait pas vous retirer la responsabilité du Van Huys. Un homme fidèle à ses engagements, à ce qu'il paraît, car il a également exigé avec une insistance surprenante que personne ne touche au tableau, tant que Julia n'aurait pas achevé la restauration... Au cours de ces négociations, mon alliance que nous pourrions appeler tactique avec la nièce de don Manuel m'a été d'un grand secours... Quant à monsieur Lapeña, le mari, il n'a fait aucune objection dès que j'ai mentionné la possibilité d'une avance.

– Judas ! cracha Menchu.

Montegrifo haussa les épaules.

– Je suppose, dit-il d'une voix neutre, que vous pourriez lui attribuer ce qualificatif. Entre autres.

– J'ai moi aussi un document signé, protesta Menchu.

– Je le sais. Mais il s'agit d'un simple accord sous-seing privé, alors que le mien est notarié, avec les neveux comme témoins et toutes les garanties que vous pouvez imaginer, dont une caution garantissant nos engagements... Si vous me passez l'expression, celle-là même qu'a utilisée Alfonso Lapeña au moment de signer de sa blanche main, ça n'a pas fait un pli, ma chère madame.

Menchu se pencha en avant, ce qui fit craindre à Julia que la tasse de café qu'elle tenait entre les mains n'atterrisse sur la chemise immaculée de Montegrifo ; mais son amie se contenta de la poser sur la table. Elle était indignée, suffoquée, et malgré son minutieux maquillage, la colère la faisait paraître plus âgée. Quand elle bougea, sa jupe se releva un peu plus, découvrant ses cuisses, et Julia se sentit gênée, fâchée même de se trouver dans cette situation absurde, regrettant de tout son cœur de ne pas être ailleurs.

– Et que va faire Claymore, demanda Menchu d'une voix rauque, si je décide d'aller voir un de vos concurrents avec le tableau ?

Montegrifo regardait la fumée de sa cigarette monter en décrivant des spirales.

– Très franchement – il semblait réfléchir sérieusement à la question –, je vous conseillerais plutôt de ne pas vous compliquer la vie. Vous commettriez un acte illégal.

– Je peux aussi déclencher une avalanche de paperasserie juridique, faire un procès qui durera des mois et qui paralysera la vente du tableau. Vous y avez pensé ?

– Naturellement. Mais vous seriez la première à y perdre – il fit alors un sourire bien élevé, avec la certitude de donner le meilleur conseil dont il était capable. Claymore dispose de bons avocats, comme vous pouvez l'imaginer... En pratique – il s'arrêta quelques secondes, comme s'il hésitait à continuer –, vous risqueriez de tout perdre. Et ce serait dommage.

Menchu se leva en tirant d'un coup sec sur sa jupe pour la faire redescendre, en même temps qu'elle se levait.

– Tu sais ce que tu es ? – sa voix s'était fêlée avec ce brusque tutoiement, brisée par la rage. – Tu es le plus grand fils de pute que j'aie jamais rencontré !

Montegrifo et Julia se levèrent, elle ne sachant où se mettre, lui parfaitement calme.

– Je regrette beaucoup cette scène, dit-il d'une voix imperturbable en s'adressant à Julia. Je la regrette sincèrement.

– Moi aussi – la jeune femme regarda Menchu qui jeta son sac sur son épaule, d'un geste aussi décidé que s'il se fût agi d'un fusil. Ne pourrions-nous pas être un peu plus raisonnables ?

Menchu lui lança un regard foudroyant.

– Raisonne tant que tu veux, si cet enfoiré te plaît tellement... Moi, je ne reste pas une minute de plus dans cette caverne de brigands.

Et elle sortit en trombe, laissant la porte ouverte, dans un furieux claquement de talons. Julia resta derrière, honteuse et indécise, ne sachant si elle devait la suivre. À côté d'elle, Montegrifo haussait les épaules.

– Une femme de caractère, dit-il en fumant d'un air pensif.

Julia se retourna vers lui, encore abasourdie.

– Elle s'était fait trop d'illusions sur ce tableau... Essayez de la comprendre.

– Je la comprends, répondit Montegrifo avec un sourire conciliant. Mais je ne peux tolérer le chantage.

– Mais vous avez manœuvré derrière son dos, en vous arrangeant avec les neveux... Pour moi, ce n'est pas jouer franc-jeu.

Le sourire de Montegrifo s'élargit encore. C'est la vie, semblait-il dire. Puis il regarda dans la direction de la porte par où Menchu s'en était allée.

– Que pensez-vous qu'elle va faire maintenant ?

Julia secoua la tête.

– Rien. Elle sait qu'elle a perdu la partie.

Le marchand de tableaux semblait réfléchir.

– Julia, l'ambition est un sentiment parfaitement légitime, dit-il au bout d'un moment. Mais en matière d'ambition, le seul péché est l'échec ; le triomphe, par définition, est synonyme de vertu – il sourit de nouveau, cette fois dans le vide. – Madame ou mademoiselle Roch a tenté un coup, mais elle n'avait pas le dos assez large, si je puis dire... En quelque sorte – il fit un rond avec la fumée de sa cigarette et le laissa monter jusqu'au plafond –, son ambition n'était pas à la mesure de ses moyens. – Ses yeux marron s'étaient durcis et Julia comprit que Montegrifo devait être un adversaire dangereux quand il laissait tomber son masque d'impeccable courtoisie ; ou peut-être était-il même capable d'être dangereux et courtois en même temps. – J'espère bien qu'elle ne nous causera plus de difficultés, car ce serait une grave erreur dont il faudrait la châtier... Vous comprenez ce que je veux dire ? Maintenant, si vous le voulez bien, parlons de notre tableau.

Belmonte était seul chez lui. Il reçut Julia et Muñoz dans son salon, assis dans son fauteuil roulant, à côté du mur où avait été accrochée autrefois *La Partie d'échecs*. Le crochet solitaire et rouillé, la marque laissée par le cadre donnaient une impression pathétique de spoliation, de désolation domestique. Belmonte qui avait suivi le regard de ses visiteurs sourit avec tristesse.

– Je n'ai rien voulu accrocher pour le moment, expliqua-t-il. Pas encore. – Il leva une main décharnée et l'agita en l'air, résigné. – Ce n'est pas facile de s'habituer...

– Je vous comprends, dit Julia avec un accent sincère et chaleureux.

Le vieillard inclina doucement la tête.

– Oui. Je sais – il regarda Muñoz, attendant sans doute de lui la même compréhension, mais le joueur d'échecs resta silencieux, observant le mur vide avec des yeux inexpressifs. – Dès le premier jour, vous m'avez fait l'effet d'une jeune femme intelligente – il se tourna vers le joueur d'échecs. Vous n'êtes pas de cet avis, monsieur ?

Muñoz tourna lentement la tête pour regarder le vieillard et fit un bref geste d'approbation, sans desserrer les lèvres. Il semblait perdu dans de lointaines réflexions.

Belmonte regarda Julia.

– Quant à votre amie... – son visage s'assombrit, comme s'il se sentait gêné –, j'aimerais que vous lui expliquiez... Je veux dire que je n'ai pas eu le choix, je vous assure.

– Je vous comprends parfaitement. Ne vous inquiétez pas. Menchu comprendra elle aussi.

Le visage de l'invalide s'illumina, rempli de reconnaissance.

– Je suis content de ce que vous me dites, parce qu'on m'a beaucoup poussé, vous savez... Monsieur Montegrifo a fait une offre intéressante, c'est certain. En plus, il s'est proposé à faire un maximum de battage autour de l'histoire du tableau... – le vieil homme caressait son menton mal rasé. Je dois avouer que cette affaire m'a un peu monté à la tête – il soupira doucement. Et l'argent...

Julia montra le tourne-disque qui jouait dans le salon.

– Vous faites toujours jouer du Bach, ou est-ce une coïncidence ? J'ai entendu ce même disque la dernière fois…

– L'*Offrande* ? – Belmonte parut content. – Je l'écoute souvent. C'est une œuvre si complexe, si ingénieuse, que j'y fais encore de temps en temps des trouvailles inattendues – il s'arrêta un instant, comme s'il se souvenait de quelque chose. Vous savez qu'il y a des thèmes musicaux qui semblent résumer toute une vie ?… Comme des miroirs où vous verriez votre reflet… Cette composition, par exemple : un thème surgit, exposé par des voix différentes, à des hauteurs différentes. Parfois même à des vitesses différentes, avec renversement des intervalles ou même en mouvement rétrograde… – il se pencha sur le bras de son fauteuil roulant, tendant l'oreille. Écoutez. Vous vous rendez compte ? Il commence avec une seule voix qui expose son thème, puis une deuxième voix entre en scène, quatre tons plus haut ou quatre tons plus bas que celle qui l'a précédée et qui maintenant énonce un thème secondaire… Chacune des voix fait son entrée à son heure, comme les différentes étapes d'une vie… Et quand toutes les voix ont fait leur entrée, c'en est fini des règles – il adressa à Julia et à Muñoz un grand sourire triste. Comme vous voyez, c'est une analogie parfaite de la vieillesse.

Muñoz montra le mur vide.

– Ce crochet tout nu, dit-il avec une certaine brusquerie, semble lui aussi symboliser bien des choses.

Belmonte regarda attentivement le joueur d'échecs, puis acquiesça d'un lent signe de tête.

– Tout à fait vrai, confirma-t-il avec un nouveau soupir. Et je vais vous dire quelque chose. Parfois, je me surprends à regarder l'endroit où était le tableau et il me semble que je le vois encore. Il n'est plus là, mais je le vois. Après tant d'années – il se toucha le front avec un doigt –, je l'ai ici : les personnages, la perfection des détails… Mes coins favoris ont toujours été le paysage que l'on devine derrière la fenêtre et le miroir convexe, à gauche, où l'on voit les joueurs.

– Et l'échiquier, ajouta Muñoz.

– Et l'échiquier, en effet. Souvent, surtout au début,

quand ma pauvre Ana l'a reçu en héritage, je reconstituais sur mon échiquier la position des pièces...

– Vous jouez ? demanda Muñoz d'un air détaché.

– Autrefois. Pratiquement plus maintenant... Mais à vrai dire, je n'ai jamais pensé que cette partie pouvait se jouer à l'envers... – pensif, il tapotait ses genoux. – Jouer à l'envers... C'est amusant ! Vous savez que Bach adorait les inversions musicales ? Dans certains canons, il renverse le thème, si bien que la mélodie descend chaque fois que le thème original monte... L'effet est peut-être un peu bizarre, mais quand on s'habitue, on finit par le trouver tout à fait naturel. Il y a même un canon dans l'*Offrande* qui s'exécute à l'envers de ce qui est écrit – il regarda Julia. Je crois vous avoir déjà dit que Jean-Sébastien était un fieffé farceur. Son œuvre est remplie de pièges. Comme si, de temps en temps, une note, une modulation ou un silence vous disait : « Je renferme un message ; découvrez-le. »

– Comme le tableau, dit Muñoz.

– Oui. À cette différence près que la musique ne se résume pas à des images, à des dispositions de pièces ou, dans le cas particulier, à des vibrations dans l'air, mais qu'elle réside dans les émotions que ces vibrations produisent dans le cerveau de chacun... Vous rencontreriez de sérieuses difficultés si vous tentiez d'appliquer à la musique les méthodes que vous avez employées pour résoudre l'énigme de la partie d'échecs du tableau... Il vous faudrait découvrir la note qui contient les effets affectifs en question. Ou plutôt, la combinaison de notes... Vous ne croyez pas que c'est infiniment plus difficile que de jouer aux échecs ?

Muñoz réfléchit longuement.

– Je crois que non, dit-il enfin. Les règles générales de la logique sont les mêmes dans tous les domaines. La musique, comme les échecs, obéit à des règles. Il s'agit simplement de se mettre au travail jusqu'à isoler un symbole, une clé – un léger rictus tordit la moitié de sa bouche. Comme la pierre de Rosette des égyptologues. Une fois que vous l'avez, ce n'est plus qu'une question de travail, de méthode. Et de temps.

Belmonte battait des paupières, moqueur.

– Vous croyez ?... Vous pensez vraiment que tous les messages secrets peuvent se déchiffrer ?... Qu'il est toujours possible de trouver une solution exacte en appliquant un système ?

– J'en suis sûr. Parce qu'il existe un système universel, des lois générales qui permettent de démontrer ce qui peut l'être et d'écarter ce qui doit l'être.

Le vieillard paraissait sceptique.

– Je ne suis pas du tout de votre avis, pardonnez-moi. Je pense au contraire que toutes les divisions, classifications, distributions et règles que nous attribuons à l'univers sont fictives, arbitraires... Il n'y en a pas une seule qui ne renferme sa propre contradiction. C'est un vieil homme qui vous le dit, un vieil homme qui a beaucoup vécu.

Muñoz changea de position dans son fauteuil et regarda autour de lui. Il ne semblait pas très heureux du tour que prenait la conversation, mais Julia eut l'impression qu'il ne souhaitait pas non plus changer de sujet. Elle savait que cet homme ne parlait pas pour ne rien dire et qu'il devait donc avoir une idée derrière la tête. Peut-être Belmonte devinait-il quelque chose dans les pièces que le joueur d'échecs étudiait pour résoudre le mystère.

– C'est discutable, dit finalement Muñoz. L'univers est rempli d'infinis démontrables. Les nombres premiers, les combinaisons aux échecs...

– Vous le croyez vraiment ?... Que tout est démontrable ? Permettez au musicien que j'ai été – le vieillard montra ses jambes invalides avec une expression de mépris tranquille –, ou que je continue d'être malgré tout, permettez-moi de vous dire que tout système est incomplet. Que la démonstrabilité est un concept de bien moindre valeur que la vérité.

– La vérité est comme le meilleur coup aux échecs : elle existe, mais il faut la chercher. Avec le temps, elle est toujours démontrable.

Belmonte sourit d'un air malicieux.

– Je dirais plutôt que ce coup parfait, que vous l'appeliez ainsi ou que vous l'appeliez tout simplement la vérité, existe peut-être. Mais qu'on ne peut pas toujours le démontrer. Et que tout système qui tente de le faire est limité et relatif. Envoyez mon Van Huys sur Mars, ou sur la planète X, pour voir si quelqu'un là-bas est capable de résoudre le problème. Je dirais même plus : envoyez-lui ce disque que vous écoutez en ce moment. Tant qu'à faire, envoyez le disque cassé. Que signifie alors ce qu'il contient ?... Et puisque vous paraissez amateur de règles exactes, je vous rappelle que la somme des angles d'un triangle est de cent quatre-vingts degrés en géométrie euclidienne, mais plus en géométrie elliptique, et moins en géométrie hyperbolique... C'est qu'il n'y a pas de système unique, pas d'axiomes. Les systèmes sont dissemblables, même à l'intérieur du système... Vous aimez résoudre les paradoxes ? Il n'y a pas que la musique, la peinture et, j'imagine, les échecs, qui en soient remplis. Voyez plutôt – il tendit la main vers la table, prit un papier et un crayon, puis écrivit quelques lignes qu'il montra ensuite à Muñoz. Regardez-moi ceci, je vous prie.

Le joueur d'échecs lut à haute voix :

– *La phrase que j'écris en ce moment est celle que vous lisez en ce moment...* – il regarda Belmonte, surpris. Oui, et puis ?

– C'est tout. J'ai écrit cette phrase il y a une minute et demie et vous venez de la lire, il n'y a que quarante secondes. En d'autres termes, mon écriture et votre lecture correspondent à des moments différents. Mais sur le papier, *ce moment* et *ce moment* sont indubitablement *le même moment...* Donc, la phrase est à la fois vraie et fausse... Ou est-ce le concept de temps que nous laissons de côté ?... N'est-ce pas un bon exemple de paradoxe ?... Je vois que vous n'avez rien à répondre, et il en va de même lorsqu'il s'agit du vrai fond des énigmes que peut poser mon Van Huys ou autre chose... Qui vous dit que votre solution du problème est correcte ? Votre intuition et votre système ? Bien. Et quel est le système supérieur qui vous permet de démontrer que votre intuition et votre système sont valides ? Quel autre système confirme ces deux systèmes ?... Vous jouez aux échecs. Ces vers vous intéresseront, je crois.

Et Belmonte se mit à réciter, avec de longs silences :

Prisonnier, le joueur l'est aussi
– la sentence est d'Omar – d'un autre échiquier
de noires nuits et de blanches journées.

Dieu déplace le joueur, et celui-ci la pièce.
Quel Dieu derrière Dieu commence donc la trame
de poussière et de temps, de rêve et d'agonies... ?

– Le monde est un immense paradoxe, conclut le vieil homme. Et je vous mets au défi de démontrer le contraire.

Julia vit que le joueur regardait fixement Belmonte. Il dodelinait de la tête et ses yeux étaient devenus opaques. Il paraissait déconcerté.

Tamisée par la vodka, la musique – du jazz paisible, joué très bas, à peine une rumeur ténue qui semblait monter des coins sombres de l'atelier – l'enveloppait comme une intime caresse, douce et apaisante, lui procurant une tranquille lucidité. Comme si tout, la nuit, la musique, les ombres, les clairs-obscurs, et même l'agréable sensation de sa nuque appuyée sur le bras du sofa de cuir, se conjuguait en une parfaite harmonie dans laquelle jusqu'au moindre objet entourant Julia, jusqu'à la plus diffuse de ses pensées, trouvait un lieu précis dans l'esprit ou l'espace, se situait avec une exactitude géométrique dans sa perception et sa conscience.

Rien, pas même les plus sombres pensées, n'aurait pu rompre le calme qui régnait dans l'esprit de la jeune femme. C'était la première fois qu'elle retrouvait cette sensation d'équilibre et qu'elle s'y laissait aller avec un abandon total. La sonnerie du téléphone annonçant ces silences menaçants devenus déjà presque familiers n'était même pas venue briser l'enchantement magique. Et, les yeux fermés, balançant doucement la tête au rythme de la musique, Julia se permit un sourire intérieur de sympathie. Dans des moments comme celui-ci, il était facile de vivre en paix avec soi-même.

Elle ouvrit paresseusement les yeux. Dans la pénombre, le visage polychrome d'une vierge gothique souriait lui aussi, le regard perdu dans la quiétude des siècles. Appuyé contre un pied de la table, posé sur le tapis de Chiraz taché de peinture, un tableau monté dans un cadre ovale, son vernis à moitié nettoyé, révélait un paysage romantique andalou, nostalgique et paisible : un río sévillan aux eaux paisibles, bordé de rives verdoyantes, une barque, des arbres dans le lointain. Et au centre de l'atelier – fouillis de statues, cadres, bronzes, peintures, flacons de solvants, toiles sur les murs, par terre, un Christ baroque à moitié restauré, livres d'art empilés à côté de disques et de poteries, dans une étrange intersection de lignes et de perspectives fortuites, mais évidentes *La Partie d'échecs* présidait, solennelle, ce désordre ordonné qui rappelait si bien la boutique d'un brocanteur ou même un magasin d'antiquités. La lumière tamisée qui provenait du vestibule projetait sur le tableau un étroit rectangle de clarté, suffisant pour que la peinture flamande prenne vie et que ses détails, quoique estompés dans un trompeur clair-obscur, soient visibles de l'endroit où se trouvait Julia. Elle n'avait rien aux pieds et le haut de ses jambes nues était à peine couvert par un long chandail de laine noir qui s'arrêtait en haut de ses cuisses. La pluie crépitait sur la verrière du toit, mais il ne faisait pas froid dans l'atelier ; les radiateurs rayonnaient une douce chaleur.

Sans quitter le tableau des yeux, elle tendit la main et chercha à tâtons le paquet de cigarettes qu'elle avait posé sur le tapis, à côté de son verre et du flacon de cristal taillé. Elle le trouva, le posa sur son ventre, sortit lentement une cigarette et la porta à ses lèvres sans l'allumer. Elle n'avait même plus besoin de fumer.

Les lettres dorées de l'inscription récemment découverte luisaient dans la pénombre. Le travail avait été minutieux et difficile, entrecoupé d'innombrables pauses pour photographier chaque étape, tandis qu'à mesure qu'elle ôtait la couche extérieure de résinat de cuivre, l'oropiment des caractères gothiques apparaissait à la lumière, cinq cents ans après que Pieter Van Huys les eut recouverts pour mieux obscurcir le mystère.

L'inscription était enfin là, à la vue : *Quis necavit equitem.* Julia aurait préféré la laisser sous la couche originale de pigment, puisque les radiographies suffisaient à confirmer son existence ; mais Montegrifo avait insisté pour qu'elle soit mise au jour. Selon lui, les appétits morbides des clients s'en trouveraient aiguisés. Bientôt, le tableau serait exposé aux yeux de tout le monde : commissaires priseurs, collectionneurs, historiens… La discrétion qui l'avait entouré jusqu'alors, à part son bref séjour dans les galeries du Prado, allait prendre fin à tout jamais. Sous peu, *La Partie d'échecs* serait étudiée par les spécialistes, deviendrait l'objet de polémiques, d'articles de presse, de thèses érudites, de textes spécialisés comme celui que Julia préparait… Pas même son auteur, le vieux maître flamand, n'aurait pu imaginer que son tableau allait connaître pareille renommée. Quant à Fernand Altenhoffen, ses os devaient s'entrechoquer de plaisir sous quelque pierre tombale poussiéreuse, dans la crypte d'une abbaye belge ou française, si l'écho de cette affaire arrivait jusqu'à lui. Sa mémoire allait enfin être réhabilitée. Quelques lignes seraient réécrites dans les livres d'histoire.

Elle regarda le tableau. Pratiquement toute la couche extérieure de vernis oxydé avait disparu, et avec elle le voile jaunâtre qui jusqu'alors troublait les couleurs. Débarrassé de son vernis, l'inscription mise au jour, il avait maintenant une luminosité et une perfection dans ses couleurs qui demeuraient parfaitement visibles même dans la pénombre. On devinait les contours extrêmement précis des personnages, d'une netteté et d'une concision parfaites, et l'équilibre qui caractérisait cette scène domestique, paradoxalement domestique, pensa Julia, était si représentatif d'un style et d'une époque que le tableau allait certainement atteindre un prix fabuleux aux enchères.

Paradoxalement domestique ; le concept était parfaitement juste. Rien ne faisait soupçonner dans ces deux graves chevaliers en train de jouer aux échecs, ni dans la dame vêtue de noir qui lisait, les yeux baissés, réservée, à côté de la fenêtre en ogive, le drame qui se nouait au fond de la scène, comme la racine tourmentée d'une plante gracieuse.

Elle observa le profil de Roger d'Arras penché sur l'échiquier, absorbé par cette partie dans laquelle sa vie s'en allait ; dans laquelle, en réalité, il était déjà mort. Avec son gorgerin d'acier autour du cou et son corselet qui lui donnaient l'allure de l'homme de guerre, du soldat qu'il avait été autrefois. Du guerrier avec les attributs duquel, peut-être revêtu d'une armure d'acier bruni comme celle du chevalier qui chevauchait à côté du Diable, il l'avait escortée, elle, vers le lit nuptial auquel la destinait la raison d'État. Elle la vit en pleine clarté, Béatrice, encore jeune fille, plus jeune que sur le tableau, quand l'amertume n'avait pas encore dessiné de rides autour de sa bouche, écartant furtivement les rideaux de la litière, rires étouffés de la gouvernante complice qui voyage avec elle, épiant avec admiration le crâne gentilhomme que sa renommée a précédé : l'ami de confiance de son futur époux, l'homme encore jeune qui, après s'être battu avec les lys de France contre le léopard anglais, a cherché la paix aux côtés de son compagnon d'enfance. Et elle devina que les yeux bleus, grands ouverts, avaient croisé un moment le regard serein et las du chevalier.

Impossible que quelque chose de plus que ce regard les eût jamais unis. Pour quelque raison confuse, par un tour inexplicable de l'imagination – comme si ces heures passées à travailler sur le tableau avaient établi un mystérieux fil conducteur entre elle et ce fragment du passé –, Julia contemplait, ou croyait contempler, la scène du Van Huys avec autant de familiarité que si elle avait vécu à côté des personnages, sans perdre le moindre détail de l'histoire. Le miroir rond du tableau qui reflétait en raccourci les joueurs la contenait elle aussi, de la même manière que le miroir de *Las Meninas* reflétait le couple royal en train de regarder – dans le tableau ou à l'extérieur ? – la scène représentée par Vélasquez, ou que le miroir des *Arnolfini* reflétait la présence, le regard attentif de Jan Van Eyck.

Elle sourit dans l'obscurité et se décida enfin à allumer sa cigarette. La lumière de l'allumette l'éblouit un instant et lui masqua *La Partie d'échecs* ; puis sa rétine se réhabitua peu à peu à la scène, aux personnages, aux couleurs. Elle-même, elle en avait maintenant la certitude, avait toujours été là-bas, depuis le début; depuis que Pieter Van Huys avait imaginé ce moment. Avant même que le maître flamand ne prépare dans les règles de l'art le carbonate de calcium et la colle animale dont il allait revêtir le panneau de chêne pour l'apprêter.

Béatrice, duchesse d'Ostenbourg. Une mandoline qu'un page gratte au pied de la muraille allume dans ses yeux posés sur le livre un éclair de mélancolie. Elle se souvient de sa jeunesse en Bourgogne, de ses espoirs et de ses rêves. Derrière la fenêtre qui encadre le très pur ciel des Flandres, un chapiteau de pierre recrée un vaillant saint Georges transperçant d'un coup de lance le dragon qui se tord sous les sabots de son cheval. Saint Georges, le détail n'échappe pas au regard implacable du peintre qui observe la scène – ni à Julia, qui elle observe le peintre –, a perdu avec le temps l'extrémité supérieure de sa lance, et à l'endroit où le pied droit, chaussé sans doute d'un éperon pointu, faisait autrefois un relief agressif, on ne voit plus maintenant qu'un moignon de pierre. C'est donc un saint Georges à moitié armé et bancal, son écu de pierre rongé par le vent et la pluie, qui extermine l'infâme dragon. Mais peut-être cette misère ne rend-elle que plus émouvant le personnage du chevalier qui rappelle à Julia, par une curieuse transposition d'idées, un martial soldat de plomb mutilé.

Béatrice d'Ostenbourg lit, elle qui malgré son mariage, à cause de son lignage et de l'orgueil de son sang, n'a jamais cessé d'être de Bourgogne. Elle lit un curieux ouvrage orné de clous d'argent, muni d'un signet de soie pour en marquer les pages, dont les lettrines sont de magnifiques miniatures enluminées par le maître du *Cœur d'Amour épris*, un livre intitulé *Poème de la dame et du chevalier* dont l'auteur est officiellement inconnu, mais dont tout le monde sait qu'il fut écrit presque dix ans plus tôt, à la cour du roi de France, Charles de Valois, par un chevalier ostenbourgeois du nom de Roger d'Arras:

« Madame, cette même rosée
laquelle au point du jour
distille en votre jardinet
et sur les roses nimbées de givre,
cette même rosée sur le champ de bataille
laisse tomber, comme des larmes,
des gouttes dans mon cœur,
et dans mes yeux, et sur mes armes... »

Parfois, ses yeux bleus aux lumineuses clartés flamandes quittent le livre pour se poser sur les deux hommes qui jouent la partie d'échecs autour de la table. L'époux médite, appuyé sur le coude gauche, tout en caressant distraitement du bout des doigts la Toison d'Or que son oncle par alliance, Philippe le Bon, mort à cette heure, lui a envoyée comme cadeau de noces et qu'il porte au cou, pendue à une lourde chaîne d'or. Fernand d'Ostenbourg doute, tend la main vers une pièce, la touche, semble se raviser, lance un regard d'excuse vers les yeux tranquilles de Roger d'Arras dont les lèvres dessinent un sourire courtois. « Qui touche joue, monseigneur », murmurent ses lèvres avec une pointe d'ironie amicale, et Fernand d'Ostenbourg, un peu honteux, hausse les épaules et déplace la pièce qu'il a touchée, car il sait que son adversaire devant l'échiquier est plus qu'un courtisan ; c'est un ami. Il change de place sur son escabelle et se sent malgré tout vaguement heureux, car il sait qu'il n'est pas mauvais d'avoir à côté de soi quelqu'un qui vous rappelle de temps à autre que certaines règles existent même pour les princes.

Les accents de la mandoline montent du jardin et arrivent à une autre fenêtre qui ne peut se voir depuis l'appartement ducal, une fenêtre qui ouvre sur l'atelier où Pieter Van Huys, peintre de cour, apprête un panneau de chêne composé de trois pièces que son apprenti vient d'encoller. Le vieux maître ne sait trop à quoi l'utiliser. Peut-être choisira-t-il un thème religieux auquel il songe depuis longtemps : une jeune Vierge, presque une enfant, versant des larmes de sang en contemplant, le regard douloureux, son giron déserté. Mais après quelques instants de réflexion, Van Huys secoue la tête et soupire, découragé. Il sait qu'il ne peindra jamais ce tableau. Personne ne le comprendrait comme il faut et il a déjà eu maille à partir avec le Saint-Office, bien des années plus tôt; ses membres décrépits ne résisteraient pas au chevalet de la chambre de torture. Avec ses doigts aux ongles salis de peinture, il gratte son crâne chauve sous son béret de laine. Il devient un vieillard et il le sait; les idées pratiques lui manquent, alors que l'assaillent les fantasmes confus de la raison. Pour les conjurer, il ferme un moment ses yeux fatigués et les rouvre devant le panneau de chêne toujours vierge, attendant l'idée qui lui donnera la vie. Dans le jardin résonne une mandoline; sans doute un page épris de quelque belle. Le peintre sourit intérieurement, trempe son pinceau dans la cassolette de terre cuite, continue à appliquer l'apprêt en fines couches, de haut en bas, en suivant le fil du bois. De temps en temps, il regarde par la fenêtre et se remplit les yeux de lumière, reconnaissant pour le timide rayon de soleil qui tombe en biais dans son atelier et réchauffe ses vieux os.

Roger d'Arras a dit quelque chose à voix basse et le duc rit de bon cœur, car il vient de prendre un cavalier. Et Béatrice d'Ostenbourg, ou de Bourgogne, trouve cette musique insupportablement triste. Elle est sur le point de demander à une dame de compagnie qu'on la fasse taire, mais elle se retient, car elle perçoit dans ses accents l'écho exact de l'angoisse qui envahit son cœur. Et à la musique se mêle le murmure amical des deux hommes qui jouent aux échecs, tandis qu'elle trouve d'une beauté angoissante le poème dont les lignes tremblent entre ses doigts. Et dans ses yeux bleus, venue de la même rosée qui recouvre la rose et les armes du chevalier, il y a une larme quand elle lève son regard qui croise celui de Julia en train d'observer en silence dans la pénombre. Et elle pense que le regard de cette jeune femme aux yeux sombres, à l'aspect méridional, semblable à certains de ces portraits qui viennent d'Italie, n'est que le reflet sur la surface ternie d'un miroir lointain de son propre regard fixe et douloureux. Et Béatrice d'Ostenbourg, ou de Bourgogne, croit être hors de cet appartement, de l'autre côté d'une vitre fumée, et de là elle se regarde elle-même, sous le saint Georges mutilé du chapiteau gothique, devant la fenêtre qui découpe un ciel bleu contrastant avec le noir de son vêtement. Et elle comprend qu'aucune confession ne lavera jamais son péché.

X

LA VOITURE BLEUE

> « C'était un méchant tour, dit Haroun le vizir. Montre-m'en un qui soit honnête. »
>
> *R. Smullyan*

D'humeur maussade, César haussa un sourcil sous le bord de son chapeau tout en balançant son parapluie. Puis il regarda autour de lui avec le dédain, atténué en un délicat ennui, dans lequel il avait coutume de se retrancher quand la réalité confirmait ses pires appréhensions. Il est vrai que le marché aux puces du Rastro n'avait rien d'accueillant ce matin-là. Le ciel était gris, la pluie menaçait et les propriétaires des stands installés dans les rues où se prolongeait le marché se préparaient à une averse. Par endroits, la promenade se transformait en un fastidieux parcours d'obstacles entre badauds, bâches et housses de plastique crasseuses tombant des éventaires.

– Tu sais, dit-il à Julia qui examinait une paire de chandeliers cabossés en laiton, posés par terre sur une couverture, nous perdons notre temps... Il y a des siècles que je ne trouve plus rien ici qui vaille la peine.

Ce n'était pas tout à fait exact, et Julia le savait. De temps en temps, grâce à son œil exercé, César déterrait dans ce monceau de scories qu'était le vieux marché, dans cet immense cimetière de rêves jetés à la rue par le ressac de naufrages anonymes, une perle oubliée, un petit trésor que le hasard avait voulu tenir caché aux yeux des autres : la coupe de cristal XVIIIe, le cadre ancien, la porcelaine miniature. Et une fois, dans une petite boutique minable de vieux livres et revues, deux belles pages capitulaires enluminées par un habile moine anonyme du XIIIe siècle que Julia avait restaurées et que l'antiquaire avait ensuite vendues pour une petite fortune.

Ils montèrent lentement vers la partie haute où, devant quelques immeubles lépreux, au fond de sombres cours communiquant entre elles grâce à des passages fermés par des grilles de fer, se trouvaient la plupart des boutiques spécialisées dans les antiquités que l'on pouvait considérer comme raisonnablement sérieuses ; même si, lorsqu'il parlait d'elles, César ne pouvait s'empêcher de faire un geste de prudence sceptique.

– À quelle heure dois-tu rencontrer ton rabatteur ?

César changea son parapluie de main – un objet de grand prix, au manche d'argent magnifiquement ciselé –, puis il remonta la manchette gauche de sa chemise pour jeter un coup d'œil à la montre en or qu'il portait au poignet. Il était très élégant avec son grand chapeau de feutre havane décoré d'un ruban de soie et son manteau en poil de chameau jeté sur ses épaules, un foulard au col ouvert de sa chemise de soie. Toujours frôlant les limites, mais sans jamais les dépasser.

– Dans un quart d'heure. Nous avons le temps.

Ils flânèrent un peu parmi les étalages. Sous les yeux moqueurs de César, Julia s'intéressa à un plat en bois peint, paysage aux couleurs jaunies et au dessin naïf qui représentait une scène rurale : une charrette tirée par des bœufs qui s'éloignait sur un chemin bordé d'arbres.

– Tu ne vas pas acheter cette chose, ma chérie, fit l'antiquaire en détachant chaque syllabe pour mieux savourer son indignation. C'est ignoble... Et tu ne marchandes même pas ?

Julia ouvrit le sac qu'elle portait en bandoulière et en sortit son porte-monnaie, sans écouter les protestations de César.

– De quoi te plains-tu ? dit-elle pendant qu'on enveloppait le plat dans du papier journal. Je t'ai toujours entendu dire que les gens comme il faut ne discutent jamais les prix : ils paient rubis sur l'ongle, ou ils s'en vont la tête haute.

– Cette règle ne s'applique pas ici – César jetait autour de lui un œil professionnel manifestement dédaigneux, pinçant le nez devant la vision plébéienne de ces étalages de brocante. Pas avec ces gens.

Julia glissa le paquet dans son sac.

– Tu aurais quand même pu avoir la gentillesse de m'en faire cadeau... Quand j'étais petite, tu me passais tous mes caprices.

– Quand tu étais petite, je t'ai trop gâtée. Et de plus, je refuse absolument de payer un sou pour un objet aussi vulgaire.

– La vérité, c'est que tu es devenu radin. Question d'âge.

– Tais-toi, vipère – le bord de son chapeau jeta une ombre sur le visage de l'antiquaire quand il se pencha pour allumer une cigarette devant la devanture d'une boutique remplie de poussiéreuses poupées d'époque. – Plus un mot, ou je te déshérite.

D'en bas, Julia le vit monter dignement le petit escalier, tenant en l'air son fume-cigarette d'ivoire, avec cette expression que César prenait souvent, à la fois dédaigneuse et fatiguée, l'air languide de celui qui n'attend pas grand-chose au bout du chemin, sans que cela l'empêche, pour une simple question d'esthétique, de le parcourir tout entier avec autant de dignité que possible. Comme Charles Ier montant à l'échafaud, faisant presque une faveur au bourreau, le *souvenez-vous* déjà au bord des lèvres, prêt à se faire décapiter de profil, fidèle à son effigie frappée sur les pièces de monnaie. Son sac serré contre elle, précaution nécessaire à cause des pickpockets, Julia se promena parmi les étalages. Mais il y avait trop de monde et elle décida de revenir sur ses pas, vers le grand escalier du haut duquel on dominait la place et la rue principale du marché, mer de bâches sous lesquelles fourmillaient les passants.

Elle avait une heure devant elle avant de retrouver César dans un petit café de la place, entre une boutique d'instruments de marine et un fripier spécialisé dans les surplus de l'armée. Elle alluma une Chesterfield, s'accouda sur la rampe et se mit à fumer, immobile, en regardant passer les gens. En bas de l'escalier, assis au bord d'une fontaine de pierre jonchée de papiers gras, de pelures de fruits et de boîtes de bière vides, un jeune homme blond à cheveux longs, vêtu d'un poncho, jouait des mélodies andines sur une petite flûte de roseau. Elle écouta quelques instants la musique, puis laissa errer son regard sur le marché dont la rumeur lui arrivait assourdie par la hauteur. Elle resta ainsi jusqu'à ce qu'elle termine sa cigarette, puis elle descendit l'escalier en s'arrêtant devant la vitrine aux poupées. Certaines étaient nues, d'autres habillées – pittoresques costumes de paysannes, vêtements romantiques tarabiscotés, gants, chapeaux, ombrelles. Certaines des petites filles, d'autres des femmes adultes. Certaines avec des traits vulgaires, d'autres des expressions infantiles, ingénues, perverses... Les bras, les mains à moitié levées en un mouvement imaginaire, en diverses postures, comme surprises ainsi par le souffle froid du temps passé depuis que leur propriétaire les avait abandonnées ou vendues, ou depuis qu'elle était morte. Petites filles qui finirent par être des femmes, pensa Julia, belles ou dépourvues d'attraits, qui plus tard, un jour, aimèrent ou peut-être furent aimées, qui avaient caressé ces corps de chiffon, de carton et de porcelaine avec des mains maintenant disparues dans la poussière des cimetières. Mais toutes ces poupées avaient survécu à leurs propriétaires ; témoins muets, immobiles, qui gardaient dans leurs rétines imaginaires l'image des scènes domestiques oubliées, déjà effacées du temps et de la mémoire des vivants. Tableaux fanés ébauchés entre des brumes nostalgiques, moments d'intimité familiale, de chansons enfantines, d'embrassements amoureux. Et aussi de larmes et de chagrins, de songes réduits en cendres, de décadence et de tristesse. Peut-être même de méchanceté. Il y avait quelque chose de troublant dans cette multitude d'yeux de verre et de porcelaine qui la regardaient sans baisser les paupières, avec la sagesse hiératique que seul possède le temps, des yeux immobiles incrustés dans ces visages pâles de cire ou de carton, à côté des vêtements que le temps avait obscurcis jusqu'à donner un aspect terne et sale aux dentelles et broderies. Et leurs cheveux, peignés ou en désordre, cheveux naturels – cette pensée la fit frissonner – qui avaient appartenu à des femmes vivantes. Une mélancolique association d'idées lui vint à l'esprit, souvenir d'un fragment de poème qu'elle avait entendu César réciter des années plus tôt :

Si l'on avait gardé tous les cheveux
Des femmes aujourd'hui mortes...

Elle eut du mal à détourner le regard de la vitrine où se réfléchissaient les lourds nuages gris qui assombrissaient la ville. Et lorsqu'elle se retourna, prête à poursuivre son chemin, elle vit Max. Elle faillit même le bousculer au milieu de l'escalier. Habillé d'une grosse marinière bleue dont le col relevé cachait presque sa queue de cheval, il regardait derrière lui comme s'il s'éloignait de quelqu'un dont la présence l'inquiétait.

– Quelle surprise ! dit-il en souriant avec cette expression de jeune loup qui plaisait tant à Menchu, avant d'échanger des banalités sur le temps exécrable et la cohue du marché.

Au début, il ne donna aucune explication sur sa présence, mais Julia vit qu'il était vigilant, furtif même, comme s'il attendait quelque chose ou quelqu'un. Peut-être Menchu, puisqu'ils avaient rendez-vous non loin de là comme il le lui expliqua par la suite : une histoire compliquée de cadres d'occasion qui, une fois réparés – Julia s'était chargée bien des fois de ce genre de travail –, mettraient en valeur certaines toiles exposées dans la galerie.

Max ne lui était pas sympathique, ce qu'elle attribuait à la gêne qu'elle ressentait toujours en sa présence. Par contraste avec les relations totalement naturelles qu'elle entretenait avec son amie Menchu, il y avait quelque chose en lui, entrevu dès le moment où ils avaient fait connaissance, qui déplaisait souverainement à la jeune femme. César, dont la fine intuition féminine ne se trompait jamais, disait souvent que Max, à part d'être un vraiment beau spécimen, avait en lui quelque chose d'indéfinissable, de mesquin, qui transparaissait dans son sourire faux, dans la façon insolente dont il regardait Julia. Le regard de Max était de ceux qu'on ne soutient pas trop longtemps, mais quand Julia l'oubliait, le coup d'œil suivant le lui rappelait aussitôt, rusé, aux aguets, fuyant et en même temps pénétrant. Ce n'était pas un de ces regards qui errent çà et là avant de se poser tranquillement sur la personne qui est l'objet de leur attention, comme celui de Paco Montegrifo, mais de ceux que l'on devine fixes quand ils croient que personne ne s'en aperçoit et qui se détournent dès qu'ils se sentent observés. « Le regard de quelqu'un qui a l'intention, au minimum, de voler ton portefeuille », avait dit un jour César à propos de l'amant de Menchu. Et Julia, qui n'avait fait qu'esquisser un geste pour reprocher à l'antiquaire sa méchanceté, dut admettre intérieurement qu'il avait parfaitement raison.

Mais il y avait encore d'autres aspects troubles dans son attitude. Julia savait que ces regards ne recelaient pas seulement de la curiosité. Sûr de son physique, Max se conduisait souvent, en l'absence de Menchu ou quand elle avait le dos tourné, d'une façon insinuante et calculée. Tous les doutes qu'elle aurait pu avoir à ce sujet disparurent un soir qu'elle était chez Menchu, très tard. La conversation languissait quand son amie sortit un moment de la pièce pour chercher des glaçons. Max, penché audessus de la table basse où se trouvaient les verres, avait pris celui de Julia et l'avait porté à sa bouche. Pas plus. Et effectivement, il n'y aurait pas eu davantage dans son geste si, au moment de reposer le verre sur la table, il n'avait pas regardé la jeune femme l'espace d'une seconde à peine avant de se passer la langue sur les lèvres et de sourire avec une expression cynique qui disait : dommage que les circonstances ne me permettent pas de pénétrer plus loin ton intimité. Naturellement, Menchu n'en avait jamais rien su et Julia aurait préféré se couper la langue plutôt que de lui faire une confidence qui aurait eu l'air parfaitement ridicule exprimée à haute voix. Si bien que, depuis l'incident du verre, elle avait adopté à l'égard de Max l'unique attitude possible : un mépris absolu lorsque les circonstances l'obligeaient à s'adresser à lui. Une froideur calculée pour marquer les distances quand ils se rencontraient, comme ce matin au Rastro, face à face et sans témoin.

– J'ai du temps avant mon rendez-vous avec Menchu,

dit-il en faisant danser sur son visage ce sourire satisfait que Julia détestait tant. Tu prendrais un verre ?

Elle le regarda fixement avant de secouer lentement la tête, délibérément.

– J'attends César.

Le sourire de Max s'accentua. Il savait parfaitement que l'antiquaire lui non plus ne le tenait pas en très haute estime.

– Dommage, murmura-t-il. Nous n'avons pas souvent l'occasion de nous rencontrer comme aujourd'hui... Je veux dire : seuls.

Julia se contenta de hausser les sourcils en regardant autour d'elle, comme si elle attendait César d'un moment à l'autre. Max suivit son regard, puis haussa les épaules sous sa marinière bleu foncé.

– Je dois retrouver Menchu en bas, à côté de la statue du soldat, dans une demi-heure. Si ça te dit, nous pouvons prendre quelque chose ensemble plus tard – il fit une pause exagérée pour ajouter, en pesant ses mots : tous les quatre.

– On verra ce qu'en dit César.

Elle le regarda qui s'éloignait dans la foule en faisant rouler ses larges épaules, jusqu'à le perdre de vue. Comme en d'autres occasions, elle restait avec la désagréable impression de ne pas avoir su marquer son territoire ; comme si, malgré son refus, Max avait réussi une fois de plus à violer son intimité, comme le jour de l'incident du verre. Fâchée contre elle-même, mais sans trop savoir quoi se reprocher, elle alluma une autre cigarette et aspira brusquement une bouffée. Il y avait des moments, se dit-elle, où elle donnerait n'importe quoi pour avoir la force de casser la belle gueule d'étalon satisfait de ce Max.

Elle se promena un quart d'heure parmi les éventaires avant de se rendre au café. Elle pensait se distraire dans le tohu-bohu qui l'entourait, les cris des vendeurs, le mouvement confus de la foule, mais son front restait soucieux et son regard absent. Elle avait oublié Max ; c'était autre chose qui la tracassait. Le tableau, la mort d'Álvaro, la partie d'échecs, revenaient comme une obsession, lui posaient des questions sans réponses. Peut-être le joueur invisible était-il tout près lui aussi, dans la foule, en train de l'épier tandis qu'il préparait le coup suivant. Elle regarda autour d'elle, méfiante, puis serra sur son ventre son sac de cuir où se trouvait le pistolet de César. La situation était tellement atroce qu'elle en était absurde. Ou peut-être était-ce le contraire : tellement absurde qu'elle en était atroce.

De vieilles tables de marbre et de fer forgé encombraient le café au parquet encaustiqué. Julia commanda une boisson gazeuse et resta très tranquille, à côté de la vitrine embuée, essayant de ne penser à rien, jusqu'à ce que la vague silhouette de l'antiquaire apparaisse au bout de la rue, estompée par la condensation qui recouvrait la vitre. Elle se précipita à sa rencontre comme un enfant qui veut se faire consoler, ce qui d'ailleurs n'était pas loin de la réalité.

– Toujours plus jolie, la complimenta César avec une admiration affectée, les mains sur les hanches, planté en plein milieu de la rue pour se donner en spectacle. Comment fais-tu, ma fille ?

– Ne sois pas idiot – elle le prit par le bras, envahie par un immense soulagement. Il y a une heure à peine que nous nous sommes quittés.

– C'est justement ce que je dis, princesse – l'antiquaire avait baissé la voix, comme s'il susurrait des secrets. Tu es la seule femme que je connaisse qui soit capable d'embellir en l'espace de soixante minutes... Si tu as un truc, nous devrions le faire breveter. Je suis sérieux.

– Idiot.

– *Bellissima.*

Ils descendirent la rue vers l'endroit où la voiture de Julia était garée. En chemin, César la mit au courant de l'opération qu'il venait de conclure avec succès : une *Mater dolorosa* qu'on pourrait attribuer à Murillo si l'acheteur n'était pas trop exigeant et un secrétaire Biedermeier, signé Virienichen et daté de 1832, en mauvais état mais authentique ; rien que ne puisse réparer un bon ébéniste. Deux véritables aubaines, achetées à un prix raisonnable.

– Surtout le secrétaire, petite princesse – César balançait son parapluie, enchanté de son coup. Tu sais qu'il existe une classe sociale, bénie soit-elle, qui ne peut vivre sans le lit qui a appartenu à Eugénie de Montijo, ou le bureau sur lequel Talleyrand signait ses parjures... Et une nouvelle bourgeoisie de parvenus dont le meilleur symbole de succès, lorsqu'elle veut les imiter, est un Biedermeier... Ils arrivent et t'en demandent un sans autre préambule, sans préciser s'ils cherchent une table ou un secrétaire ; ce qu'ils veulent, c'est un Biedermeier, à tout prix, n'importe quoi. Il y en a même qui croient aveuglément à l'existence historique du pauvre monsieur Biedermeier et qui sont très surpris de voir le meuble signé par un autre... Ils commencent par sourire, désarçonnés, puis ils font comme s'ils avaient compris et me demandent si je n'ai pas un autre Biedermeier *authentique*, soupira l'antiquaire, manifestement découragé par cette triste époque. S'ils n'avaient pas leurs chéquiers, je t'assure que j'en enverrais plus d'un chez les Grecs.

– Tu l'as fait plusieurs fois, si je ne me trompe pas.

César soupira de nouveau et fit une grimace navrée.

– Mon côté un peu coquin, chérie. Il m'arrive de perdre les pédales, si j'ose dire, mon côté reine mère scandalisée... Comme Jekyll et Mr. Hyde. Encore heureux que presque plus personne ne connaisse les Grecs.

Ils arrivèrent devant la voiture de Julia, garée dans une impasse, au moment où la jeune femme racontait sa rencontre avec Max. La seule mention de son nom suffit pour que César plisse le front sous le bord de son chapeau qu'il portait coquettement incliné sur le côté.

– Je suis heureux de ne pas avoir vu ce proxénète, siffla-t-il. Il continue ses perfides insinuations ?

– À peine. Je crois qu'au fond il a peur que Menchu l'apprenne.

– C'est là où le bât blesse cette canaille. Le nerf de la guerre. – César fit le tour de la voiture en direction de la portière de droite. Tiens ! Nous avons une contravention.

– Non, ce n'est pas possible !

– Mais si, parfaitement. Regarde le petit papier, sur le parebrise – l'antiquaire frappait le bout de son parapluie par terre, agacé. On croit rêver. En plein Rastro, et la police perd son temps à distribuer des contraventions, au lieu de courir après les voleurs et la racaille, comme c'est son devoir... Quelle honte – il parlait très fort en regardant autour de lui, d'un air provocateur. Quelle honte !

Julia jeta une bombe d'aérosol vide que quelqu'un avait posée sur le capot de la voiture et prit le papier, en réalité une fiche de bristol du format d'une carte de visite. Elle se figea tout à coup, comme frappée par la foudre. Son visage dut changer d'expression car César la regarda, inquiet, et se précipita vers elle.

– Petite, tu es toute pâle... Qu'est-ce qui se passe ?

Il lui fallut quelques secondes pour répondre et, quand elle le fit, elle ne reconnut pas sa propre voix. Elle avait terriblement envie de prendre ses jambes à son cou, de se réfugier dans un endroit chaud et sûr, pour se cacher la tête, pour fermer les yeux, se sentir à l'abri.

– Ce n'est pas une contravention, César.

Elle tenait la carte entre ses doigts et l'antiquaire lança un juron absolument incongru dans la bouche d'une personne aussi bien élevée que lui. Car sur le bristol, avec un sinistre laconisme, en caractères que tous les deux connaissaient déjà bien, quelqu'un avait tapé un message à la machine :

... *Pa7* x *Tb6*

Elle sentit que sa tête tournait tandis qu'elle regardait, ahurie, autour d'elle. L'impasse était déserte. La personne la plus proche était une vendeuse d'images pieuses, assise au coin de la rue sur une chaise de paille, vingt mètres plus loin, les yeux fixés sur les gens qui passaient devant sa marchandise étalée par terre.

– Il était ici, César... Tu comprends ?... Il était ici.

Elle se rendit compte qu'il y avait de la peur dans sa voix, mais pas de surprise. Une peur – cette prise de conscience lui vint comme en vagues d'une tristesse infinie –, non plus déjà de l'imprévu, mais qui se transformait en une sorte de lugubre résignation ; comme si le joueur mystérieux, sa présence proche et menaçante, se cristallisait en une malédiction irrémédiable avec laquelle il lui faudrait vivre le restant de ses jours. En supposant, se dit-elle avec une cruelle lucidité, qu'il lui restât encore longtemps à vivre.

César retournait la carte, le visage décomposé. L'indignation l'empêchait presque de parler :

– Ah, la canaille… l'infâme…

Tout à coup, Julia cessa de penser à la carte. Elle se souvint de la bombe vide qu'elle avait trouvée sur le capot. Elle la ramassa, sentant en se baissant qu'elle naviguait au milieu des nuages d'un rêve, mais elle parvint à fixer suffisamment son attention sur l'étiquette pour comprendre de quoi il s'agissait. Elle secoua la tête, déconcertée, avant de montrer la bombe à César. De plus en plus absurde.

– Qu'est-ce que c'est ? demanda l'antiquaire.

– Un aérosol pour réparer les crevaisons… Tu pulvérises dans la valve et le pneu se gonfle. C'est une sorte de pâte blanche qui bouche le trou par l'intérieur.

– Et qu'est-ce que ça fait là ?

– J'aimerais bien le savoir.

Ils examinèrent les pneus. Rien d'anormal du côté gauche. Julia fit le tour de la voiture pour regarder les deux autres roues. Tout était en ordre. Mais, au moment où elle allait jeter la bombe dans le caniveau, un détail attira son attention : le capuchon de la valve du pneu arrière droit avait disparu et une bulle blanche sortait par l'orifice.

– Quelqu'un a gonflé le pneu, conclut César après avoir regardé, très surpris, la bombe vide. Il était peut-être crevé.

– Pas quand j'ai laissé la voiture, répondit la jeune femme, et tous les deux se regardèrent, remplis de noirs pressentiments.

– Ne monte pas, dit César.

La marchande d'images pieuses n'avait rien vu. Beaucoup de monde passait par là et il fallait bien qu'elle s'occupe de son commerce, expliqua-t-elle en étalant soigneusement sur le trottoir des Sacrés-Cœurs, des saints Pancrace et des Vierges de tous genres et tous modèles. Dans l'impasse, elle n'était pas sûre. Un voisin peut-être, trois ou quatre personnes depuis une heure.

– Vous vous souvenez de quelqu'un en particulier ? – César avait ôté son chapeau et se penchait vers la marchande, manteau jeté sur les épaules, parapluie sous le bras ; le portrait tout craché d'un vrai monsieur, dut penser la marchande, même si ce foulard de soie qu'il portait au cou était peut-être un peu voyant pour un homme de son âge.

– Je ne crois pas – la vendeuse s'emmitoufla dans son

châle de laine et fit mine d'essayer de se souvenir. Si, une dame, il me semble. Et des jeunes.

– Vous vous souvenez de quoi ils avaient l'air ?

– Vous savez : des jeunes. Blousons de cuir, blue-jeans…

Julia sentait une idée absurde aller et venir dans sa tête. Mais les limites de l'impossible s'étaient singulièrement élargies ces derniers jours.

– Vous avez vu quelqu'un avec une marinière bleu foncé ? Je veux parler d'un homme de vingt-huit ou trente ans, grand, avec une queue de cheval…

La marchande ne se souvenait pas d'avoir vu Max. Pour la femme, oui, elle l'avait regardée, parce qu'elle s'était arrêtée un moment devant ses images pieuses et qu'elle pensait qu'elle allait lui en acheter une. Blonde, d'âge moyen, bien habillée. Mais elle ne la voyait pas en train de forcer une voiture, ce n'était pas le genre. Elle portait un imperméable.

– Avec des lunettes de soleil ?

– Oui.

César lança un regard grave à Julia.

– Il n'y a pas de soleil aujourd'hui, dit-il.

– Je le sais bien.

– C'est peut-être la femme des documents – César fit une pause et ses yeux se durcirent. Ou Menchu.

– Ne dis pas de bêtises.

L'antiquaire tourna la tête et jeta un coup d'œil aux gens qui passaient à côté d'eux.

– Tu as raison. Mais tu as bien pensé à Max.

– Max… C'est différent…

Son visage s'assombrit quand elle regarda au bout de la rue, comme si Max ou la blonde à l'imperméable s'y trouvait encore. Et ce qu'elle vit, en plus de lui couper net la parole, la fit sursauter comme si elle avait reçu un coup dans le dos. Non, il n'y avait aucune femme répondant à ce signalement ; mais, parmi les bâches et les plastiques des marchands, il y avait bel et bien une voiture garée au coin. Une voiture bleue.

De là où elle se trouvait, Julia ne pouvait savoir s'il s'agissait d'une Ford, mais son sang ne fit qu'un tour. S'écartant de la marchande d'images pieuses, devant un

César médusé, elle fit quelques pas sur le trottoir puis, après avoir contourné un ou deux étalages de brocante, elle s'arrêta, les yeux braqués vers le coin de la rue, dressée sur la pointe des pieds pour mieux voir. C'était une Ford bleue aux glaces teintées. Elle ne pouvait voir la plaque d'immatriculation, pensa-t-elle confusément, mais pour une seule matinée, les coïncidences étaient quand même bien nombreuses: Max, Menchu, la carte sur le pare-brise, la bombe vide, la femme à l'imperméable, et maintenant la voiture qui était devenue un élément clé de son cauchemar. Elle sentit que ses mains tremblaient et elle les enfonça dans les poches de son blouson tandis qu'elle devinait derrière elle la présence rassurante de l'antiquaire.

– C'est la voiture, César. Tu comprends?... Je ne sais pas qui c'est, mais il est dedans.

César ne répondit rien. Il ôta lentement son chapeau qu'il jugeait peut-être inapproprié dans les circonstances et regarda Julia. La jeune femme ne l'avait jamais autant aimé, ce César qui serrait les lèvres et qui avançait maintenant le menton, ses yeux bleus à moitié fermés, un éclat dur qu'elle ne lui connaissait pas entre les paupières. Les traits fins de son visage méticuleusement rasé s'étaient tendus et les muscles saillaient des deux côtés de sa mâchoire. Il était peut-être homosexuel, disaient ses yeux; et aussi un homme de bonnes manières, peu enclin à la violence. Mais il n'avait absolument rien d'un poltron. Du moins, quand il s'agissait de sa princesse.

– Attends-moi, dit-il.

– Non. On y va ensemble – elle le regarda avec tendresse. Un jour, elle l'avait embrassé sur les lèvres, pour jouer, comme quand elle était petite. Et elle eut envie de le faire à nouveau; mais cette fois, ce n'était plus un jeu. – Toi et moi.

Elle glissa la main dans son sac et arma le Derringer. César, très calme, mit son parapluie sous son bras, s'approcha d'un étalage et s'empara d'un énorme tisonnier, comme s'il choisissait une canne.

– Vous permettez? dit-il au marchand surpris en lui glissant dans la main le premier billet qu'il sortit de son portefeuille. Puis il regarda tranquillement Julia:

– Pour une fois, ma chère, permets-moi de passer devant toi.

Et ils se dirigèrent vers la voiture en se cachant derrière les stands des marchands forains; Julia la main dans son sac, César le tisonnier dans sa main droite, son parapluie et son chapeau dans la gauche. Le cœur de la jeune femme battait la chamade quand elle réussit à voir la plaque d'immatriculation. Plus aucun doute: Ford bleue, glaces teintées, les lettres TH. Bouche sèche, estomac noué, Peter Blood devait se sentir comme moi, pensa-t-elle, avant de se lancer à l'abordage.

Ils arrivèrent au coin de la rue et tout alla très vite. Dans la voiture, quelqu'un avait baissé la glace du côté du conducteur pour jeter un mégot. César laissa tomber par terre son chapeau et son parapluie, leva le tisonnier et s'avança vers le côté gauche du véhicule, prêt à tuer des pirates s'il le fallait, ou quiconque se trouvait dans l'auto. Julia, les dents serrées, les tempes battantes, se mit à courir, sortit son pistolet de son sac et glissa le canon par la fenêtre, avant que les occupants de la voiture aient eu le temps de remonter la vitre. Un visage inconnu apparut devant le canon du pistolet: un homme jeune et barbu qui regardait l'arme avec des yeux épouvantés. Son voisin se retourna en sursautant quand César ouvrit l'autre porte, brandissant d'un air menaçant le tisonnier.

– Sortez! Sortez! criait Julia, au bord de la crise de nerfs.

Le visage défiguré par la peur, le barbu leva les mains en écartant les doigts, suppliant.

– Calmez-vous, mademoiselle! bafouilla-t-il. Pour l'amour de Dieu, calmez-vous... Nous sommes de la police!

– Je reconnais, dit l'inspecteur principal Feijoo en croisant les mains sur son bureau, que jusqu'à présent nous n'avons pas été très efficaces dans cette affaire...

Il laissa sa phrase en suspens et sourit placidement à César, comme si ce manque d'efficacité de la police justifiait tout. Entre gens du monde, semblait dire son regard, on peut se permettre une certaine autocritique constructive.

Mais César n'était pas d'humeur à en rester là.

– C'est une façon, dit-il dédaigneusement, de qualifier ce que d'autres appelleraient de l'incompétence pure et simple.

Le sourire décomposé de Feijoo montra qu'il avait été touché au vif. Ses dents apparurent sous sa moustache fournie et mordirent sa lèvre inférieure. Il regarda l'antiquaire, puis Julia, avant de se mettre à tambouriner nerveusement sur son bureau avec un stylobille bon marché. Face à César, il n'avait d'autre choix que de faire bien attention où il mettait les pieds ; et tous les trois savaient parfaitement pourquoi.

– La police a ses méthodes.

Des mots, encore des mots, et César s'impatientait, cruel. Ce n'était pas parce qu'il faisait affaire avec Feijoo qu'il était obligé de lui témoigner de la sympathie. Moins encore après l'avoir surpris en train de jouer à ce vilain jeu.

– Si ces méthodes consistent à faire suivre Julia pendant qu'un fou se promène dans la nature en envoyant des messages anonymes, je préfère ne pas dire ce que je pense de vos méthodes – il se tourna vers la jeune femme, puis regarda de nouveau l'inspecteur. – Je n'arrive même pas à comprendre que vous la considériez comme suspecte dans la mort du professeur Ortega... Pourquoi n'avez-vous pas enquêté sur moi, tant qu'à faire ?

– Mais nous l'avons fait. – Piqué par l'impertinence de César, l'inspecteur rongeait son frein. À vrai dire, nous enquêtons sur tout le monde – il montra les paumes de ses mains, acceptant la responsabilité de ce qu'il était prêt à qualifier de monumentale bavure. C'est le travail, voyez-vous.

– Et vous avez trouvé quelque chose ?

– J'ai le regret de vous dire que non. – Feijoo se gratta l'aisselle sous sa veste et changea de position dans son fauteuil, mal à l'aise. Pour être franc, nous ne sommes pas plus avancés qu'au début... Les médecins légistes eux non plus ne sont pas d'accord sur les causes de la mort d'Álvaro Ortega. Notre espoir, s'il y a vraiment un assassin, c'est qu'il commette une erreur.

– Et c'est pour cette raison que vous m'avez suivie ? demanda Julia, encore furieuse. Elle était assise, son sac serré contre son ventre, une cigarette entre les doigts. Pour voir si c'était moi qui faisais une erreur ?

L'inspecteur la regarda d'un air revêche.

– Ne le prenez pas tellement à cœur. Simple routine... Une tactique policière comme une autre.

César haussa un sourcil.

– Comme tactique, elle ne paraît pas très prometteuse. Ni très rapide.

Feijoo ravala sa salive et son amour-propre. En ce moment, pensa Julia avec une jubilation malveillante, l'inspecteur reniait de toute son âme ses inavouables relations commerciales avec l'antiquaire. Il suffisait que César ouvre la bouche dans un ou deux endroits bien choisis pour que, sans accusation directe ni paperasserie officielle, de cette façon discrète dont les choses se font à un certain niveau, l'inspecteur principal achève sa carrière dans un obscur bureau d'un lointain commissariat. Comme simple gratte-papier.

– Ce que je peux vous assurer, dit-il enfin, lorsqu'il eut à peu près digéré la boule qu'il avait en travers de l'estomac, comme le montrait clairement son visage, c'est que nous allons continuer l'enquête – il parut se souvenir de quelque chose, à regret. Et naturellement, la demoiselle bénéficiera d'une protection spéciale.

– Pas question, répondit Julia, pour qui l'humiliation de Feijoo ne suffisait pas à lui faire oublier la sienne. Plus de voiture bleue, s'il vous plaît. Assez.

– Il s'agit de votre sécurité, mademoiselle.

– Vous avez vu que je peux me protéger toute seule.

L'inspecteur détourna les yeux. Il devait avoir encore la gorge éraillée après la colère qu'il avait piquée, quelques minutes plus tôt, contre les deux inspecteurs qui s'étaient laissé surprendre comme des débutants. « Jean-foutre ! hurlait-il... Flics de merde, flics du dimanche !... Vous m'avez fait prendre le cul nu ! Et vous allez me le payer !... » César et Julia l'avaient entendu derrière la porte, tandis qu'ils attendaient dans le couloir du commissariat.

– Puisque vous en parlez..., commença-t-il après un long instant de réflexion. Manifestement, il avait livré un dur combat intérieur, devoir ou opportunisme, avant de s'effondrer sous le poids de ce dernier. – Compte tenu des circonstances, je ne crois pas que... Je veux dire que ce pistolet... – il avala sa salive avant de regarder César. – Après tout, il s'agit d'une pièce de collection, pas d'une arme moderne proprement dite. Et vous, en tant qu'antiquaire, vous avez le permis voulu... – il regardait le dessus de son bureau. Sans doute songeait-il à la dernière pièce, une pendule XVIIIe, que César lui avait payée un bon prix quelques semaines plus tôt. – Pour ma part, et je parle aussi au nom des deux inspecteurs en cause… – il souriait jaune, conciliant. Je veux dire que nous sommes prêts à passer l'éponge. Vous, don César, vous récupérez votre Derringer, mais en me promettant que vous le surveillerez mieux à l'avenir. De son côté, la demoiselle nous tient au courant s'il y a du nouveau et, naturellement, elle nous téléphone immédiatement si elle croit voir quelque chose d'anormal. Et je ne veux plus rien savoir de ce pistolet… Je me fais bien comprendrc ?

– Parfaitement, répondit César.

– Bien… – la concession qu'il venait de faire à propos du pistolet semblait lui avoir donné un peu d'ascendant moral, si bien que Feijoo se sentait plus détendu lorsqu'il se retourna vers Julia. – Pour votre pneu, il faudrait savoir si vous désirez porter plainte.

Elle le regarda, surprise.

– Une plainte ?… Contre qui ?

L'inspecteur principal attendit avant de répondre, comme s'il espérait que Julia devinerait toute seule la réponse.

– Contre X, dit-il. Tentative de meurtre.

– Celui d'Álvaro ?

– Le vôtre – les dents de l'inspecteur apparurent de nouveau sous sa moustache. Parce que, quelle que soit la personne qui envoie ces cartes, ses intentions sont un peu plus sérieuses que de jouer simplement aux échecs. L'aérosol avec lequel on a gonflé votre pneu après l'avoir dégonflé s'achète dans n'importe quel magasin d'accessoires automobiles… Mais celui-ci avait été partiellement rempli d'essence avec une seringue… Ce mélange, l'essence et la mousse plastique de la bombe, devient très explosif à partir d'une certaine température… Il aurait suffi de faire quelques centaines de mètres pour que le pneu chauffe et explose juste au-dessous du réservoir d'essence. La voiture se serait enflammée comme une torche, vous à l'intérieur – il souriait toujours, enchanté, avec une mauvaise foi évidente, comme si leur raconter tout cela était pour lui une douce revanche qu'il s'était réservée jusque-là… Terrible, n'est-ce pas ?

Le joueur d'échecs entra dans le magasin de César une heure plus tard, les oreilles émergeant au-dessus du col de sa gabardine, les cheveux mouillés. On aurait dit un chien errant, squelettique, pensa Julia en le regardant secouer son imperméable pour en faire tomber les gouttes de pluie sur le seuil de la porte, entouré de tapis, de porcelaines et de tableaux qu'il n'aurait pu se payer avec son salaire d'une année. Muñoz serra la main de la jeune femme – une poignée de main brève et sèche, sans chaleur, un simple contact qui n'engageait à rien –, puis il salua César en inclinant la tête. Ensuite, tandis qu'il essayait de ne pas tacher les tapis avec ses chaussures trempées, il écouta sans sourciller le récit de l'aventure du Rastro. De temps en temps, il hochait vaguement la tête, comme si l'histoire de la Ford bleue et du tisonnier de César ne l'intéressait pas le moins du monde. Ses yeux éteints ne reprirent vie que lorsque Julia sortit la carte de son sac et la posa devant lui. Quelques instants plus tard, il avait déplié son petit échiquier dont ils ne l'avaient pas vu se séparer au cours des derniers jours, et il étudiait la nouvelle position des pièces.

– Ce que je ne comprends pas, dit Julia qui regardait par-dessus son épaule, c'est pourquoi il a laissé la bombe vide sur le capot. Nous allions forcément la voir... À moins qu'il n'ait été surpris.

– Peut-être s'agissait-il seulement d'un avertissement, suggéra César, assis dans son fauteuil de cuir, sous la verrière. Un avertissement de très mauvais goût.

– Alors, elle s'est donné vraiment beaucoup de mal. Préparer la bombe, dégonfler le pneu, le regonfler... Sans compter qu'elle risquait de se faire voir – elle comptait sur ses doigts, incrédule. C'est assez ridicule – fit-elle une grimace, surprise de ce qu'elle venait de dire... Vous vous rendez compte ? Voilà que je parle de notre joueur invisible au féminin, comme si c'était une femme... La mystérieuse dame à l'imperméable me trotte dans la tête.

– Nous cherchons peut-être midi à quatorze heures, intervint César. Si tu réfléchis bien, ce matin, au Rastro, il y avait des dizaines de blondes en imperméable. Certaines devaient même avoir des lunettes de soleil...

Mais tu as raison pour ce qui est de la bombe vide. Sur le capot, tellement visible… C'est vraiment grotesque.

– Peut-être pas tant que ça, dit Muñoz.

César et Julia le regardèrent. Le joueur d'échecs était assis sur un tabouret devant la table basse où il avait posé son échiquier. Il avait enlevé sa gabardine et sa veste, laissant voir sa chemise bon marché et froissée. Des ourlets aux coudes raccourcissaient les manches. Il avait parlé sans quitter l'échiquier des yeux, les mains posées sur ses genoux. Et Julia qui se trouvait à côté de lui vit au coin de sa bouche cette expression indéfinissable qu'elle connaissait si bien maintenant, à mi-chemin entre la réflexion silencieuse et le sourire à peine ébauché. Elle comprit alors que Muñoz avait réussi à déchiffrer le dernier coup.

Le joueur d'échecs approcha le doigt du pion de la case a7, sans le toucher :

– Le pion noir de la case a7 prend la tour blanche en b6…, expliqua-t-il en leur montrant le mouvement sur l'échiquier. C'est ce que notre adversaire dit dans sa carte.

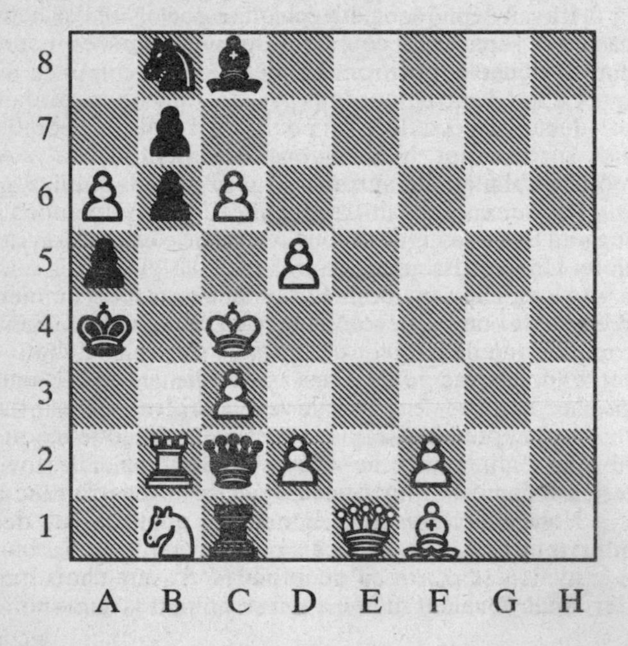

– Et qu'est-ce que ça signifie ? demanda Julia.

Muñoz attendit quelques secondes avant de répondre.

– Qu'il renonce à un autre coup qui nous faisait peur, d'une certaine manière. Je veux parler de prendre la dame blanche en e1 avec la tour noire de c1... Ce coup aurait nécessairement entraîné un échange de dames – il leva les yeux et lança un regard préoccupé à Julia. Avec tout ce que cela suppose.

Julia écarquillait les yeux.

– Vous voulez dire qu'il renonce à me prendre, moi ?

Le joueur fit un geste ambigu.

– On peut l'interpréter de cette façon – il étudia quelques instants la pièce qui représentait la dame blanche. Et dans ce cas, il serait en train de nous dire : « Je peux tuer, mais je le ferai quand je voudrai. »

– Il joue au chat et à la souris, murmura César en frappant le bras de son fauteuil... Le misérable !

– Il ou elle, murmura Julia.

L'antiquaire fit claquer sa langue, incrédule.

– Rien ne dit que la femme à l'imperméable, si c'est elle qui se trouvait dans l'impasse, agit pour son propre compte. Elle peut tout aussi bien être la complice de quelqu'un d'autre.

– Oui, mais de qui ?

– C'est ce que j'aimerais savoir, ma chérie.

– De toute manière, reprit Muñoz, si vous oubliez un instant la femme à l'imperméable et si nous revenons à la carte, nous pouvons tirer une nouvelle conclusion sur la personnalité de notre adversaire... – il les regarda tour à tour et haussa les épaules avant de montrer l'échiquier, comme si c'était pour lui une perte de temps que de chercher des réponses ailleurs que dans les pièces du jeu. – Nous savons déjà qu'il a l'esprit passablement tordu ; nous savons maintenant qu'il est également suffisant... Présomptueux – ou présomptueuse. En fait, il se moque de nous... – il montra une fois de plus l'échiquier, les invitant à observer la position des pièces. – Regardez bien. Sur le plan strictement pratique, du point de vue des échecs, prendre la dame blanche n'était pas un bon coup... Les blancs n'auraient pas eu d'autre choix que d'accepter l'échange de dames et de prendre la dame noire avec la tour blanche de b2. Les noirs se seraient alors trouvés en très mauvaise posture. Leur unique porte de sortie aurait été de déplacer la tour noire de e1 à e4 pour menacer le roi blanc... Mais il aurait suffi que le pion blanc se déplace de d2 en d4 pour que le roi soit à l'abri. Ensuite, cerné de pièces ennemies, sans espoir de recevoir une aide extérieure, le roi noir aurait inévitablement été échec et mat. Les noirs perdaient la partie.

– Vous voulez dire, demanda Julia, que toute cette histoire de la bombe sur le capot et de la menace contre la dame blanche n'était qu'une fausse piste ?

– Je n'en serais pas du tout surpris.

– Pourquoi ?

– Parce que notre ennemi a joué le coup que j'aurais joué à sa place : prendre la tour blanche de b6 avec le pion de a7. Ce mouvement réduit la pression des blancs sur le roi noir qui se trouvait dans une situation très délicate – il hocha la tête, admiratif. Je vous ai déjà dit que c'était un bon joueur.

– Et maintenant ? demanda César.

Muñoz passa la main sur son front et réfléchit en regardant l'échiquier.

– Nous avons deux options... Nous devrions peut-être prendre la dame noire, mais cela pourrait forcer notre adversaire à jouer l'échange de dames – il regarda Julia –, ce qui ne me plaît pas. Ne l'obligeons pas à faire ce qu'il n'a pas fait... – il hocha de nouveau la tête, comme si les cases noires et blanches confirmaient ses pensées. Ce qu'il y a de plus curieux, c'est qu'il sait que nous raisonnerons ainsi. Et c'est tout à fait remarquable, car je vois les coups qu'il joue, alors que lui ne peut qu'imaginer les miens... Plutôt, ceux qu'il me dicte. Pour le moment, nous faisons ce qu'il nous dit de faire.

– Avons-nous le choix ? demanda Julia.

– Pour le moment, non. Nous verrons plus tard.

– Quel est le prochain mouvement ?

– Notre fou. Nous le faisons passer de f1 à d3 pour menacer sa dame.

– Et que va-t-il faire... Il ou elle ?

Muñoz ne répondit pas tout de suite. Immobile, il regardait l'échiquier comme s'il n'avait pas entendu la question.

– Même aux échecs, dit-il enfin, les prévisions ont leurs limites... Le meilleur mouvement possible, ou le mouvement le plus probable, est celui qui met l'adversaire dans la position la plus désavantageuse. Une manière d'évaluer l'opportunité d'un coup consiste donc à supposer simplement qu'il a été joué et à analyser ensuite la partie du point de vue de l'adversaire; en d'autres termes, vous faites appel à vos propres ressources, mais en vous mettant à la place de l'ennemi. Vous imaginez un autre mouvement et vous vous mettez aussitôt dans la peau de l'adversaire de votre adversaire. C'est-à-dire que vous redevenez vous-même. Et ainsi de suite, indéfiniment, selon les capacités de chacun... Je veux dire par là que je sais où je suis arrivé, mais j'ignore où il en est, lui.

– Selon ce raisonnement, intervint Julia, le plus probable est qu'il choisisse le coup qui nous fera le plus de mal. Vous ne croyez pas?

Muñoz se gratta la nuque. Tout doucement, il posa le fou blanc sur la case d3, à côté de la dame noire. Puis il parut se plonger dans de profondes réflexions tandis qu'il analysait la nouvelle situation sur l'échiquier.

– Quoi qu'il fasse, dit-il enfin, et son visage s'était assombri, je suis sûr qu'il va nous prendre une pièce.

XI

APPROXIMATIONS ANALYTIQUES

«Ne sois pas bête. Le drapeau est impossible, donc il ne peut pas flotter au vent. C'est le vent qui flotte.»

D.R. Hofstadter

La sonnerie du téléphone la fit sursauter. Sans hâte, elle retira le tampon de solvant du coin du tableau où elle travaillait – un fragment de vernis qui persistait à adhérer sur une minuscule section des vêtements de Fernand d'Ostenbourg – et prit les pinces entre ses dents. Puis elle regarda avec méfiance le téléphone posé sur le tapis en se demandant si elle allait entendre encore une fois en décrochant un de ces longs silences devenus si habituels depuis les quinze derniers jours. Au début, elle se contentait de coller l'appareil sur son oreille sans dire un mot, attendant avec impatience un son quelconque, ne serait-ce qu'une respiration, qui implique une vie, une présence humaine, même inquiétante. Mais elle ne trouvait que le vide absolu, sans même la douteuse consolation du déclic d'une ligne qu'on coupe. C'était toujours son mystérieux interlocuteur muet – ou interlocutrice – qui gagnait à ce jeu; Julia finissait par raccrocher, tôt ou tard. À l'autre bout du fil, on attendait, aux aguets, sans s'impatienter, sans craindre que la police, alertée par Julia, n'ait mis le téléphone sur table d'écoute pour repérer l'origine de l'appel. Le pire, c'est que celui ou celle qui téléphonait ne pouvait être au courant de son impunité. Julia n'avait rien dit à personne; pas même à César ou à Muñoz. Sans trop savoir pourquoi, ces coups de téléphone nocturnes lui paraissaient un peu honteux, humiliants, ces appels qui envahissaient l'intimité de son atelier, en plein cœur de la nuit et du silence qu'elle avait tant aimés avant ce cauchemar. Presque comme un viol rituel qui se serait répété tous les jours, sans gestes ni paroles.

Elle décrocha le téléphone alors qu'il sonnait pour la sixième fois et reconnut avec soulagement la voix de Menchu. Mais son apaisement fut de courte durée. Son amie avait certainement beaucoup bu; peut-être même, pensa-t-elle avec inquiétude, avait-elle absorbé quelque chose de plus puissant que de l'alcool. Élevant la voix pour se faire entendre par-dessus le bruit des conversations et de la musique, bafouillant des phrases incohérentes qu'elle laissait en suspens, Menchu lui dit qu'elle se trouvait chez Stephan's, puis elle lui raconta une histoire confuse dans laquelle se mêlaient Max, le Van Huys et Paco Montegrifo. Julia n'en comprit pas un traître mot et, quand elle demanda à son amie de reprendre ses explications, Menchu éclata de rire, un rire hystérique et fortement alcoolisé. Puis elle raccrocha.

L'air était froid, humide, épais comme de la poix. Frissonnant sous sa grosse veste en peau de mouton, Julia descendit dans la rue et arrêta un taxi. Les lumières de la ville faisaient glisser sur son visage de rapides éclairs de clarté et d'ombre, tandis qu'elle répondait distraitement par des mouvements de tête au bavardage importun du chauffeur. Elle posa la nuque sur l'appuie-tête de son siège et ferma les yeux. Avant de sortir, elle avait branché l'alarme électronique et fermé à double tour la porte blindée ; sous le porche, elle n'avait pu s'empêcher de regarder avec méfiance la grille de l'interphone, craignant d'y découvrir une nouvelle carte. Mais non, rien cette nuit-là. Le joueur invisible méditait encore son prochain coup.

Il y avait beaucoup de monde chez Stephan's. La première personne qu'elle vit en entrant fut César, assis sur un divan avec Sergio. Le jeune homme hochait la tête, ses cheveux blonds gracieusement dépeignés tombant sur ses yeux, tandis que l'antiquaire lui susurrait quelque chose à voix basse. César fumait, les jambes croisées ; une main sur les genoux, celle qui tenait la cigarette, l'autre en l'air, soulignant ses paroles, tout près du bras de son protégé, mais sans établir de contact physique avec lui. Aussitôt qu'il vit Julia, il se leva et vint à sa rencontre. Il ne paraissait pas surpris de la voir à cette heure, sans maquillage, en jeans, une pelisse de peau de mouton sur les épaules.

– Elle est ici, dit-il seulement en montrant le fond du club d'un geste neutre qui dissimulait mal une certaine curiosité amusée. Sur les sofas, là-bas.

– Elle a beaucoup bu ?

– Comme une éponge grecque. Et j'ai bien peur qu'elle ne déborde aussi de la poudre blanche par les naseaux... Trop de visites aux lavabos des dames pour faire seulement pipi – il regarda le bout de sa cigarette et sourit, mordant. Tout à l'heure, elle a fait un vrai scandale, elle a giflé Montegrifo en plein milieu du bar... Tu imagines, ma chérie ? C'était vraiment quelque chose... – il savoura le mot avant de le moduler avec une moue de connaisseur – de délicieux.

– Et Montegrifo ?

Cette fois, l'expression de l'antiquaire se fit cruelle.

– Il a été fascinant, mon amour. Presque divin. Il est parti, très digne, droit comme un I; tu le connais. Avec une blonde spectaculaire au bras, peut-être un peu vulgaire mais bien habillée. La pauvre était *absolument* suffoquée. Et il y avait de quoi. Ce n'est pas rien – il fit un sourire sardonique. La vérité, princesse, c'est que le bonhomme a de l'aplomb. Il a encaissé la gifle sans broncher, sans sourciller, comme les gros durs au cinéma. Un type intéressant, votre marchand de tableaux... Je dois reconnaître qu'il s'est comporté très bien. Un vrai torero.

– Où est Max ?

– Je ne l'ai pas vu par ici, et c'est bien dommage – le sourire pervers affleura de nouveau sur ses lèvres. La situation aurait été très divertissante. La touche finale, pour ainsi dire.

Laissant César, Julia s'avança. Elle salua plusieurs personnes sans s'arrêter et vit son amie, seule, affalée sur un sofa, les yeux glauques, sa jupe courte beaucoup trop remontée, une grotesque estafilade sur l'un de ses bas. On aurait dit qu'elle avait pris dix ans d'un seul coup.

– Menchu...

Son amie la vit sans la reconnaître et murmura des paroles incohérentes en la regardant avec un sourire hébété. Puis elle secoua la tête et éclata d'un rire fêlé, un rire d'ivrognesse.

– Tu as tout manqué, dit-elle au bout d'un moment entre deux éclats de rire, d'une voix pâteuse. Cet enfoiré, là, debout, la moitié de la tronche comme une tomate... – elle se redressa un peu en frottant son nez rouge, incapable de voir les regards curieux ou scandalisés qu'on lui lançait des tables voisines. Stupide petit prétentieux.

Julia sentait que tous les yeux étaient fixés sur elles ; et elle entendait les commentaires échangés à voix basse. Elle rougit malgré elle.

– Tu es capable de sortir d'ici ?

– Je crois que oui... Mais laisse-moi te raconter...

– Tu me raconteras plus tard. On s'en va maintenant.

Menchu se leva lourdement et redescendit maladroitement sa jupe. Julia lui passa son manteau sur les épaules et la fit marcher vers la porte avec une relative dignité. César, toujours debout, s'approcha des deux femmes.

– Tout va bien ?

– Oui. Je crois que je peux me débrouiller toute seule.

– Tu es sûre ?

– Absolument. Je te verrai demain.

Dans la rue, Menchu se balançait d'un côté et de l'autre, désorientée, à la recherche d'un taxi. Quelqu'un lui cria une grossièreté par la fenêtre d'une voiture qui passait.

– Emmène-moi chez moi, Julia... S'il te plaît.

– Chez toi ou chez moi ?

Menchu la regarda comme si elle avait du mal à la reconnaître. Elle faisait des gestes de somnambule.

– Chez toi, dit-elle.

– Et Max ?

– C'est fini avec Max... Nous nous sommes disputés... C'est fini.

Julia arrêta un taxi et Menchu se pelotonna au fond de la banquette. Puis elle éclata en sanglots. Julia la prit par les épaules et sentit qu'elle frissonnait entre ses sanglots. Quand le taxi s'arrêta devant un feu rouge, les lumières d'une vitrine éclairèrent son visage décomposé.

– Excuse-moi... Je suis une...

Julia avait honte. Toute cette histoire était idiote. Un sale type, ce Max, se dit-elle. Des sales types, tous.

– Ne dis pas de bêtises, lança-t-elle, irritée.

Elle regarda le dos du chauffeur qui les observait avec curiosité dans son rétroviseur. Et quand elle se retourna vers Menchu, elle vit dans ses yeux une expression insolite, une brève lueur de lucidité inattendue. Comme s'il restait en elle un lieu où les vapeurs de l'alcool et de la drogue n'étaient pas encore arrivées. Elle y découvrit avec surprise quelque chose d'une profondeur insondable, rempli d'obscures significations. Un regard qui correspondait si peu à son état que Julia en fut déconcertée. Menchu ouvrit alors la bouche et ses paroles furent encore plus étranges.

– Tu ne comprends rien... – elle remuait douloureusement la tête, comme un animal blessé. Mais quoi qu'il arrive... Je veux que tu saches...

Elle s'arrêta, comme si elle se mordait la langue, et son regard se perdit dans l'ombre lorsque le taxi repartit, laissant Julia pensive et perplexe. C'était beaucoup pour une seule nuit. Il ne manquait plus, songea-t-elle en poussant un profond soupir – elle sentait une vague appréhension qui ne lui annonçait rien de bon –, il ne manquait plus que de trouver une autre carte glissée dans la grille de l'interphone.

Il n'y eut pas de carte cette nuit-là et elle put s'occuper de Menchu qui semblait complètement dans le brouillard. Elle lui fit deux tasses de café avant de la mettre au lit. Peu à peu, avec une infinie patience, un peu comme un psychanalyste derrière le divan, elle parvint à reconstituer les événements parmi les silences et les balbutiements incohérents de Menchu. Max, Max l'ingrat, s'était mis en tête de partir en voyage au pire moment ; une idiotie quelconque à propos d'un travail au Portugal. Au moment où elle traversait justement une période difficile, le comportement de Max lui avait fait l'effet d'une désertion parfaitement égoïste. Ils s'étaient disputés et, au lieu de régler la question comme d'habitude au lit, il l'avait envoyée promener. Menchu ignorait s'il pensait revenir ou pas, mais pour le moment elle s'en moquait comme de l'an quarante. Plutôt que de rester seule, elle avait décidé d'aller chez Stephan's. Quelques lignes de coca l'avaient aidée à reprendre du poil de la bête et elle s'était retrouvée dans un état d'euphorie agressive… Elle en était là, Max parfaitement oublié, avalant un dry bien tassé après l'autre dans son petit coin, et elle venait de jeter son dévolu sur un très beau type qui commençait à répondre à ses avances quand la soirée se trouva tout à coup placée sous un autre signe : Paco Montegrifo eut la malencontreuse idée de se promener par là, accompagné d'une de ces louves chargées de bijoux qu'on lui voyait parfois au bras… L'affaire de la commission était encore fraîche dans sa mémoire, Menchu crut voir une certaine ironie dans le salut que lui adressa le marchand de tableaux et, comme on dit dans les romans, le fer remua dans la plaie. Une gifle sans autre forme de procès, vlan !, une de ces gifles qui font époque, à l'étonnement général de la respectable assemblée… Grand scandale, fin de l'histoire. Rideau.

Menchu s'endormit sur le coup des deux heures du

matin. Julia lui mit une couverture et resta un moment à côté d'elle, veillant son sommeil agité. Menchu bougeait parfois et murmurait des sons inintelligibles, les lèvres serrées, les cheveux défaits tombant sur son visage. Julia observa les rides qui entouraient sa bouche et ses lèvres, ses yeux dont les larmes et la sueur avaient fait couler le maquillage, les entourant de cernes noirs qui lui donnaient un air pathétique : l'image d'une courtisane d'âge mûr après une nuit difficile. César en aurait tiré des conclusions acides ; mais en ce moment, Julia n'avait pas envie d'écouter César. Et elle se surprit en train de demander à la vie de lui donner, quand viendrait le moment, la résignation nécessaire pour vieillir dignement. Puis elle soupira, une cigarette qu'elle n'avait pas allumée aux lèvres. Ce devait être terrible, à l'heure du naufrage, de ne pas avoir une bonne embarcation pour sauver sa peau. Et elle se rendit compte que la propriétaire de la galerie aurait eu l'âge d'être sa mère. Cette idée lui fit honte, comme si elle avait profité du sommeil de son amie pour la trahir confusément.

Elle but ce qui restait du café, déjà froid, et alluma sa cigarette. La pluie tambourinait de nouveau sur la verrière ; le bruit de la solitude, se dit-elle tristement. Il lui fit se souvenir d'un autre jour de pluie, un an plus tôt, quand elle avait rompu avec Álvaro, quand elle avait su que quelque chose se brisait en elle pour toujours, comme un mécanisme détraqué que plus rien ne pourra remettre en marche. Et elle avait su aussi que cette solitude à la fois douce et amère qui lui oppressait le cœur allait dorénavant être l'unique compagne dont elle ne se séparerait jamais plus sur les chemins qu'il lui restait à parcourir, le reste de sa vie, sous un ciel peuplé de dieux qui se mouraient en poussant d'énormes éclats de rire. Cette nuit-là aussi, la pluie avait longtemps tombé sur elle, assise en boule sous la douche, enveloppée par la vapeur d'eau comme par un brouillard brûlant, ses larmes se mêlant aux gouttes ruisselant sur ses cheveux mouillés qui lui couvraient le visage, sur son corps nu. Cette eau limpide et tiède sous laquelle elle était restée près d'une heure avait emporté avec elle Álvaro, un an avant sa mort physique, réelle et définitive. Et par une de ces étranges ironies qu'aimait tant le Destin, Álvaro avait fini ainsi, dans une baignoire, les yeux ouverts, la nuque brisée, sous la douche ; sous la pluie.

Elle chassa ce souvenir. Elle le vit s'évanouir avec une bouffée de fumée dans l'ombre de l'atelier. Puis elle pensa à César et se mit à balancer lentement la tête, au rythme d'une musique mélancolique et imaginaire. Elle aurait voulu poser sa tête sur son épaule, fermer les yeux, respirer l'odeur douce qu'elle connaissait depuis qu'elle était petite fille, une odeur de tabac et de myrrhe... César. Revivre avec lui des histoires dont on sait toujours à l'avance qu'elles se termineront bien.

Elle prit une autre bouffée et retint longtemps la fumée pour s'étourdir jusqu'à ce que ses pensées dérivent au loin. Qu'elle était lointaine l'époque des histoires qui finissaient toujours bien, ces histoires à dormir debout qu'aucun esprit le moindrement lucide n'aurait pu accepter !... Comme il était dur parfois de se voir dans le miroir, exilée à tout jamais du Never Land. Elle éteignit les lumières et continua de fumer assise sur le tapis, devant le Van Huys qu'elle devinait dans le noir. Elle resta sans bouger, longtemps après que sa cigarette se fut consumée, voyant en imagination les personnages du tableau tandis qu'elle écoutait le lointain ressac de leurs vies, autour de la partie d'échecs qui se prolongeait à travers le temps et l'espace pour se poursuivre encore, comme le lent et implacable mécanisme d'une horloge défiant les siècles, sans que personne puisse prévoir son issue. Alors Julia oublia tout, Menchu, la nostalgie du temps perdu, et elle sentit un frisson maintenant familier, un frisson de terreur, oui ; mais aussi, d'une curieuse façon, un frisson de consolation insolite. Une espèce d'attente morbide. Comme lorsqu'elle était petite et qu'elle se blottissait contre César pour écouter une nouvelle histoire. Après tout, le capitaine Crochet ne s'était peut-être pas évanoui à tout jamais dans les brouillards du passé. Peut-être jouait-il tout simplement aux échecs.

Quand Julia se réveilla, Menchu dormait encore. Elle s'habilla sans faire de bruit, laissa un jeu de clés sur la table et sortit en fermant soigneusement la porte derrière elle. Il était déjà presque dix heures du matin et la pluie avait cédé la place à un brouillard sale et pollué qui estompait les silhouettes grises des immeubles, donnait aux voitures qui roulaient les phares allumés un aspect fantasmagorique, décomposant le reflet de leurs phares sur l'asphalte en une infinité de points lumineux, tissant autour de Julia qui marchait les mains dans les poches de son imperméable un voile irréel de lumière.

Belmonte la reçut dans son fauteuil roulant, dans le salon dont le mur conservait encore la trace du Van Huys. L'inévitable Bach jouait sur le tourne-disque et Julia se demanda, en sortant le dossier de son sac, si le vieillard mettait ce disque chaque fois qu'elle lui rendait visite. Belmonte regretta l'absence de Muñoz, le mathématicien-joueur d'échecs, comme il l'appela avec une ironie qui ne passa pas inaperçue, puis il parcourut attentivement le rapport que Julia lui apportait au sujet du tableau: tous les renseignements historiques, les dernières conclusions de Muñoz sur l'énigme de Roger d'Arras, les photographies des diverses étapes de la restauration et la brochure en couleurs, récemment imprimée par Claymore, consacrée au tableau et à la vente aux enchères. Il lisait en silence, hochant la tête d'un air satisfait. Parfois, il levait les yeux pour regarder Julia, admiratif, avant de se replonger dans sa lecture.

– Excellent, dit-il enfin en refermant le classeur. Vous êtes une jeune femme extraordinaire.

– Je n'ai pas été seule dans cette affaire. Vous savez que bien des gens ont travaillé avec moi... Paco Montegrifo, Menchu Roch, Muñoz... – elle hésita un instant. Nous avons également fait appel à des spécialistes de l'histoire de l'art.

– Vous voulez parler du malheureux professeur Ortega?

Julia le regarda, surprise.

– Je ne savais pas que vous étiez au courant.

Le vieil homme fit un sourire en coin.

– Vous voyez... Quand on l'a retrouvé mort, la police s'est mise en rapport avec mes neveux et avec moi-même... Un inspecteur est venu me voir, je ne me souviens plus de son nom… Il avait une grande moustache, comme ça, et il était gros.

– Feijoo. L'inspecteur principal Feijoo – elle détourna le regard, mal à l'aise. Au diable cet inspecteur incapable, pensa-t-elle… – Mais vous ne m'avez rien dit la dernière fois que je suis venue.

– J'espérais que vous m'en parleriez. Comme vous ne l'avez pas fait, j'ai pensé que vous aviez vos raisons.

Il y avait une certaine réserve dans la voix du vieil homme et Julia comprit qu'elle était sur le point de perdre un allié.

– Je croyais… Je veux… Je regrette, sincèrement. J'ai eu peur de vous inquiéter avec ces histoires. En fin de compte, vous…

– Vous voulez parler de mon âge, de ma santé ? – Belmonte croisa sur son ventre ses mains osseuses, semées de taches mauves. Ou bien aviez-vous peur que cet incident n'ait un effet sur le sort du tableau ?

La jeune femme hocha la tête, ne sachant que répondre. Puis elle sourit en haussant les épaules, avec un air de sincérité confuse qui, elle le savait parfaitement, était l'unique réponse capable de satisfaire le vieillard.

– Que puis-je vous dire ? murmura-t-elle en constatant qu'elle avait visé juste quand Belmonte sourit à son tour, acceptant la complicité qu'elle lui offrait.

– Ne vous en faites pas. La vie est difficile et les relations humaines encore plus.

– Je vous assure que…

– Inutile. Nous parlions du professeur Ortega… C'était un accident ?

– Je pense que oui, mentit Julia. Du moins, à ma connaissance.

Le vieil homme regarda ses mains. Impossible de deviner s'il la croyait ou non.

– C'est quand même terrible… Vous ne trouvez pas ? – Il lui lança un regard profond et grave où perçait une pointe d'inquiétude. Cette chose-là, je veux parler de la mort, m'impressionne un peu. À mon âge, ce devrait être le contraire. Curieux comme, contrairement à toute logique, on s'accroche à l'existence en proportion inverse de la vie qu'il nous reste à vivre.

Un instant, Julia fut sur le point de lui confier la suite de l'histoire : l'existence du joueur mystérieux, les menaces, cette sensation obscure qu'elle sentait peser sur elle. La malédiction du Van Huys dont la trace, ce rectangle vide sous le crochet rouillé, les surveillait depuis le mur comme un mauvais présage. Mais il aurait fallu entrer dans des explications qu'elle ne se sentait pas la force de donner. Et elle craignait aussi d'inquiéter inutilement le vieil homme.

– Il n'y a absolument pas de quoi vous faire du souci, mentit-elle avec aplomb. Nous avons la situation en main. Et le tableau aussi.

Ils se sourirent de nouveau, mais cette fois d'un sourire forcé. Julia ne savait toujours pas si Belmonte la croyait ou non. Au bout d'un moment, le vieillard s'adossa au fond de son fauteuil roulant et fronça les sourcils.

– À propos du tableau, je voulais vous dire quelque chose... – Il s'arrêta et réfléchit un instant avant de continuer. L'autre jour, après votre visite avec votre ami le joueur d'échecs, j'ai songé à ce Van Huys... Vous vous souvenez que nous avions dit qu'il fallait un système pour englober un autre système, que ces deux systèmes nécessitaient eux-mêmes un système supérieur, et ainsi de suite ?... Le poème de Borges sur les échecs, quel Dieu après Dieu déplace le joueur qui déplace les pièces ?... Eh bien, voyez-vous, je crois qu'il y a un peu de cela dans le tableau. Quelque chose qui se contient soi-même et qui de plus se répète soi-même, en vous ramenant constamment au point de départ... À mon avis, la véritable clé de *La Partie d'échecs* n'ouvre pas un chemin linéaire, une progression qui aurait un début et une fin ; la peinture semble plutôt tourner en rond, comme si elle conduisait vers son propre intérieur... Vous me comprenez ?

Julia hocha la tête, suspendue aux lèvres du vieil homme. Ce qu'elle venait d'entendre ne faisait que confirmer ses propres intuitions. Elle se souvint du schéma qu'elle avait dessiné, des six niveaux qui se contenaient les uns les autres, de l'éternel retour au point de départ, des tableaux à l'intérieur du tableau.

– Je vous comprends mieux que vous ne pensez, dit-elle. Comme si le tableau s'accusait lui-même.

Belmonte hésita, perplexe.

– S'accusait ? Vous allez un peu plus loin que moi – il réfléchit un instant, puis, d'un mouvement des sourcils, sembla vouloir écarter l'incompréhensible. Je parlais d'autre chose… – il montra le tourne-disque. Écoutez Bach.

– Comme toujours.

Belmonte sourit, complice.

– Je n'avais pas l'intention de me faire accompagner par Jean-Sébastien aujourd'hui, mais j'ai décidé cependant de l'évoquer en votre honneur. Il s'agit de la *Suite française n° 5*. Écoutez bien : cette composition se divise en deux parties, chacune d'elles répétée. La tonique de la première moitié est *sol* et, quand elle prend fin, elle le fait dans la tonalité de *ré*… Vous vous rendez compte ? Mais écoutez bien : on dirait que le morceau se termine dans cette tonalité, mais subitement Bach nous joue un tour à sa façon et nous fait retourner d'un seul coup au début, en *sol* comme tonique avec une nouvelle modulation en *ré*. Et sans que nous sachions très bien comment, le jeu se répète encore et encore… Qu'est-ce que vous en pensez ?

– C'est passionnant – Julia suivait attentivement les accords. Comme une boucle sans fin… Comme ces tableaux et ces dessins d'Escher où l'on voit une rivière qui coule, tombe en cascade et, inexplicablement, se retrouve à son point de départ… Ou l'escalier qui ne conduit nulle part et revient sur ses propres pas.

Belmonte acquiesça, satisfait.

– Exact. C'est qu'il est possible de jouer sur bien des registres – il regarda le rectangle vide sur le mur. Ce qui est difficile, je suppose, c'est de savoir en quel point de ces cercles on se trouve.

– Vous avez raison. Il serait trop long de tout vous expliquer, mais il y a un peu de cela dans ce qui s'est passé avec ce tableau. Au moment où l'on dirait que l'histoire s'achève, elle recommence de nouveau, mais dans une autre direction. Dans une autre direction apparente… Parce que nous n'avons peut-être toujours pas bougé du même point.

Belmonte haussa les épaules.

– C'est un paradoxe que vous et votre ami le joueur d'échecs devrez résoudre. Je ne dispose pas de toutes les informations. Et, comme vous le savez, je ne suis qu'un amateur. Je n'ai même pas été capable de deviner que cette partie se jouait à l'envers – il regarda longuement Julia. Ce qui est impardonnable de ma part, si nous pensons à Bach.

La jeune femme glissa la main dans son sac pour en sortir son paquet de cigarettes, songeant à ces dernières interprétations inattendues. Autant de fils conducteurs, pensait-elle. Mais trop de fils pour un seul écheveau.

– À part la police et moi-même, avez-vous reçu ces derniers temps la visite de quelqu'un qui s'intéressait au tableau ?... Ou aux échecs ?

Le vieil homme tarda à répondre, comme s'il tentait de découvrir ce que recouvrait cette question. Puis il haussa les épaules.

– Ni l'un ni l'autre. Du temps de ma femme, nous recevions ; elle était plus sociable que moi. Mais depuis son décès, je n'ai plus gardé de relations qu'avec quelques amis. Esteban Cano, par exemple ; vous êtes trop jeune pour l'avoir connu dans toute sa gloire de violoniste... Mais il est mort un hiver, il va bientôt y avoir deux ans... Oui, mon petit cercle d'amis s'est bien amenuisé ; je suis l'un des rares survivants – il sourit, résigné. Il reste encore Pepe, un bon ami. Pepe Pérez Giménez, retraité comme moi, qui fréquente encore le casino et qui vient de temps en temps faire une partie. Mais il a presque soixante-dix ans et il souffre d'épouvantables migraines s'il joue plus d'une demi-heure. C'était un grand joueur d'échecs... Il joue encore de temps en temps avec moi. Ou avec ma nièce.

Julia, qui était en train de prendre une cigarette, se figea. Quand elle reprit son geste, elle le fit très lentement, comme si un mouvement d'émotion ou d'impatience pouvait faire s'évanouir ce qu'elle venait d'entendre.

– Votre nièce joue aux échecs ?

– Lola ?... Assez bien – l'invalide fit un sourire étrange, comme s'il regrettait que cette qualité de sa nièce ne s'étende pas à d'autres aspects de la vie. C'est moi qui lui ai appris à jouer, il y a bien des années ; mais elle a dépassé son maître.

Julia tentait à grand-peine de garder son calme. Elle se força à allumer lentement sa cigarette et rejeta deux longues bouffées de fumée avant de parler. Son cœur battait à tout rompre. Un ballon d'essai, on ne sait jamais.

– Et que pense votre nièce du tableau?... Elle a trouvé bien que vous décidiez de le vendre?

– Elle était ravie. Et son mari encore plus – il y avait dans la voix du vieil homme une note d'amertume. Je suppose qu'Alfonso sait déjà sur quel numéro de la roulette il va jouer jusqu'au dernier centime du Van Huys.

– Mais il n'a pas encore cet argent, souligna Julia en regardant Belmonte dans les yeux.

L'invalide soutint son regard, imperturbable, et resta silencieux un bon moment. Puis un éclair dur passa dans ses yeux clairs et larmoyants, pour s'éteindre l'instant d'après.

– De mon temps – dit-il avec une bonne humeur inattendue, et Julia ne pouvait plus lire dans son regard qu'une ironie tranquille – nous disions qu'il ne faut pas vendre la peau de l'ours avant de l'avoir tué...

Julia lui tendit son paquet de cigarettes. Le vieillard se servit.

– Votre nièce vous a déjà parlé du mystère du tableau, des personnages ou de la partie?

– Je ne m'en souviens pas, répondit le vieil homme en avalant profondément la fumée. C'est vous qui m'avez ouvert les yeux. Auparavant, ce tableau était spécial pour nous, sans doute, mais il n'avait rien d'extraordinaire... ni de mystérieux –, il regarda le rectangle sur le mur, pensif. Tout semblait être là, sous nos yeux.

– Savez-vous si avant qu'Alfonso vous présente Menchu Roch, ou à peu près à cette époque, votre nièce était en négociation avec quelqu'un?

Belmonte fronça les sourcils. Cette possibilité semblait lui déplaire profondément.

– J'espère que non. Après tout, le tableau était à moi – il regarda la cigarette qu'il tenait entre les doigts comme un agonisant contemple les saintes huiles, puis il esquissa une moue remplie de sagesse malicieuse. Et il l'est encore.

– Permettez-moi de vous poser une autre question, don Manuel.

– Vous savez bien que je vous permets tout.

– Pensez-vous que vos neveux aient consulté un historien de l'art?

– Je ne crois pas. Je n'en ai pas souvenir et je pense que je me souviendrais d'une chose comme celle-là... – Il regarda Julia, intrigué. Ses yeux avaient repris une expression de méfiance. – Le professeur Ortega travaillait dans ce domaine, n'est-ce pas ? L'histoire de l'art. J'espère que vous ne voulez pas insinuer...

Julia battit en retraite. Elle était allée trop loin et elle décida de se sortir de ce mauvais pas avec un beau sourire.

– Je ne parlais pas d'Álvaro Ortega, mais de n'importe quel historien... Il n'est pas illogique de penser que votre nièce ait pu avoir la curiosité de se renseigner sur la valeur du tableau, ou sur son histoire...

Belmonte regarda le dos de ses mains mouchetées de taches mauves, d'un air pensif.

– Elle ne m'en a jamais parlé. Et j'imagine qu'elle l'aurait fait, car nous parlions beaucoup du Van Huys. Surtout lorsque nous jouions la même partie, celle des deux personnages... Nous la jouions à l'endroit, naturellement. Et je vais vous dire... Même si les blancs paraissent avoir l'avantage, Lola gagnait toujours avec les noirs.

Elle erra près d'une heure dans le brouillard, tentant de mettre de l'ordre dans ses idées. L'humidité déposait des gouttes d'eau sur son visage et ses cheveux. Elle passa devant le Palais où un huissier, splendide avec son haut-de-forme et son uniforme galonné, s'abritait sous la marquise, engoncé dans une cape qui lui donnait un air démoniaque et londonien, tout à fait dans la note du brouillard qui enveloppait la ville. Il ne manquait plus, pensa Julia, qu'un fiacre dont les lanternes jetteraient une lumière estompée par l'air épais et gris, d'où descendrait la mince silhouette de Sherlock Holmes, suivi de son fidèle Watson. Quelque part, au plus épais du brouillard sale, se tiendrait aux aguets le sinistre professeur Moriarti. Le Napoléon du crime. Le génie du mal.

Trop de gens jouaient aux échecs ces derniers temps. Parce que tout le monde semblait avoir de bonnes raisons de s'intéresser au Van Huys. Trop de portraits dans ce maudit tableau.

Muñoz. Il était le seul dont elle avait fait la connaissance *après* que le mystère eut commencé à se nouer. Dans ses heures d'insomnie, quand elle se retournait dans son lit sans trouver le sommeil, lui seul restait étranger aux images de son cauchemar. Muñoz à une extrémité du fil, et toutes les autres pièces, tous les autres personnages, à l'autre. Pourtant, elle ne pouvait pas être sûre même de lui. En effet, elle l'avait connu *après* le début du premier mystère, mais *avant* que l'histoire ne revienne à son point de départ et ne recommence dans une tonalité différente. Après tout, il était impossible d'avoir la certitude absolue que la mort d'Álvaro et l'existence du joueur mystérieux faisaient partie d'un même mouvement.

Elle fit quelques pas et s'arrêta, sentant sur son visage l'humidité du brouillard qui l'entourait. En dernière analyse, elle ne pouvait être sûre que d'elle-même. C'était tout ce qu'elle avait pour continuer. Avec le pistolet qu'elle portait dans son sac.

Elle prit la direction du club d'échecs. Il y avait de la sciure par terre dans le vestibule, des parapluies, des manteaux et des gabardines. L'endroit sentait l'humidité, la fumée de tabac et cette odeur inimitable qu'ont les lieux fréquentés exclusivement par des hommes. Elle salua Cifuentes, le directeur, qui accourut vers elle obséquieusement et, tandis que se taisaient les murmures suscités par son apparition, elle jeta un regard circulaire qui lui fit découvrir Muñoz à une table d'échecs. Il était totalement concentré sur la partie, un coude sur le bras de son fauteuil, le menton dans le creux de sa main, immobile comme un sphinx. Son adversaire, un jeune homme aux épaisses lunettes d'hypermétrope, se passait la langue sur les lèvres, lançant des regards inquiets au joueur ; comme s'il craignait que celui-ci, d'un moment à l'autre, ne détruise le complexe système de défense du roi qu'il avait échafaudé au prix d'un effort extrême, à en juger par sa nervosité et son air épuisé.

Muñoz semblait tranquille, absent comme d'habitude. On aurait dit que, plutôt que d'étudier l'échiquier, ses yeux immobiles se reposaient sur lui. Peut-être était-il plongé dans ces rêveries dont il avait parlé à Julia, à mille kilomètres du jeu qui se déroulait sous ses yeux, tandis que son esprit mathématique construisait et défaisait des combinaisons infinies et impossibles.

Autour d'eux, trois ou quatre curieux suivaient la partie, apparemment avec encore plus d'intérêt que les joueurs ; de temps en temps, ils faisaient des commentaires à voix basse, suggérant tel ou tel mouvement. Ce qui semblait clair, à voir la tension qui régnait autour de la table, c'était qu'on attendait de Muñoz un mouvement décisif qui porterait un coup mortel au jeune homme aux lunettes. D'où la nervosité du jeune joueur qui regardait son adversaire avec des yeux agrandis par ses verres, comme l'esclave dans le cirque, à la merci des lions, demande miséricorde au tout-puissant empereur drapé dans sa pourpre.

C'est alors que Muñoz leva les yeux et vit Julia. Il la regarda fixement pendant quelques secondes, comme s'il ne la reconnaissait pas, puis sembla revenir lentement à lui, avec l'expression de surprise de celui qui sort d'un rêve ou rentre d'un long voyage. Son regard s'anima et il adressa à la jeune femme un vague geste de bienvenue. Il jeta un autre coup d'œil à l'échiquier, pour voir si tout se déroulait comme prévu, puis, sans hésitation, sans précipitation, sans donner l'impression d'improviser, mais plutôt comme la conclusion d'un long raisonnement, il déplaça un pion. Un murmure de déception s'éleva autour de la table et le jeune homme aux lunettes le regarda, d'abord avec surprise, comme le condamné qui voit l'exécution suspendue à la dernière minute, avant de faire une moue de satisfaction.

– Partie nulle, dit un des curieux.

Muñoz se leva et haussa les épaules.

– Oui, répondit-il, sans regarder l'échiquier. Mais avec le fou en 7, la dame était perdue en 5.

Il s'écarta du groupe et s'approcha de Julia tandis que les spectateurs étudiaient le mouvement qu'il venait de décrire. La jeune femme montra discrètement les curieux.

– Ils doivent vous détester du fond du cœur, dit-elle à voix basse.

Le joueur d'échecs hocha la tête. L'expression de son visage pouvait être aussi bien un sourire lointain qu'une moue dédaigneuse.

– Je suppose que oui, répliqua-t-il en prenant sa gabardine. Ils accourent comme des vautours. Ils espèrent être là quand quelqu'un me mettra enfin en pièces.

– Mais vous laissez vos adversaires gagner... Pour eux, c'est sans doute humiliant.

– Tant pis. – Il n'y avait dans sa voix ni suffisance ni orgueil ; seulement un mépris objectif. Ils ne manqueraient pas une de mes parties pour tout l'or du monde.

Devant le musée du Prado, dans le brouillard gris, Julia le mit au courant de sa conversation avec Belmonte. Muñoz écouta jusqu'à la fin sans rien dire, pas même quand la jeune femme lui parla du goût de la nièce pour les échecs. L'humidité ne semblait pas déranger le joueur ; il marchait lentement, suivant attentivement ce que lui disait Julia, la gabardine déboutonnée, le nœud de cravate à moitié défait, comme d'habitude ; il penchait la tête et ses yeux fixaient le bout de ses souliers mal cirés.

– Vous m'avez demandé un jour s'il y avait des femmes qui jouaient aux échecs..., dit-il enfin. Et je vous ai répondu que, si les échecs sont un jeu masculin, certaines femmes n'y jouent pas mal. Mais elles sont l'exception.

– Qui confirme la règle, je suppose.

Muñoz fronça les sourcils.

– Vous supposez mal. Une exception ne confirme rien du tout, elle invalide ou détruit une règle... C'est pour cette raison qu'il faut faire très attention lorsqu'on raisonne par induction. Ce que je dis, c'est que les femmes jouent *généralement* mal aux échecs, pas que *toutes* jouent mal. Vous comprenez ?

– Je comprends.

– Ce qui n'empêche pas qu'en pratique les femmes ne remportent pas de grands succès aux échecs... Pour vous donner une idée : en Union Soviétique où les échecs sont le passe-temps national, une seule femme, Vera Menchick, a jamais été considérée à la hauteur des grands maîtres.

– Et comment l'expliquer ?

– Peut-être que les échecs demandent une trop grande indifférence pour le monde extérieur – il s'arrêta pour regarder Julia. Comment est cette Lola Belmonte ?

La jeune femme réfléchit avant de répondre.

– Je ne sais pas trop. Antipathique. Peut-être dominante... Agressive. Dommage qu'elle n'ait pas été là quand vous m'avez accompagnée, l'autre jour.

Ils étaient debout devant une fontaine de pierre couronnée par la silhouette confuse d'une statue que l'on devinait, menaçante, à travers le brouillard. Muñoz se passa les doigts dans les cheveux et regarda sa paume humide avant de l'essuyer sur sa gabardine.

– L'agressivité, extérieure ou intérieure, est caractéristique d'un grand nombre de joueurs – il sourit un instant, sans préciser vraiment s'il se considérait en marge de cette définition. Et le joueur d'échecs est généralement un individu réservé, opprimé d'une manière ou d'une autre... L'attaque du roi qui est ce que l'on cherche aux échecs, attenter à l'autorité, serait une sorte de libération de cet état. Et dans cette perspective, oui, ce jeu peut intéresser une femme... – un sourire fugace passa de nouveau sur les lèvres de Muñoz. Quand on joue, les gens paraissent très petits vus de la position du joueur.

– Vous avez découvert quelque chose dans la manière de jouer de notre ennemi ?

– Question difficile. J'ai besoin de plus de données. De plus de mouvements. Par exemple, les femmes ont généralement une prédilection pour le jeu des fous – l'expression de Muñoz s'animait à mesure qu'il entrait dans les détails... J'en ignore la raison, mais le caractère de ces pièces, qui se déplacent profondément et en diagonale, est peut-être le plus féminin de tous – il fit un geste de la main, comme s'il n'accordait pas grand crédit à ses propres paroles et qu'il voulût les effacer. Mais jusqu'à présent, les fous noirs ne jouent pas un rôle important dans la partie... Comme vous voyez, nous échafaudons de belles théories qui ne servent à rien. Pour résoudre notre problème, nous sommes dans la même position que si nous nous trouvions devant un échiquier : nous ne pouvons que formuler des hypothèses imaginatives, des conjectures, sans toucher les pièces.

– Vous avez une hypothèse ?... Parfois, vous donnez l'impression d'avoir déjà tiré des conclusions dont vous ne voulez pas nous parler.

Muñoz dodelina de la tête, comme chaque fois qu'on lui posait une question difficile.

– C'est un peu compliqué, répondit-il après une légère hésitation. J'ai quelques idées ; mais mon problème est justement celui que je viens de vous exposer... Aux échecs, il n'y a aucun moyen de rien essayer avant de bouger, et il est alors trop tard pour rectifier le tir.

Ils reprirent leur marche parmi les bancs de pierre et les massifs aux contours imprécis. Julia poussa un léger soupir.

– Si quelqu'un m'avait dit que j'allais suivre la piste d'un assassin possible sur un échiquier, je lui aurais dit qu'il était fou. À lier.

– Je vous ai déjà expliqué une fois qu'il existe de nombreux points communs entre les échecs et les enquêtes policières – Muñoz avança la main dans le vide, comme s'il bougeait des pièces. Tenez, même avant Conan Doyle, la méthode Dupin, de Poe.

– Edgar Allan Poe ?... Ne me dites pas qu'il jouait lui aussi aux échecs.

– Si, c'était un grand joueur. L'exemple le plus célèbre est son étude d'un automate, le Joueur de Maelzel, qui ne perdait pratiquement jamais... Poe lui a consacré un essai, vers 1830. Pour percer le mystère, il s'est livré à dix-huit approximations analytiques qui l'ont amené à conclure qu'un homme devait nécessairement se cacher à l'intérieur de l'automate.

– Et c'est ce que vous êtes en train de faire ? De chercher l'homme caché ?

– J'essaie, mais je ne garantis rien. Je ne suis pas Allan Poe.

– J'espère que vous réussirez, en ce qui me concerne... Vous êtes mon seul espoir.

Muñoz haussa les épaules et ne répondit pas tout de suite.

– Je ne veux pas que vous vous fassiez trop d'illusions, dit-il après quelques pas. Quand je commençais à jouer aux échecs, il y a eu des moments où j'étais sûr de ne pas perdre une seule partie... Et c'est alors, en pleine euphorie, qu'on me battait. La défaite m'obligeait à redescendre sur terre – il ferma les yeux à demi, comme s'il épiait une présence devant eux, à travers le brouillard. Il y a toujours quelqu'un de meilleur que soi. C'est pour cette raison qu'il est utile de conserver un doute salutaire.

– Je trouve ce doute terrible.

– Vous n'avez pas tort. Dans l'angoisse d'une partie, tout joueur sait qu'il s'agit d'une bataille dans laquelle le sang n'est pas répandu. Et il finit par se dire, pour se réconforter, qu'il s'agit d'un jeu ; mais ce n'est pas votre cas.

– Et vous ?... Vous croyez qu'*il* connaît votre rôle ?

Muñoz fit un geste évasif.

– J'ignore s'il sait qui je suis. Mais il a la certitude que quelqu'un est capable d'interpréter ses mouvements. Sinon, le jeu n'aurait pas de sens.

– Je crois que nous devrions aller voir Lola Belmonte.

– D'accord.

Julia jeta un coup d'œil à sa montre.

– Nous sommes tout près de chez moi. Je vous invite d'abord à prendre un café. Menchu est là, mais elle est certainement réveillée à cette heure. Elle a des problèmes.

– Des problèmes graves ?

– On dirait bien. Et hier soir, elle s'est comportée d'une façon bizarre. Je voudrais que vous fassiez sa connaissance – elle réfléchit un instant, soucieuse. Tout particulièrement maintenant.

Ils traversèrent l'avenue. Les voitures qui roulaient lentement les éblouissaient avec leurs phares.

– Si c'est Lola Belmonte qui a monté ce coup, dit soudain Julia, je suis capable de la tuer de mes propres mains...

Muñoz la regarda, surpris.

– Je suppose qu'il y a du vrai dans cette théorie de l'agressivité, dit-il, et elle découvrit un respect nouveau et curieux dans la manière dont il l'observait. Vous pourriez jouer très bien aux échecs si vous le vouliez.

– Je le fais déjà, répondit Julia en regardant avec rancœur les ombres qui se dessinaient autour d'elle dans le brouillard. Il y a déjà longtemps que je suis en train de jouer. Et je n'aime pas du tout ça.

Elle introduisit la clé dans la serrure de sûreté et lui donna deux tours. Muñoz attendait à côté d'elle, sur le palier. Il avait enlevé sa gabardine qu'il tenait pliée sur son bras.

– Tout est en désordre, dit Julia. Je n'ai pas eu le temps de ranger ce matin...

– Ne vous inquiétez pas. L'important, c'est le café.

Julia entra dans l'atelier et, après avoir posé son sac sur une chaise, ouvrit le grand rideau de la verrière. La clarté brumeuse du jour se glissa à l'intérieur, éclairant la pièce d'une lumière grise qui laissait dans le noir les coins les plus éloignés.

– On n'y voit rien, dit-elle, et elle tendit la main pour allumer la lampe. C'est alors qu'elle vit une expression de surprise se dessiner sur le visage de Muñoz. Aussitôt envahie par la panique, elle suivit son regard.

– Où avez-vous mis le tableau ? demanda le joueur d'échecs.

Julia ne répondit pas. Quelque chose venait d'éclater en elle, au plus profond, et elle resta figée, les yeux écarquillés, devant le chevalet vide.

– Menchu, murmura-t-elle au bout de quelques instants, tandis que tout se mettait à tourner autour d'elle. Elle me le disait hier soir, et je n'ai rien compris... !

Son estomac se creusa et elle sentit dans sa bouche le goût amer de la bile. Hagarde, elle regarda Muñoz puis, incapable de se retenir, elle courut vers la salle de bains, s'arrêta dans le couloir, sur le point de s'évanouir, pour s'appuyer au chambranle de la porte de la chambre à coucher. C'est alors qu'elle vit Menchu, allongée par terre, sur le dos, au pied du lit. Le foulard avec lequel on l'avait étranglée se trouvait encore autour de son cou. Sa jupe était grotesquement retroussée jusqu'à la ceinture. On lui avait enfoncé le goulot d'une bouteille dans le sexe.

XII

DAME, CAVALIER, FOU

> « Je ne joue pas avec des pions blancs ou noirs, privés de vie. Je joue avec des êtres humains, de chair et de sang. »
>
> *E. Lasker*

Le juge n'autorisa la levée du corps qu'à sept heures. Il faisait déjà nuit. L'après-midi avait été un va-et-vient incessant d'agents de police, d'inspecteurs, de magistrats, de photographes qui illuminaient de leurs éclairs le couloir et la chambre à coucher. Ils sortirent enfin Menchu sur une civière, enveloppée dans une housse de plastique blanc à fermeture éclair, et il ne resta plus d'elle qu'une silhouette tracée à la craie sur le sol par la main indifférente d'un inspecteur; celui-là même qui était au volant de la Ford bleue quand Julia avait sorti son pistolet au Rastro.

L'inspecteur principal Feijoo fut le dernier à s'en aller, après encore une heure passée chez Julia pour mettre au net les déclarations de la jeune femme, de Muñoz et de César, arrivé à peine lui avait-on téléphoné pour lui apprendre la nouvelle. Le policier qui de toute sa vie n'avait posé la main sur un échiquier était manifestement déconcerté. Il regardait Muñoz comme un oiseau rare, acquiesçant avec une gravité suspicieuse aux explications techniques qu'il donnait, se retournant de temps en temps vers César et Julia, comme s'il n'était pas convaincu qu'ils ne fussent pas à eux trois en train de lui monter un canular monumental. Il prenait des notes de temps en temps, touchait son nœud de cravate et, à intervalles réguliers, sortait de sa poche pour y jeter un coup d'œil obtus la carte de bristol trouvée à côté du corps de Menchu, dont le message tapé à la machine, après une tentative d'interprétation dont se chargea Muñoz, avait donné à Feijoo un terrible mal de tête. Ce qui l'intéressait vraiment, à part le côté étrange de toute cette affaire, c'était la dispute que la victime et son amant avaient eue la veille dans l'après-midi. Parce que – les agents dépêchés pour le retrouver le firent savoir vers le milieu de l'après-midi – Máximo Olmedilla Sánchez, dit Max, célibataire, vingt-huit ans, mannequin de profession, demeurait introuvable. Pour plus de détails, deux témoins, un chauffeur de taxi et le concierge de l'immeuble voisin, avaient vu un homme jeune répondant à son signalement sortir de l'immeuble de Julia entre midi et midi et quart. Selon les premières constatations du médecin légiste, Menchu Roch avait été étranglée, de face et après avoir reçu un premier coup mortel sur la partie antérieure du cou, entre onze heures et midi. Le détail de la bouteille enfoncée dans le sexe – une bouteille de gin Beefeater pratiquement pleine – dont Feijoo fit mention à plusieurs reprises avec une crudité excessive, curieuse diversion après cette tortueuse histoire d'échecs que ses trois interlocuteurs venaient de lui infliger, l'inspecteur l'interprétait comme un indice de poids, en ce sens que l'on pouvait certainement chercher du côté du crime passionnel, selon lui. En fin de compte, la victime – et il avait froncé les sourcils en prenant une figure de circonstance, donnant à entendre qu'elle était morte par où elle avait péché – n'était pas, comme Julia et don César venaient de le lui expliquer, une personne d'une moralité sexuelle irréprochable. Quant au rapport entre cette affaire et la mort du professeur Ortega, le lien paraissait d'ores et déjà évident, compte tenu de la disparition du tableau. Il donna encore quelques explications, écouta attentivement les réponses de Julia, de Muñoz et de César aux nouvelles questions qu'il leur posa et prit congé après les avoir tous convoqués le lendemain matin au commissariat.

– Quant à vous, mademoiselle, ne vous inquiétez pas – il s'était arrêté sur le seuil de la porte et la regardait avec l'air éminemment sérieux du fonctionnaire parfaitement maître de la situation. Nous savons maintenant qui chercher. Bonsoir.

Lorsqu'elle eut refermé la porte, Julia s'adossa contre le panneau blindé et regarda ses deux amis. Elle avait de grands cernes sous ses yeux maintenant plus tranquilles. Elle avait beaucoup pleuré, de chagrin, de colère et d'impuissance. D'abord en silence, devant Muñoz, juste après la découverte du corps de Menchu. Puis, lorsque César était arrivé, le visage décomposé, atterré par l'horrible nouvelle, elle s'était jetée dans ses bras comme du temps où elle était petite et ses pleurs s'étaient brisés en sanglots irrépressibles, tandis qu'elle se cramponnait à l'antiquaire qui lui murmurait d'inutiles paroles de consolation. Ce n'était pas seulement la mort de son amie qui l'avait mise dans cet état. C'était, comme elle le dit d'une voix étouffée tandis que des torrents de larmes lui brûlaient le visage, l'insupportable tension de tous ces derniers jours; la certitude humiliante que l'assassin continuait à jouer avec leurs vies avec une impunité totale, sûr de les tenir à sa merci.

L'interrogatoire de la police avait eu au moins un effet positif: celui de lui rendre le sens des réalités. L'entêtement stupide avec lequel Feijoo refusait d'accepter l'évidence, la fausse condescendance avec laquelle il acquiesçait, sans rien comprendre ni même essayer de le faire, aux explications détaillées qu'ils lui avaient données tous les trois au sujet de ce qui s'était passé, avaient fait comprendre à la jeune femme qu'il n'y avait pas beaucoup à attendre de ce côté-là. Le coup de téléphone de l'inspecteur envoyé chez Max et la déposition des deux témoins avaient fini par confirmer Feijoo dans son idée parfaitement typique d'un policier : le mobile le plus simple était généralement le plus probable. Cette histoire d'échecs était intéressante, d'accord. Quelque chose qui compléterait sans aucun doute les détails du drame. Mais quant au fond de l'affaire, ce n'était qu'une anecdote... Le détail de la bouteille était concluant. Pathologie criminelle à l'état pur. Parce que, en dépit de ce qu'on raconte dans les romans policiers, mademoiselle, les apparences ne trompent jamais.

– Il n'y a plus de doute, dit Julia. – Les pas de l'inspecteur résonnaient encore dans la cage d'escalier. – Álvaro a été assassiné, comme Menchu. Quelqu'un se cache derrière ce tableau depuis longtemps.

Muñoz, debout devant la table, les mains dans les poches de sa veste, regardait le bout de papier sur lequel, sitôt Feijoo disparu, il avait noté le message de la carte trouvée à côté du cadavre. Quant à César, il était assis sur le sofa où Menchu avait passé la nuit, regardant d'un air encore sidéré le chevalet vide. Il secoua la tête quand Julia eut fini de parler.

– Ce n'est pas Max, dit-il après un court instant de réflexion. Il est *absolument* impossible que cet imbécile ait organisé tout cela...

– Mais il est venu ici. Au moins dans l'escalier.

Devant l'évidence, l'antiquaire haussa les épaules, mais sans conviction.

– Alors, il y a quelqu'un d'autre... Si Max était la main-d'œuvre, pour ainsi dire, une autre personne tirait les fils – il leva lentement la main et pointa son index vers son front. – Quelqu'un qui pense.

– Le joueur mystérieux. Et il a gagné la partie.

– Pas encore, dit Muñoz.

Ils le regardèrent, surpris.

– Il a le tableau, précisa Julia. Si ce n'est pas gagner…

Le joueur d'échecs qui jusque-là avait les yeux fixés sur le croquis posé sur la table leva le regard. On y lisait une sorte de fascination absorbée. Ses pupilles dilatées paraissaient voir, au-delà des quatre murs de l'atelier, des combinaisons complexes mathématiquement ordonnées dans l'espace.

– Avec ou sans tableau, la partie continue, dit-il. Et il leur montra le papier :

... D x T
De7 ? – – – Db3 +
Rd4 ? – – – pb7 x pc6

– Cette fois, reprit-il, l'assassin nc nous indiquc pas un seul coup, mais trois – il s'avança vers sa gabardine, pliée sur le dos d'une chaise, et sortit d'une poche son échiquier pliant. Le premier saute aux yeux : D x T, la dame noire prend la tour blanche… Menchu Roch a été assassinée sous l'identité de cette tour, de la même façon que le cavalier blanc symbolisait plus tôt votre ami Álvaro et qu'il correspondait à Roger d'Arras dans le tableau – tout en parlant, Muñoz disposait les pièces. Donc, la dame noire n'a pris pour le moment que deux pièces. En pratique – il jeta un coup d'œil à César et à Julia qui s'étaient approchés de l'échiquier –, la prise de ces deux pièces se traduit par autant d'assassinats… Notre adversaire s'identifie à la dame noire ; lorsque c'est une autre pièce noire qui prend, ce qui s'est produit il y a deux tours lorsque nous avons perdu la première tour blanche, il ne se passe rien de particulier. Du moins, que nous sachions.

Julia montra le papier.

– Pourquoi avez-vous mis des points d'interrogation pour les deux coups suivants des blancs ?

– Ce n'est pas moi qui l'ai fait. Ils étaient là, sur la carte ; l'assassin a prévu nos deux mouvements suivants. Je suppose que ces points d'interrogation nous invitent à jouer ces coups… « Si vous faites ceci, je vais faire cela », nous dit-il en quelque sorte. Donc – il déplaça quelques pièces –, la partie en est là :

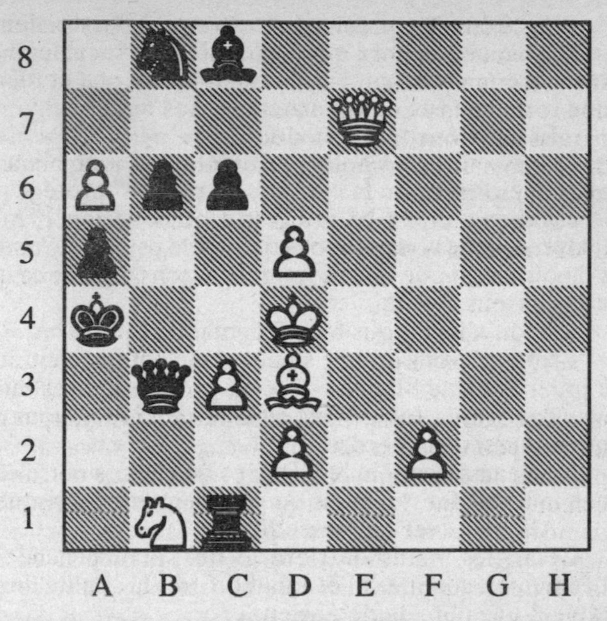

... Comme vous pouvez le voir, il y a eu des changements importants. Après avoir pris la tour en b2, les noirs ont prévu que nous jouerions le meilleur coup possible. Déplacer notre dame blanche de la case e1 à la case e7. Cela nous donne un avantage : une ligne d'attaque en diagonale qui menace le roi noir, déjà passablement limité dans ses mouvements par la présence du cavalier, du fou et du pion blancs qui se trouvent dans les parages... En prenant pour hypothèse que nous jouerions comme nous venons de le faire, la dame noire monte de b2 en b3 pour appuyer son roi et menacer de mise en échec le roi blanc, qui n'a plus d'autre choix, comme effectivement nous l'avons fait, que de se replier sur la case voisine de droite en fuyant de c4 à d4, pour se mettre hors de portée de la dame...

– C'est sa troisième mise en échec, déclara César.

– Oui. Et on peut l'interpréter de bien des façons... Par exemple, le proverbe dit : Jamais deux sans trois. À quoi on peut ajouter à la troisième, je touche, c'est-à-dire que l'assassin vole le tableau. Je crois que je commence à le connaître un peu et même que je devine son sens particulier de l'humour.

– Et maintenant ? demanda Julia.

– Maintenant, les noirs prennent notre pion blanc c6 avec le pion noir de la case b7. Le pion est protégé par le cavalier noir de b8... C'est à nous de jouer, mais l'adversaire ne nous propose rien sur le papier... Comme s'il nous disait que nous sommes responsables de ce que nous faisons, pas lui.

– Et qu'allons-nous faire ? demanda César.

– Nous n'avons qu'une seule bonne option : continuer à jouer la dame blanche – et en prononçant ces mots, Muñoz regarda Julia. Mais en la faisant jouer, nous risquons aussi de la perdre.

Julia haussa les épaules. Tout ce qu'elle désirait, c'était que la partie finisse, quels que puissent être les risques.

– Allons-y avec la dame, dit-elle.

César, les mains derrière le dos, était penché sur l'échiquier, comme s'il étudiait de près la qualité discutable d'une porcelaine ancienne.

– Ce cavalier blanc qui se trouve en b1 me semble être en mauvaise posture lui aussi, dit-il à voix basse en s'adressant à Muñoz. Vous ne croyez pas ?

– Si. Je doute que les noirs le laissent longtemps ici. Sa présence menace leurs arrières, ce qui ferait de lui le principal soutien de la reine blanche pour une attaque... Même chose pour le fou blanc de d3. Ces deux pièces, avec la reine, sont décisives.

Les deux hommes se regardèrent en silence et Julia vit s'établir entre eux un courant de sympathie qu'elle n'avait pas encore perçu jusqu'à présent. Comme la solidarité résignée des Spartiates aux Thermopyles, alors que grondent dans le lointain les chars perses.

– Je donnerais n'importe quoi pour savoir quelles pièces nous sommes, vous et moi..., murmura César en haussant un sourcil. Ses lèvres esquissaient un pâle sourire. En vérité, je n'aimerais pas me reconnaître dans ce cavalier.

Muñoz leva un doigt.

– Cavalier, mais aussi : *chevalier*. La connotation est plus honorable.

– Je ne parlais pas de la connotation – César étudiait la pièce d'un air préoccupé. Ce cavalier, ou ce chevalier si vous préférez, pourrait bien faire la culbute.

– Je suis de cet avis.

– Vous ou moi ?

– Je n'en sais rien.

– Je vous avoue que je préférerais m'incarner dans le fou.

Muñoz hocha la tête, pensif, sans quitter l'échiquier des yeux.

– Moi aussi. Il est moins exposé que le cavalier.

– C'est bien de cela que je parlais, mon cher.

– Alors, je vous souhaite bonne chance.

– Même chose pour vous. Et que le dernier éteigne la lumière.

Un long silence suivit ce dialogue. Julia le rompit en s'adressant à Muñoz.

– Puisque c'est à nous de jouer maintenant, qu'est-ce que nous allons faire ?... Vous avez parlé de la dame blanche...

Le joueur laissa glisser ses yeux sur l'échiquier, sans lui prêter trop d'attention. Son cerveau de joueur d'échecs avait déjà analysé toutes les combinaisons possibles.

– Au début, je pensais prendre le pion noir de c6 avec notre pion d5, mais nous accorderions trop de répit à notre adversaire... Nous allons donc plutôt déplacer notre reine de e7 en e4. Il suffira ensuite de retirer le roi au prochain coup pour mettre en échec le roi noir. Notre première mise en échec.

Cette fois, ce fut César qui déplaça la reine blanche pour la poser à côté du roi. Julia vit que ses doigts tremblaient légèrement, malgré le calme qu'il essayait d'afficher.

– C'est bien ça, confirma Muñoz. Et tous les trois regardèrent de nouveau l'échiquier :

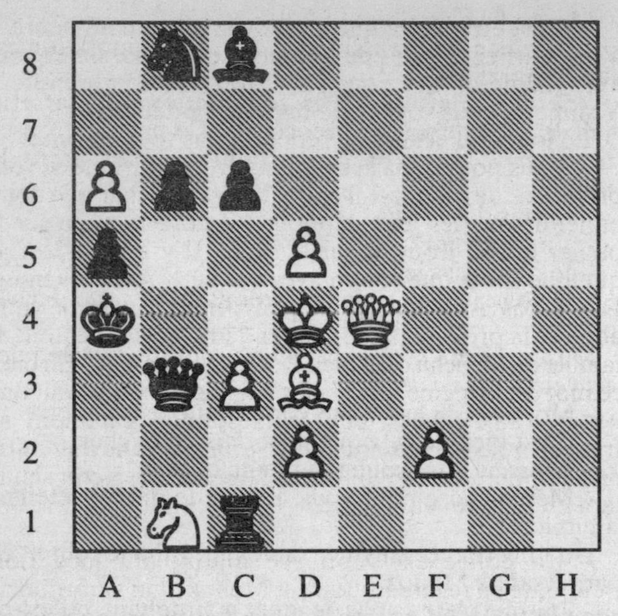

– Et qu'est-ce qu'*il* va faire maintenant ? demanda Julia.

Muñoz croisa les bras, les yeux fixés sur l'échiquier. Il réfléchit un moment mais, quand il répondit, elle devina que ce n'était pas sur le prochain coup qu'il s'interrogeait, mais sur l'opportunité de l'indiquer aux autres à haute voix.

– Il a plusieurs options, répondit-il évasivement. Certaines plus intéressantes que les autres... Et plus dangereuses aussi. À partir de maintenant, la partie bifurque comme les branches d'un arbre. Il y a au minimum quatre variantes. Certaines nous feraient nous embourber dans un jeu long et complexe, ce qui est peut-être son intention... D'autres permettraient de terminer la partie en quatre ou cinq coups.

– Et que pensez-vous ? demanda César.

– Pour le moment, je réserve mon opinion. C'est aux noirs de jouer.

Il ramassa les pièces et ferma son échiquier qu'il glissa dans la poche de sa gabardine. Julia le regardait avec curiosité.

– C'est étrange ce que vous avez dit tout à l'heure... Vous parliez du sens de l'humour de l'assassin et vous avez même dit que vous parveniez à le comprendre... Vraiment, vous voyez de l'humour là-dedans ?

Le joueur d'échecs ne répondit pas tout de suite.

– Vous pouvez parler d'humour, ou d'ironie si vous préférez..., expliqua-t-il enfin. Mais il est clair que notre ennemi aime les jeux de mots – il posa la main sur le papier qui se trouvait sur la table. Il y a peut-être ici quelque chose que vous n'avez pas vu... Avec les signes D X T, l'assassin établit un rapport entre la mort de votre amie et la prise de la tour par la dame noire. Le nom de famille de Menchu était bien Roch, n'est-ce-pas ? Eh bien, ce mot est le même que le mot anglais *rook* qui veut dire « tour » aux échecs, et il correspond également au français *roc*, ancien nom de la tour et, dans une autre orthographe, *roque*, mouvement qui fait intervenir simultanément le roi et la tour.

– La police est venue ce matin, annonça Lola Belmonte en regardant Julia et Muñoz d'un air furibond, comme s'ils en étaient directement responsables. C'est extrêmement... – elle chercha vainement le mot juste, puis se tourna vers son mari pour l'appeler à son secours.

– Très désagréable, dit Alfonso qui se replongea dans sa contemplation effrontée de la poitrine de Julia.

Police ou pas, il était évident qu'il venait de se lever. Des cernes noirs sous ses paupières encore gonflées accentuaient son air habituel de noceur.

– Pire – Lola Belmonte avait enfin trouvé le mot qu'elle cherchait et elle se pencha sur sa chaise, osseuse et sèche. *Une honte*: connaissez-vous X, connaissez-vous Y... On aurait dit que nous étions des criminels.

– Ce qui n'est pas le cas, ajouta le mari avec une gravité cynique.

– Ne dis pas de bêtises – Lola Belmonte lui lança un regard méchant. Nous parlons sérieusement.

Alfonso laissa fuser un petit rire entre ses dents.

– Nous perdons du temps. Le seul point qui compte, c'est que le tableau s'est envolé et notre argent avec lui.

– Mon argent, Alfonso, intervint Belmonte depuis son fauteuil roulant. Si tu n'y vois pas d'inconvénient.

– Ce n'était qu'une façon de parler, mon oncle.

– Alors, essaie de trouver une meilleure façon.

Julia vida le fond de sa tasse de café avec sa cuillère. Il était froid et elle se demanda si la nièce avait fait exprès de le servir ainsi. Ils s'étaient présentés à l'improviste, vers midi, sous prétexte de mettre la famille au courant de ce qui s'était passé.

– Vous croyez qu'on va retrouver le tableau? demanda le vieil homme.

Il les avait reçus en jersey et pantoufles, avcc unc amabilité qui compensait l'air revêche de la nièce. Et maintenant, il les regardait d'un air désolé, sa tasse entre les mains. La nouvelle du vol et de l'assassinat de Menchu l'avait profondément troublé.

– L'affaire est entre les mains de la police, dit Julia. Je suis sûre qu'on va finir par le retrouver.

– Je crois savoir qu'il existe un marché noir pour les œuvres d'art. Et qu'on pourrait le vendre à l'étranger.

– Oui. Mais la police a le signalement du tableau; je leur ai donné moi-même plusieurs photos. Il ne serait pas facile de lui faire passer la frontière.

– Je ne comprends pas comment ils ont pu entrer chez vous... La police m'a dit que vous avez une serrure de sûreté et une alarme électronique.

– Menchu a peut-être ouvert la porte. Le principal suspect est Max, son ami. Des témoins l'ont vu sortir de l'immeuble.

– Nous connaissons cet ami, dit Lola Belmonte. Il est venu ici un jour avec elle. Un jeune homme plutôt grand, bien fait de sa personne. Trop bien fait, me suis-je dit... J'espère qu'on l'arrêtera bientôt et qu'on lui donnera ce qu'il mérite. Pour nous – elle regarda l'espace vide sur le mur –, c'est une perte irréparable.

– On touchera au moins l'assurance, dit le mari en souriant à Julia, avec la mine d'un renard maraudant près d'un poulailler. Grâce à la prudence de cette jolie jeune femme... – il parut se souvenir de quelque chose et son visage s'assombrit du degré voulu. – Mais naturellement, l'assurance ne redonnera pas la vie à votre amie.

Lola Belmonte lança un regard méprisant à Julia.

– Il ne manquerait plus que le tableau n'ait pas été assuré – elle avançait sa lèvre inférieure en parlant, dédaigneuse. Mais monsieur Montegrifo dit que par comparaison avec le prix que nous aurions obtenu, l'assurance n'est qu'une bouchée de pain.

– Vous avez déjà parlé à Paco Montegrifo ? demanda Julia, curieuse.

– Oui. Il a téléphoné très tôt. Il nous a pratiquement sortis du lit pour nous annoncer la nouvelle. C'est pour cette raison que nous étions déjà au courant quand la police est arrivée... Un homme très bien – la nièce regarda son mari sans chercher à dissimuler sa rancœur. J'ai toujours dit que cette affaire se présentait mal dès le début.

Alfonso fit le geste de se laver les mains.

– La proposition de la pauvre Menchu était intéressante. Ce n'est pas ma faute si les choses se sont compliquées par la suite. Et puis, oncle Manolo a toujours eu le dernier mot – il regarda l'invalide avec une expression exagérée de respect. N'est-ce pas ?

– Il y aurait beaucoup à dire là-dessus aussi, dit la nièce.

Belmonte la regarda par-dessus le bord de sa tasse qu'il portait à ses lèvres et Julia put discerner dans ses yeux cette lueur contenue qu'elle leur avait déjà vue.

– Le tableau est toujours à mon nom, Lolita, dit le vieil homme après s'être essuyé soigneusement les lèvres avec un mouchoir froissé qu'il sortit de sa poche. Bien ou mal, envolé ou pas, c'est une affaire qui me concerne – il resta silencieux un moment, comme s'il songeait à ce qu'il venait de dire, et lorsque ses yeux croisèrent à nouveau ceux de Julia, la jeune femme y lut une réelle sympathie. Quant à cette jeune dame – il lui fit un sourire d'encouragement, comme si c'était elle qui avait besoin d'être réconfortée –, je suis sûr qu'on ne peut rien lui reprocher... – il se tourna vers Muñoz qui n'avait pas encore ouvert la bouche. Vous ne croyez pas ?

Le joueur d'échecs était enfoncé dans un fauteuil, les jambes allongées devant lui, les mains nouées sous son menton. Quand il entendit la question, il dodelina de la tête après avoir battu des paupières, comme si on l'avait interrompu au beau milieu d'une complexe méditation.

– Sans aucun doute, dit-il.

– Vous croyez encore que tous les mystères peuvent se déchiffrer selon les lois des mathématiques ?

– Oui, je le crois.

Ce bref dialogue rappela quelque chose à Julia.

– Nous n'entendons pas de Bach aujourd'hui, dit-elle.

– Avec ce qui est arrivé à votre amie et la disparition du tableau, ce n'est pas un jour pour la musique – Belmonte parut se perdre dans ses pensées, puis il sourit, énigmatique. De toute façon le silence est aussi important que les sons organisés... Vous ne croyez pas, monsieur Muñoz ?

Pour une fois, le joueur d'échecs était d'accord.

– Tout à fait, répondit-il à son interlocuteur avec un intérêt renouvelé. Comme les négatifs photographiques, je suppose. Le fond, ce qui apparemment n'est pas impressionné, contient également des informations... Même chose chez Bach ?

– Naturellement. Bach a ses espaces négatifs, des silences aussi éloquents que les notes, les temps et contretemps... Vous cultivez aussi l'étude des espaces blancs dans vos systèmes logiques ?

– Naturellement. C'est comme changer de point de vue. Il arrive qu'on regarde un jardin qui ne présente pas d'ordre apparent sous un certain angle, mais dans lequel une régularité géométrique se dessine sous une autre perspective.

– J'ai peur, dit Alfonso en les regardant ironiquement, que la conversation ne soit trop scientifique pour moi à cette heure de la journée – il se leva et s'approcha du petit bar. Quelqu'un prendrait quelque chose ?

Personne ne répondit. Il haussa les épaules et s'occupa de se servir un whisky. Puis il alla s'appuyer contre le buffet et leva son verre dans la direction de Julia.

– Pas bête, l'histoire du jardin, dit-il en portant le verre à ses lèvres.

Muñoz, qui semblait ne pas l'avoir entendu, regardait maintenant Lola Belmonte. Dans l'immobilité du joueur d'échecs, très semblable à celle d'un chasseur à l'affût, seuls ses yeux semblaient animés par cette expression que Julia connaissait bien maintenant, pénétrante et méditative ; seul signe qui, sous l'indifférence apparente de cet homme, trahissait un esprit alerte, intéressé par ce qui se passait dans le monde extérieur. Il était maintenant sur le point de jouer, se dit Julia, satisfaite, persuadée de se trouver en de bonnes mains. Elle but une gorgée de café froid pour dissimuler le sourire complice qui affleurait sur ses lèvres.

– J'imagine, dit lentement Muñoz en s'adressant à la nièce, que c'est aussi un coup dur pour vous.

– Naturellement – Lola Belmonte regarda son oncle avec des yeux remplis de reproches. Ce tableau vaut une fortune.

– Je ne parlais pas seulement de l'aspect économique de l'affaire. Je crois savoir que vous jouiez cette partie... Vous pratiquez les échecs ?

– Un peu.

Le mari leva son verre.

– En fait, elle joue très bien. Je n'ai jamais gagné une seule fois contre elle – il réfléchit à ce qu'il venait de dire, fit un clin d'œil et avala une bonne gorgée de whisky. Ce qui ne veut pas dire grand-chose cependant.

Lola Belmonte regardait Muñoz, soupçonneuse. Elle avait l'air, pensa Julia, d'une grenouille de bénitier rapace, avec cette robe trop longue, ces mains fines et osseuses, comme des serres d'oiseau de proie, ce regard perçant sous son nez busqué, accentué par un menton agressif. Julia remarqua que les tendons du dos de ses mains saillaient, comme raidis par trop d'énergie contenue. Une mégère difficile à apprivoiser, se dit-elle, acariâtre et arrogante. Il n'était pas difficile de l'imaginer prenant plaisir à médire des autres, projetant sur eux ses complexes et ses frustrations. Personnalité étiolée, opprimée par la vie. Échec au roi comme attitude critique face à toute autorité qui ne serait pas elle-même, cruauté et calcul, règlements de comptes... Avec son oncle, avec son mari... Peut-être avec le monde entier. Et le tableau, obsession d'un esprit malade, intolérant. Ces mains fines et nerveuses avaient suffisamment de force pour tuer d'un coup sur la nuque, pour étrangler avec un foulard de soie... Elle n'eut pas de mal à se l'imaginer avec des lunettes de soleil et un imperméable. Mais elle ne parvenait pas à établir un lien quelconque entre elle et Max. Toute hypothèse de ce genre ne pouvait qu'appartenir au domaine de l'absurde.

– Il n'est pas fréquent, disait alors Muñoz, de rencontrer des femmes qui jouent aux échecs.

– Je joue pourtant – Lola Belmonte était en alerte, sur la défensive. Vous y trouvez quelque chose à redire ?

– Au contraire. J'en suis très heureux... Sur un échiquier, on peut faire des choses qui seraient impossibles en pratique, je veux dire dans la vie réelle... Vous ne croyez pas ?

Elle fit un geste ambigu, comme si elle ne s'était jamais posé la question.

– Peut-être. Pour moi, les échecs ont toujours été un jeu comme un autre. Un passe-temps.

– Pour lequel vous êtes douée, je crois. Mais je répète, il est plutôt rare qu'une femme joue bien aux échecs...

– Une femme peut faire n'importe quoi. Si on ne nous le permet pas, c'est une autre affaire.

Muñoz avait un petit sourire complice au coin de la bouche.

– Vous aimez jouer avec les noirs ? En règle générale, ils doivent se limiter à un jeu défensif ; l'initiative va aux blancs.

– Une bêtise. Je ne vois pas pourquoi les noirs devraient attendre les coups. Comme la femme au foyer – elle lança un regard dédaigneux à son mari. Tout le monde croit que c'est le mari qui porte les culottes.

– Et ce n'est pas le cas ? demanda Muñoz, son demi-sourire figé sur les lèvres... Par exemple, dans la partie du tableau. La position initiale semble avantageuse pour les blancs. Le roi noir est menacé. Et au début, la dame noire est inutile.

– Dans cette partie, le roi noir ne sert à rien ; c'est la dame qui prend l'initiative. La dame et les pions. Une partie qui se gagne avec la dame et les pions.

Muñoz glissa la main dans sa poche et en sortit un papier.

– Avez-vous joué cette variante ?

Manifestement déconcertée, Lola Belmonte regarda

son interlocuteur, puis le papier qu'il lui glissait dans la main. Muñoz regarda autour de lui, d'un air apparemment détaché, jusqu'à ce que ses yeux rencontrent ceux de Julia. Bien joué, disait le regard de la jeune femme, mais l'expression du joueur d'échecs resta indéchiffrable.

– Je crois que oui, dit Lola Belmonte au bout d'un moment. Les blancs jouent pion contre pion, ou dame avec roi, pour préparer la mise en échec au tour suivant... – Elle regarda Muñoz d'un air satisfait. Ici, les blancs ont choisi de jouer la dame, ce qui me paraît correct.

Muñoz acquiesça d'un signe de tête.

– Je suis d'accord. Mais je m'intéresse plus au prochain mouvement des noirs. Que feriez-vous ?

Lola Belmonte ferma les yeux à demi, soupçonneuse. Elle semblait chercher en tout des intentions secrètes. Puis elle rendit le papier à Muñoz.

– Il y a longtemps que je ne joue plus cette partie, mais je me souviens qu'il y a au moins quatre variantes : la tour noire prend le cavalier, ce qui assure une ennuyeuse victoire aux blancs avec les pions et la dame... Une autre possibilité, je crois, serait de jouer le cavalier contre le pion. Mais on peut jouer aussi la dame noire pour prendre la tour, ou le fou pour prendre le pion... Les possibilités sont infinies – elle regarda Julia, puis Muñoz. Très franchement, je ne vois pas le rapport entre ceci...

– Comment faites-vous, demanda Muñoz, impassible, comme s'il n'avait pas entendu l'objection, pour gagner avec les noirs ?... J'aimerais savoir, en tant que joueur, à quel moment vous prenez l'avantage.

Lola Belmonte se rengorgea.

– Quand vous voudrez, nous jouerons ensemble. Vous aurez la réponse.

– J'en serais ravi et je vous prends au mot. Mais il y a une variante que vous n'avez pas mentionnée, peut-être parce que vous l'avez oubliée. Une variante qui fait intervenir un échange de dames – il fit un geste rapide de la main, comme s'il balayait un échiquier imaginaire. Vous voyez ce que je veux dire ?

– Bien sûr. Quand la dame noire prend le pion en d5, l'échange de dames est décisif – les lèvres de

Lola Belmonte ébauchèrent une cruelle grimace de triomphe. Et les noirs gagnent – ses yeux d'oiseau de proie regardèrent avec mépris son mari avant de se poser sur Julia... – Dommage que vous ne jouiez pas aux échecs, mademoiselle.

– Qu'en pensez-vous? demanda Julia dès qu'ils se retrouvèrent dans la rue.

Muñoz pencha légèrement la tête de côté. Il marchait à sa droite, au bord du trottoir, les lèvres serrées, et son regard s'arrêtait, absent, sur les visages des passants qu'ils croisaient. La jeune femme vit qu'il hésitait à répondre.

– Techniquement, fit enfin le joueur d'échecs, comme à regret, il est possible que ce soit elle. Elle connaît toutes les possibilités de la partie. Et puis, elle joue bien. Je dirais même qu'elle joue très bien.

– Vous ne semblez pas très convaincu...

– C'est qu'il y a des détails qui ne cadrent pas.

– Mais elle correspond assez bien à l'idée que nous nous faisons de *lui*. Elle connaît sur le bout des doigts la partie du tableau. Elle a la force nécessaire pour tuer un homme, ou une femme, et il y a chez elle quelque chose de trouble qui vous met mal à l'aise – elle fronça les sourcils, cherchant le mot qui compléterait sa description. Elle donne l'impression d'une personne *mauvaise*. En plus, elle a pour moi une antipathie que je ne parviens pas à comprendre... Pourtant, si nous nous fions à ce qu'elle dit, je suis ce que devrait être une femme à ses yeux: indépendante, sans attaches familiales, relativement sûre d'elle-même... Moderne, comme dirait don Manuel.

– Elle vous déteste peut-être précisément pour cette raison. Parce qu'elle aurait voulu être ainsi et qu'elle n'a pas pu... Je n'ai pas une très bonne mémoire pour ces contes que vous aimez tant, vous et César, mais je crois me souvenir que la sorcière finit par haïr le miroir.

Malgré les circonstances, Julia éclata de rire.

– C'est possible... Je n'y aurais jamais pensé.

– Eh bien, vous savez maintenant – Muñoz esquissait lui aussi un sourire. Faites attention à ne pas manger de pommes dans les jours qui viennent.

– J'ai mes princes charmants. Vous et César. Le fou et le cavalier, c'est bien ça ?

Muñoz ne souriait plus.

– Ce n'est pas un jeu, Julia, dit-il au bout d'un moment. Ne l'oubliez pas.

– Je ne l'oublie pas.

Elle le prit par le bras et sentit que Muñoz se contractait imperceptiblement. Il semblait mal à l'aise, mais elle ne le lâcha pas. Elle commençait à apprécier cet homme étrange, maladroit et taciturne. Sherlock Muñoz et Julia Watson, pensa-t-elle en riant intérieurement, remplie d'un optimisme exagéré qui ne disparut que lorsqu'elle se souvint tout à coup de Menchu.

– À quoi pensez-vous ? demanda le joueur d'échecs.

– Toujours à la nièce.

– Moi aussi.

– Le fait est qu'elle correspond point par point à ce que nous cherchons... Même si vous n'avez pas l'air tout à fait convaincu.

– Je n'ai pas dit qu'elle n'était pas la femme à l'imperméable. Seulement que je ne reconnais pas en elle le joueur mystérieux...

– Mais il y a des choses qui concordent. Vous ne trouvez pas étrange qu'une femme aussi intéressée, quelques heures après le vol d'un tableau qui vaut une fortune, oublie tout d'un coup son indignation pour se mettre à parler tranquillement d'échecs ?... – Julia lâcha le bras de Muñoz et le regarda dans les yeux. Ou bien c'est une hypocrite, ou bien les échecs signifient pour elle beaucoup plus qu'il ne semble à première vue. Dans les deux cas, son attitude est suspecte. Elle pourrait parfaitement jouer un rôle. Depuis que Montegrifo a téléphoné, elle a eu amplement le temps, sachant que la police irait chez elle, de préparer ce que vous appelez une ligne de défense.

Muñoz hocha la tête.

– C'est possible, en effet. Après tout, elle joue aux échecs. Et un joueur d'échecs a plus d'un tour dans son sac. Particulièrement quand il s'agit de se tirer d'une situation embarrassante...

Il fit quelques pas sans rien dire en regardant le bout

de ses chaussures. Puis il leva les yeux et secoua la tête.

– Non, je ne crois pas que ce soit elle, reprit-il enfin. J'ai toujours pensé que, lorsque nous nous trouverions face à face avec l'adversaire, je sentirais quelque chose de particulier. Et je n'ai rien senti.

– Vous ne pensez pas que vous idéalisez peut-être un peu trop l'ennemi ? demanda Julia après un moment d'hésitation... Est-ce que, déçu par la réalité, vous ne refuseriez pas d'accepter les faits ?

Muñoz s'arrêta et observa la jeune femme, impénétrable. Ses yeux mi-clos étaient maintenant dépourvus d'expression.

– J'y ai pensé, murmura-t-il en la regardant avec ce regard indéchiffrable. Et je n'écarte pas cette possibilité.

Il y avait autre chose, devina Julia, malgré le laconisme du joueur d'échecs. Son silence, la manière dont il inclinait la tête de côté, dont il la regardait sans la voir, perdu dans des pensées hermétiques qu'il était seul à connaître, tout cela donnait à la jeune femme la certitude qu'autre chose qui n'avait rien à voir avec Lola Belmonte lui trottait dans la tête.

– Il y a quelque chose d'autre ? demanda-t-elle, incapable de contenir sa curiosité. Vous avez découvert là-bas quelque chose que je ne sais pas ?

Muñoz éluda la question.

Ils passèrent par le magasin de César pour raconter leur visite à l'antiquaire qui les attendait, inquiet. Il se précipita vers eux dès que tinta la clochette de la porte.

– Ils ont *arrêté* Max, dit-il. Ce matin, à l'aéroport. La police m'a téléphoné il y a une demi-heure... Il est au commissariat du Prado, Julia. Et il veut te voir.

– Pourquoi moi ?

César haussa les épaules. Il s'y connaissait peut-être en potiches chinoises ou en peintures du XIXe, semblait-il dire. Mais la psychologie des proxénètes et des délinquants en général ne figurait pas pour l'instant au nombre de ses spécialités. Il y avait des limites à tout.

– Et le tableau ? demanda Muñoz. Savez-vous s'il a été retrouvé ?

– J'en doute beaucoup – les yeux bleus de l'antiquaire trahissaient sa préoccupation. Je crois que le problème est justement là.

L'inspecteur principal Feijoo n'avait pas l'air très content de voir Julia. Il la reçut dans son bureau, sous un portrait du roi et un calendrier de la Sûreté nationale, sans l'inviter à s'asseoir. Manifestement d'humeur massacrante, il ne s'embarrassa pas de circonlocutions.

– Ceci n'est pas très régulier, dit-il d'une voix brusque. Car il s'agit de l'auteur présumé de deux homicides... Mais il exige de parler avec vous avant de faire une déclaration en règle. Et son avocat – il parut sur le point de cracher ce qu'il pensait des avocats – est d'accord.

– Comment l'avez-vous retrouvé ?

– Ça n'a pas été difficile. Hier soir, nous avons diffusé partout son signalement, notamment aux frontières et aux aéroports. Il s'est fait prendre au contrôle de Barajas, ce matin, alors qu'il s'apprêtait à prendre un avion pour Lisbonne, avec un faux passeport. Il n'a pas opposé de résistance.

– Il vous a dit où se trouvait le tableau ?

– Il n'a absolument rien dit – Feijoo leva un doigt potelé à l'ongle court. Pardon, si, il a dit qu'il était innocent. Une phrase que nous connaissons bien ici ; elle fait partie des formalités. Mais quand je l'ai mis en face des témoignages du chauffeur de taxi et du concierge, il s'est effondré. Il a aussitôt demandé un avocat... C'est à ce moment-là qu'il a exigé de vous voir.

Ils sortirent de son bureau et prirent un couloir jusqu'à une porte devant laquelle un agent était de faction.

– Je reste ici, au cas où vous auriez besoin de moi. Il insiste pour vous voir seule.

On referma la porte à double tour derrière elle. Max était assis sur l'une des deux chaises qui se trouvaient de part et d'autre d'une table de bois, au centre de la pièce sans fenêtre, vide de tout autre mobilier, aux murs matelassés et sales. Il était habillé d'un pull-over froissé et d'une chemise à col ouvert. Sa queue de cheval était défaite et ses cheveux pendaient en désordre ; quelques mèches lui retombaient sur les oreilles et les yeux. Il avait posé ses mains menottées sur la table.

– Bonjour, Max.

Il leva les yeux et lança un long regard à Julia. Il avait de profondes poches sous les yeux et semblait inquiet, fatigué. Comme après un long effort stérile.

– Enfin un visage ami –, dit-il avec une ironie lasse, et il l'invita du geste à s'asseoir sur l'autre chaise.

Julia lui offrit une cigarette qu'il alluma avec avidité, approchant son visage du briquet qu'elle tenait dans sa main.

– Pourquoi veux-tu me voir, Max ?

Il la regarda un moment avant de répondre. Sa respiration était haletante. Non, il ne ressemblait plus à un jeune loup, mais plutôt à un lapin acculé dans son terrier qui entend s'approcher le furet. Julia se demanda si les policiers l'avaient passé à tabac, mais il ne présentait aucune marque. On ne tabasse plus les gens, se dit-elle. Plus maintenant.

– Je voulais te dire..., répondit Max.

– Me dire quoi ?

Max ne parla pas tout de suite. Il fumait avec ses mains menottées, tenant la cigarette devant son visage.

– Elle était morte, Julia, dit-il à voix basse. Ce n'est pas moi qui l'ai tuée. Quand je suis arrivé chez toi, elle était déjà morte.

– Comment es-tu entré ? C'est elle qui t'a ouvert ?

– Je t'ai dit qu'elle était morte... La deuxième fois.

– La deuxième ? Il y a eu une première fois ?

Les coudes sur la table, Max laissa tomber la cendre de sa cigarette et posa son menton mal rasé sur ses deux pouces.

– Attends, murmura-t-il avec une lassitude infinie. Il faut que je te raconte depuis le début... – Il porta à nouveau la cigarette à ses lèvres, fermant les yeux entre deux bouffées de fumée. Tu sais comme Menchu a mal pris l'histoire de Montegrifo. Elle se promenait comme un fauve, elle criait des insultes, elle hurlait des menaces. « Il m'a volée ! Salaud ! » J'ai essayé de la calmer et nous avons parlé de l'affaire. C'est moi qui ai eu l'idée.

– Quelle idée ?

– J'ai des relations. Des gens qui peuvent passer

n'importe quoi aux frontières. Alors j'ai dit à Menchu de voler le Van Huys. Au début, elle était folle de rage, elle m'insultait, elle ne parlait que de votre amitié et tout le saint-frusquin ; jusqu'à ce qu'elle comprenne que le vol ne te causerait aucun préjudice. Tu avais une assurance. Et pour le bénéfice que tu aurais pu tirer du tableau... Eh bien, on verrait plus tard comment te dédommager.

– J'ai toujours su que tu étais un parfait fils de pute, Max.

– Oui, c'est possible. Mais ça n'a rien à voir... L'important, c'est que Menchu a accepté mon plan. Elle devait te convaincre de l'emmener chez toi. Soûle, camée, tu sais le reste... Je ne pensais pas qu'elle aurait aussi bien fait les choses... Le lendemain matin, quand tu sortirais, je devais téléphoner pour voir si tout se déroulait comme prévu. C'est ce que j'ai fait et je suis allé chez toi. Nous avons emballé le tableau pour le camoufler un peu, j'ai pris les clés que m'a données Menchu... Je devais garer sa voiture juste en bas de chez toi et remonter pour prendre le Van Huys. Selon notre plan, je devais ensuite m'en aller avec le tableau et Menchu resterait pour allumer l'incendie.

– Quel incendie ?

– L'incendie de ton atelier. – Max se mit à rire, mais le cœur n'y était pas. C'était au programme. Je regrette.

– Tu regrettes ? – Julia donna un coup sur la table, stupéfaite et indignée. Je rêve ! Il dit qu'il regrette... ! – Elle regarda les murs, puis Max. Vous deviez être complètement fous tous les deux pour imaginer un plan pareil.

– Nous étions parfaitement sains d'esprits et tout devait marcher comme sur des roulettes. Menchu inventerait un accident quelconque, un mégot mal éteint. Avec tous les solvants et la peinture que tu as chez toi... Nous avions prévu qu'elle resterait chez toi jusqu'à la dernière minute avant de sortir, à moitié asphyxiée, hystérique, pour appeler au secours. Même si les pompiers faisaient vite, la moitié de l'immeuble aurait brûlé – il fit un geste d'excuse, mais d'un air canaille, comme s'il regrettait que les choses ne se soient pas déroulées comme prévu. Et personne au monde n'aurait pu nier que le Van Huys avait brûlé avec le reste. Tu imagines la suite... Je vendais le tableau au Portugal, à un collectionneur privé avec qui nous étions déjà en rapport... Le jour où tu m'as vu au Rastro, Menchu et moi venions de rencontrer l'intermédiaire... Pour l'incendie de ton atelier, Menchu aurait été responsable ; mais comme il s'agissait de ton amie et d'un accident, les conséquences n'auraient pas été trop graves. Une querelle entre les propriétaires, peut-être. C'est tout. Mais surtout, ce qui lui plaisait le plus dans cette histoire, c'était la gueule qu'allait faire Paco Montegrifo.

Julia secouait la tête, incrédule.

– Menchu était incapable de faire ça.

– Menchu était capable de tout, comme tout le monde.

– Tu es un porc, Max.

– À ce stade, ce que je suis n'a plus tellement d'importance. – Max fit une mine de chien battu. – Ce qui importe vraiment, c'est qu'il m'a fallu une demi-heure pour revenir avec la voiture et la garer dans ta rue. Je me souviens qu'il y avait beaucoup de brouillard et que je ne trouvais pas de place. J'ai regardé plusieurs fois ma montre. J'avais peur que tu ne reviennes... Il devait être midi et quart quand je suis remonté. Cette fois, je n'ai pas sonné. J'ai ouvert directement la porte, avec les clés. Menchu était dans le vestibule, allongée sur le dos, les yeux ouverts. Au début, j'ai cru qu'elle s'était évanouie d'énervement ; mais quand je me suis penché, j'ai vu un hématome sur sa gorge. Elle était morte, Julia. Morte et encore chaude. Alors, je suis devenu fou de peur. J'ai compris que, si j'appelais la police, il allait falloir donner des tas d'explications... J'ai donc lancé les clés par terre, j'ai fermé la porte et j'ai descendu l'escalier à toute vitesse. J'étais incapable de réfléchir. J'ai passé la nuit dans une pension, terrorisé, sans pouvoir fermer l'œil. Et puis, le matin, à l'aéroport... Tu connais le reste.

– Le tableau était encore chez moi quand tu as vu Menchu par terre ?

– Oui. C'est la seule chose que j'aie vue, à part elle... Sur le sofa, enveloppé dans du papier journal collé avec du scotch, exactement comme je l'avais laissé – il sourit avec amertume. Mais je n'avais plus le courage de l'emporter avec moi. J'ai pensé que j'avais suffisamment de problèmes comme ça.

– Mais tu me dis que Menchu était dans le vestibule. On l'a retrouvée dans la chambre à coucher… Tu as vu le foulard autour de son cou ?

– Il n'y avait pas de foulard. Elle n'avait rien autour du cou, son cou tout cassé. On l'avait tuée en la frappant à la gorge.

– Et la bouteille ?

Max la regarda, irrité.

– Ne commence pas toi aussi avec cette foutue bouteille… Les policiers n'arrêtent pas de me demander pourquoi j'ai enfoncé une bouteille dans le con de Menchu. Je te jure que je ne sais pas de quoi ils parlent – il porta la cigarette à ses lèvres et aspira la fumée avec force, inquiet, tout en lançant à Julia un regard soupçonneux. Menchu était morte, c'est tout. Elle avait reçu un coup, point final. Je ne l'ai pas bougée. Je ne suis pas resté plus d'une minute chez toi… Quelqu'un d'autre a dû le faire plus tard.

– Plus tard, mais quand ? D'après toi, l'assassin était déjà parti.

Max plissa le front, essayant de se souvenir.

– Je ne sais pas – il paraissait sincère. Il est peut-être revenu plus tard, après mon départ – il pâlit alors, comme s'il comprenait tout à coup quelque chose. Ou peut-être… – Julia vit que ses mains menottées tremblaient –, il était peut-être encore là, caché, en train de t'attendre.

Ils avaient décidé de se répartir le travail. Pendant que Julia écoutait le récit de Max dont elle fit part ensuite à l'inspecteur principal qui l'entendit sans prendre la peine de dissimuler son scepticisme, César et Muñoz passèrent le reste de la journée à interroger les voisins. Puis ils se retrouvèrent tous dans un vieux café de la rue du Prado, en fin d'après-midi. L'histoire de Max fut retournée dans tous les sens au cours d'une longue discussion autour de la table de marbre couverte de tasses vides et de cendriers pleins. Ils se penchaient les uns vers les autres, parlant à voix basse dans la fumée de tabac et les conversations des tables voisines, comme trois conspirateurs.

– Je crois Max, conclut César. Ce qu'il raconte est logique. L'histoire du vol du tableau est tout à fait dans son genre, naturellement. Mais je ne peux pas croire qu'il ait fait le reste... La bouteille de gin, c'est quand même trop, mes chers amis. Même pour un type comme lui. D'autre part, nous savons maintenant que la femme à l'imperméable se promenait également par là. Lola Belmonte, Némésis ou qui vous voudrez.

– Pourquoi pas Béatrice d'Ostenbourg ? lança Julia.

L'antiquaire la regarda d'un air sévère.

– Ce genre de plaisanterie me semble *absolument* hors de propos. – Nerveux, il s'agita sur sa chaise, regarda Muñoz, toujours sans expression, et fit un geste comme pour conjurer des fantômes, mais il n'était pas d'humeur à plaisanter. – La femme qui rôdait près de chez toi était une femme en chair et en os... Du moins, je l'espère.

Il venait d'interroger discrètement le concierge de l'immeuble voisin qui le connaissait de vue. César avait appris de lui une ou deux choses utiles. Par exemple, le concierge avait vu, entre midi et midi et demi, juste quand il fermait la porte de son immeuble, un jeune homme de haute taille, avec une queue de cheval, qui sortait de chez Julia et remontait la rue en direction d'une voiture garée le long du trottoir. Peu après, – et ici la voix de l'antiquaire se couvrit, comme s'il allait raconter un ragot croustillant sur la bonne société madrilène –, peut-être un quart d'heure plus tard, quand il rentrait la poubelle, le concierge avait croisé une femme blonde avec des lunettes de soleil et un imperméable... César avait baissé la voix après avoir jeté autour de lui un regard circulaire lourd d'appréhension, comme si cette femme pouvait être assise à l'une des tables voisines. Le concierge, d'après ce qu'il avait dit, ne l'avait pas bien vue parce qu'elle s'éloignait elle aussi en remontant la rue, dans la même direction que l'autre... Il ne pouvait pas non plus affirmer avec certitude que cette femme sortait de chez Julia. Il s'était simplement retourné, sa poubelle à la main, et elle était là, devant le porche. Non, il n'en avait pas parlé aux inspecteurs qui l'avaient interrogé dans la matinée, parce qu'on ne lui avait rien demandé de semblable. Il n'y aurait d'ailleurs jamais pensé, avait avoué le concierge en se grattant la tempe, si don César ne lui avait pas posé la question. Non, il n'avait pas remarqué non plus si elle portait un grand paquet à la main. Il avait simplement vu une femme blonde qui s'éloignait devant lui. Rien d'autre.

– La rue, dit Muñoz, est pavée de femmes blondes.

– En imperméable et avec des lunettes de soleil ? intervint Julia. C'était peut-être Lola Belmonte. À cette heure, j'étais chez don Manuel. Et ni elle ni son mari n'étaient là-bas.

– Non, l'interrompit Muñoz. À midi, vous étiez déjà avec moi, au club d'échecs. Nous nous sommes promenés pendant une heure et nous sommes arrivés chez vous vers une heure – il regarda César dont les yeux lui firent un signal de connivence qui n'échappa pas à Julia... Si l'assassin vous attendait, il a dû modifier ses plans quand il a vu que vous n'arriviez pas. Il a pris le tableau et il est parti. C'est peut-être ce qui vous a sauvé la vie.

– Pourquoi a-t-il tué Menchu ?

– Il ne s'attendait peut-être pas à la trouver là, ce qui l'a obligé à éliminer un témoin gênant. Le coup qu'il avait en tête n'était peut-être pas de prendre la dame avec la tour... Il est parfaitement possible que tout n'ait été qu'une brillante improvisation.

César haussa un sourcil, scandalisé.

– Parler d'improvisation *brillante* me paraît un peu excessif dans les circonstances, mon cher.

– Appelez ça comme vous voudrez. En tout cas, il change de tactique en marche, il adopte sur-le-champ une variante adaptée à la situation et il dépose à côté du cadavre la carte où il a noté le mouvement... – le joueur d'échecs resta songeur. J'ai eu le temps d'y jeter un coup d'œil. Le message est tapé à la machine, sur l'Olivetti de Julia, d'après Feijoo. Pas d'empreintes digitales. La personne qui a fait ça a agi avec beaucoup de sang-froid, vite et bien. Comme un mécanisme d'horlogerie.

Un instant, la jeune femme se souvint de Muñoz quelques heures plus tôt, tandis qu'ils attendaient l'arrivée de la police, à genoux tous les deux à côté du cadavre de Menchu, sans rien toucher, muets. Il examinait la carte de visite de l'assassin avec le même calme que s'il se trouvait devant un échiquier du club Capablanca.

– Je ne comprends toujours pas pourquoi Menchu a ouvert la porte...

– Elle a cru que c'était Max, lança César.

– Non, répondit Muñoz. Il avait une clé, celle que nous avons retrouvée par terre en arrivant. Elle savait que ce n'était pas Max.

César soupira et se mit à jouer avec la topaze qu'il portait au doigt.

– Je ne m'étonne pas que la police se cramponne à Max tant qu'elle peut, dit-il, démoralisé. Il n'y a plus de suspects. Si ça continue, il n'y aura bientôt plus de victimes... Et si monsieur Muñoz persiste à vouloir appliquer à tout prix ses systèmes déductifs, nous allons nous trouver... Vous imaginez ? Vous, très cher ami, entouré de cadavres comme au dernier acte de *Hamlet*, contraint de tirer l'inéluctable conclusion : « Je suis l'unique survivant, donc, en bonne logique, après avoir écarté toutes les pistes impossibles, c'est-à-dire les morts, je dois être moi l'assassin... » Et vous vous livrez à la police.

– Ce n'est pas aussi clair, dit Muñoz.

César le regarda d'un œil réprobateur.

– Que vous soyez l'assassin ?... Pardonnez-moi, cher ami, mais cette conversation commence à ressembler dangereusement à un dialogue de fous. Loin de moi l'idée...

– Je ne parlais pas de cela – le joueur d'échecs regardait ses mains, posées à côté de sa tasse vide. Je me référais à ce que vous avez dit il y a un moment : qu'il ne reste plus de suspects.

– Ne me dites pas, murmura Julia, incrédule, que vous avez encore une petite idée quelque part.

Muñoz leva les yeux et regarda tranquillement la jeune femme. Puis il fit claquer doucement sa langue et pencha légèrement la tête sur le côté.

– C'est pourtant une possibilité.

Julia protesta, réclama une explication, mais ni elle ni César ne parvinrent à tirer un mot de lui. L'air absent, le joueur d'échecs regardait la table, entre ses mains, comme s'il devinait dans les veines du marbre de mystérieux mouvements de pièces imaginaires. De temps en temps apparaissait sur ses lèvres, comme une ombre fugace, ce vague sourire derrière lequel il se protégeait quand il voulait qu'on le laisse seul.

XIII

LE SEPTIÈME SCEAU

> « Dans la faille ardente, il avait vu quelque chose avec une intolérable épouvante : toute l'horreur des profondeurs abyssales des échecs. »
>
> *V. Nabokov*

– Naturellement dit Paco Montegrifo, cet événement regrettable ne change en rien nos engagements.

– Je vous remercie.

– Il n'y a pas de quoi. Nous savons que vous n'avez rien à voir avec ce qui est arrivé.

Le directeur de Claymore était allé rendre visite à Julia dans l'atelier du Prado, profitant, avait-il expliqué en se présentant à l'improviste, d'un rendez-vous avec le directeur du musée à propos de l'achat d'un Zurbarán confié à sa maison. Il l'avait trouvée en plein travail, au moment où elle injectait un adhésif à base de colle et de miel dans une boursouflure du triptyque attribué au Duccio de Buoninsegna. Julia, qui ne pouvait laisser son travail en plan, salua Montegrifo d'un bref mouvement de la tête tout en continuant à appuyer sur le piston de la seringue. Le marchand de tableaux parut enchanté de la surprendre *in flagrante delicto* – selon son expression qu'il accompagna de son sourire le plus éblouissant –, et il s'assit sur une table pour la regarder faire, après s'être allumé une cigarette.

Julia, mal à l'aise, se dépêcha de terminer ce qu'elle faisait. Elle protégea la zone traitée avec du papier paraffiné et posa dessus un sac de sable, en s'assurant qu'il épousait bien la surface de la peinture. Puis elle s'essuya les mains sur sa blouse, constellée de taches multicolores, et prit sa cigarette à moitié consumée qui fumait encore dans le cendrier.

– Une merveille, dit Montegrifo en montrant le tableau. Début XIVe, n'est-ce pas ? Le maître de Buoninsegna, si je ne m'abuse.

– Oui. Le musée en a fait l'acquisition il y a quelques mois – Julia regarda d'un œil critique le résultat de son travail. J'ai eu quelques difficultés avec les volutes à la feuille d'or du manteau de la Vierge. Elles avaient disparu par endroits.

Montegrifo se pencha sur le triptyque pour l'étudier en connaisseur.

– Un travail magnifique, cependant, conclut-il à l'issue de son examen. Comme tout ce que vous faites.

– Merci.

Le marchand de tableaux regarda la jeune femme comme s'il lui présentait ses condoléances.

– Mais naturellement, reprit-il, il n'y a pas de comparaison avec notre cher tableau des Flandres...

– Bien sûr que non. Avec tout le respect que je dois au Duccio.

Ils sourirent tous les deux. Montegrifo retoucha les manchettes immaculées de sa chemise pour qu'elles dépassent d'exactement trois centimètres sous les manches de sa veste croisée bleu marine, juste ce qu'il fallait pour qu'apparaissent les boutons en or gravés à son monogramme. Il portait un pantalon gris impeccablement repassé et, malgré le temps pluvieux, des chaussures italiennes noires qui brillaient comme des miroirs.

– On a des nouvelles du Van Huys ? demanda la jeune femme.

Le marchand de tableaux esquissa un geste élégamment mélancolique.

– Malheureusement pas – alors que le sol était couvert de sciure, de papiers et de restes de peinture, il déposa soigneusement sa cendre dans le cendrier. Mais nous sommes en rapport avec la police... La famille Belmonte m'a donné pleins pouvoirs – et ici, il fit un geste comme pour se féliciter de cette décision judicieuse, regrettant que les propriétaires du tableau ne l'aient pas prise auparavant. Le paradoxe de cette affaire, Julia, c'est que si *La Partie d'échecs* est retrouvée, cette succession d'événements lamentables va lui faire atteindre un prix astronomique...

– Je n'en doute pas. Mais vous l'avez dit: s'il est retrouvé.

– Vous ne semblez pas très optimiste.

– Après tout ce qui s'est passé ces derniers jours, je ne pense pas avoir de raisons de l'être.

– Je vous comprends. Mais je fais confiance à la police... Ou à la chance. Et si nous parvenons à récupérer le tableau et à le mettre en vente, je vous assure que l'affaire fera du bruit – il sourit, comme s'il avait dans sa poche un merveilleux cadeau. Vous avez lu *Arte y Antiguedades* ? Un article de cinq pages avec photos en couleurs sur l'histoire du tableau. Les chroniqueurs spécialisés n'arrêtent pas de téléphoner. Et le *Financial Times* publie un reportage la semaine prochaine... Plusieurs journalistes ont d'ailleurs demandé à vous rencontrer.

– Je ne veux pas d'interviews.

– Dommage, si vous me permettez d'exprimer mon avis. Vous vivez de votre prestige. La publicité fait monter votre cote...

– Pas ce type de publicité. Après tout, c'est chez moi qu'on a volé le tableau.

– Ce détail, nous essayons de le passer sous silence. Vous n'êtes pas responsable et le rapport de police ne laisse aucun doute à ce sujet. Apparemment, l'amant de votre amie a remis le tableau à un complice inconnu et c'est dans cette direction que l'enquête progresse. Je suis sûr qu'on va le retrouver. Un tableau aussi célèbre que ce Van Huys n'est pas facile à exporter illégalement. En principe.

– Je suis heureuse de vous voir si confiant. C'est ce qu'on appelle être bon perdant. Ou avoir l'esprit sportif, si vous préférez. Je pensais que le vol avait été un coup terrible pour votre maison...

Montegrifo parut blessé. Comment pouvez-vous en douter, semblaient dire ses yeux.

– Et c'est le cas, répondit-il en regardant Julia comme si elle l'avait jugé injustement. Le fait est que j'ai dû donner de nombreuses explications à notre maison mère à Londres. Mais, dans ce genre d'affaires, ce sont des incidents qui arrivent... À quelque chose malheur est bon cependant. Notre filiale de New York a découvert un autre Van Huys: *Le Changeur de Louvain.*

– Le mot découvrir me paraît excessif... C'est un tableau connu, catalogué. Il appartient à un collectionneur privé.

– Vous êtes très bien informée, à ce que je vois. Je voulais simplement dire que nous sommes en négociation avec le propriétaire; apparemment, il estime que le moment est venu d'obtenir un bon prix pour son tableau. Cette fois, mes collègues de New York ont été plus rapides que la concurrence.

– Tant mieux.

– Je pensais que nous pourrions fêter l'occasion – il consulta la Rolex qu'il portait au poignet. Il est près de sept heures et je vous invite à dîner. Nous devons parler de vos futurs travaux pour notre maison... J'aimerais beaucoup que vous jetiez un coup d'œil à un Saint-Michel polychrome, école indo-portugaise du XVIIe.

– Je vous remercie beaucoup, mais je ne suis pas très en forme. La mort de mon amie, le tableau... Je ne serais pas une convive très agréable ce soir.

– Comme vous voudrez. – Montegrifo accepta galamment le refus de Julia, sans perdre le sourire. Si vous voulez bien, je vous téléphonerai au début de la semaine prochaine... Lundi?

– Entendu – Julia tendit sa main que le marchand de tableaux serra doucement. Et merci de votre visite.

– C'est toujours un plaisir de vous revoir, Julia. Si vous avez besoin de quelque chose – il lui lança un regard lourd de sous-entendus que la jeune femme ne parvint pas à déchiffrer –, et je veux dire *n'importe quoi*, soyez-en sûre, téléphonez-moi.

Il s'en alla en lui décochant un dernier sourire éblouissant du seuil de la porte et Julia resta seule. Elle travailla encore une demi-heure au Buoninsegna avant de ranger ses affaires. Muñoz et César avaient insisté pour qu'elle ne rentre pas chez elle pendant quelques jours et l'antiquaire lui avait proposé de l'héberger chez lui ; mais Julia avait refusé et s'était contentée de faire changer la serrure de sûreté. Têtue et inébranlable, comme avait précisé César avec dépit, César qui téléphonait à tout bout de champ pour s'assurer que tout allait bien. Quant à Muñoz, Julia avait appris par l'antiquaire qui avait trahi le secret que tous les deux avaient passé la nuit suivant le crime à monter la garde devant sa maison, transis de froid, avec pour toute compagnie un Thermos de café et une flasque de cognac que César, prévoyant, avait apportés. Ils avaient fait le guet pendant des heures, engoncés dans leurs manteaux et leurs écharpes, resserrant cette étrange amitié que, par le jeu des événements, ces deux personnages si différents l'un de l'autre avaient vue se cimenter autour de Julia. Quand elle l'avait su, la jeune femme leur avait interdit de recommencer, leur promettant en échange de n'ouvrir la porte à personne et de dormir avec son Derringer sous l'oreiller.

Elle vit le pistolet au moment où elle rangeait ses affaires dans son sac et, du bout des doigts, elle frôla le métal froid et brillant de l'arme. C'était le quatrième jour depuis la mort de Menchu, sans nouvelle carte, sans autres appels téléphoniques. Peut-être, se dit-elle sans conviction, le cauchemar était-il terminé. Elle recouvrit le Buoninsegna d'une housse, accrocha sa blouse dans un placard et enfila son imperméable. Sur le côté intérieur de son poignet gauche, sa montre indiquait huit heures moins le quart.

Elle allait éteindre la lumière quand le téléphone se mit à sonner.

Elle raccrocha et resta immobile, retenant sa respiration, envahie par une furieuse envie de prendre ses jambes à son cou. Un frisson, un souffle d'air glacé dans son dos, la fit trembler avec violence et elle dut s'appuyer sur la table pour retrouver son calme. Ses yeux épouvantés ne pouvaient s'arracher au téléphone. Ce qu'elle venait d'entendre, c'était une voix méconnaissable, asexuée, semblable à celle que les ventriloques donnent à leurs inquiétantes marionnettes articulées. Une voix aux accents geignards qui lui avait donné la chair de poule tandis qu'elle se sentait gagnée par une terreur panique.

« Salle douze, Julia... » Un silence, le bruit d'une respiration étouffée, peut-être par un mouchoir posé sur le téléphone. *«... Salle douze»*, avait répété la voix. *« Bruegel l'Ancien »*, avait-elle ajouté après un autre silence. Puis un rire bref, sec, sinistre, et le déclic du téléphone qu'on raccrochait.

Elle tenta de mettre de l'ordre dans sa tête affolée, luttant pour ne pas se laisser envahir par la panique. Dans les battues, lui avait dit un jour César, devant le fusil du chasseur, les canards effrayés sont les premiers à tomber... César. Elle prit le téléphone pour composer le numéro de son magasin, puis celui de son domicile, sans résultat. Pas plus de chance chez Muñoz. Pour le moment, et combien de temps allait-il durer, elle allait devoir se débrouiller toute seule.

Elle sortit le Derringer de son sac et arma le percuteur. Puisqu'on la cherchait, pensa-t-elle, elle aussi pouvait être aussi dangereuse qu'une autre. De nouveau, les paroles que César prononçait quand elle était petite traversèrent sa mémoire. Dans le noir – c'était une autre de ses leçons, lorsqu'elle lui racontait ses terreurs enfantines –, les choses sont pareilles qu'en plein jour ; la seule différence, c'est qu'on ne peut les voir.

Elle sortit dans le couloir, pistolet au poing. À cette heure, l'immeuble était désert, à part les gardiens qui faisaient leur ronde ; mais elle ne savait pas où les trouver en ce moment. Au bout du couloir, l'escalier descendait en tournant trois fois à angle droit, avec un vaste palier à chaque changement de direction. L'éclairage de sécurité laissait planer une pénombre bleutée qui permettait de deviner les tableaux noircis par la patine sur les murs, la balustrade de marbre de l'escalier et les bustes des patriciens romains qui montaient la garde dans leurs niches.

Elle ôta ses chaussures et les mit dans son sac. À travers ses bas, la fraîcheur du dallage pénétra tout son corps; dans le meilleur des cas, cette aventure nocturne allait se solder par un rhume monumental. Elle descendit ainsi l'escalier, s'arrêtant de temps en temps pour regarder par-dessus la balustrade, sans rien voir ni entendre d'anormal. Finalement, elle arriva en bas et dut faire un choix. L'un des chemins possibles traversait plusieurs salles où étaient installés des ateliers de restauration, puis menait à une porte de sécurité par laquelle, au moyen de sa carte électronique, Julia pourrait sortir dans la rue, du côté de la Porte Murillo. En prenant l'autre route, un étroit couloir la conduirait à une seconde porte qui communiquait avec les salles du musée. Elle était généralement fermée, mais jamais avant dix heures du soir, quand les gardiens faisaient leur dernière ronde dans l'annexe.

Pieds nus, le pistolet au poing, transie de froid, le cœur battant à tout rompre, elle pesait les deux possibilités au pied de l'escalier. Je fume trop, pensa-t-elle stupidement en posant sur son cœur la main qui empoignait le Derringer. Sortir d'ici au plus vite, ou découvrir ce qui se passait dans la Salle douze... La deuxième solution supposait une désagréable promenade de six ou sept minutes dans le bâtiment désert. À moins qu'elle n'ait la chance de tomber en cours de route sur le gardien de cette aile : un jeune homme qui, lorsqu'il trouvait Julia dans l'atelier, l'invitait à prendre un café à la distributrice et la complimentait sur ses jambes, principale attraction du musée, plaisantait-il.

Mais enfin ! conclut-elle après avoir retourné le problème dans tous les sens. Elle, Julia, avait tué des pirates. Si l'assassin était là, c'était une bonne occasion, peut-être la seule, de le voir face à face. Après tout, c'était lui qui se mettait à découvert, alors qu'elle, canard prudent, épiait du coin de l'œil tout en serrant dans sa main droite cinq cents grammes de métal chromé, de nacre et de plomb qui, actionnés à bout portant, pouvaient parfaitement inverser les rôles dans cette singulière partie de chasse.

Julia était de bonne race et, plus important encore,

elle le savait. Ses narines se dilatèrent dans l'ombre, comme si elle cherchait à flairer d'où venait le danger; elle serra les dents et pensa pour se donner du cœur au ventre à la rage contenue que lui donnait le souvenir d'Álvaro et de Menchu, à sa volonté de ne pas être un pantin effrayé sur un échiquier, mais une femme parfaitement capable de rendre œil pour œil dent pour dent à la première occasion. Qui que soit son interlocuteur anonyme, s'il la cherchait, il allait la trouver. Dans la Salle douze ou en enfer. Juré, craché.

Elle franchit la porte, encore ouverte comme prévu. Le gardien devait être loin, car le silence était total. Elle longea une galerie parmi les ombres inquiétantes des statues de marbre qui la regardaient passer de leurs yeux vides. Puis elle traversa la salle des retables médiévaux dont elle ne parvint à distinguer, au milieu des ombres qu'ils dessinaient sur les murs, qu'un reflet éteint sur les dorures et les fonds à la feuille d'or. Au bout de cette longue galerie, sur la gauche, elle devina le petit escalier qui conduisait aux salles des primitifs flamands, parmi lesquelles se trouvait la Salle douze.

Elle s'arrêta un instant devant la première marche, aux aguets. À cet endroit, le plafond était très bas et l'éclairage de sécurité permettait de mieux distinguer les détails. Dans la pénombre bleutée, les couleurs des tableaux viraient au clair-obscur. Elle vit, presque méconnaissable dans l'ombre, la *Descente de Croix* de Van der Weyden qui, dans ce demi-jour irréel, prenait un air de sinistre grandeur, ne révélant que ses couleurs les plus claires, comme la silhouette du Christ et le visage de la mère, pâmée, son bras tombant parallèlement à celui de son fils sans vie.

Il n'y avait personne, à part les personnages des tableaux, et la plupart d'entre eux, cachés dans l'ombre, semblaient dormir d'un long sommeil. Sans se fier à ce calme apparent, impressionnée par la présence de tant d'images créées par la main d'hommes morts des centaines d'années plus tôt et qui semblaient l'observer dans leurs vieux cadres, Julia arriva à l'entrée de la Salle douze.

Elle voulut avaler sa salive, mais en vain, car sa gorge était totalement sèche; elle regarda une fois encore derrière elle sans rien découvrir d'anormal et, sentant se nouer les muscles de sa mâchoire, prit une profonde respiration avant d'entrer dans la salle comme elle l'avait vu faire au cinéma: le doigt sur la détente du pistolet tenu à deux mains, braqué vers les ombres.

Mais il n'y avait personne là non plus et Julia sentit un soulagement infini s'emparer d'elle, étourdissant comme un puissant alcool. La première chose qu'elle vit, tamisée par la pénombre, fut le génial cauchemar du *Pays de Cocagne* qui occupait la majeure partie d'un mur. Elle s'appuya contre le mur d'en face et son haleine ternit le verre qui recouvrait l'*Autoportrait* de Dürer. Du revers de la main, elle essuya la sueur qui perlait sur son front avant de s'avancer vers le troisième mur, celui du fond. Peu à peu, les contours, puis les tons les plus clairs du tableau de Bruegel se dessinèrent devant ses yeux. Cette peinture qu'elle pouvait reconnaître même si l'obscurité voilait la plupart de ses détails avait toujours exercé sur elle une étrange fascination. L'accent tragique qui avait inspiré jusqu'au moindre coup de pinceau, l'expressivité des minuscules personnages secoués par un souffle mortel et inexorable, les nombreuses scènes qui s'intégraient dans la macabre perspective de l'ensemble avaient pendant bien des années excité son imagination. La faible clarté bleue venue du plafond faisait ressortir les squelettes qui jaillissaient en troupeau des entrailles de la terre comme un vent de vengeance et de terreur; les incendies qui découpaient la silhouette de ruines noires dans le lointain; les roues de Tantale tournant au bout de leurs perches, à côté du squelette qui, brandissant son épée, s'apprête à frapper le condamné aux yeux bandés en train de prier à genoux... Et au premier plan, le roi surpris au beau milieu de son festin, les amants insoucieux de la dernière heure, la tête de mort grimaçante qui frappe les timbales du Jugement, le chevalier décomposé par la terreur qui conserve encore le courage, dans un geste inutile de vaillance et de défi, de sortir l'épée de son fourreau, prêt à vendre cher sa peau dans ce dernier combat sans espérance...

La carte était là, en bas du tableau; entre la peinture et le cadre. Juste au-dessus de la plaque dorée sur laquelle Julia devina plutôt qu'elle ne lut les cinq mots sinistres qui donnaient son titre à l'œuvre: *Le Triomphe de la mort.*

Il pleuvait à verse quand elle sortit dans la rue. Les lampadaires de l'avenue illuminaient des rideaux de pluie torrentielle tombés de l'obscurité qui crépitaient sur les pavés. Les flaques d'eau explosaient en une infinité de petites gerbes, brisant les reflets de la ville en un va-et-vient tourmenté de lumières et d'ombres.

Julia leva la tête pour laisser l'eau ruisseler sur ses cheveux et ses joues. Le froid durcissait ses pommettes et ses lèvres, collait sur son visage ses cheveux trempés. Elle ferma le col de son imperméable et se mit à marcher entre les haies et les bancs de pierre sans se soucier de la pluie ni de l'humidité qui transperçait ses chaussures. Les images du Bruegel étaient encore gravées sur sa rétine éblouie par les phares des autos qui roulaient tout à côté, découpant des cônes dorés dans la pluie, illuminant par moments la silhouette de la jeune femme qui projetait de longues ombres vacillantes multipliées par le sol luisant. La saisissante tragédie médiévale s'agitait devant ses yeux, parmi toutes ces lumières qui l'entouraient. Et au milieu de ces hommes et de ces femmes submergés par l'avalanche des squelettes vengeurs jaillissant des entrailles de la terre, Julia pouvait parfaitement reconnaître les personnages de l'*autre* tableau: Roger d'Arras, Fernand Altenhoffen, Béatrice de Bourgogne… Et même, au second plan, la tête basse et l'expression résignée du vieux Pieter Van Huys. Tout se conjuguait dans cette scène terrible et définitive où allaient prendre fin, sans que le dernier dé qui roulait sur le tapis de la terre puisse rien y changer, la beauté et la laideur, l'amour et la haine, la bonté et la méchanceté, l'effort et l'abandon. Julia s'était reconnue elle aussi dans le miroir qui photographiait avec une netteté implacable la rupture du Septième Sceau de l'Apocalypse. Elle était cette jeune femme que l'on voyait de dos, étourdie par la musique du luth que touchait une tête de mort souriante. Dans ce sinistre paysage, il n'y avait plus place pour les pirates et les trésors cachés, les Wendys étaient balayées, se débattaient au beau milieu de la légion des squelettes, Cendrillon et Blanche-Neige sentaient le soufre, les yeux agrandis par la terreur, et le petit soldat de plomb, ou saint Georges oubliant son dragon, ou Roger d'Arras avec son épée à moitié sortie de son fourreau, ne pouvaient plus rien pour elle. Ils avaient déjà trop à faire pour tenter inutilement, dans un ultime beau geste d'assener quelques coups dans le vide avant d'enlacer leurs mains, comme tous les autres, aux os décharnés de la Mort qui les entraînerait dans sa danse macabre.

Les phares d'une voiture illuminèrent une cabine téléphonique. Julia y entra et chercha des pièces dans son sac, comme perdue dans les brouillards d'un rêve. Elle composa mécaniquement les numéros de César et de Muñoz, sans obtenir de réponse, tandis que la pluie ruisselait de ses cheveux mouillés sur le téléphone. Elle raccrocha, appuya la tête sur la vitre de la cabine et glissa une cigarette humide entre ses lèvres insensibles et gercées. Elle se laissa envelopper par la fumée, les yeux fermés, et quand la braise commença à lui brûler les doigts, elle jeta la cigarette par terre. Monotone, la pluie résonnait sur le toit d'aluminium, mais Julia ne se sentait plus à l'abri, même enfermée dans cette cabine. Il ne s'agissait, comprit-elle avec une horrible sensation de fatigue infinie, que d'une trêve incertaine qui ne la protégeait ni du froid, ni des reflets, ni des ombres qui la cernaient.

Elle ne sut jamais combien de temps elle était restée dans cette cabine. Mais elle finit par remettre des pièces de monnaie pour recomposer un numéro, celui de Muñoz cette fois. Quand elle entendit la voix du joueur d'échecs, Julia parut revenir lentement à elle, comme si elle rentrait d'un très long voyage, ce qui était le cas. Un voyage dans le temps, un voyage en elle-même. Avec un calme qui se confirmait à mesure qu'elle parlait, elle expliqua la situation. Muñoz demanda ce qu'il y avait d'écrit sur la carte. Elle le lui dit : *F x P,* le fou prend le pion. À l'autre bout de la ligne, ce fut le silence. Puis, d'une voix étrange qu'elle ne lui avait jamais entendue, Muñoz lui demanda où elle était. Elle le lui expliqua et le joueur d'échecs lui ordonna de ne pas bouger. Il serait là d'un instant à l'autre.

Un quart d'heure plus tard, un taxi s'arrêtait devant la cabine téléphonique. Muñoz ouvrit la portière et l'invita à monter. Julia se mit à courir sous la pluie et grimpa dans le taxi. Tandis que le véhicule démarrait, le joueur d'échecs lui enleva son imperméable trempé et lui jeta sa gabardine sur les épaules.

– Qu'est-ce qui se passe ? demanda la jeune femme qui tremblait de froid.

– Vous allez bientôt le savoir.

– Que signifie : le fou prend le pion ?

Des éclats changeants de lumière éclairaient par moments le front soucieux du joueur d'échecs.

– Le message veut dire, répondit-il, que la dame noire est sur le point de prendre une autre pièce.

Julia battit des paupières, atterrée. Puis elle prit la main de Muñoz dans les siennes, glacées, et le regarda avec des yeux affolés.

– Il faut prévenir César.

– Nous avons encore le temps, répondit le joueur.

– Où va-t-on ?

– À Messine. Avec deux Haches.

Il pleuvait encore très fort quand le taxi s'arrêta devant le club d'échecs. Muñoz ouvrit la portière sans lâcher la main de Julia.

– Venez, dit-il.

Elle le suivit docilement. Ils montèrent l'escalier et entrèrent dans le vestibule. Quelques joueurs étaient encore assis aux tables, mais Cifuentes, le directeur, semblait n'être nulle part. Muñoz conduisit directement Julia à la bibliothèque. Parmi les trophées et les diplômes, quelques centaines de livres étaient rangés dans des bibliothèques vitrées. Le joueur d'échecs lâcha la main de Julia, ouvrit une vitrine et sortit un gros volume relié en toile. Sur le dos, en lettres dorées ternies par l'usage et le temps, Julia lut, déconcertée :

Annales des échecs. Troisième trimestre. L'année était illisible.

Muñoz posa le volume sur une table et tourna quelques feuillets jaunis de mauvais papier. Problèmes d'échecs, analyses de parties, informations sur des tournois, photos anciennes de gagnants souriants en chemises blanches et cravates, costumes et coupes de cheveux de l'époque. Il s'arrêta sur une double page constellée de photos.

– Regardez-les bien, dit-il à Julia.

La jeune femme se pencha. Les photos qui représentaient des groupes de joueurs en train de poser n'étaient pas très nettes. Quelques-uns tenaient à la main des coupes ou des diplômes. Elle lut le titre de la page ; DEUXIEME TOURNOI NATIONAL JOSÉ RAÚL CAPABLANCA. Puis elle se tourna vers Muñoz, perplexe.

– Je ne comprends pas, murmura-t-elle.

Le joueur d'échecs lui montra du doigt une des photographies. Il s'agissait d'un groupe de jeunes gens. Deux d'entre eux tenaient de petites coupes à la main. Les autres, quatre, regardaient l'objectif d'un air solennel. Et la légende disait : FINALISTES DU TOURNOI JUNIOR.

– Vous reconnaissez quelqu'un ? demanda Muñoz.

Julia scruta les visages, un par un. Seul celui de l'extrême droite lui rappelait vaguement quelque chose. Il s'agissait un garçon de quinze ou seize ans, les cheveux peignés en arrière, en veston et cravate, un brassard noir au bras gauche. Il regardait le photographe avec des yeux tranquilles et intelligents dans lesquels Julia crut lire une expression de défi. Et c'est alors qu'elle le reconnut. Sa main tremblait quand elle posa le doigt sur lui. Et lorsqu'elle leva les yeux, elle vit que le joueur d'échecs hochait la tête.

– Oui, dit Muñoz. C'est lui le joueur invisible.

XIV

DIALOGUES DE SALON

« – Si je l'ai découvert, c'est que je le cherchais.
– Comment ?... Vous espériez peut-être le trouver ?
– J'ai pensé que ce n'était pas improbable. »

A. Conan Doyle

La minuterie de l'escalier ne fonctionnait pas et ils montèrent à tâtons dans le noir. Muñoz allait devant, cherchant la rampe de la main. Arrivés sur le palier, ils s'arrêtèrent tous les deux, l'oreille tendue. Aucun bruit, mais un rai de lumière filtrait sous la porte. Julia ne pouvait voir le visage de son compagnon dans le noir, mais elle sut que Muñoz la regardait.

– Trop tard pour reculer, dit-elle en réponse à la question muette du joueur d'échecs dont elle n'entendait que la respiration paisible.

Elle chercha la sonnette et appuya une fois sur le bouton. La sonnerie s'évanouit derrière la porte comme un écho lointain, au fond du long couloir. Ils attendirent un peu, puis entendirent des pas s'approcher lentement. S'arrêter, puis repartir, plus lents et plus proches, avant de s'arrêter une nouvelle fois. La serrure tourna avec une lenteur exaspérante, puis la porte s'ouvrit enfin, projetant sur eux un rectangle de lumière qui les éblouit un instant. Et quand Julia vit la silhouette familière se découper doucement à contre-jour, elle se dit qu'elle ne souhaitait pas vraiment cette victoire.

Il s'écarta pour les laisser entrer. Leur visite inattendue ne semblait pas le déranger ; à peine s'il montra un soupçon de surprise bien élevée, dont l'unique indice visible fut ce sourire un peu déconcerté que Julia perçut sur ses lèvres quand il referma la porte derrière eux. Sur un lourd meuble anglais de noyer et de bronze, une gabardine, un chapeau et un parapluie dégouttaient encore.

Il les conduisit au salon, au fond d'un long couloir dont le plafond très haut était décoré de beaux caissons et dont les murs accueillaient une petite collection de paysagistes sévillans du XIXe siècle. Et tandis qu'il les précédait entre les tableaux, qu'il se retournait de temps en temps vers eux en hôte attentif, Julia chercha vainement en lui quelque indice qui trahisse l'autre personnage qu'elle savait maintenant caché quelque part, comme un fantôme flottant entre Muñoz et elle, dont il serait désormais impossible d'ignorer la présence, quoi qu'il arrive plus tard. Et pourtant, malgré tout, même si la lumière de la raison fouillait maintenant les recoins les plus secrets de son doute, même si les faits s'ajustaient comme des pièces minutieusement ciselées, dessinant sur les images de *La Partie d'échecs* le tracé en noir et blanc de l'autre tragédie, ou des différentes tragédies qui venaient se superposer à celle que représentait le tableau flamand... Malgré tout, malgré cette douleur aiguë qui peu à peu remplaçait sa stupeur initiale, Julia était encore incapable de détester l'homme qui la précédait dans le couloir, à moitié tourné vers elle dans une attitude de sollicitude courtoise, élégant jusque dans son intimité, sa robe de chambre de soie bleue tombant sur son pantalon bien coupé, un foulard noué sous le col entrouvert de sa chemise, les cheveux légèrement ondulés sur la nuque et les tempes, les sourcils en accents circonflexes du vieux dandy hautain dont l'expression s'adoucissait toujours devant Julia, comme en ce moment, avec un sourire tendre et mélancolique qui s'ébauchait à la commissure des lèvres fines et pâles de l'antiquaire.

En silence, ils arrivèrent au salon, une vaste pièce au plafond décoré de scènes classiques – jusqu'à ce soir, celle que Julia avait toujours préférée représentait un Hector au casque étincelant faisant ses adieux à Andromaque et à son fils – qui renfermait entre ses murs couverts de tapisseries et de tableaux les possessions les plus précieuses de l'antiquaire : celles qu'il avait choisies pour lui tout au long de sa vie, refusant toujours de les mettre en vente quel que fût le prix qu'on lui en offrait. Julia les connaissait aussi bien que si elles avaient été à elle, beaucoup mieux que les objets dont elle se souvenait dans la maison de ses parents, que ceux mêmes qu'elle avait chez elle: le canapé Empire tapissé de soie sur lequel Muñoz, les traits graves, durs, figés, les mains dans les poches de sa gabardine, ne se décidait pas à s'asseoir bien que César l'y invitât d'un geste de la main; le maître d'armes, un bronze de Steiner, élégant, tendu comme un ressort, le menton orgueilleux, qui dominait la pièce du haut de son piédestal posé sur un bureau hollandais fin XVIIIe où César avait toujours fait son courrier, du plus loin que Julia pût se souvenir; la vitrine de coin George IV qui abritait une belle collection d'argenterie à godrons que l'antiquaire astiquait lui-même une fois par mois; les meilleurs tableaux, les élus de Dieu, ses pièces favorites: une *Jeune dame* attribuée à Lorenzo Lotto, une magnifique *Annonciation* de Juan de Soreda, un nerveux *Mars* de Luca Giordano, un mélancolique *Coucher de soleil* de Thomas Gainsborough... Et la collection de porcelaines anglaises, de tapis, de tapisseries, d'éventails; des pièces dont César avait fouillé minutieusement l'histoire, circonscrivant jusqu'à la perfection styles, origines et généalogies, une collection privée si personnelle, à ce point le reflet de ses goûts et talents esthétiques qu'il semblait vivre en esprit dans le moindre de ces objets. Il ne manquait que le petit trio de porcelaine de la *Commedia dell'Arte*: la Lucinda, l'Octavio et le Scaramouche de Bustelli qui se trouvaient dans le magasin, au rez-de-chaussée, sous leur globe de verre.

Muñoz, taciturne, était resté debout, calme en apparence, même si quelque chose en lui, peut-être la façon dont il posait les pieds sur le tapis, ou dont il écartait les coudes, les mains toujours enfoncées dans les poches de sa gabardine, indiquait qu'il était en alerte, prêt à faire face à tout imprévu. De son côté, César le regardait avec un intérêt neutre et poli, ne détournant les yeux vers Julia que de temps à autre, comme si la jeune femme était chez elle et que Muñoz fût au fond le seul étranger ici, celui qui devait expliquer la raison de sa venue à une heure aussi avancée de la nuit. Julia, qui connaissait César sur le bout du doigt – elle se corrigea aussitôt mentalement: jusqu'à ce soir, elle avait cru le connaître sur le bout du doigt –, sut que l'antiquaire avait compris, dès que la porte s'était ouverte, que la visite annonçait quelque chose de plus qu'un simple appel au troisième camarade d'aventure. Derrière son indulgence amicale, dans la manière dont il souriait et, plus clairement encore, dans l'expression innocente de ses yeux bleu clair, Julia décela une attente prudente, curieuse et un peu amusée; l'expression qu'il avait, bien des années plus tôt, lorsqu'il attendait que Julia, assise sur ses genoux, prononce les paroles alors magiques, réponses aux devinettes enfantines qu'elle aimait tant que l'antiquaire lui pose: *On dirait de l'or, ce n'est pas de l'argent...* Ou encore: *Il marche d'abord à quatre pattes, puis à deux, et enfin à trois...* Et la plus belle de toutes: *L'amoureux distingué sait le nom de la dame et la couleur de sa robe...*

Et pourtant, César continuait à observer Muñoz. Dans cette nuit étrange, à la lumière tamisée de la lampe anglaise en forme de presse d'imprimerie sous son abat-jour de parchemin qui découpait en noir et blanc les objets qui l'entouraient, les yeux de l'antiquaire s'occupaient peu de la jeune femme. Ce n'était pas qu'ils fuyaient les siens, car lorsque leurs regards se croisaient, il la regardait en face, ne fût-ce qu'un instant, avec franchise et assurance, comme s'il n'y avait pas de secrets entre eux. Dès que Muñoz aurait dit ce qu'il avait à dire et qu'il s'en serait allé, aurait-on pu croire, il ne resterait entre eux, César et Julia, plus rien qui n'eût une réponse précise, convaincante, logique, définitive. Peut-être la grande réponse à toutes les questions qu'elle s'était posées tout au long de sa vie. Mais il était trop tard et, pour la première fois, Julia n'avait pas envie d'écouter. Sa curiosité s'était trouvée satisfaite devant le *Triomphe de la mort* de Bruegel l'Ancien. Et elle n'avait plus besoin de personne; pas même de lui. La chose s'était produite avant que Muñoz n'ouvre le vieux volume d'échecs et ne lui montre ces photos; si bien qu'elle n'avait rien à voir avec sa présence ce soir chez César. Une présence qui répondait à une curiosité strictement formelle. Esthétique, comme aurait dit César. Son devoir était d'être là, à la fois protagoniste et chœur, actrice et public de la plus fascinante des tragédies classiques – tous étaient réunis : Œdipe, Oreste, Médée et les autres vieux amis – jamais créées devant ses yeux. La représentation allait enfin être donnée en son honneur.

La situation était parfaitement irréelle. Julia s'alluma une cigarette et se laissa tomber sur le canapé. Puis elle croisa les jambes et allongea le bras sur le dossier. Elle avait devant elle deux hommes, tous les deux debout, qui composaient une scène aux proportions semblables à celles du tableau disparu. Muñoz à gauche, foulant aux pieds un très ancien tapis pakistanais dont le passage du temps n'avait fait que rehausser la beauté des rouges et des ocres. Le joueur d'échecs – maintenant, ils le sont *tous les deux*, songea la jeune femme avec une satisfaction morbide – n'avait pas ôté sa gabardine et regardait l'antiquaire en balançant légèrement la tête, avec cette expression de Sherlock Holmes qui lui donnait une allure étrangement digne, dans laquelle jouait un si grand rôle le regard de ses yeux fatigués, absorbés dans la contemplation physique de l'adversaire. Mais Muñoz ne contemplait pas César avec la morgue du vainqueur. Pas plus qu'on aurait pu lire de l'animosité sur son visage ; pas même une circonspection qui eût été parfaitement de mise dans les circonstances. En revanche, il y avait de la tension dans son regard, dans la manière dont saillaient les muscles de sa mâchoire osseuse, mais cette tension s'expliquait, pensa Julia, par la façon dont le joueur d'échecs étudiait maintenant l'*apparence réelle* de l'ennemi après avoir travaillé si longtemps contre son *apparence idéale*. Sans doute repassait-il dans sa tête d'anciennes erreurs, reconstituait-il des coups, évaluait-il des intentions. C'était l'expression obstinée et absente de quelqu'un qui, à l'issue d'une partie faite de brillantes manœuvres, ne s'intéresse plus vraiment qu'à savoir comment diable son adversaire a pu lui prendre un obscur pion oublié sur une case sans importance.

César était à droite et, avec ses cheveux argentés, sa robe de chambre de soie, on aurait dit un élégant personnage d'une comédie du début du siècle : tranquille et distingué, sûr de lui, sachant parfaitement que le tapis sur lequel se tenait son interlocuteur avait deux siècles et qu'il en était le propriétaire. Julia le vit glisser la main dans une poche, sortir un paquet de cigarettes à filtres dorés, en glisser une dans son fume-cigarette d'ivoire. La scène était trop extraordinaire pour qu'elle ne veuille pas la graver dans sa mémoire : ce décor d'antiquités aux couleurs sombres, aux reflets éteints, le plafond peint de sveltes personnages classiques, le vieux dandy élégant, équivoque, et l'homme maigre, mal habillé, dans sa gabardine froissée, face à face, en train de se contempler en silence, comme s'ils attendaient que quelqu'un, peut-être un souffleur caché dans un meuble d'époque, leur donne la réplique pour le début du premier acte. Depuis qu'elle avait découvert un air familier dans le visage du jeune homme qui regardait l'appareil du photographe avec toute la gravité de ses quinze ou seize ans, Julia avait prévu que cette partie de la représentation allait se dérouler à peu près ainsi. Comme cette curieuse sensation que l'on appelle le *déjà vu*. Elle connaissait ce dénouement auquel il ne manquait qu'un majordome en gilet rayé annonçant que Madame était servie pour que les limites du grotesque soient franchies. Elle regarda ses deux personnages favoris et porta sa cigarette à ses lèvres en essayant de se souvenir. Le canapé de César était confortable, pensa-t-elle paresseusement en laissant son esprit battre la campagne ; aucune salle de théâtre n'aurait pu lui offrir une meilleure place. Oui. Le souvenir revint avec facilité, un souvenir récent. Elle avait déjà jeté un coup d'œil à ce scénario. À peine quelques heures plus tôt, dans la salle douze du musée du Prado. Le tableau de Bruegel, ce roulement de timbales accompagnant le souffle destructeur de l'irrémédiable, balayant sur son passage jusqu'au moindre brin d'herbe sur terre, transformant tout en une seule gigantesque pirouette finale, dans l'énorme éclat de rire d'un dieu ivre qui cuvait son olympique cuite derrière les collines noircies, les ruines fumantes, l'embrasement des incendies. Pieter Van Huys, l'autre flamand, le vieux maître de la cour d'Ostenbourg, l'avait expliqué lui aussi, à sa manière, peut-être plus délicate et nuancée, hermétique et sinueuse que celle du brutal Bruegel, mais avec une intention identique ; en fin de compte, tous les tableaux étaient les tableaux d'un même tableau, comme tous les miroirs sont les reflets d'un même reflet, comme toutes les morts sont les morts d'une même Mort :

« Tout est un échiquier de jours et de nuits où le Destin joue avec les hommes comme s'ils étaient des pièces. »

Elle murmura intérieurement la citation en regardant César et Muñoz. Tout était prêt, on pouvait commencer. Les trois coups, s'il vous plaît. La lampe anglaise jetait un cône de lumière jaunâtre qui enveloppait les deux personnages. L'antiquaire pencha un peu la tête et alluma sa cigarette tandis que Julia vissait la sienne entre ses lèvres. Comme si c'était là le signal convenu pour commencer le dialogue, Muñoz acquiesça d'un lent signe de tête, même si personne n'avait encore dit un mot.

– J'espère, César, que vous avez un échiquier sous la main.

La réplique n'était guère brillante, reconnut la jeune femme. Ni même appropriée. Un scénariste imaginatif aurait certainement trouvé une meilleure formule à placer dans la bouche de Muñoz ; mais, songea-t-elle avec tristesse, l'auteur de la tragi-comédie était finalement aussi médiocre que le monde qu'il avait créé. On ne pouvait exiger qu'une farce dépasse le talent, la stupidité ou la perversité de son auteur.

– Je ne pense pas que nous aurons besoin d'un échiquier, répondit César, rehaussant un peu le ton du dialogue.

Non pas tant du fait des paroles qui elles non plus n'avaient rien d'extraordinaire, mais à cause du ton parfaitement adapté à la situation, en particulier une certaine nuance d'ennui que l'antiquaire sut imprimer à sa phrase ; un ton qui allait comme un gant au personnage. Comme s'il observait la scène assis sur une chaise de jardin, une de ces chaises de fer peintes en blanc, un dry très sec à la main, regardant de loin le monde. César était aussi raffiné dans ses pauses décadentes qu'il pouvait l'être dans son homosexualité ou dans sa perversité, et Julia, qui l'avait aimé aussi pour cela, sut apprécier à sa juste mesure cette attitude rigoureuse et exacte, si parfaite dans ses nuances qu'elle la fit se redresser sur le canapé, admirative, tandis qu'elle observait l'antiquaire à travers les spirales de fumée de sa cigarette. Car le plus fascinant était que cet homme l'avait trompée pendant vingt ans. En toute justice, le responsable de cette tromperie n'était pourtant pas lui, en fin de compte, mais elle. Rien n'avait changé chez César : que Julia en ait eu conscience ou pas, il avait toujours été le même – il n'avait pas eu d'autre choix que de l'être. Et maintenant, debout, une cigarette à la main, très sûr de lui et, elle en eut la certitude absolue, totalement dépourvu de remords ou d'inquiétude pour ce qu'il avait fait, il jouait – il posait – la distinction, la correction, comme lorsque Julia entendait de ses lèvres de belles histoires d'amants ou de guerriers. D'un instant à l'autre, il aurait pu se mettre à parler de Long John Silver, de Wendy, de Lagardère ou de Sir Kenneth, l'homme au léopard, et la jeune femme n'en aurait pas été le moins du monde surprise. Pourtant, c'était lui qui avait couché Álvaro sous la douche, qui avait enfoncé une bouteille de gin entre les cuisses de Menchu... Julia avala lentement la fumée de sa cigarette et plissa les yeux, savourant sa propre amertume. S'il n'a pas changé se dit-elle, et il est évident qu'il est le même, c'est moi qui ai changé. C'est pour cela que je le vois autrement cette nuit, avec des yeux différents : je vois une canaille, un imposteur et un assassin. Et pourtant, je suis toujours ici, fascinée, suspendue une fois de plus à ses lèvres. Dans quelques secondes, au lieu d'une aventure dans la mer des Antilles, il va me raconter que tout ce qu'il a fait l'a été pour moi. Et je vais l'écouter, comme toujours, parce qu'en plus cette histoire dépasse toutes celles que m'a racontées César. Elle les dépasse en imagination. Elle les dépasse en horreur.

Elle retira son bras du dossier du canapé, se pencha en avant, les lèvres entrouvertes, totalement absorbée par la scène qui se déroulait devant ses yeux, décidée à ne pas en perdre le moindre détail. Et ce mouvement parut être le signal qu'attendaient les deux protagonistes pour reprendre leur dialogue. Muñoz, les mains dans les poches de sa gabardine, la tête penchée de côté, regardait César.

– Je voudrais savoir quelque chose, dit-il. Quand le fou noir prend le pion blanc en a6, les blancs décident de déplacer leur roi de d4 à e5, si bien que la dame blanche met en échec à la découverte le roi noir… Que doivent jouer les noirs ?

Les yeux de l'antiquaire s'animèrent d'une lueur amusée ; on aurait dit qu'ils souriaient, alors que ses traits restaient imperturbables.

– Je ne sais pas, répondit-il au bout d'un instant. C'est vous le maître, mon cher. C'est vous qui devez le savoir.

Muñoz fit un de ses gestes vagues, comme s'il voulait se débarrasser de ce titre de maître que César venait de lui décerner pour la première fois.

– J'insiste, reprit-il lentement, en pesant ses mots, pour connaître votre opinion éclairée.

Le sourire de l'antiquaire qui jusque-là avait semblé se limiter à ses yeux se répandit comme par contagion à ses lèvres.

– Dans ce cas, je protégerais le roi noir en plaçant le fou en c4… – il regarda le joueur d'échecs avec une sollicitude courtoise. Qu'en pensez-vous ?

– Je prends ce fou, rétorqua Muñoz, presque brutalement. Avec mon fou blanc de d3. Et ensuite, vous me mettez en échec avec le cavalier en d7.

– Je ne fais rien du tout, cher ami – l'antiquaire soutenait son regard, impassible. Je ne sais pas de quoi vous parlez. Et ce n'est pas l'heure non plus de jouer aux devinettes.

Muñoz fronça les sourcils, l'air buté.

– Vous me mettez en échec en d7, répéta-t-il. Ne racontez plus d'histoires et regardez un peu l'échiquier.

– Mais pourquoi donc ?

– Parce qu'il ne vous reste plus beaucoup d'issues possibles… Je riposte à la mise en échec en jouant d6 avec le roi blanc.

César soupira et ses yeux bleus qui dans la pénombre de la pièce semblaient en ce moment extraordinairement clairs, presque dépourvus de couleur, se posèrent sur Julia. Puis, après avoir glissé son fume-cigarette entre ses dents, il hocha deux fois la tête, avec une légère grimace de chagrin.

– Alors, je le regrette beaucoup, dit-il, et il semblait vraiment contrarié, mais j'aurais dû prendre le deuxième cavalier blanc, celui de la case b1 – il regarda son interlocuteur d'un air peiné. Vous ne croyez pas que c'est dommage ?

– Oui. Particulièrement du point de vue du cavalier… – Muñoz se mordit la lèvre inférieure, songeur. Et vous le prendriez avec la tour ou avec la dame ?

– Avec la dame, naturellement – César eut l'air offensé. Il y a certaines règles…

Il laissa sa phrase en suspens avec un geste de la main droite. Une main pâle et fine sur le dos de laquelle transparaissaient les sillons bleutés de ses veines et qui, Julia le savait maintenant, était parfaitement capable de tuer avec autant de naturel ; peut-être en amorçant le mouvement mortel avec ce même geste élégant que l'antiquaire traçait en l'air en ce moment même.

C'est alors que, pour la première fois depuis qu'ils étaient entrés chez César, Muñoz laissa flotter sur ses lèvres ce sourire qui ne signifiait jamais rien, flou et lointain, modelé davantage par ses étranges réflexions mathématiques que par la réalité qui l'entourait.

– À votre place, j'aurais joué la dame en c2, mais tout cela n'a plus d'importance…, dit-il à voix basse. Ce que j'aimerais savoir, c'est comment vous pensiez me tuer.

– Tenez votre langue, je vous prie, rétorqua l'antiquaire qui semblait sincèrement scandalisé. Puis, comme s'il faisait appel à la courtoisie du joueur d'échecs, il fit un geste dans la direction du canapé où Julia était assise, sans la regarder. La demoiselle…

– À ce stade, répondit Muñoz, et le sourire diffus flottait toujours au coin de sa bouche, la demoiselle est aussi curieuse que moi, je suppose. Mais vous n'avez pas répondu à ma question… Vous pensiez recourir à la vieille tactique du coup sur la gorge ou sur la nuque, ou vous me réserviez un dénouement plus classique ? Je veux parler du poison, du poignard, vous voyez où je veux en venir... Comment diriez-vous ? – Il jeta un coup d'œil aux peintures du plafond comme pour y trouver le mot juste. Ah, oui. Quelque chose dans le style *vénitien*.

– J'aurais dit plutôt *florentin*, corrigea César, pointilleux jusqu'au bout, sans cacher pourtant une certaine admiration. Mais j'ignorais que vous fussiez capable d'ironiser sur ces choses.

– Mais je ne le suis pas, répondit le joueur d'échecs. Pas le moins du monde – il regarda Julia, puis montra l'antiquaire du doigt... Le voilà : le fou qui occupe une place de confiance à côté du roi et de la reine. Pour romancer un peu l'affaire, le *bishop* anglais, l'évêque intrigant. Le grand vizir traître qui conspire dans l'ombre car, en réalité, il est la Dame noire déguisée...

– Quel merveilleux feuilleton, répliqua César, moqueur, en battant lentement et silencieusement des mains, comme s'il applaudissait. Mais vous ne m'avez pas dit comment joueraient les blancs après avoir perdu leur cavalier... Pour être franc, mon cher, je suis sur des charbons ardents.

– Le fou en d3, échec. Et les noirs perdent la partie.

– C'est tout ? Vous m'inquiétez, mon ami.

– C'est tout.

César examina la question. Puis il retira ce qui restait de sa cigarette de son fume-cigarette et déposa le mégot dans un cendrier, après en avoir délicatement fait tomber la braise.

– Intéressant, dit-il en levant son fume-cigarette comme s'il levait le doigt pour réclamer une courte pause.

Lentement pour ne pas alarmer inutilement Muñoz, il s'approcha de la table à jouer anglaise qui se trouvait à côté du canapé, à droite de Julia. Puis, après avoir fait tourner la petite clé d'argent dans la serrure du tiroir plaqué en bois de citronnier, il sortit les pièces, jaunies et noircies par le temps, d'un très ancien jeu d'ivoire que Julia n'avait jamais vu jusqu'alors.

– Intéressant, répéta-t-il tandis que ses doigts fins aux ongles méticuleusement soignés disposaient les pièces sur l'échiquier. La situation est donc celle-ci :

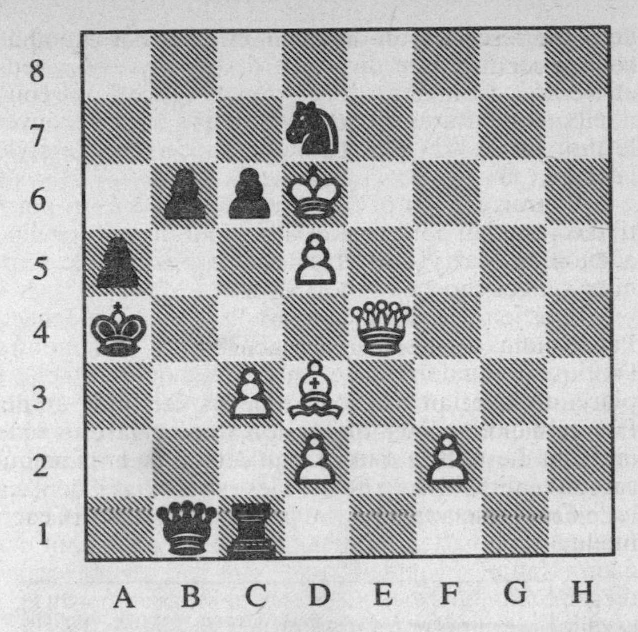

– C'est exact, confirma Muñoz qui regardait l'échiquier de loin, sans s'approcher. En se retirant de c4 à d3, le fou blanc permet une double mise en échec : dame blanche contre le roi noir et fou blanc contre la dame noire. Le roi n'a d'autre choix que de fuir de a4 à b3 et d'abandonner la dame noire à son sort... La reine blanche fera une autre mise en échec en c4 et forcera le roi ennemi à descendre, avant que le fou blanc ne prenne la dame.

– La tour noire va prendre ce fou.

– Oui. Mais c'est sans importance. Sans la dame, les noirs sont perdus. Et puis, dès lors que cette pièce disparaît de l'échiquier, la partie n'a plus de raison d'être.

– Vous avez peut-être raison.

– Sans aucun doute. La partie, ou ce qu'il en reste, se décide à présent avec le pion blanc de d5. Après avoir pris le pion noir de c6, il ira à dame sans quc personne puisse l'en empêcher... Il y parviendra en six coups, neuf au grand maximum – Muñoz sortit de sa poche une feuille de papier couverte de notes au crayon. Par exemple, comme ceci :

Pd5 x Pc6	Cd7 – f6
Dc4 – e6	Pa5 – a4
De6 x Cf6	Pa4 – a3
Pc3 – c4 +	Rb2 – c1
Df6 – c3 +	Rc1 – d1
Dc3 x Pa3	Tb1 – c1
Da3 – b3 +	Rd1 x Pd2
Pc6 – c7	Pb6 – b5
Pc7 – c8...	(Les noirs abandonnent)

L'antiquaire prit la feuille de papier, puis étudia très calmement l'échiquier, son fume-cigarette vide entre les dents. Son sourire était celui d'un homme qui accepte une défaite écrite dans les astres. Puis il déplaça les pièces l'une après l'autre pour arriver à la situation finale :

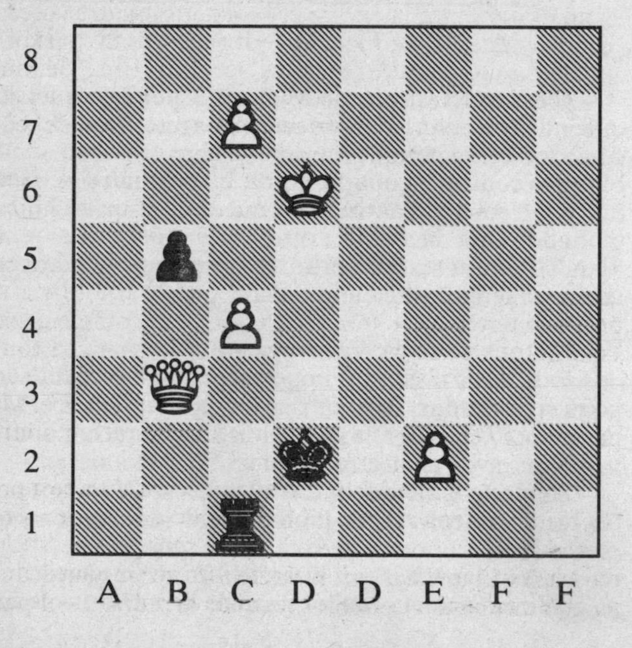

– Je reconnais qu'il n'y a pas d'issue, dit-il enfin. Les noirs perdent.

Muñoz leva les yeux de l'échiquier, pour regarder César.

– C'était une erreur que de prendre le deuxième cavalier, murmura-t-il d'un ton objectif.

L'antiquaire haussa les épaules sans se départir de son sourire.

– À partir d'un certain moment, les noirs n'avaient plus le choix... Disons qu'ils étaient eux aussi prisonniers de leur élan, de leur dynamique naturelle. Ce cavalier était de trop dans le jeu – un instant, Julia aperçut un éclair d'orgueil dans les yeux de César. En réalité, nous n'étions pas loin de la perfection.

– Pas aux échecs, répondit sèchement Muñoz.

– Aux échecs ?... Mon cher ami – l'antiquaire montra les pièces d'un geste dédaigneux. Je parlais d'autre chose que d'un simple échiquier – ses yeux bleus se creusèrent, comme s'ils s'ouvraient sur un monde secret. Je voulais parler de la vie, de ces soixante-quatre cases de noires nuits et de blanches journées dont parlait le poète... Ou peut-être est-ce le contraire : de nuits blanches et de jours obscurs. Tout dépend de quel côté du joueur nous voulons placer l'image... De quel côté, pour parler en parabole, nous plaçons le miroir.

Julia remarqua que César ne la regardait pas, même si, tout le temps qu'il parlait à Munoz, il donnait l'impression de s'adresser à elle.

– Comment avez-vous découvert que c'était lui ? demanda-t-elle au joueur d'échecs.

Pour la première fois, l'antiquaire eut comme un sursaut. Quelque chose dans son attitude changea tout à coup ; comme si Julia, en reprenant à haute voix l'accusation de Muñoz, avait rompu un pacte de silence. Mais sa réticence passagère s'évanouit aussitôt et son sourire se transforma en une moue moqueuse et amère.

– Oui, dit-il au joueur d'échecs, en se dévoilant pour la première fois. Dites-lui comment vous avez su que c'était moi.

Muñoz tourna légèrement la tête dans la direction de Julia.

– Votre ami a commis quelques erreurs... – il parut

douter un instant du sens de ses paroles, puis esquissa un geste dans la direction de l'antiquaire, peut-être pour s'excuser. Quoique parler d'*erreurs* ne soit pas exact, car il a toujours su ce qu'il faisait et quels étaient les risques... Paradoxalement, c'est vous qui l'avez fait se trahir.

– Moi ? Mais je ne me doutais de rien jusqu'à ce que...

César tourna la tête. Presque avec tendresse, pensa la jeune femme, épouvantée par ses propres sentiments.

– Notre ami Muñoz parle au sens figuré, princesse.

– Ne m'appelle plus princesse, je t'en supplie – Julia ne reconnut pas le son de sa voix qui, même à elle, lui parut d'une dureté insolite. Pas ce soir.

L'antiquaire la regarda quelques instants, puis inclina la tête.

– Entendu, dit-il, et il parut avoir du mal à retrouver le fil de ses idées. Ce que Muñoz veut expliquer, c'est que ta présence dans le jeu lui a servi de contraste pour analyser les intentions de son adversaire. Notre ami est un bon joueur d'échecs ; mais de plus, il s'est révélé être un meilleur limier que je ne le croyais... Pas comme cet imbécile de Feijoo qui voit un mégot dans un cendrier et qui en déduit, comme beaucoup le feraient d'ailleurs, que quelqu'un a fumé – il lança un regard à Muñoz. C'est ce fou par le pion au lieu de la dame par le pion d5 qui vous a mis la puce à l'oreille, n'est-ce pas ?

– Oui. Ou du moins, c'est l'un des indices qui ont éveillé mes soupçons. Au quatrième coup, les noirs avaient déjà laissé passer la possibilité de prendre la dame blanche, ce qui aurait décidé de l'issue de la partie en leur faveur... Au début, j'ai cru qu'il s'agissait de jouer au chat et à la souris, ou que Julia était à ce point indispensable au jeu qu'elle ne pouvait être prise, ou assassinée, que plus tard. Mais quand notre ennemi, vous, a choisi de jouer pion contre fou au lieu de pion d5 contre dame, mouvement qui aurait nécessairement entraîné un échange de dames, j'ai compris que le mystérieux joueur n'avait *jamais* eu l'intention de prendre la dame blanche et qu'il était même prêt à perdre la partie plutôt que d'aller jusque-là. Et le rapport entre ce coup et la bombe du Rastro, ce présomptueux *je peux te tuer mais je ne le fais pas*, était si évident que je n'ai plus eu le moindre doute ; les menaces dirigées contre la dame blanche n'étaient qu'un leurre – il se tourna vers Julia. Car vous n'avez jamais été véritablement en danger dans toute cette histoire.

César hochait la tête, comme si ce n'était pas de lui dont on parlait, mais d'une tierce personne dont le sort ne lui faisait ni chaud ni froid.

– Vous avez également compris, dit-il, que l'ennemi n'était pas le roi, mais la dame noire.

Muñoz haussa les épaules sans sortir les mains de ses poches.

– Ce n'était pas difficile. Le lien avec les assassinats était évident : seules les pièces prises par la dame noire correspondaient à des morts réelles. J'ai alors analysé de plus près les mouvements de cette pièce, ce qui m'a permis d'aboutir à des conclusions intéressantes. Par exemple, son rôle protecteur par rapport au jeu des noirs en général, un rôle qui s'étendait même à la dame blanche, sa principale ennemie, qu'elle respectait pourtant comme si elle était sacrée... Sa proximité avec le cavalier blanc, c'est-à-dire moi, les deux pièces dans des cases contiguës, presque comme de bons voisins, tandis que la dame noire ne se décide pas à planter son aiguillon venimeux, qu'elle attend qu'il n'y ait plus d'autre solution... – il regardait César avec des yeux vides. Au moins, je peux me consoler en pensant que vous m'auriez tué sans haine, et même avec une certaine délicatesse, avec une sorte de sympathie complice, avec un mot d'excuse au bord des lèvres, en me demandant de vous comprendre. Purs impératifs du jeu d'échecs.

César fit un geste théâtral de la main, très XVIIIe siècle, apparemment satisfait de l'exactitude de l'énoncé.

– Vous êtes tout à fait dans le vrai, confirma-t-il. Mais, dites-moi... Comment avez-vous compris que vous étiez le cavalier, et pas le fou ?

– Une série d'indices ; certains mineurs, d'autres importants. Le point déterminant a été le rôle symbolique du fou comme pièce de confiance, à côté du roi et de la reine, dont je vous ai déjà parlé. Et vous, César, vous avez joué dans tout cela un rôle extraordinaire : fou blanc travesti en reine noire, qui jouait des deux côtés de l'échiquier… C'est précisément cette situation qui vous a perdu dans une partie que, paradoxalement, vous avez entreprise justement pour la perdre : pour être finalement vaincu. Le coup de grâce, vous vous l'êtes donné vous-même : le fou blanc prend la dame noire, l'antiquaire ami de Julia se trahit lui-même, lui, le joueur invisible, le scorpion se pique la queue… Je peux vous assurer que c'est la première fois de ma vie que je suis témoin d'un suicide sur échiquier réussi avec une telle perfection.

– Brillant, dit César, sans que Julia sache s'il parlait de l'analyse de Muñoz ou de son jeu à lui. Mais, dites-moi… À votre avis, comment se traduit cette identification que vous faites entre moi et la dame noire d'une part, le fou blanc de l'autre ?

– Je suppose qu'il nous faudrait toute la nuit pour en parler et des semaines entières pour l'analyser… Pour le moment, je ne peux que dire ce que j'ai vu sur l'échiquier. Et j'y ai vu une double personnalité : le mal, sombre et noir, César. Votre condition féminine, vous vous souvenez ? Vous m'avez demandé un jour cette analyse : personnalité réprimée et opprimée par son entourage, refus de l'autorité constituée, combinaison de pulsions agressives et homosexuelles… Tout cela incarné sous les noirs atours de Béatrice de Bourgogne ou, ce qui revient au même, de la reine de l'échiquier. Et d'autre part, votre contraire, aussi différent que le jour et la nuit, votre amour pour Julia… Cette autre condition qui vous est tout aussi douloureuse : votre condition masculine, avec les nuances qui s'imposent ; l'esthétique de vos attitudes chevaleresques ; ce que vous avez voulu être et n'avez pas été. Roger d'Arras incarné non pas dans le cavalier, ou le chevalier si vous préférez, mais dans l'élégant fou blanc… Qu'en pensez-vous ?

César était immobile, tout pâle. Pour la première fois de sa vie, Julia le voyait figé de stupeur. Puis, au bout de quelques instants qui parurent interminables, marqués seulement par le tic-tac d'une horloge qui égrenait le passage de ce silence, l'antiquaire retrouva lentement un faible sourire qui se fixa au coin de ses lèvres exsangues. Mais cette fois, ce n'était plus qu'une expression machinale, un simple expédient pour faire face à l'implacable dissection que Muñoz lui avait jetée à la face, comme on jette un gant.

– Parlez-moi de ce fou, dit-il d'une voix rauque.

– Je vais vous en parler, puisque vous me le demandez – les yeux de Muñoz s'étaient éclairés de cette lueur fiévreuse qu'on leur voyait lorsqu'il était sur le point de jouer un coup décisif. Il rendait à son adversaire les doutes et les incertitudes qu'il lui avait fait subir devant l'échiquier; c'était sa revanche professionnelle. Et lorsqu'elle le comprit, Julia se rendit compte qu'à un moment donné de la partie le joueur d'échecs en était venu à croire à sa propre défaite.

« Le fou, continua Muñoz. La pièce que l'on peut le mieux assimiler à l'homosexualité, avec ses profonds mouvements en diagonale... Oui. Vous vous êtes également donné un rôle magnifique avec ce fou qui protège la reine blanche sans défense et qui, dans un trait de sublime décision préparé depuis le début, porte finalement le coup mortel à sa propre condition obscure et donne à la dame blanche tant aimée une leçon aussi magistrale que terrifiante... Tout cela, je l'ai compris peu à peu en enchaînant une idée après l'autre. Mais vous n'étiez pas un joueur d'échecs. Au début, c'est ce qui a détourné mes soupçons. Ensuite, quand je n'avais plus guère de doutes, c'est ce qui m'a déconcerté. Le déroulement de la partie était trop parfait pour un joueur moyen, parfaitement inconcevable pour un simple amateur... Et de fait, je suis encore perplexe.

– Tout a son explication, répondit César. Mais je ne voulais pas vous interrompre, mon cher. Continuez.

– Je n'ai plus grand-chose à ajouter. Du moins, ici, ce soir. Álvaro Ortega s'était fait tuer par quelqu'un qu'il connaissait peut-être, mais je n'étais pas suffisamment au courant de la question. En revanche, Menchu Roch n'aurait jamais ouvert la porte à un étranger, moins encore dans les circonstances décrites par Max. L'autre soir, au café, vous avez dit qu'il ne restait pratiquement plus de suspects, et c'était vrai. J'ai essayé d'étudier le problème en faisant une série d'approximations analytiques : Lola Belmonte n'était pas mon adversaire ;

je l'ai su dès que je me suis trouvé en face d'elle. Son mari non plus. Quant à don Manuel Belmonte, ses curieux paradoxes musicaux m'ont donné beaucoup à penser... Mais, comme suspect, le personnage présentait des failles. Son côté joueur d'échecs, pour dire les choses simplement, n'était pas à la hauteur du reste. Et puis, il est infirme, ce qui excluait tout acte de violence contre Álvaro et Menchu... Une combinaison possible oncle-nièce, compte tenu de la femme blonde à l'imperméable, ne résistait pas davantage à une analyse un peu poussée : pour quelle raison voler quelque chose qui leur appartenait ?... Quant à ce Montegrifo, j'ai fait ma petite enquête et je sais qu'il ne touche aux échecs ni de près ni de loin. De plus, Menchu Roch ne lui aurait jamais ouvert la porte ce matin-là.

– Il ne restait donc plus que moi.

– Vous savez bien que lorsqu'on élimine l'impossible, ce qui reste, pour improbable qu'il puisse paraître, doit nécessairement être vrai.

– Je m'en souviens, mon cher. Et je vous félicite. Je suis heureux de voir que je ne me suis pas trompé sur votre compte.

– Vous m'avez choisi pour cela, n'est-ce pas ?... Vous saviez que j'allais gagner la partie. Vous vouliez être battu.

Avec une moue condescendante, César lui fit comprendre que la chose n'avait pas d'importance.

– Je l'espérais, en effet. J'ai fait appel à vos bons offices car Julia avait besoin de quelqu'un pour la guider dans sa descente aux enfers... Cette fois, je devais me limiter à jouer le mieux possible le rôle du Diable. Je te donne un compagnon. Et c'est ce que j'ai fait.

Les yeux de la jeune femme flamboyèrent aussitôt et sa voix s'éleva, métallique :

– Ce n'est pas au Diable que tu jouais, tu voulais être Dieu. Distribuer le bien et le mal, la vie et la mort.

– C'était ton jeu, Julia.

– Tu mens. C'était le tien. Je n'étais qu'un prétexte, rien de plus.

L'antiquaire pinça les lèvres, contrarié.

– Tu ne comprends rien, ma chérie. Mais ça n'a plus tellement d'importance... Regarde-toi dans une glace et tu me donneras peut-être raison.

– César, tes glaces, tu peux te les mettre où je pense.

Il la regarda, sincèrement peiné, comme un chien ou un enfant battu. Ce reproche muet, débordant d'absurde loyauté, s'éteignit – dans ses yeux bleus où il ne resta plus finalement qu'un regard absent, perdu dans le vague, étrangement humide. Puis l'antiquaire se retourna lentement vers Muñoz.

– Vous ne m'avez pas encore expliqué, dit-il, – et on aurait cru qu'il avait du mal à retrouver le ton qu'il avait adopté jusque-là avec le joueur d'échecs –, vous ne m'avez pas encore expliqué comment vous aviez tendu le collet qui noue vos théories inductives aux faits... Pourquoi êtes-vous venu me voir ce soir avec Julia, et pas hier, par exemple ?

– Parce qu'hier, vous n'aviez pas encore renoncé pour la deuxième fois à prendre la dame blanche... Et puis, jusqu'à cet après-midi, je n'avais pas trouvé ce que je cherchais : un recueil de revues d'échecs, troisième trimestre 1945. Il s'y trouve une photo des finalistes d'un tournoi de jeunes joueurs d'échecs. Vous êtes sur cette photo, César. Votre nom et votre prénom sont mentionnés à la page suivante. Ce qui me surprend, c'est qu'on ne vous y cite pas comme le vainqueur... Et ce qui m'intrigue aussi, c'est qu'à partir de ce jour on perd toute trace de vous comme joueur d'échecs. Vous ne jouez plus jamais en public.

– Il y a quelque chose que je ne comprends pas, dit Julia. Ou plus exactement, une chose en particulier, parmi toutes celles qui me dépassent dans cette histoire de fous... Je te connais depuis que j'ai l'âge de raison, César. J'ai grandi à côté de toi et je croyais connaître jusqu'au moindre recoin de ta vie. Mais tu n'as jamais parlé d'échecs. Jamais. Pourquoi ?

– C'est une longue histoire.

– Nous avons tout notre temps, dit Muñoz.

C'était la dernière partie du tournoi. Une finale de pions et de fous sur un échiquier fortement dégarni. Devant l'estrade sur laquelle s'affrontaient les finalistes, quelques spectateurs suivaient le jeu dont l'un des arbitres notait les coups sur un tableau accroché au mur, entre un portrait du Caudillo et un calendrier qui indiquait la date, 12 octobre 1945, au-dessus de la table où brillait la coupe d'argent destinée au vainqueur.

Le jeune homme à la veste grise toucha machinalement le nœud de sa cravate et regarda ses pièces – les noirs – avec désespoir. Le jeu méthodique et implacable de son adversaire avait fini par l'acculer irrémédiablement. Le jeu des blancs n'avait pas été une brillante suite de manœuvres, mais plutôt une lente progression à partir d'une solide défense initiale, un jeu qui n'avait obtenu l'avantage que par une attente patiente, exploitant l'une après l'autre les erreurs de l'adversaire. Un jeu dépourvu d'imagination, qui ne risquait jamais rien mais qui, précisément pour cette raison, avait taillé les noirs en pièces dès qu'ils tentaient d'attaquer le roi, les noirs décimés, éloignés les uns des autres, incapables de se porter secours, ou même de faire obstacle à la percée des pions blancs qui, alternant leurs mouvements, étaient sur le point d'arriver à dame.

La fatigue et la honte troublaient les yeux du jeune homme à la veste grise. La certitude qu'il aurait pu gagner, que son jeu était plus brillant, plus audacieux, supérieur à celui de son adversaire, ne suffisait pas à le consoler de son inévitable défaite. L'imagination débordante et fougueuse de ses quinze ans, l'extrême sensibilité de son esprit, la lucidité de sa pensée, jusqu'au plaisir presque physique qu'il éprouvait à toucher les pièces de bois verni quand il les déplaçait avec élégance sur l'échiquier, composant sur les cases noires et blanches une trame délicate où il découvrait une beauté et une harmonie presque parfaites, étaient stériles à présent, et même souillés par la satisfaction grossière, le dédain que laissait deviner l'expression de l'adversaire victorieux: une espèce de rustaud olivâtre, aux yeux petits, aux traits vulgaires, dont le seul mérite pour accéder au triomphe avait été son attente prudente, comme l'araignée au centre de sa toile. Son inqualifiable poltronnerie.

Les échecs, c'était donc cela aussi, pensa l'adolescent qui jouait avec les noirs. Plus que tout, en fin de compte, l'humiliation d'une défaite injuste, la palme à ceux qui ne risquent rien; voilà ce qu'il ressentait devant cet échiquier qui n'était pas seulement le support d'un stupide jeu de positions, mais le miroir de la vie, faite de chair et de sang, de vie et de mort, d'héroïsme et de sacrifice.

Comme les nobles chevaliers de France à Crécy, défaits en pleine et inutile gloire par les archers gallois du roi d'Angleterre, le jeune garçon avait vu les attaques de ses cavaliers et de ses fous, hardies et profondes, splendides mouvements, étincelants comme des coups d'épée, s'écraser l'une après l'autre, en vagues héroïques mais vaines, contre l'immobilité flegmatique de l'adversaire. Et le roi blanc, cette pièce haïe, derrière la barrière infranchissable de ses pions plébéiens, contemplait la scène de loin, à l'abri, avec un mépris dont l'expression du joueur qui en était le maître se faisait le reflet, le désarroi et l'impuissance du roi noir solitaire, incapable de secourir ses derniers fantassins débordés et fidèles qui livraient, dans un atroce sauve-qui-peut, un combat désormais sans espoir.

Sur cet impitoyable champ de bataille aux froides cases blanches et noires, il n'y avait même plus place pour l'honneur dans la déroute. La défaite effaçait tout, anéantissait non seulement le vaincu mais aussi son imagination, ses rêves, son amour-propre. L'adolescent à la veste grise posa le coude sur la table, appuya son front contre le creux de sa main, ferma les yeux quelques instants, écoutant la rumeur des armes s'éteindre lentement dans le val envahi par les ombres. Jamais plus, se dit-il. Comme les Gaulois vaincus par Rome qui refusaient de prononcer le nom de leur défaite, désormais il refuserait, le reste de sa vie, de se souvenir de ce que découvraient ses yeux : la stérilité de la gloire. Jamais plus il ne jouerait aux échecs. Et qu'aurait-il donné pour être aussi capable de les effacer de sa mémoire, de la même manière qu'à la mort des pharaons on effaçait leur nom sur les monuments.

L'adversaire, l'arbitre et les spectateurs attendaient le coup suivant avec une impatience mal dissimulée, car la fin traînait en longueur. Le jeune garçon regarda pour la dernière fois son roi traqué et, avec une triste sensation de solitude partagée, décida qu'il ne restait plus que l'acte pieux de lui donner une mort digne, de sa propre main, pour lui éviter l'humiliation de se trouver acculé comme un chien fugitif, cerné dans un coin de l'échiquier. Alors, il tendit les doigts vers la pièce et, dans un geste d'infinie tendresse, renversa lentement le roi vaincu, le coucha amoureusement sur la nudité des cases.

XV

FIN DE PARTIE POUR UNE DAME

> « La mienne fut cause de grand péché, et de passion, disputes, vaines paroles – quand ce n'était point menteries – en moi, en mon adversaire ou en nous deux. Les échecs me poussèrent à négliger mes devoirs envers Dieu et envers les hommes. »
>
> *The Harleyan Myscellany*

Quand César eut terminé – il avait parlé à voix basse, les yeux fixés sur un point indéterminé du salon, – il sourit avec une expression absente et se retourna lentement vers l'échiquier d'ivoire posé sur la table. Puis il haussa les épaules, comme si avec ce geste il voulait faire comprendre que nul ne peut choisir son passé.

– Tu ne m'en avais jamais parlé, dit Julia, et le son de sa voix lui fit l'effet d'une intrusion absurde, parfaitement déplacée dans ce silence.

César tarda un peu à répondre. La lumière de l'abat-jour de parchemin n'éclairait qu'une partie de son visage, laissant l'autre moitié dans le noir. Le clair-obscur accentuait les rides autour des yeux et de la bouche, faisait ressortir le profil aristocratique, le nez fin et le menton de l'antiquaire, comme sur un délicat poinçon de médaille antique.

– J'aurais eu du mal à te parler de quelque chose qui n'existait pas, murmura-t-il doucement, et ses yeux, ou peut-être seulement la lueur qui y jouait, estompée par la pénombre, se posèrent enfin sur ceux de la jeune femme. Pendant quarante ans, je me suis appliqué avec grand soin à croire qu'il en était ainsi – son sourire avait pris une expression moqueuse, sans doute adressée à lui-même. Je n'ai jamais rejoué aux échecs, pas même seul. Jamais.

Julia secoua la tête, abasourdie. Elle avait peine à croire ce qu'elle entendait.

– Tu es malade.

L'éclat de rire fut bref et sec. La lumière jouait maintenant dans les yeux de l'antiquaire qui semblaient de glace.

– Tu me déçois, princesse. J'espérais au moins de toi que tu me ferais l'honneur de ne pas sombrer dans la facilité – il regarda pensivement son fume-cigarette d'ivoire. Je t'assure que je suis sain d'esprit. Comment aurais-je pu autrement construire si minutieusement les détails de cette belle histoire ?

– Belle ? – elle le regarda, sidérée. Mais nous parlons d'Álvaro et de Menchu... Une belle histoire ? – elle frissonna d'horreur et de mépris. Pour l'amour de Dieu ! Mais qu'est-ce que tu racontes ?

L'antiquaire soutint son regard sans broncher, puis il se tourna vers Muñoz, comme pour l'appeler au secours.

– Il y a des aspects... esthétiques, dit-il. Des facteurs extraordinairement originaux qu'on ne peut simplifier de façon aussi superficielle. L'échiquier n'est pas simplement blanc et noir. Il faut se situer sur des plans plus élevés pour examiner les faits. Des plans objectifs... – il les regarda, tout à coup rempli d'un désespoir qui paraissait sincère. J'étais persuadé que vous vous en seriez rendu compte.

– Je sais ce qu'il veut dire, fit Muñoz, et Julia se retourna vers lui, surprise.

Le joueur d'échecs était toujours immobile, debout au milieu du salon, les mains dans les poches de sa gabardine fripée. Au coin de sa bouche était apparue cette vague moue, son sourire à peine esquissé, indéfinissable et lointain.

– Vous savez ? s'exclama Julia. Bon Dieu ! Qu'est-ce que vous pouvez bien savoir ?

Elle serra les poings, indignée, essayant de retenir sa respiration qui sonnait dans ses oreilles comme le halètement d'une bête après une longue course. Mais Muñoz demeurait impassible et Julia vit que César lui lançait un paisible regard de reconnaissance.

– Je ne me suis pas trompé sur votre compte, dit l'antiquaire. Et je m'en félicite.

Muñoz ne voulut pas répondre. Il se contenta de regarder autour de lui les tableaux, les meubles, les objets qui décoraient la pièce, hochant lentement la tête, comme s'il tirait de tout cela de mystérieuses conclusions. Au bout d'un moment, il désigna Julia du menton.

– Je crois qu'elle a le droit de connaître toute l'histoire.

– Et vous aussi, mon cher, ajouta César.

– Moi aussi. Encore que je n'agisse ici qu'à titre de témoin.

Il n'y avait ni reproches ni menaces dans sa voix. Comme si le joueur d'échecs conservait une absurde neutralité. Une neutralité impossible, pensa Julia, car le moment allait venir tôt ou tard où les mots ne suffiraient plus, où il faudrait prendre une décision. Et pourtant, conclut-elle, étourdie par cette sensation d'irréalité dont elle ne parvenait pas à se défaire, ce moment paraissait encore tellement lointain.

– Alors, allons-y, dit-elle, et elle comprit avec un soulagement inattendu en entendant sa propre voix qu'elle avait retrouvé sa sérénité perdue. Elle lança un regard dur à César. Parle-nous d'Álvaro.

L'antiquaire acquiesça d'un signe de tête.

– Álvaro, répéta-t-il tout bas. Mais auparavant, je dois vous parler du tableau... – il fit tout à coup la grimace, comme s'il avait oublié les règles les plus élémentaires de la courtoisie. Je ne vous ai rien offert. Je suis impardonnable. Vous prendrez bien quelque chose ?

Personne ne répondit. César s'avança vers un vieux coffre de chêne dont il se servait comme bar.

– La première fois que j'ai vu ce tableau, c'était chez toi, Julia. Tu te souviens ?... On te l'avait livré quelques heures plus tôt et tu étais heureuse comme une petite fille. Pendant près d'une heure, je t'ai observée tandis que tu l'étudiais pouce par pouce en m'expliquant les techniques dont tu comptais te servir pour, je te cite littéralement, pour en faire le plus beau travail de ta carrière – tout en parlant, César prit un haut verre de cristal taillé et y mit des glaçons, du gin et un peu de jus de citron. J'étais émerveillé de te voir heureuse, et le fait est que je l'étais moi aussi – il se retourna, son verre à la main et goûta précautionneusement le cocktail qui parut le satisfaire. Mais ce que je ne t'ai pas dit alors... Bon. En réalité, même maintenant j'ai du mal à l'exprimer avec des mots... Tu étais émerveillée par la beauté de l'image, l'équilibre de la composition, les couleurs et la lumière. Moi aussi, mais pas pour les mêmes raisons. Cet échiquier, les joueurs penchés au-dessus des pièces, la dame qui lisait à la fenêtre, tout cela réveillait en moi l'écho endormi de mon ancienne passion. Imagine ma surprise, alors que je la croyais oubliée, boum !, la voilà qui revenait comme un coup de canon. Je me sentais à la fois fébrile et terrorisé ; comme si le souffle de la folie venait de m'effleurer.

L'antiquaire se tut un instant et la moitié éclairée de sa bouche dessina une moue malicieusement intime, comme s'il trouvait un plaisir particulier à savourer ce souvenir.

– Il ne s'agissait pas seulement d'échecs, continua-t-il. Mais plutôt d'un sentiment personnel, profond, qui me faisait voir dans ce jeu le lien entre la vie et la mort, la réalité et le rêve... Et pendant que toi, Julia, tu parlais de pigments et de vernis, je t'écoutais à peine, surpris par le frisson de plaisir et d'exquise angoisse qui me parcourait le corps, assis à côté de toi sur le canapé, en train de regarder non pas ce qu'avait peint Pieter Van Huys dans ce tableau flamand, mais ce que le maître génial avait en tête lorsqu'il peignait.

– Et tu as décidé que le tableau devait être à toi...

César regarda la jeune femme avec un air de reproche ironique.

– Ne simplifie pas les choses, princesse – il prit une gorgée de gin et ébaucha un sourire qui réclamait l'indulgence de ses auditeurs. Ce que je décidai sur le coup, c'est qu'il était indispensable d'assouvir ma passion. Ce n'est pas en vain qu'on vit une vie aussi longue que la mienne. Et c'est sans doute pour cette raison que j'ai aussitôt compris, non pas le message, qui était codé comme on l'a vu plus tard, mais le fait incontestable qu'il y avait là une énigme fascinante et terrible. Peut-être, quelle idée, peut-être l'énigme qui allait enfin me donner raison.

– Raison ?

– Oui. Le monde n'est pas aussi simple qu'on voudrait nous le faire croire. Ses contours sont imprécis, les nuances comptent. Rien n'est noir, rien n'est blanc ; le mal peut être le déguisement du rien ou de la beauté, et inversement, sans que l'un exclue l'autre. Un être humain peut aimer et trahir la personne aimée, sans que son sentiment en perde sa réalité. On peut être père, frère, fils et amant tout à la fois ; victime et bourreau... Prends les exemples que tu voudras. La vie est une aventure incertaine dans un paysage diffus aux limites en perpétuel mouvement, où les frontières sont toutes artificielles ; où tout peut s'achever et recommencer à chaque instant, ou prendre fin subitement, comme par un coup de hache inattendu, à tout jamais. Où la seule réalité absolue, compacte, indiscutable et définitive est la mort. Où nous ne sommes qu'un petit éclair entre deux nuits éternelles, princesse, où nous n'avons que bien peu de temps.

– Et quel est le rapport avec la mort d'Álvaro ?

– Tout est lié – César leva la main pour réclamer la patience de son public. La vie est une suite de faits qui s'enchaînent les uns aux autres, parfois sans intervention de la volonté... – il regarda son verre à contre-jour comme si la suite de son raisonnement avait pu s'y trouver. – C'est alors, je veux parler de ce jour-là, chez toi, Julia, c'est alors que j'ai décidé de faire une enquête sur tout ce qui se rapportait au tableau. Et comme toi, la première idée qui m'est venue à l'esprit a été Álvaro... Je ne l'ai jamais aimé ; ni quand vous étiez ensemble, ni plus tard. Avec cette nuance importante que je n'ai jamais pardonné à ce misérable de t'avoir fait souffrir comme il l'a fait...

Julia, qui s'apprêtait à allumer une autre cigarette, arrêta son geste en plein vol et regarda César avec surprise.

– C'était mon affaire, dit-elle. Pas la tienne.

– Tu te trompes. C'était mon affaire. Álvaro avait occupé une place qui ne pourrait jamais être la mienne. D'une certaine manière – l'antiquaire hésita un instant et sourit avec amertume –, il était mon rival. Le seul homme capable de t'éloigner de moi.

– Tout était fini entre lui et moi... Tu es absurde de vouloir faire un rapport entre les deux choses.

– Pas si absurde ; mais changeons de sujet. Je le détestais, point final. Naturellement, ce n'est pas une raison pour tuer quelqu'un. Si c'était le cas, je t'assure que je n'aurais pas attendu aussi longtemps pour le faire... Notre monde, celui de l'art et des antiquaires, est bien fermé. Álvaro et moi avions eu quelques rapports professionnels ; c'était inévitable. Naturellement, on n'aurait pu qualifier nos relations de cordiales ; mais il arrive que l'argent et l'intérêt fassent d'étranges compagnons de lit... Toujours est-il que je suis allé le voir et que je lui ai demandé une étude sur le tableau. Pas pour l'amour de l'art, bien entendu. Ton ex, qu'il repose en paix, a toujours été coûteux. Très coûteux même.

– Et pourquoi ne m'as-tu rien dit de tout ça ?

– Pour différentes raisons. La première est que je ne souhaitais pas vous voir reprendre vos relations, même dans le domaine professionnel. On ne peut jamais être sûr que la braise ne couve pas sous les cendres... Mais il y avait autre chose. Le tableau touchait des sentiments trop intimes – il montra les pièces d'ivoire sur la petite table à jouer. Une partie de moi à laquelle je croyais avoir renoncé à tout jamais. Un coin dans lequel je ne pouvais permettre à personne de pénétrer, pas même à toi, princesse. Il aurait fallu que j'ouvre la porte à des questions dont je n'aurais jamais eu le courage de parler avec toi – il regarda Muñoz qui écoutait en silence, à l'écart. Je suppose que notre ami pourrait t'en dire long à ce sujet. N'est-ce pas ? Les échecs comme projection de l'ego, la défaite comme frustration de la libido, et toutes ces choses délicieusement cochonnes... Ces mouvements longs et profonds, en diagonale, des fous qui glissent sur l'échiquier – il passa le bout de sa langue sur le bord de son verre et frissonna doucement. Enfin. Le vieux Sigmund aurait eu bien des choses à dire sur tout cela.

Il soupira en hommage à ses propres fantasmes. Puis il leva brusquement son verre dans la direction de Muñoz, s'assit dans un fauteuil et croisa les jambes avec désinvolture.

– Je ne comprends toujours pas, reprit la jeune femme, quel est le rapport avec Álvaro.

– Au début, il n'y en avait effectivement pas beaucoup, reconnut l'antiquaire. Je ne voulais qu'une information historique toute simple. Quelque chose, comme je te l'ai dit, que j'étais disposé à payer grassement. Mais l'affaire s'est compliquée quand tu as décidé, toi aussi, de recourir à lui… En principe, il n'y avait là rien de grave. Mais Álvaro, faisant preuve d'une prudence professionnelle digne de louanges, s'est abstenu de t'informer de mon intérêt, car j'avais exigé la plus grande discrétion…

– Et il n'a pas été surpris que tu te renseignes sur le tableau derrière mon dos ?

– Pas le moins du monde. Et s'il l'a été, il ne m'en a rien dit. Il a peut-être cru que je voulais te faire une surprise en t'apportant des faits nouveaux… Ou que je me préparais à te jouer un vilain tour – César réfléchissait sérieusement. Maintenant que j'y pense, il méritait bien qu'on le tue, ne serait-ce que pour cela.

– Il a essayé de m'avertir. Il m'a dit : « Le Van Huys est à la mode ces temps-ci. »

– Méprisable jusqu'au bout, lança César. Avec cette mise en garde facile, il se couvrait devant toi, sans se mettre mal avec moi. Il nous donnait satisfaction à tous les deux, il empochait l'argent et, par-dessus le marché, il laissait une porte ouverte pour revivre les tendres scènes d'autrefois… – il leva un sourcil en laissant fuser un petit rire. Mais je te parlais de ce qui s'est passé entre Álvaro et moi – il regarda le fond de son verre. Deux jours après notre rencontre, tu es venue me dire qu'il y avait une inscription secrète dans le tableau. J'ai essayé de le cacher de mon mieux, mais cette révélation m'a fait l'effet d'une décharge électrique ; elle confirmait le mystère que j'avais pressenti. Je me suis également aussitôt rendu compte qu'il y avait beaucoup d'argent en jeu, que la cote du Van Huys allait grimper follement, et je me souviens de te l'avoir dit. Cette découverte, plus l'histoire du tableau et des personnages, ouvrait des perspectives que j'ai alors trouvées merveilleuses : toi et moi, nous mènerions l'enquête, nous avancerions ensemble vers la solution de l'énigme. Comme au bon vieux temps, tu te souviens ? Comme si nous cherchions un trésor, mais cette fois un *trésor réel*. Pour toi, la gloire, Julia. Ton nom dans les publications spécialisées, dans les livres d'art. Pour moi... Disons que c'était déjà suffisant; mais de plus, entrer dans ce jeu constituait un défi personnel de taille. Ce dont je peux t'assurer, c'est que l'ambition personnelle ne comptait pour rien dans tout cela. Tu me crois ?

– Je te crois.

– J'en suis heureux. Parce que ce n'est qu'ainsi que tu pourras comprendre ce qui s'est passé ensuite – César fit tinter les glaçons dans son verre et le bruit parut l'aider à mettre de l'ordre dans ses souvenirs. – Quand tu es repartie, j'ai téléphoné à Álvaro et nous sommes convenus de nous retrouver chez lui à midi. J'y suis allé sans mauvaises intentions; et j'avoue que je tremblais d'excitation. Álvaro m'a raconté ce qu'il avait trouvé. J'ai constaté avec satisfaction qu'il ignorait l'existence de l'inscription secrète et je me suis bien gardé de le mettre au courant. Tout allait à merveille jusqu'à ce qu'il commence à parler de toi. Alors, princesse, la situation a changé du tout au tout.

– En quel sens ?

– Dans tous les sens.

– Je veux parler de ce qu'Álvaro a dit de moi.

César changea de position dans son fauteuil, comme s'il se sentait mal à l'aise, et tarda un peu à répondre, de mauvaise grâce :

– Ta visite lui avait fait une forte impression... C'est du moins ce qu'il m'a laissé entendre. J'ai compris que tu avais dangereusement remué de vieux sentiments et qu'Álvaro n'aurait pas été mécontent que les choses redeviennent comme elles étaient – il s'arrêta et fronça les sourcils. Je reconnais, Julia, que j'en ai été irrité à un point que tu ne peux imaginer. Álvaro t'avait fait perdre deux années de ta vie et j'étais là, devant lui, en train de l'écouter me dire comment il comptait y refaire effrontément irruption... Je lui ai dit, sans mâcher mes mots, de te laisser tranquille. Il m'a regardé comme si je n'étais qu'une vieille tante indiscrète et nous avons commencé à nous disputer. Je t'épargnerai les détails, mais ce fut très désagréable. Il m'accusait de me mêler de ce qui ne me regardait pas.

– Et il avait parfaitement raison.

– Non. Tout ce qui te concerne m'importe, Julia. Plus que tout au monde.

– Ne sois pas idiot. Je ne serais jamais revenue avec Álvaro.

– Je n'en suis pas si sûr. Je sais parfaitement ce que cette canaille représentait pour toi… – moqueur, il souriait dans le vide, comme si le spectre d'Álvaro, désormais inoffensif, eût été là, en train de les observer. Et c'est alors, pendant que nous nous disputions, que j'ai senti renaître en moi cette vieille haine ; elle me montait à la tête comme un de tes verres de vodka brûlante. C'était, ma petite, une haine comme je ne me souvenais pas d'en avoir jamais ressenti ; une bonne haine solide, délicieusement *latine*. Alors je me suis levé et je crois avoir perdu mon sang-froid en usant de mon répertoire le plus choisi de poissarde, celui des grandes occasions… Tout d'abord, il a paru surpris de cette explosion. Puis il a allumé sa pipe et m'a ri au nez. Si sa relation avec toi avait échoué, disait-il, c'était ma faute. Si tu n'étais pas devenue adulte, c'était à cause de moi. Ma présence dans ta vie, qu'il qualifiait de maladive et d'obsessive, t'avait toujours empêchée de voler de tes propres ailes. « Et le pire de tout, a-t-il ajouté avec un sourire insultant, c'est qu'au fond, celui dont Julia est toujours amoureuse, c'est de toi, toi qui représentes le père qu'elle n'a jamais connu… Et elle s'en contente. » Puis, Álvaro a enfoncé une main dans la poche de son pantalon, il a tiré sur sa pipe et il m'a regardé entre deux bouffées de fumée. « Votre histoire, a-t-il conclu, n'est finalement qu'un inceste non consommé… Heureusement, tu es homosexuel. »

Julia ferma les yeux. César avait laissé sa dernière phrase flotter en l'air et gardait un silence que la jeune femme, honteuse et confuse, n'osait rompre. Quand elle eut retrouvé le courage de le regarder de nouveau, l'antiquaire haussa les épaules d'un geste évasif, comme s'il n'était pas responsable de la suite de l'histoire.

– Avec ces mots, princesse, Álvaro avait signé son arrêt de mort… Il continuait à fumer tranquillement devant moi, mais en réalité il était déjà mort. Non pas à cause de ce qu'il avait dit, en fin de compte une opinion aussi respectable qu'une autre, mais à cause de ce que son jugement me révélait sur moi-même, comme si venait de s'ouvrir un rideau qui pendant des années m'aurait coupé de la réalité. Peut-être parce qu'il confirmait des idées que je gardais cachées dans le coin le plus obscur de ma tête en me refusant toujours à projeter sur elles la lumière de la raison et de la logique…

Il s'arrêta, comme s'il avait perdu le fil de ses idées, et regarda Julia, puis Muñoz, d'un air indécis. Il sourit enfin, d'un sourire équivoque, à la fois timide et un peu pervers, avant de porter de nouveau le verre à ses lèvres pour y prendre une gorgée.

– C'est alors que j'ai eu tout à coup une inspiration – Julia vit que l'étrange sourire s'était effacé sur ses lèvres au contact du verre… Et devant mes yeux, ô prodige, comme dans les contes de fées, apparut tout un plan. Chacune de ces pièces qui s'étaient agitées dans le désordre trouvait sa place exacte, sa nuance précise… Álvaro, toi, moi, le tableau… Et ce plan concordait aussi avec mon côté sombre, avec ces échos lointains, ces sensations oubliées, ces passions endormies… Tout se précisa en quelques secondes, comme un gigantesque échiquier sur lequel chaque personne, chaque idée, chaque situation, trouvait sa représentation symbolique dans chaque pièce, sa place exacte dans le temps et dans l'espace… C'était la Partie, avec une majuscule, le grand jeu de ma vie. Et de la tienne. Car tout était là, princesse : les échecs, l'aventure, l'amour, la vie et la mort. Et finalement, tu te dressais, libre de tout et de tous, belle et parfaite, réfléchie dans le plus pur miroir de la maturité. Il fallait que tu joues aux échecs, Julia ; c'était inévitable. Il fallait que tu nous tues tous pour être enfin libre.

– Mon Dieu…

L'antiquaire secoua la tête.

– Dieu n'a rien à voir là-dedans… Je t'assure que, lorsque je me suis approché d'Álvaro et que je l'ai frappé sur la nuque avec le cendrier d'obsidienne qui se trouvait sur son bureau, je ne le haïssais plus. Il ne s'agissait plus que d'une désagréable formalité. Regrettable, mais nécessaire.

Il s'absorba dans la contemplation curieuse de sa

main droite. Il semblait évaluer la capacité d'infliger la mort que refermaient ces longs doigts pâles aux ongles soignés qui tenaient avec tant d'indolente élégance un verre de gin.

– Il est tombé comme un gros paquet, conclut-il d'une voix neutre quand il eut terminé son examen. Il s'est effondré sans un gémissement, pouf, la pipe entre les dents. Ensuite, par terre... Bon. Je me suis assuré qu'il était bien mort en lui donnant un autre coup, mieux calculé. Après tout, on fait bien les choses ou on ne les fait pas... Tu connais la suite: la douche et tout le reste ne furent que des détails artistiques. *Brouillez les cartes*, disait Arsène Lupin... Menchu, qu'elle repose en paix, aurait sans doute attribué la citation à Coco Chanel. La pauvre – il prit une petite gorgée à la mémoire de Menchu avant de regarder devant lui, dans le vide. Toujours est-il que j'ai effacé mes empreintes avec un mouchoir et que j'ai emporté le cendrier, on ne sait jamais, pour le jeter dans une poubelle, loin de là... J'ai sans doute tort de le dire, princesse, mais pour un coup d'essai, je dois avouer que mon cerveau fonctionnait d'une manière admirablement criminelle. Avant de m'en aller, j'ai pris le rapport sur le tableau qu'Álvaro pensait te remettre chez toi et j'ai tapé ton adresse à la machine sur l'enveloppe.

– Et tu as pris aussi une poignée de ses petites fiches blanches...

– Non. Un détail ingénieux, mais je n'y ai pensé que plus tard. Je n'allais pas revenir les chercher; j'en ai donc acheté de semblables dans une papeterie. Mais quelques jours plus tard seulement. Il fallait d'abord que je prépare la partie; chaque mouvement devait être parfait. Ce que j'ai fait, en revanche, puisque nous avions rendez-vous chez toi le lendemain en fin d'après-midi, ce fut de m'assurer que tu recevrais bien le rapport. Il fallait absolument que tu connaisses toute l'histoire du tableau.

– Et tu t'es servi de la femme à l'imperméable...

– Oui. À ce stade, je dois avouer quelque chose. Je ne joue pas les travestis, grand Dieu non. Il m'est arrivé à quelques reprises, quand j'étais jeune, de me déguiser pour m'amuser. Comme si c'était le carnaval, si vous voulez. Toujours seul et devant un miroir... – en évoquant ce souvenir heureux, César fit alors une moue malicieuse et indulgente. Et au moment de te faire parvenir l'enveloppe, j'ai trouvé amusant de répéter l'expérience. Comme un vieux caprice, tu comprends ? Une espèce de défi, si l'on veut voir les choses d'un point de vue... héroïque. Voir si j'étais capable de tromper les gens en m'amusant à dire, d'une certaine façon, la vérité, du moins en partie... Je suis donc allé faire des courses. Un monsieur distingué qui achète un imperméable, un sac à main, des chaussures à talon bas, une perruque blonde, des bas et une robe n'éveille pas les soupçons s'il s'y prend comme il faut, dans un grand magasin rempli de monde, pour sa femme naturellement. Pour le reste, un coup de rasoir et un bon maquillage. Au point où nous en sommes, je peux bien avouer sans honte que du maquillage, oui, j'en avais chez moi. Rien d'excessif, tu me connais. Une petite touche discrète. Personne ne s'est douté de rien au service de messageries. Et je dois admettre que l'expérience fut divertissante... et instructive.

L'antiquaire poussa un long soupir empreint d'une mélancolie affectée. Puis son expression s'assombrit.

– En réalité, reprit-il, et sa voix s'était faite moins frivole, tout cela constituait la partie que nous pourrions appeler ludique de l'affaire... – il regardait fixement Julia, absorbé dans ses pensées, comme s'il cherchait ses mots devant un auditoire solennel et invisible devant lequel il eût cru nécessaire de faire bonne impression. La partie *vraiment* difficile commençait maintenant. Il fallait que je t'oriente dans la bonne direction, aussi bien vers la solution du mystère, première partie du jeu, que vers la seconde, beaucoup plus périlleuse et complexe... Le problème résidait dans le fait qu'officiellement je ne jouais pas aux échecs ; il fallait que nous progressions ensemble dans notre enquête sur le tableau, mais j'avais les mains liées et ne pouvais pas trop t'aider. C'était horrible. Je ne pouvais pas non plus jouer contre moi ; j'avais besoin d'un adversaire. D'un adversaire de taille. Je n'ai donc pas eu d'autre choix que de te chercher un

Virgile pour te guider dans cette aventure. La dernière pièce qui manquait encore sur mon échiquier.

Il vida son verre et le déposa sur la table. Puis il sortit un mouchoir de soie de la manche de sa robe de chambre pour s'essuyer délicatement les lèvres. Et c'est alors qu'il regarda enfin Muñoz avec un sourire amical.

– Après avoir consulté mon voisin, monsieur Cifuentes, directeur du Club Capablanca, j'ai donc jeté mon dévolu sur vous, très cher ami.

Muñoz hocha la tête, une seule fois. S'il trouvait cet honneur douteux, il n'en dit rien. Ses yeux que les ombres jetées par l'abat-jour faisaient paraître encore plus enfoncés dans leurs orbites regardaient l'antiquaire avec curiosité.

– Vous avez toujours su que j'allais gagner, dit-il à voix basse.

César lui fit un petit salut ironique, comme s'il soulevait un chapeau imaginaire.

– Effectivement, toujours, confirma-t-il. En plus de votre talent aux échecs, dont j'ai été convaincu dès que je vous ai vu devant le Van Huys, j'étais prêt à vous communiquer, très cher ami, une série de clés juteuses qui, correctement interprétées, vous amèneraient à tirer au clair la seconde énigme : celle du joueur mystérieux – il fit claquer sa langue, content de lui, comme s'il goûtait un mets succulent. Je reconnais que vous m'avez impressionné. En vérité, je dois dirc quc vous m'impressionnez encore. Cette manière absolument délicieuse que vous avez d'analyser le moindre mouvement, votre méthode d'approximation qui vous fait écarter peu à peu toutes les hypothèses improbables... Un seul mot me vient à la bouche : magistral.

– Vous me laissez pantois, répondit Muñoz, sans aucune expression, et Julia n'aurait pu dire s'il était sincère ou s'il se moquait. César avait renversé la tête en arrière et poussait silencieusement un grand éclat de rire théâtral.

– Je dois vous dire, souligna-t-il avec une moue équivoque, presque coquette, que me sentir peu à peu acculé par vous est devenu une véritable excitation à la longue, je vous assure... Quelque chose de... presque physique, si vous me passez l'expression. Encore que vous ne soyez pas exactement mon type – il parut réfléchir quelques instants, comme s'il tentait de situer Muñoz dans une catégorie déterminée, puis il sembla y renoncer. Avec les derniers coups, j'ai compris que je me transformais en l'unique suspect possible. Et vous saviez que je le savais... Je ne crois pas me tromper si je dis que c'est à partir de ce moment que nous avons commencé à nous sentir plus proches, n'est-ce pas ?... La nuit que nous avons passée assis sur un banc devant chez Julia, avec le secours de ma flasque de cognac pour nous tenir éveillés, nous avons eu une longue conversation sur les traits psychologiques de l'assassin. Vous étiez déjà pratiquement sûr que votre adversaire était moi. Je vous ai écouté avec une attention extrême tandis que vous développiez, en réponse à mes questions, toutes les hypothèses connues sur la pathologie des échecs... Sauf une, la bonne. Une hypothèse que vous avez mentionnée pour la première fois aujourd'hui et que vous connaissiez pourtant parfaitement. Vous savez de quoi je veux parler.

Muñoz acquiesça tranquillement d'un signe de tête. César désigna Julia du menton.

– Vous et moi le savons, mais pas elle. Du moins, pas complètement. Il faudrait lui expliquer.

La jeune femme regarda le joueur d'échecs.

– Oui, dit-elle en s'asseyant, tout à coup fatiguée, remplie d'une sourde irritation qui visait aussi Muñoz. Vous devriez peut-être m'expliquer de quoi vous parlez, parce que je commence à en avoir assez de vos petits secrets.

Le joueur d'échecs fixait toujours César.

– Le côté mathématique des échecs, répondit-il sans s'émouvoir de la mauvaise humeur de Julia, donne à ce jeu un caractère particulier. Quelque chose que les spécialistes qualifieraient de sadico-anal... Vous savez ce que je veux dire : les échecs comme une lutte serrée entre deux hommes, où interviennent des mots comme agression, narcissisme, masturbation... homosexualité. Gagner consiste à vaincre le personnage dominant du père ou de la mère, à prendre le dessus. Perdre, c'est accepter la défaite, se soumettre.

César leva un doigt pour réclamer l'attention.

– Sauf, fit-il observer courtoisement, si la victoire suppose précisément la défaite.

– Oui, reconnut Muñoz. Sauf si la victoire consiste justement à faire la démonstration du paradoxe, à vous infliger vous-même la défaite – il regarda un instant Julia. Belmonte avait raison, après tout. La partie, comme le tableau, s'accusait elle-même.

L'antiquaire lui adressa un sourire admiratif, presque heureux.

– Bravo, dit-il. S'immortaliser dans la défaite même, n'est-ce pas ?... Comme le vieux Socrate lorsqu'il a bu la ciguë – il se retourna vers Julia d'un air triomphant. Notre cher Muñoz, princesse, savait tout cela depuis des jours et des jours, et pourtant il n'en a pas dit un mot à qui que ce soit ; ni à toi, ni à moi. Et moi, modestement, j'ai compris que mon adversaire était sur la bonne piste quand j'ai vu qu'il me visait par omission. En réalité, quand il a fait la connaissance des Belmonte et qu'il a pu enfin les écarter comme suspects, il ne lui restait plus aucun doute sur l'identité de l'ennemi. Je me trompe ?

– Non, vous ne vous trompez pas.

– Me permettez-vous de vous poser une question quelque peu personnelle ?

– Faites. Vous verrez bien si je vous réponds ou pas.

– Qu'avez-vous ressenti lorsque vous avez trouvé le coup décisif ?... Quand vous avez su que c'était moi ?

Muñoz réfléchit un instant.

– Je me suis senti soulagé, dit-il. J'aurais été déçu qu'il en soit autrement.

– Déçu de vous tromper sur l'identité du mystérieux joueur ?... Je ne voudrais pas insister sur mes propres mérites, mais cela n'était pas non plus tellement évident, mon cher ami. Je dirais même que c'était très difficile pour vous. Vous ne connaissiez même pas certains des personnages de cette histoire, et nous ne nous fréquentons que depuis une quinzaine de jours. Vous ne pouviez compter que sur votre échiquier comme instrument de travail.

– Vous ne m'avez pas compris, répondit Muñoz. Je désirais que ce soit vous. Vous me plaisiez.

Julia n'en croyait pas ses oreilles.

– Je suis heureuse de vous voir faire si bon ménage, dit-elle, sarcastique. Si le cœur vous en dit, nous pourrions aller prendre un verre tout à l'heure, nous donner des tapes dans le dos, nous dire comme nous nous sommes bien amusés dans toute cette affaire – elle secoua brusquement la tête, comme pour reprendre pied sur terre. C'est incroyable, mais j'ai l'impression d'être de trop ici.

César lui lança un regard lourd d'affection blessée.

– Il y a des choses que tu ne peux pas comprendre, princesse.

– Ne m'appelle plus princesse!... Et tu te trompes complètement. Je comprends parfaitement. Maintenant, c'est moi qui vais te poser une question: qu'est-ce que tu aurais fait ce matin-là, au marché du Rastro, si j'étais montée dans ma voiture, sans remarquer la bombe et la carte, avec ce pneu saboté?

– C'est tout à fait ridicule – César semblait offensé. Je ne t'aurais jamais laissée...

– Même au risque de te trahir?

– Tu sais bien que oui. Muñoz le disait il y a un moment: tu n'as jamais couru de risque... Ce matin-là, tout était calculé: le déguisement prêt dans une petite chambre discrète à deux issues que je loue comme réserve pour le magasin, le rendez-vous que j'avais pris avec mon rabatteur, un vrai rendez-vous, mais qui n'a duré que quelques minutes... Je me suis habillé à toute vitesse, je suis allé jusqu'à l'impasse, j'ai saboté le pneu, puis j'ai laissé la carte et la bombe vide. Ensuite, je me suis arrêté devant la vendeuse d'images pieuses pour me faire remarquer, je suis retourné à la chambre et, hop, après un petit changement de tenue et un bon démaquillage, j'ai couru te retrouver au café... Tu admettras que tout était impeccable.

– Impeccable à faire vomir, en effet.

L'antiquaire eut un geste réprobateur.

– Ne sois pas vulgaire, princesse – il la regardait avec une candeur tellement sincère qu'elle en était insolite. Ces vilains mots ne sont pas nécessaires.

– Pourquoi te donner tant de mal pour me faire peur?

– Il s'agissait d'une aventure, n'est-ce pas?... Il

fallait qu'une menace pèse sur toi. Pourrais-tu imaginer une aventure dont la peur serait absente ?... Et je ne pouvais plus t'offrir les histoires qui t'émouvaient quand tu étais petite. Alors, j'ai inventé pour toi l'histoire la plus extraordinaire que j'ai pu imaginer. Une aventure dont tu te souviendrais tout le reste de ta vie.

– Tu peux dire que tu as réussi.

– Dans ce cas, mission accomplie. Lutte de la raison face au mystère, destruction des fantasmes qui t'enchaînaient... Et tu trouves que ce n'est rien ? Ajoutes-y la découverte du fait que le Bien et le Mal nc sont pas délimités comme les cases blanches et noires d'un échiquier – il regarda Muñoz avant d'esquisser un sourire complice, comme s'il parlait d'un secret que tous deux partageaient. Toutes les cases sont grises, ma petite, nuancées par la conscience du Mal que l'expérience fait acquérir ; par la connaissance du caractère stérile et souvent passivement injuste que peut revêtir ce que nous appelons le Bien. Tu te souviens dc mon cher Settembrini, celui de *La Montagne magique ?*... Le mal, disait-il, est l'arme resplendissante de la raison contre les puissances des ténèbres et de la laideur.

Julia regardait attentivement le visage de l'antiquaire, à demi éclairé par la lampe. Par moments, on aurait cru qu'une moitié seulement parlait, celle qui était visible, ou l'autre plongée dans l'ombre, tandis que l'autre moitié ne jouait qu'un rôle de témoin. Et elle se demanda laquelle des deux était la plus réelle.

– Ce matin-là, lorsque nous avons attaqué la Ford bleue, je t'aimais, César.

Instinctivement, elle s'était adressée à la moitié éclairée ; mais la réponse vint de la partie plongée dans l'ombre :

– Je le sais. Et c'est assez pour tout justifier... J'ignorais ce que cette voiture faisait là ; sa présence m'intriguait autant que toi. Beaucoup plus même, pour des raisons évidentes ; personnes ne lui avait demandé l'heure du crime, si tu me permets une bien mauvaise plaisanterie, ma chérie – il hocha doucement la tête songeur. Je dois reconnaître que ces quelques mètres, toi avec ton pistolet et moi avec mon pathétique tisonnier à la main, et l'attaque de ces deux imbéciles avant de savoir qu'ils étaient les sbires de l'inspecteur principal Feijoo... – il agita les mains, comme s'il ne trouvait plus ses mots. C'étaient vraiment merveilleux. Je te voyais foncer droit sur l'ennemi, sourcils froncés, mâchoires serrées, courageuse et terrible comme une furie vengeresse, et je sentais, je te jure, à côté de ma propre excitation, un orgueil superbe. « Voilà une maîtresse femme », me suis-je dit, admiratif... Si tu avais eu un autre tempéramment, si tu avais été instable ou fragile, je ne t'aurais jamais soumise à cette épreuve. Mais je t'ai vue naître, je te connais. J'avais la certitude que tu sortirais grandie de l'épreuve ; plus dure, plus forte.

– À un prix passablement élevé, tu ne crois pas? Álvaro, Menchu... Et toi.

– Ah, oui; Menchu – l'antiquaire semblait fouiller dans sa mémoire, comme s'il avait du mal à se souvenir de la femme dont parlait Julia. La pauvre Menchu, empêtrée dans un jeu trop compliqué pour elle... – il parut se souvenir enfin et il plissa le front. D'une certaine manière, ce fut une brillante improvisation, et tant pis si ma modestie en souffre. Je t'ai téléphoné tôt le matin, pour savoir comment la soirée s'était terminée. C'est Menchu qui a décroché. Elle m'a dit que tu n'étais pas là. Elle semblait pressée de raccrocher. Nous savons maintenant pourquoi: elle attendait Max pour mettre à exécution ce plan absurde du vol du tableau. Je l'ignorais naturellement. Mais dès que j'ai posé le téléphone, j'ai vu mon jeu: Menchu, le tableau, ton atelier... Une demi-heure plus tard, je sonnais à ta porte, sous l'identité de la femme à l'imperméable.

À ce point de son récit, César prit une expression amusée, comme s'il encourageait Julia à voir le côté insolite et humoristique de son récit.

– Je t'ai toujours dit, princesse, reprit-il en haussant un sourcil, – et l'on aurait dit qu'il ne faisait que raconter sans grand succès une mauvaise blague –, que tu devrais faire installer sur ta porte un de ces petits judas, très pratiques pour savoir qui vient te voir. Menchu n'aurait peut-être pas ouvert à une femme blonde avec des lunettes noires. Mais elle n'a entendu que la voix de César qui lui disait qu'il apportait un message urgent de ta part. Elle était bien obligée d'ouvrir, et c'est ce qu'elle a fait – il tendit les paumes en avant, comme pour excuser à titre posthume l'erreur de Menchu. Je suppose qu'elle a cru à ce moment-là qu'elle pouvait dire adieu à son petit projet avec Max, mais son inquiétude s'est vite transformée en surprise quand elle a découvert une femme inconnue sur le pas de la porte. J'ai eu le temps d'observer l'expression de ses yeux, étonnés, écarquillés, avant de lui assener un coup de poing sur la trachée. Je suis sûr qu'elle est morte sans savoir qui la tuait... J'ai refermé la porte et je m'apprêtais à faire une petite mise en scène quand, surprise totale, j'ai entendu une clé tourner dans la serrure.

– Max, dit Julia, bien inutilement.

– En effet. C'était ce beau proxénète qui montait pour la seconde fois, comme je l'ai compris plus tard, quand il t'a tout raconté au commissariat, pour emporter le tableau et mettre le feu à ton atelier. Ce qui, j'insiste, était un plan absolument ridicule, tout à fait dans la note cependant de Menchu et de cet imbécile.

– Ç'aurait pu être moi qui ouvrais la porte. Tu y as pensé ?

– J'avoue que, lorsque j'ai entendu la clef tourner, je n'ai pas pensé à Max, mais à toi.

– Et qu'est-ce que tu aurais fait ? Tu m'aurais donné un coup de poing sur la trachée à moi aussi ?

Il la regarda à nouveau en prenant l'expression douloureuse de quelqu'un qu'on maltraite injustement.

– C'est une question, dit-il en cherchant ses mots, excessive et cruelle.

– Tu m'en diras tant.

– C'est pourtant la vérité. Je ne sais pas exactement quelle aurait été ma réaction. À vrai dire, pendant un moment, je me suis senti perdu. Je n'avais plus le temps de penser à autre chose qu'à me cacher... J'ai couru à la salle de bains et j'ai retenu ma respiration en essayant de trouver le moyen de sortir de là. Mais il n'allait absolument rien t'arriver. La partie aurait pris fin plus tôt, en plein milieu. C'est tout.

Julia avança la lèvre inférieure, incrédule. Elle sentait les mots brûler dans sa bouche.

– Je ne peux plus te croire, César. Plus maintenant.

– Que tu me croies ou non, ma chérie, ne change rien

à rien – il fit un geste de résignation, comme si la conversation commençait à le lasser. À ce stade, c'est du pareil au même. Ce qui importe, c'est que ce n'était pas toi, mais Max. Je l'entendais dire « Menchu, Menchu » derrière la porte de la salle de bains, terrorisé, mais il n'osait pas crier, l'ignoble. J'avais retrouvé mon calme. Dans mon sac, j'avais un poignard que tu connais, celui de Cellini. Et si Max s'était mis à fouiner dans l'appartement, il aurait fait sa connaissance de la façon la plus idiote, en plein cœur, vlan ! sans crier gare, dès qu'il aurait ouvert la porte de la salle de bains, sans qu'il ait le temps d'ouvrir la bouche. Heureusement pour lui, et aussi pour moi, il n'a pas eu le courage d'essayer d'en savoir plus long et il a préféré prendre la poudre d'escampette.

Il s'arrêta pour soupirer, sans affectation cette fois.

– C'est ce qui lui a sauvé la peau, à ce crétin, ajouta-t-il en se levant de son fauteuil, et l'on aurait dit qu'il regrettait que Max fût encore en bonne santé. Une fois debout, il regarda Julia et Muñoz qui continuaient à l'observer en silence, puis il se promena de long en large sur les tapis qui amortissaient le bruit de ses pas :

– J'aurais dû faire comme Max : m'en aller à toute vitesse, car j'ignorais si la police n'allait pas faire son apparition d'un moment à l'autre. Mais ce que nous pourrions appeler mon point d'honneur d'artiste l'a finalement emporté, si bien que j'ai traîné Menchu jusqu'à la chambre à coucher et... Bon, tu sais ce que c'est : j'ai arrangé un peu le décor, sûr qu'on ferait payer la note à Max. Il m'a fallu à peine cinq minutes.

– Mais pourquoi la bouteille ?... C'était inutile. Dégoûtant et horrible.

L'antiquaire fit claquer sa langue. Il s'était arrêté devant un des tableaux accrochés au mur, le *Mars* de Luca Giordano, et il le contemplait comme si le dieu, engoncé dans les élytres brillants de son anachronique armure médiévale, était celui qui devait lui répondre.

– La bouteille, murmura-t-il sans se retourner vers eux, c'était un détail complémentaire... Une inspiration de dernière minute.

– Qui n'avait rien à voir avec les échecs, fit observer Julia, et sa voix était coupante comme une lame de rasoir.

Plutôt un règlement de comptes. Avec les femmes. Toutes les femmes.

L'antiquaire ne répondit pas. Il continuait à regarder le tableau en silence.

– Je n'ai pas entendu ta réponse, César. Pourtant, tu avais toujours réponse à tout.

Il se retourna lentement vers elle. Cette fois, son regard lointain, indéchiffrable, ne réclamait aucune indulgence, ne distillait aucune ironie.

– Ensuite, dit-il enfin d'une voix absente, et il semblait ne pas avoir entendu Julia, j'ai tapé les coordonnées du coup sur ta machine à écrire, j'ai mis le tableau bien emballé par Max sous mon bras et je suis sorti. C'est tout.

Il avait parlé d'une voix neutre, dépourvue d'intonations, comme si la conversation ne présentait plus d'intérêt pour lui. Mais Julia était loin de considérer la question comme réglée.

– Mais pourquoi tuer Menchu ?... Tu entrais chez moi comme tu voulais. Il y avait mille autres façons de voler le tableau.

La phrase alluma une étincelle d'intérêt dans les yeux de l'antiquaire.

– Je vois, princesse, que tu tiens absolument à donner une importance capitale au vol du Van Huys... En fait, ce n'était qu'un détail supplémentaire, car dans cette affaire, tout se tient. Boucler la boucle, en quelque sorte – il réfléchissait, cherchant le mot juste. Menchu devait mourir pour plusieurs raisons : certaines n'ont pas à être dites ici, d'autres si. Disons qu'elles vont des motifs purement esthétiques, et ici notre ami Muñoz a découvert de façon vraiment étonnante le rapport entre le nom de famille de Menchu et la tour prise sur l'échiquier, à des motifs d'un ordre plus profond... J'avais tout préparé pour te libérer des attaches et des influences pernicieuses, pour couper tous tes liens avec le passé. Pour son malheur, Menchu, avec sa stupidité innée et sa vulgarité, représentait un de ces liens, comme Álvaro lui aussi.

– Et qui t'a conféré le pouvoir de distribuer la vie et la mort à ta guise ?

L'antiquaire eut un sourire méphistophélique.

– Je me le suis donné tout seul ; comme un grand. Et

pardonnez-moi si je vous parais présomptueux... – il semblait se souvenir tout à coup de la présence du joueur d'échecs. Quant au reste de la partie, j'étais pris par le temps... Muñoz me suivait à la trace, comme un limier. Encore quelques coups, et il allait me pointer du doigt. Mais j'étais sûr que notre cher ami n'allait pas intervenir avant d'être absolument convaincu. D'autre part, il avait acquis la certitude que tu ne courais aucun danger... C'est un artiste lui aussi, à sa manière. Et c'est pour cela qu'il m'a laissé faire, tandis qu'il cherchait des preuves pour confirmer ses conclusions analytiques... Je suis sur la bonne voie, très cher ami ?

Le joueur se contenta de hocher lentement la tête. César s'était approché de la petite table où se trouvait l'échiquier. Après avoir étudié les pièces, il prit délicatement la reine blanche, comme s'il s'agissait d'un cristal fragile, et le regarda longuement.

– Hier après-midi, reprit-il, pendant que tu travaillais à l'atelier du Prado, je suis arrivé au musée dix minutes avant la fermeture. J'ai un peu traîné dans les salles du rez-de-chaussée, puis j'ai glissé la carte sous le cadre du Bruegel. Ensuite, j'ai été prendre un café, j'ai attendu un peu et je t'ai téléphoné. C'est tout. La seule chose que je n'avais pas prévue, c'est que Muñoz allait trouver cette vieille revue d'échecs sous la poussière de la bibliothèque du club. Je ne me souvenais même plus de son existence.

– Il y a quelque chose qui cloche, dit tout à coup Muñoz, et Julia se retourna vers lui, surprise. Le joueur d'échecs regardait fixement César, la tête penchée de côté, et dans ses yeux brillait une lueur inquisitrice, comme lorsqu'il se concentrait sur l'échiquier, étudiant un mouvement qui ne le convainquait pas encore totalement. Vous êtes un joueur brillant nous sommes d'accord sur ce point. Ou plutôt, vous avez ce qu'il faut pour l'être. Et pourtant, je ne crois pas que vous ayez pu jouer cette partie comme vous l'avez fait... Vos combinaisons étaient trop parfaites, inconcevables chez quelqu'un qui n'a pas touché un échiquier depuis quarante ans. Ce qui compte aux échecs, c'est la pratique, l'expérience ; je suis donc sûr que vous nous avez menti. Ou bien vous avez beaucoup joué, seul, pendant toutes ces années, ou bien quelqu'un vous a aidé. Je regrette de vous blesser dans votre vanité, César. Mais vous avez un complice.

Jamais n'avait surgi entre eux un silence aussi long, aussi dense que celui qui suivit ces paroles. Julia les regardait, déconcertée, incapable de croire le joueur. Mais alors qu'elle allait ouvrir la bouche pour crier que c'était une énorme bêtise, elle vit que César, dont le visage s'était transformé en un masque impénétrable, haussait enfin un sourcil ironique. Le sourire qui apparut ensuite sur ses lèvres fut une moue de reconnaissance et d'admiration. L'antiquaire croisa les bras avant de pousser un profond soupir, tandis qu'il hochait la tête en signe d'assentiment.

– Mon cher ami..., fit-il d'une voix lente en pesant tous ses mots. Vous méritez mieux que d'être un obscur joueur du dimanche dans un club de quartier – il fit un geste de la main droite sur le côté, comme pour signaler la présence de quelqu'un qui eût été tout ce temps avec eux, dans un coin obscur de la pièce. J'ai un complice, en effet. Oui, j'en ai un en vérité, encore que dans le cas présent il puisse se considérer comme à l'abri, hors d'atteinte de toute action de la justice. Vous voulez savoir son nom ?

– J'espère que vous allez me le dire.

– Mais bien entendu, car je ne crois pas que ma délation lui porte grand préjudice – il sourit de nouveau, plus largement cette fois. J'espère que vous ne m'en voudrez pas de m'être réservé cette petite satisfaction, mon éminent ami. C'est un grand plaisir, croyez-moi, de constater que vous n'avez pas été capable de *tout* découvrir. Vous ne devinez pas de qui il s'agit ?

– J'avoue que non. Mais je suis sûr que ce n'est personne de ma connaissance.

– Et vous avez raison. Il s'appelle *Alfa PC-1212* et il s'agit d'un ordinateur personnel qui utilise un programme complexe d'échecs à vingt niveaux de jeu... Je l'ai acheté le lendemain du jour où j'ai tué Álvaro.

Pour la première fois depuis qu'elle le connaissait, Julia lut de la surprise sur le visage de Muñoz. Ses yeux s'étaient éteints et sa bouche s'était entrouverte dans une grimace de stupeur.

– Vous ne dites rien ? demanda l'antiquaire qui l'observait avec une curiosité amusée.

Muñoz lui lança un long regard, sans répondre, puis quelques instants plus tard tourna la tête vers Julia.

– Donnez-moi une cigarette, dit-il d'une voix sourde.

Elle lui tendit son paquet que le joueur d'échecs retourna entre ses doigts avant d'en sortir une cigarette qu'il porta à ses lèvres. Julia approcha une allumette et Muñoz avala lentement et profondément la fumée qui remplit ses poumons. Il semblait se trouver à des milliers de kilomètres du salon de l'antiquaire.

– C'est dur, n'est-ce pas ? insista César en riant doucement. Durant tout ce temps, vous avez joué contre un simple ordinateur ; une machine privée d'émotions et de sentiments... Vous conviendrez avec moi que nous avons là un exquis paradoxe qui symbolise fort à propos l'époque où nous vivons. Le prodigieux automate de Maelzel cachait un joueur humain, selon Allan Poe... Vous vous souvenez ? Mais les choses changent, mon ami. Maintenant, c'est l'automate qui se cache derrière l'homme. – Il leva la reine d'ivoire jauni qu'il tenait à la main pour la lui montrer, moqueur. – Et tout votre talent, votre imagination, votre extraordinaire aptitude à l'analyse mathématique, cher monsieur Muñoz, ont leur équivalent, comme le reflet ironique du miroir qui nous renverrait la caricature de ce que nous sommes, dans une simple disquette de plastique que vous pouvez tenir dans le creux de votre main... J'ai bien peur qu'après tout cela, comme Julia, vous ne soyez jamais plus le même. Encore que dans votre cas, reconnut-il avec une moue pensive, je doute que vous gagniez au change.

Muñoz ne répondit pas. Il se contentait de rester planté là, les mains une fois de plus enfoncées dans les poches de sa gabardine, la cigarette aux lèvres, ses yeux inexpressifs à moitié fermés à cause de la fumée ; comme un détective mal fagoté de film en noir et blanc qui aurait joué à parodier son propre personnage.

– Je regrette, conclut César, et il paraissait sincère.

Puis il reposa la reine sur l'échiquier, de l'air de quelqu'un qui s'apprête à mettre un terme à une agréable soirée, et regarda Julia.

– Pour conclure dit-il, je vais vous montrer quelque chose.

Il s'approcha d'un secrétaire d'acajou et ouvrit un tiroir

d'où il sortit une grosse enveloppe cachetée et les trois statuettes de porcelaine de Bustelli.

– Tu gagnes le prix, princesse – il souriait à la jeune femme avec une lueur de malice dans les yeux. Une fois de plus, tu as réussi à découvrir le trésor enterré. Et maintenant, tu peux en faire ce que tu voudras.

Julia regardait les porcelaines et l'enveloppe d'un air soupçonneux.

– Je ne comprends pas.

– Tu vas comprendre dans un instant. Parce que, durant ces quelques semaines, j'ai eu aussi le temps de m'occuper de tes intérêts… À l'heure qu'il est, *La Partie d'échecs* est en lieu sûr : dans un coffre d'une banque suisse, loué par une société anonyme panaméenne qui n'a d'existence que sur le papier… Les hommes de loi et banquiers suisses sont un peu ennuyeux, mais ils ont l'avantage de savoir respecter les formes : pas de questions tant qu'on respecte la législation de leur pays et qu'on règle leurs honoraires – il posa l'enveloppe sur la table, à côté de Julia. Tu détiens soixante-quinze pour cent des actions de cette société anonyme dont tu trouveras les titres dans cette enveloppe ; un avocat suisse dont tu m'as parfois entendu parler, Demetrius Ziegler, un vieil ami, s'est chargé de toutes les formalités. Et personne, à part nous et quelqu'un dont nous parlerons tout à l'heure, ne sait que le tableau de Pieter Van Huys restera quelque temps dans ce coffre-fort, bien emballé… En attendant, l'histoire de *La Partie d'échecs* aura défrayé la chronique artistique. Tout le monde, les médias, les revues spécialisées, exploitera le scandale jusqu'à plus soif. En première analyse, nous pouvons prévoir une cote internationale de plusieurs millions… De dollars, naturellement.

Julia regarda l'enveloppe, puis César, incrédule et déconcertée.

– Peu importe ce qu'il pourra valoir, murmura-t-elle en prononçant les mots avec difficulté. Un tableau volé est invendable. Même à l'étranger.

– Tout dépend à qui et comment, répondit l'antiquaire. Quand l'affaire sera mûre, disons dans quelques mois, le tableau sortira de sa cachette pour refaire surface, non pas dans une vente publique, mais sur le marché clandestin des œuvres d'art... Il finira accroché en secret dans la luxueuse demeure d'un de ces nombreux collectionneurs millionnaires brésiliens, grecs ou japonais qui se précipitent comme des requins sur les œuvres de valeur, pour les renégocier à leur tour ou pour satisfaire des passions secrètes qui ont partie liée avec le luxe, le pouvoir et la beauté. C'est également un bon investissement à long terme, car dans certains pays la prescription pour les vols d'œuvres d'art est de vingt ans... Et tu es encore délicieusement jeune. N'est-ce pas merveilleux ? De toute façon, ce ne sera plus ton affaire. Ce qui importe, c'est que maintenant, dans les mois qui viennent, durant la pérégrination secrète du Van Huys, le compte en banque de ta toute jeune société panaméenne, ouvert il y a deux jours dans une autre honorable banque de Zurich, grossira de quelques millions de dollars... Tu n'auras à t'occuper de rien, car quelqu'un s'occupera de toutes ces inquiétantes opérations. Je m'en suis bien assuré, princesse. Et, par-dessus tout, de l'indispensable loyauté de cette personne. Une loyauté mercenaire, soit dit en passant. Mais aussi bonne qu'une autre ; et même meilleure. Méfie-toi toujours des loyautés désintéressées.

– Qui est-ce ? Ton ami suisse ?

– Non. Ziegler est un avocat méthodique et efficace, mais il ne domine pas le sujet à ce point. C'est pour cela que j'ai eu recours à une personne qui possède les contacts voulus, en plus d'une splendide absence de scrupules et d'une compétence suffisante pour évoluer avec aisance dans ce complexe monde souterrain : Paco Montegrifo.

– Tu veux plaisanter...

– Je ne plaisante pas avec les questions d'argent. Montegrifo est un curieux personnage qui, entre parenthèses, est un peu amoureux de toi, quoique cela n'ait rien à voir avec notre affaire. Ce qui compte, c'est que cet homme, qui est en même temps un fieffé coquin et un individu extraordinairement habile, ne te jouera jamais un vilain tour.

– Je ne vois pas pourquoi. S'il entre en possession du tableau, adieu veau, vache, cochon. Montegrifo serait capable de vendre sa mère pour une aquarelle.

– Oui. Mais toi, *il ne peut pas*. Tout d'abord, parce qu'à nous deux, Demetrius Ziegler et moi, nous l'avons fait signer une quantité de documents qui n'ont aucune valeur juridique s'ils deviennent publics, puisque cette affaire est manifestement délictueuse, mais qui suffisent à prouver que tu es totalement étrangère à l'histoire. Documents qui suffisent également à le compromettre s'il ne tient pas sa langue ou s'il oublie les règles du jeu, au point de lui mettre sur le dos un mandat international de recherche et d'arrestation qui ne le laissera pas souffler le reste de sa vie... D'autre part, je suis en possession de certains secrets dont la divulgation nuirait à sa réputation et lui créerait de très ennuyeux problèmes avec la justice. Entre autres choses, à ma connaissance, Montegrifo s'est chargé en au moins deux occasions de faire sortir d'Espagne et de vendre illégalement des objets du patrimoine artistique national qui étaient tombés entre mes mains et que j'avais placés entre les siennes pour qu'il agisse à titre d'intermédiaire : un retable du XVe, attribué à Pere Oller et volé à Santa María de Cascalls en 1978, et ce fameux Jean de Flandres disparu il y a quatre ans de la collection Olivares, tu te souviens ?

– Oui. Mais je n'aurais jamais imaginé que tu...

César fit une moue indifférente.

– C'est la vie, princesse. Dans mon commerce, comme dans tous les autres, l'honnêteté pure et parfaite est le moyen le plus sûr de mourir de faim... Quoi qu'il en soit, nous ne sommes pas en train de parler de moi, mais de Montegrifo. Bien entendu, il essaiera d'empocher tout l'argent qu'il pourra ; c'est inévitable. Mais il restera dans des limites qui respecteront le bénéfice minimum garanti à ta société panaméenne, dont Ziegler protégera les intérêts avec la férocité d'un doberman. Une fois l'affaire conclue, Ziegler virera automatiquement l'argent du compte bancaire de la société anonyme à un autre compte privé dont le discret numéro t'appartient, puis il dissoudra la société pour effacer toute trace et détruira également tous les documents, sauf ceux qui concernent le trouble passé de Montegrifo. Ceux-là, il les conservera en garantie de la loyauté de notre ami l'expert. Même si je suis convaincu que cette précaution sera superflue à ce stade... Ah oui : mon bon Ziegler a pour instructions expresses de prélever un tiers de tes bénéfices pour les consacrer à divers placements sûrs et rentables qui blanchiront cet argent et te garantiront, même si tu te mettais à jeter l'argent par les fenêtres, une confortable aisance pour le reste de tes jours. Laisse-toi conseiller sans réticences. Ziegler est un homme bien que je connais depuis plus de vingt ans : honnête, calviniste et homosexuel. Et tu peux compter sur lui pour déduire scrupuleusement sa commission et les frais.

Julia, qui avait écouté immobile, se mit à frissonner. Tout s'emboîtait à la perfection, comme les pièces d'un incroyable puzzle. César n'avait rien laissé au hasard. Après avoir lancé un long regard à l'antiquaire, elle fit quelques pas, tentant d'assimiler ce qu'elle venait d'entendre. Trop pour une seule nuit, pensa-t-elle en s'arrêtant devant Muñoz qui la regardait, imperturbable, sa cigarette presque consumée toujours aux lèvres. Peut-être même trop pour une seule vie.

– Je vois, dit la jeune femme en se retournant vers l'antiquaire, que tu as tout prévu… Ou presque tout. Tu as également pensé à don Manuel Belmonte ? Le détail te paraît peut-être sans importance, mais c'est lui le propriétaire du tableau.

– J'y ai pensé. Naturellement, tu peux avoir une louable crise de conscience et décider que tu n'acceptes pas mon plan. Dans ce cas, tu n'as qu'à le dire à Ziegler et le tableau apparaîtra au moment opportun. Montegrifo fera une attaque d'apoplexie, mais il devra bien prendre son mal en patience et les choses en resteront où elles étaient : le tableau aura pris de la valeur avec le scandale et Claymore conservera son droit de vendre l'œuvre aux enchères… Mais au cas où tu pencherais pour le sens pratique de la vie, tu disposes d'arguments pour apaiser ta conscience : Belmonte se défait du tableau pour de l'argent, de sorte que nous pouvons exclure la valeur sentimentale pour ne retenir que la valeur économique du tableau. Laquelle est couverte par l'assurance. De plus, rien ne t'empêche de lui faire parvenir de façon anonyme l'indemnité que tu jugeras appropriée. Tu auras plus d'argent qu'il ne t'en faudra pour cela. Quant à Muñoz…

– Eh bien oui, dit le joueur d'échecs. Je suis bien curieux de savoir ce que vous avez prévu pour moi.

César le regarda, malicieux.

– Quant à vous, très cher ami, vous avez gagné le gros lot.

– Voyons donc...

– Puisque je vous le dis. En prévision du cas où le second cavalier blanc survivrait à la partie, j'ai pris la liberté de vous intéresser à la société à raison de vingt-cinq pour cent des actions. Ce qui, entre autres choses, vous permettra de vous acheter des chemises propres et de jouer aux échecs, disons aux Bahamas, si le cœur vous en dit.

Muñoz porta la main à sa bouche et prit entre ses doigts ce qui restait de la cigarette maintenant éteinte. Puis il contempla un instant le mégot avant de le laisser tomber sur le tapis, d'un geste délibéré.

– C'est très généreux de votre part, dit-il.

César regarda le mégot par terre, puis le joueur d'échecs.

– C'est bien le moins que je puisse faire. D'une façon ou d'une autre, il faut acheter votre silence ; et de plus, vous le méritez amplement... Disons que c'est ma façon de me faire pardonner le vilain tour de l'ordinateur.

– Et l'idée vous est passée par la tête que je pourrais refuser de jouer le jeu ?

– Bien entendu. L'idée m'est passée par la tête. Vous êtes un type étrange, tout compte fait. Mais ce n'est plus mon affaire. Vous et Julia êtes associés à présent. Arrangez-vous ensemble. J'ai d'autres choses à penser.

– Il reste toi, César, dit Julia.

– Moi ? l'antiquaire sourit. Douloureusement, crut deviner la jeune femme. Ma chère princesse, j'ai commis bien des péchés que je dois expier, et je n'ai plus guère de temps – il montra l'enveloppe cachetée sur la table. Tu trouveras ici des aveux complets, le récit de cette histoire, du début jusqu'à la fin, à l'exception de notre combinaison suisse, naturellement. Toi, Muñoz et, pour le moment, Montegrifo, sortez blancs comme neige de l'affaire. Quant au tableau, j'explique avec une profusion de détails sa destruction, pour des motifs personnels et sentimentaux. Je suis sûr qu'après un savant examen de cette confession les psychiatres de la police diagnostiqueront une dangereuse schizophrénie.

– Tu penses t'en aller à l'étranger ?

– Pas question. La seule chose qui rend une destination désirable, c'est la perspective du voyage. Mais je suis trop vieux. Par ailleurs, la prison ne me dit rien, pas plus que l'asile. Ce doit être un peu gênant, avec tous ces infirmiers costauds et jolis garçons qui vous donnent des douches froides et tout le reste... J'ai bien peur que non, ma chérie. J'ai cinquante longues années derrière moi et ce genre d'émotions n'est plus pour moi. De plus, il y a encore un petit détail.

Julia le regardait, l'air sombre.

– Quel détail ?

– Tu as entendu parler – César fit une moue ironique – de cette chose qu'on appelle le *Syndrome machin-chouette acquis*, furieusement à la mode ces temps-ci, à ce qu'il paraît... Eh bien, le mien est en phase terminale. Comme on dit.

– Tu mens.

– Pas le moins du monde. Je t'assure que c'est ce qu'on dit : terminal, de terminus, comme un terminus d'autobus dans une banlieue ouvrière.

Julia ferma les yeux. Soudain, tout ce qui l'entourait parut s'évanouir et il ne subsista plus dans sa conscience qu'un bruit sourd, éteint, comme celui d'une pierre tombant au milieu d'une mare. Quand elle rouvrit les yeux, des larmes perlaient au bord de ses paupières.

– Tu mens, César. Pas toi. Dis-moi que tu mens.

– Je voudrais bien, princesse. Je t'assure que je serais ravi de pouvoir te dire que tout n'a été qu'une blague de mauvais goût. Mais la vie est parfaitement capable de jouer ce genre de tours.

– Tu le sais depuis quand ?

L'antiquaire écarta la question d'un geste languide de la main, comme si le temps n'avait plus d'importance pour lui.

– À peu près deux mois, répondit-il enfin. Tout a commencé par une petite tumeur au rectum. Plutôt désagréable.

– Tu ne m'en as jamais rien dit.

– Pourquoi l'aurais-je fait?... Excuse-moi si je te parais manquer de délicatesse, mais mon rectum a toujours fait partie de mon domaine privé.

– Combien de temps te reste-t-il?

– Pas beaucoup; six ou sept mois, je crois. Et on dit qu'on maigrit effroyablement.

– Alors, on te mettra dans un hôpital. Tu n'iras pas en prison. Ni à l'asile, comme tu dis.

César secoua la tête avec un sourire serein.

– Je n'irai dans aucun de ces trois endroits, ma chérie. Mourir dans cette vulgarité? Tu imagines l'horreur,... Ah, non. Pas question. Je refuse. De nos jours, *tout le monde* décide de s'en aller de cette façon. Alors, je revendique au moins le droit de sortir de scène en donnant une certaine touche personnelle à l'événement... Ce doit être terrible d'emporter avec soi comme dernière image de ce monde celle d'un flacon de sérum accroché au-dessus de sa tête, de visiteurs qui écrasent ton tube à oxygène... – il regarda autour de lui les meubles, les tapis, les tableaux de son salon. Je préfère me réserver une fin florentine, entouré des objets que j'aime. Une sortie de ce genre, douce et discrète, convient mieux à mes goûts et à mon caractère.

– Quand?

– Dans un moment. Quand vous aurez eu la bonté de me laisser seul.

Muñoz attendait dans la rue, adossé au mur, le col de sa gabardine remonté jusqu'aux oreilles. Il semblait absorbé dans des pensées secrètes et, lorsque Julia sortit et vint le rejoindre, il tarda à lever les yeux vers elle.

– Comment pense-t-il le faire? lui demanda-t-il.

– Acide prussique. Il y a des années qu'il en garde une ampoule, répondit-elle avec un sourire amer. Il dit que le pistolet est plus héroïque, mais qu'il lui laisserait une vilaine expression de surprise sur le visage. Il souhaite être présentable.

– Je comprends.

Julia alluma une cigarette avec une lenteur calculée.

– Il y a une cabine téléphonique tout près, au coin de la rue... – elle regardait Muñoz d'un air absent. Il m'a demandé de lui laisser dix minutes avant d'appeler la police.

Ils se mirent à marcher sur le trottoir, côte à côte, sous la lumière jaunâtre des lampadaires. Au bout de la rue déserte, le feu de circulation passait inlassablement du vert à l'orange, puis au rouge. Le dernier éclat de lumière éclaira Julia, marquant son visage d'ombres irréelles et profondes.

– Et que pensez-vous faire maintenant ? demanda Muñoz.

Il avait parlé sans la regarder, les yeux fixés par terre, devant lui. La jeune femme haussa les épaules.

– Ça dépend de vous.

C'est alors que Julia entendit pour la première fois le rire de Muñoz. Un rire profond et doux, un peu nasal, qui semblait venir de très loin. Une fraction de seconde, la jeune femme eut l'impression que c'était un des personnages du tableau, non pas le joueur d'échecs, qui riait ainsi à côté d'elle.

– Votre ami César a raison, dit Muñoz. J'ai besoin de chemises propres.

Julia caressait du bout des doigts les trois statuettes de porcelaine – Octavio, Lucinda et Scaramouche – blotties au fond de la poche de son imperméable, à côté de l'enveloppe cachetée. Le froid de la nuit lui pinçait les lèvres, gelait les larmes de ses yeux.

– Il a dit autre chose avant de rester seul ? demanda Muñoz.

Elle haussa une autre fois les épaules. *« Nec sum adeo informis...* Je ne suis pas si laid... Je me suis vu tantôt sur le rivage, la mer était paisible... » Fidèle à lui-même, César avait cité Virgile au moment où elle s'était retournée pour la dernière fois, sur le seuil de la porte, pour embrasser d'un seul regard le salon plongé dans l'ombre, les teintes foncées des vieux tableaux sur les murs, les reflets ténus que tamisait l'abat-jour de parchemin sur la surface des meubles, l'ivoire jauni, les dorures des reliures. Et César à contre-jour, debout au centre du salon, ses traits déjà plongés dans l'ombre ; silhouette fine et nette comme un profil de médaille, comme un camée antique, son ombre projetée sur les arabesques rouge et ocre du tapis, frôlant presque les pieds de Julia. Et le carillon s'était mis à sonner à l'instant où elle fermait la porte, comme la pierre d'une tombe, comme si tout avait été préparé, comme si chacun avait joué consciencieusement son rôle dans cette œuvre qui s'achevait sur l'échiquier à l'heure exacte, cinq siècles après le premier acte, avec la précision mathématique du dernier mouvement de la dame noire.

– Non, répondit-elle tout bas, sentant que l'image s'éloignait lentement, s'enfonçait dans les profondeurs de sa mémoire. Il n'a rien dit.

Muñoz leva la tête, comme un pauvre chien efflanqué qui aurait humé le ciel de la nuit, puis il ébaucha un sourire forcé.

– Dommage, dit-il. Il aurait fait un excellent joueur d'échecs.

L'écho de ses pas résonne dans le cloître désert, sous les voûtes que l'ombre déjà inonde. Les derniers rayons du soleil couchant arrivent presque à l'horizontale, atténués par les abat-vent de pierre, teignant de leur lueur rousse les murs du couvent, les niches vides, les feuilles de lierre que l'automne fait jaunir, enroulées sur les chapiteaux – monstres, guerriers, saints, animaux mythologiques – sous les graves arcs gothiques qui encerclent le jardin envahi par les mauvaises herbes. Le vent, qui annonce les froids venus du Nord, précurseurs de l'hiver, ulule dehors en remontant le flanc de la colline, en agitant les branches des arbres, en arrachant des sons de pierre centenaire aux gargouilles et aux larmiers de la toiture, en faisant se balancer les cloches de bronze du clocher où une girouette grinçante et rouillée pointe obstinément vers un Sud peut-être lumineux, lointain, inaccessible.

La femme en deuil s'arrête devant une fresque rongée par le temps et l'humidité. À peine s'il reste quelque chose de ses couleurs originales : le bleu d'une tunique, l'ocre du dessin. Une main tronquée à la hauteur du poignet, dont l'index montre un ciel inexistant, un Christ dont les traits se confondent avec le plâtre décrépi du mur ; un rayon de soleil, ou de lumière divine, dépourvu à présent d'origine autant que de destination, suspendu entre ciel et terre, segment de clarté jaune absurdement figé dans le temps et dans l'espace, que les années et les intempéries font s'évanouir peu à peu jusqu'à l'éteindre, ou l'effacer, comme s'il n'avait jamais été là. Et un ange à la bouche disparue, le front plissé, comme celui d'un juge ou d'un bourreau, dont on devine seulement, parmi les restes de peinture, les ailes tachées de chaux, un fragment de tunique, une épée aux contours imprécis.

La femme en deuil écarte les voiles noirs qui lui couvrent le haut du visage et regarde un long moment les yeux de l'ange. Il y a dix-huit ans qu'elle s'arrête ici chaque jour à la même heure, qu'elle observe les ravages que le temps fait sur cette image en la rongeant. Elle l'a vue s'effacer peu à peu, comme une lèpre qui arrache la chair par lambeaux, qui fait s'évanouir les contours de l'ange pour les fondre avec le plâtre sale du mur, avec les taches d'humidité qui font boursoufler les couleurs, dépècent et arrachent les images. Ici où elle vit, il n'y a point de miroirs ; la règle qu'elle a professée, ou qu'on l'a peut-être contrainte de professer – les vides sont de plus en plus nombreux dans sa mémoire, comme sur la fresque du mur – les interdit. Il y a dix-huit ans qu'elle ne voit plus son propre visage, et pour elle c'est celui de cet ange qui, sans nul doute, eut un jour belle figure, seule référence extérieure au passage du temps sur ses traits : peinture décrépite au lieu de rides, traits pâlis en place de peau flétrie. Parfois, dans ces moments de lucidité qui déferlent comme une vague léchant le sable d'une plage, moments auxquels elle s'accroche avec désespoir, essayant de les fixer dans sa mémoire confuse, tourmentée par les fantasmes, elle croit se souvenir qu'elle a cinquante-quatre ans.

De la chapelle parvient, amorti par l'épaisseur des murs, un chœur de voix qui chantent les louanges de Dieu avant l'heure du souper au réfectoire. La femme en deuil est dispensée de certains offices et, à cette heure, on la laisse se promener seule dans le cloître désert, comme une ombre noire et silencieuse. À sa ceinture pend un long rosaire aux grains de buis noirci. Il y a longtemps qu'elle ne l'égrène plus. Le lointain cantique se confond avec le sifflement du vent.

Quand elle reprend sa marche et qu'elle arrive devant la fenêtre, le soleil agonisant n'est plus qu'une tache de clarté rougeâtre rétrécie dans le lointain, sous les nuages couleur de plomb qui descendent du Nord. Au pied de la colline, il y a un lac, large et gris, avec des reflets d'acier. La femme dépose ses mains, sèches et osseuses, sur le rebord de la fenêtre – une fenêtre en ogive; une fois de plus, comme chaque après-midi, les souvenirs reviennent sans pitié – et elle sent le froid de la pierre monter le long de ses bras, s'approcher lentement, dangereusement, de son cœur usé. Elle est prise d'une toux déchirante qui secoue son corps frêle, miné par l'humidité de si nombreux hivers, tourmenté par la réclusion, la solitude et le souvenir fugace. Elle n'entend plus les cantiques de la chapelle, ni le sifflement du vent. À présent, c'est la musique monotone et triste d'une mandoline qui surgit des brumes du temps, et l'horizon hostile et automnal s'évanouit devant ses yeux pour dessiner, comme sur un tableau, un autre paysage: une douce plaine onduleuse d'où émerge dans le lointain, découpée sur le ciel bleu, comme tracée par un délicat pinceau, la fine silhouette d'un clocher. Et soudain elle croit entendre les voix de deux hommes assis à une table, l'écho d'un rire. Et elle pense que, si elle se retourne pour regarder derrière elle, elle se verra elle-même, assise sur un escabel, un livre sur les genoux, et qu'en levant les yeux elle trouvera l'éclat d'un gorgerin d'acier et d'une Toison d'Or. Et un vieillard à barbe grise lui sourira tandis que, son pinceau à la main, il trace sur un panneau de chêne, avec la parcimonie et la sagesse de son office, l'image éternelle de cette scène.

Un instant, le vent déchire la couche de nuages; et un dernier reflet de lumière, en se réfléchissant sur les eaux du lac, illumine le visage vieilli de la femme, éblouit ses yeux clairs et froids, presque sans vie. Ensuite, lorsque s'éteint le reflet, le vent paraît hurler avec plus de force encore, agitant les voiles noirs qui battent comme des ailes de corbeau. Alors, elle ressent à nouveau cette douleur poignante qui lui ronge les entrailles, tout près du cœur. Une douleur qui lui paralyse la moitié du corps, qu'aucun remède ne saurait soulager. Qui lui glace les membres, étouffe ses poumons.

Le lac n'est plus qu'une tache opaque sous les ombres. Et la femme en deuil, qui dans le monde eut pour nom

Béatrice de Bourgogne, sait que cet hiver venu du Nord sera son dernier. Et elle se demande si, dans ce lieu obscur vers lequel elle se dirige, il y aura miséricorde suffisante pour effacer les derniers lambeaux du souvenir.

La Navata
Avril 1990

Table

La Pochothèque

Une série au format 12,5 × 19

Classiques « modernes »

Lawrence Durrell. *Le Quatuor d'Alexandrie : Justine, Balthazar, Mountolive, Clea.*

Jean Giono. *Romans et essais* (1928-1941) *: Colline, Un de Baumugnes, Regain, Présentation de Pan, Le Serpent d'étoiles, Jean le bleu, Que ma joie demeure, Les Vraies Richesses, Triomphe de la vie.*

Jean Giraudoux. *Théâtre complet : Siegfried, Amphitryon 38, Judith, Intermezzo, Tessa, La guerre de Troie n'aura pas lieu, Supplément au voyage de Cook, Electre, L'Impromptu de Paris, Cantique des cantiques, Ondine, Sodome et Gomorrhe, L'Apollon de Bellac, La Folle de Chaillot, Pour Lucrèce.*

P.D. James. *Les Enquêtes d'Adam Dalgliesh :*

Tome 1. *A visage couvert, Une folie meurtrière, Sans les mains, Meurtres en blouse blanche, Meurtre dans un fauteuil.*

Tome 2. *Mort d'un expert, Un certain goût pour la mort, Par action et par omission.*

P.D. James. *Romans : La Proie pour l'ombre, La Meurtrière, L'Ile des morts.*

Carson McCullers. *Romans et nouvelles : Frankie Addams, L'Horloge sans aiguille, Le Cœur est un chasseur solitaire, Reflets dans un œil d'or* et diverses nouvelles, dont *La Ballade du café triste.*

Naguib Mahfouz. *Trilogie : Impasse des Deux-Palais, Le Palais du désir, Le Jardin du passé.*

François Mauriac. *Œuvres romanesques : Tante Zulnie, Le Baiser au lépreux, Genitrix, Le Désert de l'amour, Thérèse Desqueyroux, Thérèse à l'hôtel, Destins, Le Nœud de vipères, Le Mystère Frontenac, Les Anges noirs, Le Rang, Conte de Noël, La Pharisienne, Le Sagouin.*

Anton Tchekhov. *Nouvelles : La Dame au petit chien,* et plus de 80 autres nouvelles, dont *L'Imbécile, Mort d'un fonctionnaire, Maria Ivanovna, Au cimetière, Le Chagrin, Aïe mes dents! La Steppe, Récit d'un inconnu, Le Violon de Rotschild, Un homme dans un étui, Petite Chérie...*

Boris Vian. *Romans, nouvelles, œuvres diverses :* Les quatre romans essentiels signés Vian, *L'Écume des jours, L'Automne à Pékin, L'Herbe rouge, L'Arrache-cœur*, deux « Vernon Sullivan » : *J'irai cracher sur vos tombes, Et on tuera tous les affreux*, un ensemble de nouvelles, un choix de poèmes et de chansons, des écrits sur le jazz.

Virginia Woolf. *Romans et nouvelles : La chambre de Jacob, Mrs. Dalloway, Voyage au Phare, Orlando, Les Vagues, Entre les actes...* En tout, vingt-cinq romans et nouvelles.

Stefan Zweig. *Romans et nouvelles : La Peur, Amok, Vingt-Quatre Heures de la vie d'une femme, La Pitié dangereuse, La Confusion des sentiments...* Au total, une vingtaine de romans et de nouvelles.

Chrétien de Troyes. *Romans (à paraître)*

Yasunari Kawabata. *Romans et nouvelles (à paraître)*

Thomas Mann. *Œuvres (à paraître)*

Ouvrages de référence

Le Petit Littré

Atlas de l'écologie

Atlas de la philosophie

Atlas de l'astronomie *(à paraître)*

Atlas de la biologie *(à paraître)*

Encyclopédie de l'art

Encyclopédie de la musique

Encyclopédie géographique

Encyclopédie des sciences
(à paraître)

Encyclopédie de la littérature
(à paraître)

Dictionnaire des lettres françaises : Le Moyen Âge

Le Théâtre en France
(sous la direction de Jacqueline de Jomaron)

La Bibliothèque idéale

HISTOIRE UNIVERSELLE DE L'ART

L'Art de la Préhistoire
(L.R. Nougier)

L'Art de l'Egypte
(S. Donadoni)

L'Art grec *(à paraître)*
(R. Martin)

L'Art du xve siècle, des Parler à Dürer
(J. Białostocki)

Composition réalisée par INFOPRINT

IMPRIMÉ EN FRANCE PAR BRODARD ET TAUPIN
Usine de La Flèche (Sarthe).
LIBRAIRIE GÉNÉRALE FRANÇAISE - 6, rue Pierre-Sarrazin - 75006 Paris.

ISBN : 2 - 253 - 07625 - 2 30/7625/4